12, avenue d'Italie — Paris XIIIe

Sur l'auteur

Anne Perry, née en 1938, à Londres, est aujourd'hui célébrée dans de nombreux pays comme une « reine » du polar victorien. C'est en 1979 qu'elle publie la première enquête du couple de détectives Charlotte et Thomas Pitt, *L'Étrangleur de Cater Street*, une série qui compte aujourd'hui vingt romans. Forte de ses premiers succès, elle publie en 1990 *L'Étranger dans le miroir*, qui inaugure une seconde série victorienne, menée par l'inspecteur William Monk. *Funeral in Blue*, la douzième enquête de William Monk, va paraître prochainement en Angleterre. Anne Perry a par ailleurs écrit plusieurs romans fantastiques – *Tathea, Shadow Mountain*. Elle vient de publier aux États-Unis *The One Thing More*, un roman qui a pour cadre, cette fois, le Paris de la Révolution française. Elle vit au nord d'Inverness, en Écosse.

MEURTRES À CARDINGTON CRESCENT

PAR

ANNE PERRY

Traduit de l'anglais
par Anne-Marie Carrière

10|18

INÉDIT

« Grands Détectives »
dirigé par Jean-Claude Zylberstein

Du même auteur
aux Éditions 10/18

Série « Charlotte et Thomas Pitt »

L'étrangleur de Cater Street, n° 2852
Le mystère de Callander Square, n° 2853
Le crime de Paragon Walk, n° 2877
Resurrection Row, n° 2943
Rutland Place, n° 2979
Le cadavre de Bluegate Fields, n° 3041
Mort à Devil's Acre n° 3092
▶ Meurtres à Cardington Crescent, n° 3196
Silence à Hanover Close, n° 3255
L'égorgeur de Wesminster Bridge, n° 3326,
L'incendiaire de Highgate, n° 3370

Série « William Monk »

Un étranger dans le miroir, n° 2978
Un deuil dangereux, n° 3063
Défense et trahison, n° 3100
Vocation fatale n° 3155
Les âmes noires, n° 3224
La marque de Caïn, n° 3300
Scandale et calomnie, n° 3346

Titre original :
Cardington Crescent

© Anne Perry, 1987.
© Éditions 10/18, Département d'Univers Poche, 2000
pour la traduction française
ISBN 2-264-03511-0

*A Ed et Peggy Wells,
pour l'amour et la confiance
qu'ils m'ont prodigués
tout au long de ces années.*

1

On était au cœur de l'été. Mrs. Peabody transpirait, hors d'haleine, emprisonnée dans son corset rigide. La lourde tournure de sa jupe, à la dernière mode, l'empêchait de courir après son chien, un animal indocile qui galopait en direction des grilles de fer forgé du cimetière.

— Clarence ! s'époumona-t-elle, furieuse. Reviens ici tout de suite !

Mais Clarence, pékinois grassouillet et mal élevé, se contorsionna pour passer entre deux barreaux et fila comme l'éclair dans les hautes herbes et les massifs de lauriers-roses, de l'autre côté des grilles. Mrs. Peabody, haletante et fort contrariée, essayait de maintenir d'une main sa grande capeline, qu'elle finit par enfoncer de travers sur sa tête, tout en cherchant à pousser le portail de l'autre, pour permettre à ses rondeurs de passer.

Feu Mr. Peabody se plaisait à répéter qu'il préférait les femmes aux formes généreuses. Une bonne épouse ne devait-elle refléter la digne et opulente position sociale de son mari ?

Mais il aurait fallu à Mrs. Peabody plus de sang-froid qu'elle n'en possédait pour demeurer digne en pareille circonstance, coincée dans l'entrebâillement d'un portail qui refusait de s'ouvrir, le chapeau planté de guingois et son chien qui jappait comme un forcené à une dizaine de mètres de là.

— Clarence! hurla-t-elle à nouveau.

Reprenant sa respiration, elle fit un effort démesuré pour se sortir de cette position critique... mais obtint l'inverse du résultat escompté. Elle laissa échapper un gémissement de désespoir et se débattit comme une diablesse; la tournure de sa jupe s'était déplacée sur sa hanche gauche.

Clarence aboyait maintenant de façon hystérique et griffait le sol au pied des lauriers-roses, envoyant de la poussière tout autour de lui. La terre était sèche, car il n'avait pas plu de la semaine. L'animal avait déniché une proie, un gros paquet curieusement humide, enveloppé de papier brunâtre et lié avec de la ficelle. Il le déchiquetait avec un tel acharnement que le colis commença à se défaire en plusieurs endroits.

— Clarence, lâche ça! commanda Mrs. Peabody.

Le chien l'ignora.

— Lâche ça! répéta-t-elle, en fronçant le nez avec dégoût.

On aurait dit en effet des déchets de cuisine, de la viande avariée.

— Clarence!

Celui-ci déchira un grand morceau de papier ensanglanté qui céda facilement sous ses crocs. C'est alors qu'elle vit la peau, une peau humaine, blanche et fine. Elle poussa un hurlement, puis un autre et un autre encore, jusqu'à avoir l'impression que ses poumons allaient exploser. Incapable de retrouver sa respiration, elle vit le ciel tournoyer autour d'elle et une brume rouge passer devant ses yeux. Elle tomba en pâmoison, tandis que le chien continuait à s'acharner sur le paquet. Des passants alertés par ses cris forcèrent la grille du cimetière.

L'inspecteur Thomas Pitt leva les yeux de son bureau jonché de paperasses, plutôt content d'être interrompu dans son travail.

— Oui ? Que se passe-t-il ?

L'agent Stripe se tenait sur le pas de la porte, clignant des yeux, le visage un peu congestionné, le cou étranglé par son col dur.

— Excusez-moi, monsieur, mais on vient de nous prévenir qu'il y a des problèmes au cimetière St. Mary, à Bloomsbury. Une dame d'un certain âge, en pleine crise d'hystérie. Très respectable et bien connue du voisinage. Ne boit pas une goutte de gin. Son mari faisait partie d'une ligue de tempérance, avant sa mort. Jusqu'ici, elle n'a jamais troublé la vie du quartier.

— Elle est peut-être malade ? suggéra Pitt. Un agent suffira. A-t-on pensé à appeler un médecin ?

Stripe parut désemparé.

— Eh bien, monsieur... voilà : le chien de cette dame s'est échappé et il a déniché un paquet dans les buissons. Elle a cru reconnaître un morceau d'une personne. Ses nerfs ont lâché.

— « Un morceau d'une personne » ? Qu'est-ce que vous me racontez là ? fit Pitt, irrité.

Il aimait bien le jeune Wilberforce Stripe, une recrue intelligente, sur qui on pouvait compter. Cette histoire ne lui ressemblait pas.

— Que diable y a-t-il dans ce colis ?

— C'est bien là le problème, Mr. Pitt. L'agent qui faisait sa ronde m'a dit qu'il n'avait touché à rien, ou presque. Il vous attend. Mais d'après lui, c'est bien une partie d'un corps humain...

Stripe était visiblement embarrassé. Il ne voulait pas faire preuve de vulgarité, tout en sachant qu'un policier se doit d'être précis. Il plaça une main au niveau de sa taille et l'autre au milieu de son cou.

— La partie supérieure d'un corps de femme, monsieur.

Pitt se leva, faisant voler au passage papiers et feuillets qui tombèrent en cascade sur ses genoux, puis à terre. Il n'avait jamais cessé d'être choqué par la sauvagerie des crimes, en dépit de ses dix-sept ans de service passés à Londres, là où le cœur élégant et somptueux de l'Empire britannique s'amusait, à un jet de pierre des quartiers pauvres, faits de taudis agglutinés où quinze personnes vivaient et mouraient dans la même pièce. Son esprit se refusait à examiner le problème dans sa globalité, mais la souffrance individuelle l'émouvait encore.

— Bien, nous ferions mieux d'aller voir ce qui se passe, déclara-t-il, indifférent aux papiers éparpillés autour de lui.

Il laissa son chapeau sur la patère, là où il l'avait lancé en arrivant le matin.

— Oui, monsieur, fit Stripe en suivant la silhouette dégingandée de son supérieur.

Ils longèrent le couloir, descendirent l'escalier, passèrent devant leurs collègues et sortirent dans la rue poussiéreuse, écrasée de soleil. Un cab vide les dépassa bruyamment, sans ralentir. Le cocher ne considérait sans doute pas Pitt, avec ses basques flottantes et sa cravate de travers, et encore moins Stripe, un agent en uniforme, comme des clients potentiels.

Pitt agita le bras et se mit à courir derrière le cab.

— Cocher ! cria-t-il, furieux, moins contre le dédain évident que contre la criminalité en général et ce nouveau crime en particulier.

L'homme tira sur les rênes et le dévisagea sans amabilité.

— Oui ?

— Cimetière St. Mary, Bloomsbury, lança Pitt en grimpant à l'intérieur du cab.

Il tint la portière ouverte pour laisser monter Stripe.

— Entrée est ou entrée ouest ? demanda le cocher.

— L'entrée secondaire, celle qui donne sur l'avenue, expliqua Stripe, venant au secours de son supérieur.

Pitt le remercia et cria au cocher :

— Allons, mon vieux, dépêchez-vous !

L'homme fit siffler son fouet et encouragea son cheval de la voix. Le cab partit rapidement au trot. Le trajet se déroula en silence ; les deux policiers, perdus dans leurs pensées, se demandaient ce qui les attendait.

— C'est là qu'vous voulez descendre, m'sieur ? demanda le cocher, dubitatif, en se penchant vers l'intérieur du cab.

— Oui, répondit Pitt, qui venait d'apercevoir un agent de police entouré d'un groupe de badauds.

St. Mary était un cimetière ordinaire, poussiéreux, envahi d'herbes desséchées par le soleil d'été ; les pierres tombales se dressaient, inégales, surchargées d'angelots de marbre. Sur la droite, devant un massif d'ifs, poussait un bosquet de lauriers aux feuilles sombres.

Pitt descendit du cab, paya la course, traversa la chaussée et marcha droit vers l'agent, manifestement soulagé de le voir arriver.

— Que se passe-t-il ?

Sans tourner la tête, l'agent esquissa un geste du coude en direction des hautes grilles pointues. Il était pâle et transpirait d'abondance. Il paraissait très malheureux.

— On a découvert un corps de femme, monsieur. Enfin... la partie supérieure.

Il déglutit péniblement.

— Horrible, monsieur. Dans un paquet, sous les buissons.

— Qui l'a trouvé et quand?
— Une certaine Mrs. Ernestine Peabody, qui promenait son chien. Un pékinois dénommé Clarence.

Il jeta un coup d'œil à son calepin. Pitt le lut à l'envers : *15 juin 1887, 3 h 25 après-midi, appelé au cimetière St. Mary. Femme hystérique.*

— Où puis-je la voir?
— Là-bas, sur un banc dans le vestibule de l'église, monsieur. Elle est encore sous le choc. Dès que vous lui aurez parlé, elle devrait regagner son domicile. A mon avis, elle ne nous sera pas d'une grande utilité.

— Probablement pas, en effet. Où est ce... colis?
— Là où je l'ai trouvé, monsieur. Je me suis seulement assuré que cette femme n'avait pas d'hallucinations. On ne sait jamais, si elle était portée sur le gin...

Pitt se dirigea vers les lourdes grilles de fer forgé, entrouvertes sur une trentaine de centimètres. La boue séchée les empêchait de s'ouvrir davantage. Il s'y faufila, regarda alentour et longea la grille jusqu'au massif de lauriers-roses, l'agent Stripe sur ses talons.

Le paquet, d'environ cinquante centimètres de côté, se trouvait à l'endroit exact où le chien l'avait laissé. Le papier déchiré par ses crocs révélait un morceau de chair humaine, une peau pâle et fine, maculée d'un peu de sang. Les mouches commençaient à bourdonner autour. Il n'eut pas besoin de la toucher pour se rendre compte qu'il s'agissait d'une poitrine de femme.

Il se redressa, le cœur au bord des lèvres, se demandant s'il n'allait pas s'évanouir, puis prit une profonde inspiration et expira lentement, à plusieurs reprises. Stripe s'éloigna en trébuchant, toussant, s'étranglant à moitié avant d'aller vomir derrière une pierre tombale ornée de chérubins sculptés.

Pitt resta un long moment à fixer les tombes poussiéreuses, l'herbe piétinée et les feuilles de lauriers tachetées de minuscules points jaunes, puis s'obligea à se retourner pour affronter cette vision d'horreur. Il avait de nombreux détails à noter sur son calepin : la couleur, la qualité de la ficelle et du papier qui enveloppaient le paquet, le type de nœud. Chaque personne en effet a sa propre manière de confectionner un colis : en commençant par la longueur ou la largeur, en faisant des nœuds coulants plus ou moins serrés, en liant ou non la ficelle à chaque entrecroisement. Et il existe aussi des dizaines de façons différentes de terminer le ficelage.

Il chassa de son esprit le macabre contenu du paquet et s'agenouilla pour l'examiner. Quand il eut suffisamment observé la partie supérieure, il le retourna d'une main maladroite : il était constitué de deux couches de papier fort, satiné à l'intérieur. Pitt avait souvent vu ce genre de papier servir à emballer du linge : brun, au grain épais, qui se craquelait légèrement au toucher, mais celui-là, humide de sang, ne fit aucun bruit lorsqu'il le retourna. En dessous, il y avait deux épaisseurs de papier sulfurisé, comme en utilisent parfois les bouchers pour enrober la viande. Celui qui avait enveloppé cette chose avait dû penser que ce type de papier empêcherait le sang de suinter.

La ficelle, en revanche, n'était pas ordinaire : une corde de chanvre jaunâtre, entourant deux fois le colis dans sa longueur et dans sa largeur, avec un nœud à chaque raccord, terminée par une boucle dont chaque bout dépassait d'environ trois centimètres.

Pitt sortit son calepin et nota soigneusement tous les détails, bien qu'il eût préféré oublier cette vision et la rayer de sa mémoire. Si cela avait été possible.

Stripe revint, un peu gêné d'avoir perdu son sang-froid devant son supérieur. Il ne savait que dire.

— Il doit y en avoir d'autres, déclara Pitt. Il faudra faire fouiller les environs.

Stripe s'éclaircit la gorge.

— D'autres... paquets? Bien, monsieur. Mais par où commencer?

Pitt se redressa, les genoux endoloris.

— Ils ne doivent pas être bien loin. On ne porte pas ce genre de colis plus loin qu'il n'est nécessaire. L'homme devait être à pied. Même un malade mental ne prendrait pas le cab ou l'omnibus avec pareil paquet sous le bras. On devrait donc trouver les autres parties du corps dans un rayon d'un kilomètre, au grand maximum.

Stripe haussa les sourcils.

— Marcheriez-vous pendant un kilomètre avec ça sous le bras, monsieur? Pas moi. Cinq cents mètres, au plus.

— Cinq cents mètres dans toutes les directions, en partant d'ici, expliqua Pitt avec un geste circulaire.

— Ah, je comprends, fit Stripe, légèrement confus.

— Bon. On devrait arriver à réunir les morceaux. Environ six paquets de taille équivalente. L'homme n'a pas pu tous les porter en même temps, à moins d'avoir utilisé une brouette. Et je doute qu'il ait souhaité attirer l'attention des passants. Il serait étonnant qu'il en ait emprunté une. Or, qui possède une brouette, excepté les marchands ambulants? Nous vérifierons si un tel individu a été aperçu dans ce périmètre, hier ou aujourd'hui.

— Bien, monsieur, fit Stripe, soulagé d'avoir enfin quelque chose à faire.

Tout plutôt que rester là, debout, les gras ballants, à côté des mouches qui bourdonnaient autour de cette horreur posée dans l'herbe.

— Prévenez le commissariat: nous avons besoin de six agents, du fourgon de la morgue et du médecin légiste.

— Bien, monsieur.

Stripe se força à regarder encore une fois le paquet, peut-être par crainte de passer pour indifférent face à cette monstruosité, ou parce qu'il ne voulait pas s'éloigner sans avoir rendu hommage à la morte, un peu comme lorsque l'on soulève son chapeau d'un geste machinal au passage d'un corbillard, même si l'on ignore l'identité du défunt.

Pitt marcha entre les pierres tombales arrondies et sculptées, envahies d'herbes folles, et emprunta l'allée de gravier qui menait à l'église. La porte était ouverte. Il faisait frais à l'intérieur. Il lui fallut un moment pour s'accoutumer à la pénombre; la lumière du soleil filtrée par les vitraux projetait des taches de couleurs sur les dalles de pierre. Une femme corpulente était affalée sur un banc, à demi prostrée. Le col de sa robe était dégrafé et son chapeau posé par terre, à côté d'elle. La femme du bedeau, un verre d'eau dans une main, un flacon de sels d'ammoniaque dans l'autre, lui marmonnait des paroles réconfortantes. Surprises par le bruit des pas, elles se retournèrent. Le pékinois roux qui somnolait au soleil à l'entrée de l'église ignora complètement le policier.

— Mrs. Peabody?

Elle le dévisagea avec un mélange de suspicion et de soulagement. Il n'était pas tout à fait désagréable d'être le centre d'un tel drame, à condition qu'il soit bien entendu qu'elle n'avait aucun rapport direct avec celui-ci. Elle n'était qu'une femme innocente mêlée par hasard à cette tragédie.

— Oui, c'est moi, répondit-elle.

Pitt avait rencontré de nombreuses Mrs. Peabody par le passé; non seulement il savait ce qu'elle ressentait, mais il connaissait aussi les cauchemars qui ne tarderaient pas à l'assaillir. Il s'assit sur le banc, à un mètre d'elle.

— Vous devez être bouleversée, Mrs. Peabody...

La voyant prendre une grande inspiration, Pitt s'empressa d'ajouter, avant qu'elle ait eu le temps d'ouvrir la bouche :

— Aussi ne vous dérangerai-je pas longtemps. Quand avez-vous promené votre chien près du cimetière pour la dernière fois ?

Mrs. Peabody haussa ses sourcils soigneusement épilés qui atteignirent presque la limite de la frange roussâtre de ses cheveux.

— Vous vous méprenez, jeune homme ! Je n'ai pas l'habitude de découvrir ce genre de... de...

Elle ne trouvait pas les mots pour décrire l'horreur qu'elle éprouvait.

— Je n'en doute pas, fit Pitt, l'air sombre. J'imagine que si le paquet s'était trouvé là hier, votre chien l'aurait découvert.

Mrs. Peabody, malgré le choc qu'elle avait éprouvé, n'était pas dénuée de bon sens. Elle comprit tout de suite où Pitt voulait en venir.

— Je suis venue hier après-midi. Et Clarence n'a rien...

Elle ne jugea pas utile de terminer sa phrase.

— Je vois. Merci beaucoup. Savez-vous si Clarence a tiré le paquet de dessous les buissons, ou s'il se trouvait déjà là ?

Elle secoua la tête.

— Je l'ignore.

La question n'avait guère d'importance ; toutefois, si le paquet avait été visible, un passant aurait pu l'apercevoir. Celui qui l'avait déposé là avait certainement pris soin de le cacher. N'ayant plus de questions à poser, Pitt nota son nom et son adresse, prit congé des deux femmes et ressortit au grand soleil, en songeant à la façon dont il allait organiser la fouille des environs. Il était quatre heures et demie.

Vers sept heures du soir, on avait réuni tous les morceaux du cadavre. C'était une besogne éprouvante que de descendre des escaliers menant à des courettes abandonnées, fouiller les détritus des poubelles auxquelles on avait accès, ratisser sous les buissons et derrière les grilles. Paquet après paquet, toutes les parties du corps furent retrouvées. La plus horrible fut découverte dans une ruelle étroite et nauséabonde, à un peu plus d'un kilomètre du cimetière, dans le sordide quartier de St. Giles. Normalement, on aurait pu identifier la victime, mais la tête, ainsi que deux autres parties, avait déjà été déchiquetée par des chats errants, attirés par la puanteur et tenaillés par la faim. Le visage n'était donc plus reconnaissable ; il n'en restait qu'une longue chevelure blonde et une horrible plaie à la tête.

La nuit ne tomba que vers dix heures. Pitt, exténué, se traînait de maison en maison, posant des questions, mendiant des réponses, parfois obligé de bousculer une malheureuse servante pour la forcer à admettre quelque écart de conduite, par exemple un flirt un peu poussé avec un domestique du voisinage, qui les aurait retenus sur le perron d'une entrée de service plus longtemps que d'ordinaire. Mais personne n'avoua avoir vu ou entendu quoi que ce soit d'intéressant : pas de marchands ambulants autres que ceux qui passaient par là depuis toujours, aucun habitant du quartier, ni même un inconnu, portant de mystérieux paquets, aucun étranger à la démarche furtive et empressée. Par ailleurs, aucune disparition n'était à signaler.

Pitt arriva au commissariat alors qu'un soleil flamboyant se couchait derrière les toits et que les réverbères à gaz s'allumaient dans les grandes artères à la mode, comme autant de lunes vagabondes. Le poste de police sentait le renfermé, le chaud, l'encre aigre et le linoléum tout neuf. Le médecin légiste l'attendait, manches de chemise relevées et tachées ; son gilet était boutonné de travers. Il paraissait fatigué ; il avait un peu de sang sur le nez.

— Alors ? s'enquit Pitt, très las.

— Une jeune femme.

L'homme s'assit sans y avoir été invité.

— Cheveux blonds, peau claire. D'après le peu qu'il en reste, on peut dire qu'elle était jolie. En tout cas, ce n'était pas une pauvresse. Les mains sont propres, les ongles nets ; elle avait fait du ménage. A première vue, je dirais qu'il peut s'agir d'une domestique, mais ce n'est qu'une impression.

Il poussa un soupir.

— Et elle a eu un enfant, mais pas récemment.

Pitt s'assit derrière son bureau et prit appui sur ses coudes.

— Quel âge ?

— Bon sang, qu'est-ce que j'en sais ? s'exclama le médecin, irrité.

Toute la pitié, l'impuissance et le dégoût qu'il avait accumulés au cours de ces dernières heures se déversèrent sur la seule personne qu'il avait sous la main.

— Vous m'amenez un cadavre haché en morceaux, aussi peu présentables que des déchets de boucherie, et vous voulez que je vous donne son nom, son âge et son adresse ! Eh bien, je ne le peux pas !

Il se leva, renversant sa chaise.

— Une jeune femme, probablement employée comme domestique, frappée à la nuque par quelque malade mental, puis, je ne sais pour quelle obscure raison, découpée en morceaux dispersés entre Bloomsbury et St. Giles. Vous aurez de la veine si vous découvrez son identité et plus encore celle de son meurtrier. Parfois, je me demande pourquoi vous vous en souciez. Parmi les mille et une façons de se débarrasser de son prochain, un bon coup sur la tête est peut-être finalement moins cruel que certaines méthodes que nous feignons d'ignorer. Avez-vous déjà visité les taudis de St. Giles, de Wapping, de Mile End? Le dernier cadavre que j'ai examiné était celui d'une gamine de douze ans, morte en couches...

Il s'interrompit, la voix pleine de larmes qu'il se moquait apparemment de contenir. Il jeta à Pitt un regard mauvais et sortit à grands pas en claquant la porte.

Pitt se leva lentement, remit la chaise en place et quitta son bureau. En temps normal, il serait rentré chez lui à pied, car il habitait à trois kilomètres environ. Mais il était presque onze heures du soir, il était éreinté, affamé et il avait mal aux pieds. Il prit donc un cab, sans regarder à la dépense.

Le perron n'étant pas éclairé, il entra sans faire de bruit, avec sa clé. Gracie, la jeune bonne, devait être couchée depuis longtemps. Mais il y avait de la lumière dans la cuisine : Charlotte l'attendait sûrement. Il retira ses bottes avec un soupir de soulagement et se rendit dans la cuisine en chaussettes, appréciant la fraîcheur du linoléum.

Charlotte se tenait dans l'encadrement de la porte. La lueur de la lampe à gaz jouait dans ses cheveux auburn et soulignait la courbe douce de ses joues. Sans un mot, elle passa ses bras autour de son cou et le serra très fort. Un instant, Pitt craignit qu'il se soit passé quelque chose, que l'un des enfants soit malade, puis se dit qu'elle avait dû lire l'édition spéciale des journaux du soir. Même si la presse n'avait pas mentionné son nom, Charlotte avait compris, ne le voyant pas rentrer, qu'on lui avait confié l'affaire.

Il n'avait pas prévu de lui en parler. Bien qu'elle eût à maintes reprises, dans le passé, participé aux enquêtes criminelles dont il avait la charge, Pitt persistait à penser qu'il devait la protéger de ces horreurs. La plupart des hommes considèrent leur maison comme un abri contre la dureté et la laideur du monde extérieur, un endroit protégé où ils peuvent reposer leur corps et leur esprit, avant de retourner dans l'arène. Et leurs femmes appartiennent à cet univers apaisant.

Mais Charlotte n'en avait toujours fait qu'à sa tête, même avant d'avoir semé la consternation dans sa famille en épousant un simple policier, chute si radicale dans l'échelle sociale qu'il était étonnant qu'on ne l'ait pas déshéritée.

Elle s'écarta légèrement et leva vers lui un regard soucieux.

— On vous a confié l'enquête, n'est-ce pas ? Cette pauvre femme retrouvée dans le cimetière St. Mary ?

— Oui.

Il l'embrassa tendrement, à deux reprises, espérant en rester là. Il était si fourbu que tout son corps le faisait souffrir ; de plus, il n'avait rien à ajouter.

Au fil des ans, Charlotte avait appris à garder, parfois, ses opinions pour elle, mais cette affaire sortait vraiment de l'ordinaire. Après avoir lu l'édition spéciale du soir avec un mélange d'effroi et de pitié, elle avait préparé le dîner de Pitt, puis un autre, avant de renoncer à les faire réchauffer. Elle attendait qu'il lui fasse au moins part de ses impressions sur cette longue et éprouvante journée.

— Pensez-vous pouvoir découvrir son identité ? demanda-t-elle en se dirigeant vers la cuisine. Oh, à propos, avez-vous dîné ?

— Bien sûr que non, fit-il d'un ton las, en lui emboîtant le pas. Mais ce n'est pas grave. Ne vous sentez pas obligée de faire la cuisine.

Elle leva un sourcil étonné, prête à répondre, mais,

croisant son regard, se mordit la langue. Derrière elle, sur le fourneau passé au noir, étincelant de propreté, la bouilloire sifflait en projetant de petits jets de vapeur.

— Voulez-vous du mouton froid avec des pickles et du pain? demanda-t-elle gentiment. Et une bonne tasse de thé?

Pitt sourit malgré lui. Au fond, il était plus simple et plus agréable de se ranger à son avis.

— Oui, volontiers.

Il posa sa veste sur le dossier d'une chaise et s'assit.

Charlotte hésita, puis préféra, par sagesse, préparer le thé avant de poser d'autres questions. Néanmoins, il subsistait un petit sourire ironique au coin de ses lèvres.

Cinq minutes plus tard, elle avait dressé la table : trois tranches de pain frais, une soucoupe remplie de chutney fait maison — elle savait à merveille confectionner le chutney et la marmelade —, des tranches de mouton froid et une grande tasse de thé fumant.

Cette fois, elle décida qu'elle s'était contenue assez longtemps et revint à l'attaque.

— Pensez-vous pouvoir découvrir l'identité de la victime?

— J'en doute, répondit Pitt, la bouche pleine.

Elle le dévisagea avec gravité.

— Mais quelqu'un va bien finir par signaler sa disparition ! Bloomsbury est un quartier respectable. Les gens qui emploient des domestiques remarquent leur absence, tout de même !

En dépit de leurs six années de mariage et de sa participation à de nombreuses enquêtes, Charlotte gardait encore parfois sa naïveté de jeune fille de bonne famille, élevée à l'écart de la dureté et de la folie du monde. Au début, sa bonne éducation avait impressionné et parfois exaspéré Pitt. Mais en général, elle disparaissait derrière les valeurs qu'ils partageaient : ensemble, ils savaient rire de l'absurdité de l'existence ; ils éprouvaient une tendresse passionnée l'un pour l'autre et se sentaient révoltés par l'injustice sociale.

— Thomas ?

— Ma chère Charlotte, cette femme n'habitait peut-être pas Bloomsbury. Et quand bien même, combien de bonnes sont renvoyées pour avoir été surprises à voler ou trouvées par la maîtresse de maison dans les bras de son époux ? Certaines s'enfuient, ou sont supposées l'avoir fait ; d'autres disparaissent dans la nuit avec toute l'argenterie.

— Mais elles ne sont pas toutes comme ça ! protesta-t-elle. Vous n'allez donc pas chercher à savoir où elle travaillait ?

— C'est déjà fait, répliqua-t-il d'un ton fatigué.

Ne savait-elle donc pas que tout ceci était vain et qu'il avait déjà fait tout ce qui était en son pouvoir ? Le connaissait-elle si peu, depuis tout ce temps ?

Elle baissa les yeux vers la nappe.

— Je suis désolée. Je suppose que vous n'en saurez jamais rien.

— Probablement pas, acquiesça-t-il en prenant sa tasse de thé. Tiens, ne dirait-on pas une lettre d'Emily, sur la cheminée ?

Emily était la sœur cadette de Charlotte. A l'opposé de cette dernière, elle s'était mariée bien au-dessus de son rang, en épousant un aristocrate, Lord George Ashworth.

— Oui. Elle m'écrit pour m'annoncer qu'elle passe quelques jours en compagnie de tante Vespasia, à Cardington Crescent.

— Ah ? Je croyais que Vespasia vivait à Gadstone Park ?

— En effet. Mais elles séjournent toutes deux chez l'oncle Eustace March.

Pitt émit un grognement. Il n'avait rien à répondre. Il éprouvait une grande admiration pour Lady Vespasia Cumming-Gould, une vieille dame élégante, à la langue acérée. En revanche, il n'avait jamais entendu parler d'Eustace March, et il n'y tenait pas.

— Emily a l'air très malheureuse, poursuivit Charlotte, d'un air soucieux.

— Vous m'en voyez désolé.

Sans la regarder, il prit une tranche de pain et la soucoupe de chutney.

— Nous ne pouvons rien faire pour elle, Charlotte. Elle s'ennuie.

Cette fois, il leva les yeux et fixa sur elle un regard d'avertissement.

— Ma chère, il est hors de question que vous alliez vous promener du côté de Bloomsbury, sous prétexte de renouer avec une ancienne connaissance que vous auriez perdue de vue. Suis-je assez clair ?

— Oui, Thomas, l'assura-t-elle en ouvrant de grands yeux innocents. D'ailleurs, je ne connais personne à Bloomsbury.

2

Emily, assise dans la loge réservée des March, au Savoy, était en effet profondément malheureuse, bien qu'elle resplendît dans une chatoyante robe de satin aigue-marine, à la coupe élégante et osée.

On jouait ce soir-là la délicieuse opérette de Gilbert et Sullivan, *Iolanthe,* qu'elle appréciait particulièrement. L'idée d'une créature moitié mortelle, moitié fée à partir de la taille, lui plaisait, car elle avait le sens de l'absurde, mais ce soir, le spectacle la laissait de glace.

Cette indifférence était due à ce que, depuis plusieurs jours, George, son époux, lui préférait la compagnie de Sybilla March et ne s'en cachait pas. Avec Emily, il se montrait très aimable, mais d'une façon si mécanique qu'elle ressentait cette politesse comme la pire des offenses. S'il avait fait preuve d'incorrection, cela aurait au moins signifié qu'elle existait à ses yeux, qu'elle n'était pas une ombre floue passant parfois dans son champ de vision. C'était la présence de Sybilla qui illuminait le visage de George, elle qu'il suivait des yeux, elle dont les mots retenaient son attention, elle dont les traits d'esprit le faisaient rire.

Ce soir, Sybilla, aux yeux d'Emily, ressemblait à un dahlia aux pétales trop épanouis, avec sa peau blanche, ses yeux sombres, son opulente chevelure et sa robe d'un rouge feu très voyant. En dépit de sa souffrance et du ridicule de la situation, Emily lançait de temps à autre un regard de côté en direction de George, assis derrière Sybilla ; elle se rendait compte qu'il suivait à peine la représentation. Les affres du héros ne l'émouvaient pas le moins du monde, pas plus que le charmant marivaudage de l'héroïne, ou que la prestation de la reine des Fées et de Iolanthe elle-même. Cependant, George sourit et agita sa main au rythme de la mélodie du chant des pairs du Royaume, très émouvant. Son attention fut même un instant captivée par la fameuse danse du trio, lorsque le grand Chancelier manifeste son allégresse en gigotant frénétiquement.

Emily sentait l'affolement la gagner. Autour d'elle, tout n'était que couleurs, musique et gaieté ; les visages affichaient des sourires radieux : George à Sybilla, l'oncle Eustace à lui-même et le mari de Sybilla, William, à la féerie qui se déroulait sur la scène. La jeune sœur de ce dernier, Tassie, âgée de dix-neuf ans, aussi maigre que l'avait été sa mère, dotée d'une tignasse d'un roux clair flamboyant, dévisageait le premier ténor d'un air béat. Même la vieille Mrs. March, son aïeule, pourtant peu encline à s'amuser, souriait malgré elle. Tante Vespasia, la grand-mère maternelle de Tassie, était aux anges. Elle aimait la plaisanterie sous toutes ses formes et, depuis longtemps, se moquait éperdument de ce que l'on pensait d'elle.

Restait Jack Radley, le seul invité qui ne fît pas partie de la famille, mais qui lui aussi venait souvent séjourner à Cardington Crescent. Un jeune homme extrêmement séduisant, possédant de nombreuses relations mais fort peu d'argent, et doté d'une réputation de Don Juan. Comme elle, il n'était pas de la famille et, pour cette seule raison, Emily aurait pu l'apprécier, même s'il avait été dénué de charme et d'humour. De toute évidence, on l'avait invité parce qu'il était un prétendant possible pour Tassie, la seule des dix filles March à ne pas être mariée. L'aboutissement de cette tentative de rapprochement n'était pas encore certain, car Tassie ne semblait éprouver pour lui aucun penchant particulier; elle avait de plus grandes espérances. En effet, bien que sa famille fût liée à des gens influents, Jack Radley n'avait aucune perspective d'avenir. William avait dit, non sans méchanceté, qu'Eustace rêvait d'être anobli et, plus tard, peut-être, de devenir pair du royaume, ultime reconnaissance de l'ascension sociale des March, au départ famille de simples négociants ayant accédé à la respectabilité. Mais c'était une remarque sûrement plus malveillante que bien fondée. Il y avait toujours eu des tensions entre le père et le fils, une agressivité qui surgissait soudainement, aussi aiguë et douloureuse qu'un minuscule éclat de verre fiché dans la peau.

A cette minute, William était assis derrière Emily, et c'était la seule personne qu'elle ne pouvait voir. A l'entracte, il lui apporta un verre de vin doux et des chocolats. Pendant ce temps, George, debout dans un angle de la loge, riait aux plaisanteries de Sybilla. Emily s'efforça d'alimenter la conversation, sans grand succès, car chaque fois qu'elle ouvrait la bouche, ses paroles tombaient à plat et elle regrettait aussitôt de les avoir prononcées. Aussi fut-elle soulagée de voir le rideau se relever.

— Je me demande où ce Mr. Gilbert va chercher des intrigues aussi ridicules! s'exclama la vieille Mrs. March, en tambourinant sur le rebord du balcon d'un geste irrité, dès que les derniers applaudissements prirent fin. Ce livret n'a ni queue ni tête!

— Il n'y a rien à comprendre, Grand-Maman, répondit Sybilla avec un sourire rêveur.

Mrs. March l'observa par-dessus son pince-nez, dont le ruban de velours violet pendillait sur sa joue.

— J'ai pitié de quelqu'un qui est bête de nature, mais je n'admets pas que l'on puisse se montrer stupide à dessein, déclara-t-elle avec froideur.

— Ça ne m'étonne pas d'elle, chuchota Jack Radley à l'oreille d'Emily. A mon avis, Mr. Gilbert trouverait la réaction de Mrs. March tout aussi incompréhensible — à ceci près qu'il s'en moquerait complètement.

— Ma chère Lavinia, cette opérette n'est pas plus stupide que certains romans sentimentaux de Madame Ouida, vous savez, ceux que vous recouvrez de papier marron avant de les lire...

Le visage de Mrs. March se pétrifia; sur ses pommettes apparurent des petites taches roses, qu'aurait dissimulées le fard à joues chez une femme plus jeune. A ses yeux, le maquillage était une preuve de vulgarité, et par là même réservé « à un certain genre de créatures ».

— Vous vous méprenez, Vespasia, répliqua-t-elle sèchement. Il est dommage que votre coquetterie vous empêche de porter des lunettes. Un jour ou l'autre, vous vous donnerez ridiculement en spectacle, en tombant dans un escalier... William! Offre ton bras à ta grand-mère! Je ne tiens pas à attirer l'attention en partant. Surtout de cette façon, ajouta-t-elle en se dirigeant vers la porte de la loge.

— Oh, rassurez-vous, personne ne vous remarquera, rétorqua Vespasia. Aussi longtemps que Sybilla s'obstinera à porter une robe écarlate.

— Qui lui convient très bien, ma foi[1]... renchérit Emily sans réfléchir.

Elle crut que la phrase se perdrait dans le brouhaha,

---

1. Le rouge est la couleur des prostituées. *(N.d.T.)*

mais juste au moment où elle la prononçait, chacun s'était tu! La réflexion avait donc été entendue de tous.

Voyant le rouge de la colère monter aux joues de George, elle détourna vivement les yeux, regrettant de ne pas s'être mordu la langue jusqu'au sang plutôt que de trahir sa jalousie de façon aussi évidente.

— Je suis contente que vous l'aimiez, répondit paisiblement Sybilla, en se levant.

Cette femme ne perdait donc jamais son sang-froid?

— Nous avons toutes une couleur qui nous flatte et d'autres qui desservent notre teint. Je doute d'être aussi belle que vous dans ces tons de bleu...

Elle ne faisait qu'aggraver les choses. Au lieu de répondre par une remarque cinglante, elle se montrait charmante! Et George qui lui souriait de plus belle!

Emportés par quelque invisible courant, ils se fondirent dans le flot des spectateurs qui se hâtaient de rejoindre le foyer du théâtre; George avait tout naturellement offert son bras à Sybilla, comme si un geste moins intime eût été discourtois.

Emily, rouge et trébuchante, fut à son tour entraînée par la foule. Jack Radley avait passé un bras autour de sa taille. Tante Vespasia les précédait, majestueuse, avec sa couronne de cheveux argentés.

Au foyer, on ne pouvait éviter de rencontrer des connaissances. Il fallut donc commenter le spectacle, s'enquérir de la santé des uns et des autres, bref, bavarder de tout et de rien. Pour Emily, ce bourdonnement de voix n'avait aucun sens. Elle hochait la tête, acquiesçant à tout ce qu'on lui disait. Quelqu'un lui demanda des nouvelles de son petit Edward; elle répondit qu'il était à la maison et qu'il allait fort bien. Sentant le coude de George s'enfoncer dans ses côtes, elle comprit qu'elle devait à son tour prendre des nouvelles de la famille de son interlocuteur. Des bribes de conversations lui parvenaient de toutes les directions:

— Quel délicieux spectacle!
— Avez-vous vu *HMS Pinafore*[1]?
— Rappelez-moi cet air...
— Serez-vous à Henley? J'adore les régates! Une excellente distraction par cette canicule, ne trouvez-vous pas?
— Je préfère les courses de Goodwood. Elles ont quelque chose de spécial. Toutes ces toilettes, c'est incroyable!
— Mais mon cher, parlons un peu d'Ascot!
— Personnellement, je préfère la pelouse de Wimbledon.
— Je n'ai absolument plus *rien* à me mettre! Il faut que j'aille voir ma couturière. J'ai besoin de renouveler toute ma garde-robe.
— Avez-vous vu les peintures de l'Académie Royale, cette année? Des horreurs!
— Ma chère, je suis d'accord avec vous. Elles sont mortellement assommantes!

Pendant près d'une demi-heure, Emily supporta ces échanges de propos mondains, avant de se retrouver enfin dans sa voiture, aux côtés de George. Celui-ci se tenait raide et distant, comme un étranger. Plus qu'un étranger.

— Voyons, qu'avez-vous, Emily? s'exclama-t-il après un silence d'une dizaine de minutes, alors qu'ils attendaient que tous les spectateurs fussent remontés dans leur propre attelage.

Enfin, la voie fut libre et la calèche put s'engager dans le Strand.

Devait-elle mentir, repousser l'instant de la dispute qui ne manquerait pas de survenir? George exécrait les disputes. C'était un homme tolérant, généreux, facile à

---

1. Autre célèbre opérette de Gilbert et Sullivan. *(N.d.T.)*

vivre, mais, s'agissant de sentiments, il préférait choisir son heure! Or, à cette minute, résonnaient encore à ses oreilles les échos joyeux de cette charmante soirée.

Une partie d'elle-même souhaitait l'affronter, laisser éclater sa douleur, exiger des explications à cette conduite scandaleuse et blessante. Mais au moment où elle ouvrait la bouche, la lâcheté la paralysa. Une fois dits, les mots ne pouvaient être retirés; elle se serait coupé sa seule retraite. Une telle attitude ne lui ressemblait pas; en général, Emily demeurait très maîtresse d'elle-même et réagissait avec mesure. C'était d'ailleurs ce trait de caractère qui, entre autres, avait séduit George. Or, à présent, elle se trahissait, en préférant le mensonge facile; elle méprisait sa lâcheté et haïssait George de la réduire à une telle extrémité.

— Je ne me sens pas très bien, dit-elle avec raideur. Il faisait peut-être trop chaud dans la loge.

— Ah? Je ne l'ai pas remarqué. Personne ne s'en est plaint, à ma connaissance.

Il était encore fâché. Elle faillit rétorquer qu'il avait été bien trop occupé pour s'en rendre compte, mais, encore une fois, préféra éviter la crise.

— Alors je dois avoir de la fièvre.

— Eh bien, gardez le lit demain, lança-t-il d'un ton dépourvu d'aménité.

« Il tient seulement à se débarrasser de moi, songea-t-elle. Ma présence est un fardeau encombrant. »

Des larmes lui picotèrent les yeux, elle déglutit péniblement, remerciant le ciel de se trouver dans la pénombre protectrice de la voiture. Elle ne dit plus rien, de peur que sa voix ne la trahisse. George se taisait également. Le trajet se poursuivit en silence; dans la nuit d'été, les lunes jaunes des lampadaires à gaz éclairaient les rues; on n'entendait que le grincement des roues et le martèlement régulier des sabots sur la chaussée.

Lorsqu'ils atteignirent Cardington Crescent, le valet vint leur ouvrir la portière. Emily descendit de la voiture, passa entre les colonnes du portique qui menait au perron et gravit les marches sans se retourner pour voir si George la suivait. La tradition voulait que l'on dîne avant de se rendre à l'opéra et que l'on soupe au retour; mais Mrs. March avait décrété que son état de santé ne lui permettait pas de manger deux fois, bien qu'elle se portât comme un charme, malgré son grand âge. Les invités avaient donc renoncé au dîner. Une collation les attendait dans le grand salon, mais Emily n'avait pas le courage d'affronter les regards curieux, les éclats de rire, et la lumière trop vive des lustres.

— Vous voudrez bien m'excuser, lança-t-elle à la cantonade. J'ai passé une soirée délicieuse, mais je me sens un peu lasse et je préférerais me retirer dans ma chambre. Je vous souhaite à tous une bonne nuit.

Sans attendre de réponse, elle marcha droit vers l'escalier.

— Attendez!

La voix qui s'éleva derrière elle n'était pas celle de George, comme elle l'aurait souhaité, mais celle de Jack Radley.

— Vous ne vous sentez pas bien, Lady Ashworth? Vous êtes un peu pâle. Désirez-vous que l'on vous fasse monter quelque chose?

Il l'avait rejointe au pied de l'escalier.

— Non, non, merci, s'empressa-t-elle de répondre. Je suis sûre qu'avec un peu de repos tout ira mieux.

Ne voulant pas paraître impolie — c'eût été une réaction puérile —, elle s'obligea à se retourner pour le regarder. Il souriait. Il avait vraiment de très beaux yeux. Son attitude laissait supposer qu'ils étaient intimes, alors qu'elle le connaissait à peine; mais il se montrait suffisamment discret pour ne pas paraître importun. Elle comprenait comment il s'était acquis cette réputation auprès des femmes. Tiens, tiens, si elle tombait amoureuse de lui ? George ne l'aurait pas volé !

— Êtes-vous sûre que tout va bien ? répéta-t-il.

— Oui, répondit-elle d'une voix dénuée d'expression. Je vous remercie.

Elle gravit les marches aussi vite qu'elle le put sans avoir l'air de s'enfuir. A peine avait-elle atteint le palier que lui parvint du rez-de-chaussée un bruit de conversation animée ponctuée des rires en cascade de convives encore sous le charme d'une délicieuse soirée.

Au réveil, elle était seule dans son lit. Un flot de lumière passait entre les rideaux mal fermés. De toute évidence, George n'avait pas passé la nuit à ses côtés : à sa place, les draps étaient impeccablement tirés. Emily avait prévu de prendre le petit déjeuner dans sa chambre, mais ce matin, elle se supportait pas l'idée de se retrouver seule. Elle sonna sa camériste pour lui demander de faire couler un bain et de préparer ses vêtements, mais refusa le thé que celle-ci lui avait monté.

Elle jeta un châle sur ses épaules et tambourina à la porte du dressing attenant à sa chambre. Au bout d'un moment, George vint lui ouvrir, l'air étonné et ensommeillé, le cheveu en bataille.

— Oh... dit-il en clignant des yeux. Comme vous ne vous sentiez pas très bien hier soir, j'ai préféré ne pas vous déranger et j'ai fait en sorte que l'on me prépare un lit ici.

Il ne lui demanda pas si elle se sentait mieux. Il examina brièvement sa peau laiteuse, ses joues légèrement rosies, ses boucles de cheveux blond miel, conclut qu'elle se portait comme un charme et battit en retraite pour s'habiller.

Le petit déjeuner fut lugubre. Eustace, comme à son habitude, avait ouvert en grand toutes les fenêtres de la salle à manger : il était fervent adepte d'un « christianisme hygiénique ». Il s'attaqua à des pigeons en gelée avec un plaisir non dissimulé, dévora une pile de toasts beurrés brûlants puis se barricada derrière les pages du *Times*, soigneusement repassées par son valet, sans proposer d'en partager la lecture avec ses invités. Bien sûr, il était hors de question de donner un journal à lire à une femme, mais William, George et Jack Radley, pourtant présents à la table, n'eurent même pas le loisir d'y jeter un coup d'œil.

De son côté, Vespasia lisait sa propre gazette, ce qui avait toujours eu le don d'exaspérer Eustace.

— Tiens, il y a eu un meurtre à Bloomsbury, observa-t-elle, par-dessus sa coupe de framboises.

— En quoi cela nous concerne-t-il ? s'enquit Eustace sans lever les yeux de son journal.

La remarque était une critique évidente : une femme ne doit pas lire la presse et encore moins la commenter au petit déjeuner.

— A peu près autant que ce qui nous entoure ici même, répondit Vespasia. La vie quotidienne des gens, et son lot de tragédies.

— Ridicule ! intervint sèchement Mrs. March. Il s'agit probablement d'un habitant des bas-fonds qui méritait bien le sort qui lui a été réservé. Eustace, auriez vous l'obligeance de me passer le *Court Circular*[1] ? Moi, j'aime être au courant des nouvelles importantes, ajouta-t-elle avec un regard dégoûté en direction de Vespasia. A propos, j'espère que personne

---

1. Gazette de potins de la Cour. *(N.d.T.)*

n'a oublié que nous déjeunons chez les Withington et qu'ensuite nous jouons au croquet chez Lady Lucy Armstrong ?

Sourcils froncés, elle regarda Sybilla, avec une moue légèrement méprisante.

— Lady Lucy va nous assommer avec le match de cricket Eton-Harrow, et, bien entendu, nous serons obligés de l'écouter vanter les mérites de ses fils. Et *nous* n'aurons rien à lui répondre, comme d'habitude...

Sybilla rougit violemment. Ses yeux étaient brillants. Elle rendit son regard à la grand-mère de son mari, avec une expression énigmatique.

— Il faudra attendre de savoir s'il s'agit d'un garçon ou d'une fille avant de lui choisir une école, annonça-t-elle d'une voix claire.

William, qui portait sa fourchette à sa bouche, interrompit son geste, frappé de stupeur. George retint sa respiration, ce qui lui fit pousser un petit sifflement involontaire de surprise. Pour la première fois depuis qu'il s'était assis, Eustace baissa son journal, fixa sur sa belle-fille un regard étonné qui se transforma peu à peu en évidente jubilation.

— Sybilla ! Ma chère enfant... Vous voulez dire que vous êtes... Que vous attendez...

— Oui, dit-elle avec assurance. S'il ne tenait qu'à moi, je ne vous l'aurais pas dit tout de suite, mais je suis fatiguée d'entendre les sempiternelles réflexions de Grand-Maman.

— Vous ne pouvez pas m'en blâmer ! se défendit Mrs. March avec vigueur. Voilà douze ans que vous êtes mariée. Je désespérais de voir naître un héritier. Vous avez vraiment poussé ce pauvre William à bout, en attendant si longtemps pour lui donner un fils !

Ce dernier tourna la tête vers sa grand-mère, les joues en feu. Ses yeux bleus étincelaient.

— Cela ne vous regarde pas ! s'exclama-t-il brusquement. Je trouve vos remarques déplacées !

Il repoussa brutalement sa chaise, se leva et quitta la pièce.

Eustace replia son journal et se servit une tasse de café.

— Bien, bien. Félicitations, ma chère.

— Mieux vaut tard que jamais, concéda Mrs. March. Mais je doute que vous mettiez au monde une nombreuse progéniture, à présent.

Sybilla était encore toute rouge et visiblement très mal à l'aise. Pour la première fois depuis son arrivée à Cardington Crescent, Emily eut pitié d'elle.

Mais ce sentiment de commisération ne dura guère. Les jours suivants s'écoulèrent selon le rituel immuable de la bonne société pendant la Saison. Le matin, ils allaient se promener dans les allées cavalières du parc. Emily avait appris à monter en amazone avec grâce, mais elle était loin de posséder les dispositions innées de Sybilla pour l'équitation. George étant un cavalier émérite, il était inévitable que ces deux-là finissent par chevaucher côte à côte, à l'écart des autres.

William ne les accompagnait jamais, préférant rester à la maison pour peindre. La peinture était pour lui un métier autant qu'une vocation. C'était un artiste très doué, au point que ses œuvres étaient appréciées à la fois par les membres de l'Académie Royale et par les collectionneurs. Seul Eustace semblait contrarié à l'idée que son fils unique préférât se retirer dans l'atelier aménagé pour lui dans le jardin d'hiver, profitant ainsi de la lumière du matin, plutôt que parader à cheval pour se faire admirer du beau monde.

Lorsqu'ils ne montaient pas à cheval, ils se promenaient en voiture, faisaient des emplettes, rendaient visite à des intimes ou parcouraient des galeries d'art et des expositions.

Vers deux heures, ils déjeunaient, souvent chez des amis, en petit comité, puis, dans l'après-midi, assistaient à un concert ou se rendaient en attelage à Richmond Park ou à Hurlingham; ou encore allaient visiter, bienséance oblige, des dames qu'ils connaissaient fort peu, chez qui ils attendaient gauchement que le temps passe, raides sur leur chaise, en parlant de la pluie et du beau temps, de la mode et des gens. En général, les hommes trouvaient toujours un prétexte pour ne pas assister à ces après-midi mortellement ennuyeux et se retrouvaient alors dans leurs clubs respectifs.

A quatre heures, on prenait le thé, tantôt à la maison, tantôt à une garden-party. Un jour, ils disputèrent un match de croquet, au cours duquel George, partenaire de Sybilla, perdit systématiquement, déclenchant l'hilarité et la liesse chez les invités. Leur tandem obtint beaucoup plus de succès qu'Emily, qui pourtant gagna la partie. Sa victoire lui laissa dans la bouche un goût de cendre. Même Eustace, son coéquipier, ne paraissait pas remarquer sa présence. Tous les regards étaient fixés sur Sybilla, vêtue d'une robe cerise, joues rosies, yeux brillants, riant de sa maladresse de si bon cœur que tout le monde voulait rire avec elle.

Pendant le trajet du retour, Emily s'emmura dans un silence buté; arrivée à la maison, elle monta dans sa chambre d'un pas pesant, pour changer de toilette avant d'aller dîner et se rendre au théâtre.

Lorsque le dimanche arriva, elle était à bout. Ils avaient assisté à la messe du matin. En tant que patriarche d'une famille très pieuse, Eustace avait insisté pour que tout le monde se rendît à l'église. Leur sens du devoir envers leur hôte les obligea donc à exaucer son souhait, même Jack Radley, qui n'éprouvait aucune inclination particulière pour ce rite dominical. Il aurait préféré passer ses dimanches de vacances à galoper dans les allées du parc, sous le chaud soleil qui jouait dans les frondaisons, à sentir la caresse du vent sur son visage, à voir s'éparpiller sur son passage les oiseaux, les chiens et aussi les promeneurs. George aurait fait de même, en temps normal, mais aujourd'hui, il avait paru positivement ravi de se trouver sur un banc d'église. Assis à côté d'Emily, il portait sans cesse son regard dans la direction de Sybilla.

Au cours du déjeuner, on discuta du sermon, fort sérieux et ennuyeux, le disséquant pour en approfondir le sens. Au dessert, Eustace décréta que le pasteur avait prôné la force d'âme et l'acceptation stoïque de l'affliction. Seul William, parce que le sujet l'intéressait, ou qu'il était en colère, prit la peine de contredire son père et soutint qu'au contraire le sermon avait pour thème la compassion.

— Fadaises! rétorqua Eustace. Tu as toujours été trop mou, William. Toujours à choisir la solution de facilité. Trop de sœurs, voilà d'où vient le problème. Tu aurais dû être une fille.

Il tapa du poing sur la table.

— Du courage! Voilà ce qu'il faut pour être un homme... et un bon chrétien!

La fin du repas s'écoula dans le silence. Ils passèrent ensuite l'après-midi à lire et à rédiger leur courrier.

La soirée fut pire encore. Assis dans leur fauteuil, ils essayèrent d'entretenir une conversation adaptée au repos dominical, jusqu'à ce que Sybilla soit invitée à jouer du piano, ce qu'elle faisait plutôt bien et avec un plaisir évident. Tous, sauf Emily, se prêtèrent au jeu, chantèrent des ballades, et certains entonnèrent des solos plus sérieux. Sybilla avait une voix chaude et richement timbrée, aux inflexions rauques et entrecoupées.

Une fois dans sa chambre, Emily renvoya sa camériste et commença à se déshabiller. Elle avait mal à la gorge à force de refouler son envie de pleurer. George entra et referma bruyamment la porte derrière lui.

— N'auriez-vous pas pu faire un petit effort, Emily ? dit-il avec froideur. On va finir par prendre vos airs boudeurs pour de la mauvaise éducation.

C'en était trop. L'injustice était intolérable.

— Moi, mal élevée ! C'est inouï ! Comment osez-vous m'accuser ? Voilà quinze jours que vous courez après la belle-fille de notre hôte devant tout le monde, y compris les domestiques. Et parce que je ne tiens pas à m'associer à votre bonne humeur, vous m'accusez d'être mal élevée ! C'est un comble !

George n'avait pas cillé, mais ses joues virèrent au cramoisi.

— Vous êtes folle, dit-il posément. Il vaudrait mieux que vous restiez seule jusqu'à ce que vous soyez calmée. Je dormirai dans le dressing ; le lit est encore fait. Je peux très bien dire que vous ne vous sentez pas bien et que je ne veux pas vous déranger.

Ses narines palpitaient légèrement ; une ombre d'irritation passa sur son visage.

— Ils n'auront aucun mal à le croire. Bonne nuit.

Un instant plus tard, il était parti.

Emily demeura immobile, anéantie par l'énormité de l'injustice dont elle était victime. Il lui fallut plusieurs minutes pour l'assimiler. Puis elle se jeta sur son lit, bourra son oreiller de coups de poing, de toutes ses forces, et éclata en sanglots. Elle pleura jusqu'à sentir ses yeux brûler et avoir mal aux poumons ; pourtant elle ne se sentait pas mieux, seulement trop fatiguée pour souffrir... jusqu'au lendemain.

3

Elle s'éveilla aux aurores, avant même le lever des servantes, et réfléchit à la situation. La crise de la veille au soir avait balayé ses incertitudes; il n'était plus question de faire mine d'ignorer une situation qui, à n'en pas douter, n'irait qu'en empirant. Sa résolution était prise : elle allait se battre ! Non, Sybilla ne gagnerait pas la partie simplement parce qu'elle, Emily, n'avait pas l'intelligence ou la force de livrer bataille. Jusqu'où était allée cette liaison ? Elle était bien obligée d'admettre, avec un pincement au cœur, qu'elle avait dû aller fort loin, à en juger par la hâte de George à trouver une excuse pour dormir dans le dressing.

Quoi qu'il en soit, elle userait de toute son habileté pour ramener son mari vers elle. Et Dieu sait qu'elle était douée dans ce domaine! Dans la course au mariage, n'avait-elle pas été la première élue, alors qu'elle avait affaire à forte partie ?

Si elle continuait à paraître aussi malheureuse qu'elle l'était en réalité, elle embarrasserait toute la famille et susciterait une pitié qui ne se laisserait pas aisément oublier, même si elle gagnait la bataille. Pis encore, une telle attitude déplairait profondément à George, qui, comme la plupart des hommes, appréciait une épouse gaie, charmante et possédant assez de bon sens pour garder ses soucis pour elle. Un sentimentalisme excessif, surtout étalé en public, le mettrait très mal à l'aise. Loin de le détourner de Sybilla, il le pousserait un peu plus dans ses bras.

Emily allait interpréter le rôle de sa vie. Elle se montrerait si charmante, si enjouée que George ne verrait en Sybilla qu'une pâle copie de son épouse. Elle retrouverait enfin une existence charnelle.

Trois jours durant, elle joua la comédie presque à la perfection. Même si elle était au bord des larmes, elle savait que personne ne s'en apercevait, sauf peut-être tante Vespasia, qui voyait tout. Mais dans son cas, ce n'était pas très grave; derrière sa sublime élégance et son humour dévastateur, Vespasia était la seule personne qui l'aimait vraiment.

Cependant, cette simulation s'avérait parfois si douloureuse qu'elle faillit se persuader de son inutilité. Elle courait à l'échec. Sa voix sonnait faux, elle souriait jaune. Aussi, ne disposant d'aucune autre arme pour remporter la victoire, faisait-elle les cent pas, seule, d'une pièce à l'autre, pour retrouver son énergie, puisant dans ses dernières forces pour paraître gaie, attentionnée et courtoise. Elle s'efforçait même de se montrer polie à l'égard de Mrs. March, sans toutefois résister au plaisir de se moquer d'elle en son absence, ce qui n'était pas pour déplaire à Jack Radley.

Au soir du troisième jour, elle éprouvait de plus en plus de difficultés à poursuivre cette mascarade. Les convives, attablés autour de la gigantesque table d'acajou, s'étaient habillés pour le dîner, Emily de vert pâle, Sybilla d'indigo. Emily étouffait dans ce décor victorien, aux lourdes tentures festonnées, de velours brun rouille, aux murs surchargés de tableaux. Garder le sourire et faire émerger de son imagination fatiguée et angoissée quelques remarques désinvoltes devenait insupportable. Elle repoussait la nourriture vers les bords de son assiette, mais ne refusait pas les verres de vin.

Surtout, elle devait éviter de flirter ouvertement avec William; chacun y verrait une mesure de représailles, même George, pourtant indifférent à tout. Rien n'échappait au regard inquisiteur de Mrs. March. Veuve depuis quarante ans, elle présidait à la destinée de la maison, maîtresse de son royaume, avec une poigne de fer et une insatiable curiosité. Emily devait se montrer drôle et charmante envers tous, y compris Sybilla, comme il sied à une femme du monde, quoi qu'il lui en coûtât. Elle prit soin de ne pas raconter d'histoires plus drôles que celles des autres convives et de rire en soutenant leur regard, de façon à paraître naturelle.

Elle cherchait le compliment approprié et suffisamment sincère pour être cru, écoutant avec attention les interminables anecdotes de l'oncle Eustace, qui la faisaient mourir d'ennui, sur ses exploits d'athlète au temps de sa jeunesse. Ardent défenseur de la maxime « une âme saine dans un corps sain », il ne se préoccupait guère d'esthétisme. La déception que lui causait son fils était implicite dans chacune de ses réflexions. En observant le visage tendu de William, assis en face d'elle, Emily avait du mal à garder son calme et à conserver une expression d'intérêt poli.

Après les gâteaux, lorsqu'il ne resta sur la table que la glace à la vanille, l'eau de framboise et les fruits, Tassie lança quelque chose à propos d'une *soirée*[1] où elle s'était profondément ennuyée, ce qui lui attira le regard courroucé de sa grand-mère. Cela donna sou-

---

1. Réception de fin d'après-midi où les invités écoutent ou jouent de la musique. *(N.d.T.)*

dain une idée à Emily, qui adressa un petit sourire à Jack Radley.

— Ces soirées sont parfois assommantes, acquiesça-t-elle, mais on peut aussi beaucoup s'y amuser.

Tassie, assise du même côté qu'Emily, ne put voir son expression malicieuse.

— Ce jour-là, il y avait une grosse soprano qui chantait plutôt mal, expliqua-t-elle. Et elle paraissait si sérieuse.

— La plus mémorable soirée où je me suis rendue était très sérieuse aussi, dit Emily, se souvenant de la scène avec précision. Un jour, Charlotte et moi avions emmené Maman... C'était extraordinaire...

— Tiens donc? releva Mrs. March avec froideur. J'ignorais que vous étiez mélomane.

Emily conserva une expression naïve, ignorant le sous-entendu, et regarda Jack Radley droit dans les yeux. Elle comprit avec plaisir qu'elle était parvenue à capter son attention, exactement comme elle aurait souhaité le faire avec George.

— Je vous en prie! la pressa-t-il. Racontez-nous ce qu'il peut y avoir d'extraordinaire chez une grosse soprano qui chante mal et se prend au sérieux!

William frissonna. Tout comme Tassie, il avait une sensibilité à fleur de peau; maigre, des cheveux roux plus foncés, des traits plus accusés, ciselés par une souffrance qui n'avait pas encore marqué le visage de sa sœur.

Emily leur narra la soirée telle qu'elle s'était déroulée.

— La cantatrice avait un physique imposant, un teint fleuri et un tempérament passionné. Elle portait une robe emperlée, à longues franges, qui frémissaient à chaque mouvement. Son accompagnatrice, Miss Arbuthnot, était une personne maigrichonne, tout de noir vêtue. Elles se sont concertées plusieurs minutes sur le choix des partitions, puis la soprano s'est avancée et a annoncé qu'elle allait chanter *Home Sweet Home*, qui, comme vous le savez, est une mélodie lourde et sentimentale. Ensuite, pour nous égayer, elle nous offrirait la délicieuse chanson de Yum-Yum, extraite du *Mikado* de Gilbert et Sullivan, intitulée « Les trois jeunes filles ».

— Ah, cet air-là est beaucoup plus entraînant! s'exclama Tassie. Bien que votre soprano ne me paraisse pas l'interprète idéale du rôle de Yum-Yum.

Elle se mit à fredonner joyeusement une ou deux mesures de la chanson.

— « Extraordinaire » est peut-être un peu exagéré pour qualifier une soprano qui massacre les airs, commenta Eustace.

Ignorant la critique, Emily poursuivit :

— Elle s'est tournée vers nous, a pris une expression très émue et commencé à chanter lentement, d'une voix solennelle et pleine de sentiments... mais, horreur! la pianiste s'est mise à plaquer des arpèges à un rythme endiablé!

Et elle imita la soprano d'une voix sonore, à la fois triste et sauvage.

— « A tout oiseau, son nid est beau... »

Seul Jack Radley parut avoir compris le comique de la situation.

— *Da-di-di-dum-dum, da da di-i*, enchaîna-t-il, ravi.

— Oh, non!

La joie illumina le regard de Tassie, qui ne put s'empêcher de pouffer de rire. Sybilla se joignit à elle, et même Eustace sourit.

— Elles se sont arrêtées, écarlates, poursuivit Emily

avec entrain. Puis la soprano a bredouillé des excuses, pivoté sur elle-même et foncé sur le piano. Miss Arbuthnot fouillait parmi ses partitions, qui se sont éparpillées sur le parquet. Elles les ont rassemblées, en se disputant à voix basse et en se menaçant du doigt ; tout le monde faisait semblant de ne rien remarquer. Personne ne soufflait mot. Charlotte et moi n'osions pas nous regarder, de peur d'éclater de rire. Finalement, elles sont parvenues à s'entendre. La pianiste a placé une nouvelle partition sur le pupitre ; la soprano s'est avancée d'un air décidé vers l'auditoire, a pris une énorme inspiration... Les perles de son collier s'entrechoquaient sur sa gorge, au risque de se casser. Avec un aplomb incroyable, elle a entonné une fougueuse interprétation de « *Nous sommes trois collégiennes, débordantes d'allégresse...* ».

Emily s'interrompit, plongea son regard dans les yeux bleu foncé de Jack Radley, et ajouta :

— Hélas... Miss Arbuthnot plaquait pesamment sur son piano les accords solennels de *Home Sweet Home*, le visage empreint d'une intense nostalgie !

Cette fois, même la vieille Mrs. March esquissa un sourire. Tassie éclata de rire. Les autres gloussaient de joie.

— Elles ont continué ainsi pendant trois bonnes minutes, reprit enfin Emily, chantant et jouant de plus en plus fort, essayant de se surpasser l'une l'autre, jusqu'à ce que les lustres commencent à vibrer. Charlotte et moi n'en pouvions plus. Nous avons bondi de nos chaises et nous nous sommes précipitées vers la sortie en butant dans les pieds des spectateurs et en bousculant tout le monde. Nous nous sommes heurtées sur le pas de la porte et avons dû nous accrocher l'une à l'autre pour ne pas tomber ! Nous étions mortes de rire ! Même Maman, lorsqu'elle nous a rejointes, n'a pas eu le cœur de se mettre en colère.

— Ah ! Cela me rappelle le bon vieux temps, fit Vespasia avec un grand sourire, en se tamponnant les yeux. Moi aussi, j'ai assisté à des soirées mémorables. Désormais, je ne pourrai plus écouter une soprano sans penser à cette histoire ! J'aimerais que pareille mésaventure arrive à certains chanteurs — j'en connais de calamiteux —, ce serait un telle satisfaction !

— Oh, moi aussi ! acquiesça Tassie. En commençant par Mr. Beamish et ses hymnes à la gloire de la maternité. En nous y prenant à l'avance, nous pourrions lui jouer un bon tour, non ? ajouta-t-elle, pleine d'espoir.

— Anastasia ! la tança Mrs. March d'une voix glaciale. Tu n'en feras rien. Ce serait complètement irresponsable, et de très mauvais goût. Je t'interdis même d'y penser !

Mais Tassie conserva un sourire radieux, le regard brillant et lointain.

— Qui est Mr. Beamish ? s'enquit Jack Radley, curieux.

— Le pasteur, répondit Eustace, très sec. Vous avez entendu son sermon dimanche.

Tante Vespasia réprima un gloussement joyeux. Elle se mit à extraire les pépins de sa grappe de raisin à l'aide de ses couverts en argent, et les repoussa élégamment sur le bord de son assiette.

Mrs. March s'impatientait. Enfin, elle se leva, dans un bruissement de soie, manquant d'emporter la nappe avec elle. George eut juste le temps de rattraper au vol un verre qui menaçait de perdre l'équilibre.

— Mesdames, il est temps de nous retirer, déclara-t-elle d'une voix forte, en foudroyant Vespasia et Sybilla du regard.

Elle savait que Tassie et Emily n'oseraient pas lui désobéir.

Lady Cumming-Gould se leva avec sa grâce coutumière ; elle se déplaçait toujours à son rythme, que le reste du monde la suivît ou non. Les autres l'imitèrent de mauvaise grâce : Tassie timidement, Sybilla avec hardiesse, en souriant aux hommes par-dessus son épaule, Emily avec le sentiment angoissant que sa victoire n'en était pas une et qu'elle perdrait rapidement toute sa saveur.

— Je suis sûre qu'avec un peu d'imagination, on pourrait lui jouer un bon tour... confia Vespasia à Tassie.

— A qui, Grand-Maman ? s'étonna celle-ci.

— A Mr. Beamish, pardi ! Voilà des années que je rêve de voir s'évanouir son sourire stupide.

Elles passèrent à côté d'Emily en chuchotant et entrèrent dans le salon, une pièce spacieuse et fraîche, décorée dans différents tons de vert pâle. C'était l'un des rares endroits de la maison qu'Olivia March, l'épouse d'Eustace, avait été autorisée à redécorer à son goût. Du temps de sa belle-mère, on jaugeait la fortune et le sérieux des gens sur la majesté de leur mobilier. Plus tard, la mode évoluant, le statut social et l'innovation devinrent les nouveaux critères de respectabilité. Mais l'orientalisme qui s'était développé autour de l'Exposition universelle de 1862 avait marqué le goût d'Olivia ; le grand salon vert en était l'illustration : teintes douces, mobilier confortable et sobre, à l'opposé du boudoir de Mrs. March. L'autre salon du rez-de-chaussée, entièrement décoré dans des tons rose vif, regorgeait de jardinières et de photographies encadrées ; des étoffes drapaient le piano, le manteau de la cheminée, et les fauteuils à têtière.

Emily suivit l'exemple de Vespasia et de Tassie et prit place sur une chaise, non sans avoir proposé, pour la forme, son aide à Mrs. March. Tant qu'elle n'était pas seule dans sa chambre, elle devait jouer le jeu jusqu'au bout. Les femmes sont très observatrices. Elles remarquent le moindre changement d'intonation dans une voix, la moindre ombre sur un visage, et les interprètent instantanément.

— Merci, dit Mrs. March, en lissant les plis de sa robe afin qu'ils retombent impeccablement de part et d'autre de son fauteuil.

Puis elle tapota ses cheveux gris, coiffés de manière élaborée, à la mode des années 1850, l'époque de la guerre de Crimée. Emily se demanda combien de temps il avait fallu à sa camériste pour la peigner ! Pas une mèche qui ne fût à sa place, et ce, depuis le petit déjeuner. Était-ce une perruque ? Elle aurait bien aimé tirer dessus pour s'en assurer.

— C'est très gentil à vous, poursuivit la vieille dame. Beaucoup trop de jeunes personnes n'ont plus de considération envers leurs aînés.

Elle ne regarda personne en particulier, mais la crispation du coin de sa bouche trahissait une irritation qui s'adressait bien à quelqu'un. Emily se douta que Tassie allait subir un sermon et s'entendre rappeler avec acrimonie, dès qu'elles seraient en tête à tête, qu'une petite-fille doit obéir et respecter sa grand-mère, et aussi faire tout son possible pour aider sa famille à lui trouver un honorable prétendant. A tout le moins devait-elle veiller à ne pas contrarier leurs efforts. Et Sybilla ne manquerait pas non plus de se faire rappeler à l'ordre.

Elle lui rendit un chaleureux sourire, qui n'était qu'un amusement déguisé et non de la sympathie.

— Je pense qu'elles ont d'autres soucis en tête, déclara-t-elle d'un ton docte.

— Pas plus que nous en avions à leur âge ! rétorqua Mrs. March, agressive. Nous aussi devions nous débrouiller, vous savez. Être enceinte peut être une bonne excuse pour avoir des vapeurs et pleurnicher, mais n'autorise pas à manquer de considération. J'ai eu sept enfants, je sais de quoi je parle. Non pas que je ne sois ravie. Il était temps ! Nous commencions à désespérer. Pour une femme, la stérilité est une véritable tragédie.

Elle jeta à la taille fine d'Emily un regard critique.

— Sybilla a certainement beaucoup déçu ce pauvre Eustace. Il désirait tellement que William ait un héritier. La famille, vous comprenez, la famille est tout ce qu'il vous reste, au bout du compte, conclut-elle en reniflant.

Emily demeura silencieuse, n'ayant rien à répondre. L'étrange compassion qu'elle avait ressentie pour Sybilla lui revint ; pourtant le moment était mal choisi. Elle devait oublier que Sybilla, elle aussi, avait été mise à l'écart de la famille, puisqu'elle n'avait pu, en douze ans, leur offrir la seule chose qui comptait à leurs yeux : un héritier.

Mrs. March s'enfonça un peu plus dans son fauteuil.

— Enfin, mieux vaut tard que jamais, comme je le dis toujours. Désormais, elle restera à la maison pour accomplir son devoir de mère, au lieu de ne s'intéresser qu'à la mode, occupation superficielle et sans intérêt. Elle va enfin rendre William heureux et lui offrir le foyer dont il a besoin.

Emily ne l'écoutait plus. Bien sûr, la grossesse de Sybilla pouvait en partie expliquer son comportement. Emily se remémorait le mélange d'excitation et d'angoisse qu'elle avait éprouvé en attendant Edward. C'était un tel changement dans son existence, quelque chose d'irréversible, qui lui arrivait à elle seule. D'une certaine façon, elle était devenue deux personnes. Malgré la joie de George, tout au plaisir d'être père, cette grossesse avait mis une distance entre eux. S'ajoutait à cela la peur de devenir disgracieuse, vulnérable et de perdre son pouvoir de séduction.

Sybilla, ayant dépassé la trentaine, devait être confrontée à cette même confusion d'émotions, sans compter la crainte de l'accouchement proprement dit, avec son cortège de souffrances, de gêne, de honte et, en arrière-plan, la possibilité de la mort en couches. Là résidait peut-être la cause de son égoïsme, de son désir d'attirer l'attention masculine pendant qu'elle le pouvait encore, avant que ses rondeurs de future mère ne la rendent maladroite et ne l'obligent à rester confinée chez elle.

Tout cela était bien joli, mais n'excusait pas George ! Emily faillit s'étouffer de colère. Une foule de stratagèmes défila dans son esprit : par exemple, monter à l'étage, attendre son arrivée, et l'accuser de but en blanc de se comporter comme un idiot, de la mettre dans une situation impossible, et d'offenser non seulement William, mais l'oncle Eustace, sous son propre toit, ainsi que les autres invités. Elle pouvait également lui dire que, s'il ne limitait pas ses attentions pour Sybilla à des marques de galanterie plus classiques, elle rentrerait chez elle sur-le-champ et ne lui adresserait plus la parole jusqu'à ce qu'il lui présentât ses excuses — et qu'il promît de s'amender !

Cet accès de rage retomba très vite. Une querelle ne lui rendrait pas le bonheur. Si George se laissait intimider et lui obéissait, ils se mépriseraient mutuellement ; sa victoire aurait un goût amer et ne lui apporterait aucune satisfaction. Ou bien alors, loin de l'écouter, il poursuivrait davantage Sybilla de ses assiduités, simplement pour lui montrer qu'elle ne pouvait lui dicter sa conduite. Et cette deuxième solution était la plus probable... Maudits soient les hommes ! Elle serra les dents. Maudits soient les hommes pour leur stupidité, leur manie de courir après tout ce qui porte jupon et, par-dessus tout, pour leur vanité!

Elle avait la gorge tellement nouée qu'elle ne parvenait plus à avaler sa salive. Il y avait tant de choses chez George qu'elle aimait : sa gentillesse, sa tolérance, sa générosité et parfois aussi sa drôlerie! Pourquoi se comportait-il comme un adolescent?

Elle ferma les yeux; quand elle les rouvrit avec effort, elle surprit le regard de Vespasia posé sur elle.

— Eh bien, Emily, j'attends toujours que vous me parliez de votre visite à Winchester. Vous ne m'en avez encore rien dit.

Impossible de trouver une échappatoire; elle allait être obligée de se mêler à la conversation. Emily savait que Vespasia avait posé la question à dessein, et elle ne voulait pas la décevoir en se montrant défaitiste. Dans sa situation, Vespasia n'aurait pas abandonné la partie et ne serait jamais allée pleurnicher dans son coin.

Avec un enthousiasme feint, Emily se lança dans un récit qu'elle inventait plus ou moins au fur et à mesure. Elle entrait dans des détails compliqués lorsque ces messieurs firent leur apparition au salon, plus tôt qu'à l'ordinaire. Toute la soirée, elle se débrouilla pour jouer la comédie; aussi, quand vint l'heure de se retirer, eut-elle la maigre consolation de s'être montrée à la hauteur de la tâche qu'elle s'était fixée. Pour preuve, l'éclair approbateur qu'elle vit passer dans le regard gris acier de Vespasia, et une certaine expression sur le visage de Tassie, qui pouvait être de l'admiration.

Mais George ne l'avait regardée qu'une seule fois, avec un sourire artificiel, ce qui la blessa bien davantage que s'il avait arboré une mine renfrognée. Elle avait l'impression d'être inexistante à ses yeux.

Jack Radley, comme elle s'y attendait, s'était montré complice, mais elle jugeait préférable de garder ses distances vis-à-vis de lui. Ils avaient beaucoup ri ensemble, car Jack possédait un grand sens de l'humour. Lorsque vint l'heure de se retirer, il l'accompagna galamment à l'étage, en lui tenant le coude. Oubliant presque sa présence, elle s'arrêta sur le palier, dans l'espoir que George la suivrait. Mais elle n'entendit qu'un bruissement de satin contre la rampe d'escalier. Elle se doutait qu'il s'agissait de Sybilla et, pourtant, quelque chose — un maigre espoir — la poussa à attendre qu'ils apparaissent tous deux dans son champ de vision. George souriait. Les appliques à gaz éclairaient ses cheveux noirs et la chair laiteuse des épaules de Sybilla.

George leva les yeux, aperçut son épouse et s'écarta de sa compagne; toute trace de spontanéité disparut de ses traits, remplacée par un léger embarras. Puis il regarda de nouveau Sybilla.

— Bonne nuit, ma chère, et merci pour cette délicieuse soirée, dit-il avec gaucherie, pris entre l'intimité de l'instant précédent et l'obligation de prendre rapidement congé.

Le visage de Sybilla resplendissait; elle paraissait complètement absorbée par ce qu'ils s'étaient dit, ou par ce qui venait de se passer entre eux. A ses yeux, Emily n'existait pas; quant à Jack Radley, il n'était qu'une ombre faisant partie du décor, pour la durée d'un week-end. Les mots étaient superflus : son sourire disait tout.

Emily éprouva une nausée soudaine. Tous ses efforts avaient donc été vains... Elle avait joué la comédie devant un parterre vide, pour elle seule. George n'avait rien vu. Rien de ce qu'elle pouvait dire ou faire n'avait d'importance.

— Bonne nuit, Mr. Radley, bredouilla-t-elle.

Elle tendit la main vers la poignée de sa porte, l'ouvrit, entra et s'enferma à double tour, chassant George et Sybilla de ses pensées jusqu'au lendemain matin. Elle avait neuf heures de solitude pour pleurer tout son soûl. Personne ne le saurait, et lorsqu'elle aurait laissé jaillir sa souffrance et les incertitudes qui la dévoraient, il lui resterait le refuge d'un sommeil réparateur. Elle pouvait remettre à plus tard sa décision.

La femme de chambre frappa à la porte.

Emily renifla.

— Je n'ai pas besoin de vous, Millicent, dit-elle d'une voix lasse. Vous pouvez aller vous coucher.

— Très bien, madame, répondit cette dernière après une légère hésitation. Je vous souhaite une bonne nuit.

— Bonne nuit, Millicent.

Elle se déshabilla avec lenteur, étala sa robe sur le dossier de sa chaise, puis retira les épingles de ses cheveux. Quel soulagement de ne plus sentir le poids de son chignon!

Que leur arrivait-il? Pourquoi cette liaison? Sybilla était-elle plus belle, plus spirituelle, plus charmante qu'elle? Ou la faute lui incombait-elle entièrement? Avait-elle changé à ce point, perdu les qualités que George appréciait? Elle fouilla sa mémoire à la recherche d'une bévue, d'une attitude de sa part qui aurait pu décevoir son attente, ses désirs. Elle n'était ni distante ni désagréable, ni particulièrement dépensière; elle ne se montrait jamais impolie vis-à-vis de ses amis, et Dieu sait pourtant si elle avait été tentée! Certains d'entre eux, superficiels et stupides, s'adressaient à elle comme à une gamine.

Se torturer l'esprit ne servait à rien. Elle se glissa dans son lit et décida qu'il valait mieux être en colère que se lamenter. Les gens en colère se battent et parfois ils gagnent !

Elle s'éveilla avec un affreux mal de tête. Son échec de la veille lui revint aussitôt en mémoire. Toute son énergie l'abandonna ; les rayons du soleil qui jouaient sur les moulures du plafond, loin de lui réchauffer le cœur, lui brûlaient les yeux. Si seulement il faisait encore nuit, elle pourrait rester seule... L'idée de descendre prendre son petit déjeuner la rendait malade, car il lui faudrait affronter tous ces sourires — curieux, amicaux ou apitoyés — et faire comme si de rien n'était. Ce que les autres voyaient de George et Sybilla n'avait pas d'importance ; elle savait quelque chose qu'ils ignoraient, quelque chose qui expliquait tout.

Elle se recroquevilla en chien de fusil et cacha sa tête sous les draps. Mais plus elle traînait au lit, plus les idées noires l'envahissaient. Son imagination s'emballait, donnant réalité aux plus douloureuses suppositions, jusqu'à ce que la détresse la submergeât. Ses tempes battaient, ses yeux piquaient ; il était temps de se lever. Millicent avait déjà frappé deux fois à sa porte ; son thé allait être froid. La troisième fois, Emily fut bien obligée de lui dire d'entrer.

Elle prit grand soin de son apparence ; au fond, elle s'en moquait, mais il fallait bien se montrer sous son meilleur jour. Un joli teint, avec l'aide de fards, valait mieux qu'une mine de papier mâché.

Elle ne fut pas la dernière à s'asseoir à la table du petit déjeuner : Sybilla n'était pas en vue, et on lui apprit que Mrs. March et tante Vespasia avaient préféré rester dans leur chambre.

— Vous avez très bonne mine, ma chère ! s'exclama Eustace.

Bien entendu, il était parfaitement au courant de la

situation, mais à son avis, une femme éduquée devait, quoi qu'il lui en coûtât, supporter cet état de choses avec discrétion et affecter de ne pas s'en apercevoir. Eustace n'appréciait guère Emily, mais il était prêt à revenir sur son opinion si elle se conduisait en épouse modèle.

— Je vais très bien, merci, répondit-elle en s'efforçant de sourire — curieusement, son irritation lui facilitait la tâche. Et vous ? J'espère que vous avez eu un sommeil paisible ?

— J'ai passé une excellente nuit !

Il se servit une généreuse portion de chacun des plats disposés sur l'imposante desserte de chêne, porta son assiette à la table, puis alla ouvrir les fenêtres en grand, respira à pleins poumons et expira lentement, à plusieurs reprises.

— Excellent, excellent, dit-il en revenant s'asseoir, sans se préoccuper de ses hôtes qui frissonnaient dans les courants d'air. J'ai toujours pensé que chez une femme la bonne santé est capitale. Pas vous ?

Emily ne voyait pas pourquoi la santé était plus importante chez une femme, mais comme la question paraissait de pure forme, elle ne répondit pas. D'ailleurs Eustace enchaîna aussitôt :

— Aucun homme, surtout de bonne famille, ne désire une épouse souffreteuse.

— Chez les pauvres, la santé est encore plus précieuse, le contredit Tassie avec brusquerie. Les soins coûtent très cher.

Eustace n'allait pas laisser sa fille interrompre son discours pontifiant par une remarque déplacée sur les pauvres. Il balaya le sujet d'un geste de la main.

— Bien sûr, ma chérie, mais si les pauvres n'ont pas d'enfants, quelle importance ? Ce n'est pas comme lorsqu'il s'agit de transmettre un titre ou d'assurer une lignée, pour parler franc. Les gens ordinaires n'ont pas autant besoin d'héritiers que nous.

Il décocha un coup d'œil noir à son fils.

— Il est préférable d'en avoir plus d'un, si l'on veut voir son nom se perpétuer.

George s'éclaircit la gorge et haussa les sourcils. Son regard passa rapidement sur Sybilla et son époux, puis revint vers son assiette. Les traits de William se crispèrent.

— Être malade n'empêche pas d'avoir des enfants, argumenta Tassie, les joues en feu. La santé n'est pas une vertu, à mon avis. C'est une chance que d'être bien portant et ce sont en général les plus riches qui se portent le mieux.

Eustace prit une profonde inspiration, et expira bruyamment d'un air impatient.

— Ma chérie, tu es trop jeune pour savoir de quoi tu parles. C'est un problème que tu ne peux pas comprendre, et que tu ne dois pas chercher à aborder. Une jeune femme de bonne famille n'évoque pas ces choses-là, par délicatesse. Ta mère n'y aurait jamais songé ! Je suis sûr que Mr. Radley me comprend, n'est-ce pas, Jack ?

Il lui sourit, mais ne reçut en retour qu'un regard impassible, dénué de toute approbation.

Tassie rougit de plus belle et baissa la tête sur ses tartines de confiture. Elle était sans doute furieuse de se voir traiter avec une telle condescendance et aussi très embarrassée, car la réflexion de son père était fort déplaisante, comparée à ce qu'elle avait voulu dire.

Mais Eustace était incorrigible ; il poursuivit indirectement sur le même sujet, tout au long du petit déjeuner. A ses propos sur l'alimentation et l'hygiène s'ajoutèrent maintes digressions sur l'éducation, la pudeur, l'obéissance, l'égalité de caractère et enfin l'art de converser et de tenir une maison. Le seul sujet qu'il n'aborda pas fut celui de l'argent, bien entendu, car cela aurait été vulgaire. C'était un sujet sensible ; sa mère, originaire d'une famille qui avait dilapidé sa fortune, avait en effet dû choisir entre la réduction de son train de vie ou le mariage avec un parvenu enrichi pendant la révolution industrielle, dans les mines ou les filatures du nord de l'Angleterre. Le Négoce, disait-on alors. Elle avait opté pour cette deuxième solution, avec dégoût. La première eût été inacceptable.

Tout en parlant, Eustace hochait la tête d'un air satisfait.

— Quand je repense à ces années de bonheur auprès de mon épouse bien-aimée — qu'elle repose en paix — je réalise combien toutes ces choses y ont contribué. Olivia... quelle femme merveilleuse ! Vous ne vous imaginez pas à quel point je chéris son souvenir. Le jour où elle a quitté cette vallée de larmes pour un monde meilleur a été le plus triste de mon existence.

Emily jeta un coup d'œil à William, dont elle ne pouvait voir le visage car il baissait la tête, et, ce faisant, croisa par hasard le regard pétillant de Jack Radley. Il leva les yeux au ciel, discrètement, et lui sourit. C'était un regard brillant et troublant ; elle comprit alors que, au cours de ces trois derniers jours, si tous ses efforts pour reconquérir son mari avaient été vains, ils avaient en revanche obtenu un plein succès auprès de Jack. C'était une maigre satisfaction, qui ne servait pas à grand-chose, sauf à provoquer, sans l'avoir désiré, la jalousie de George.

Elle lui rendit un petit sourire complice.

George finit par se mêler à la conversation car Eustace s'adressait à lui amicalement, cherchant à connaître son opinion, et lui exprimant son admiration, attitude qu'Emily jugeait parfaitement déplacée. En ce moment, George était bien la dernière personne à qui l'on pouvait demander son avis sur la félicité conjugale ! Mais Eustace, uniquement préoccupé de son intérêt, discourait, intarissable, indifférent aux sentiments des autres et, plus encore, à leur possible embarras.

Emily passa la matinée à rédiger son courrier : elle écrivit à sa mère, à une cousine à qui elle devait répondre et à Charlotte. Elle se confia à elle, lui parla de George et Sybilla, de sa détresse, de sa solitude, de la grisaille et du vide qui envahissaient son existence. Puis elle déchira la lettre en mille morceaux et la jeta dans les toilettes.

Le déjeuner fut encore plus pénible. Tous étaient présents à la table de la grande salle à manger aux murs tendus de brun rouille, excepté Vespasia, partie rendre visite à une amie, à Mayfair.

Eustace se frotta les mains et regarda tour à tour les convives.

— Eh bien ? Quel est le programme de l'après-midi ? Tassie ? Mr. Radley ?

— Tassie doit faire ses visites, décréta Mrs. March. Nous avons des obligations, Eustace. Nous ne pouvons passer nos journées à jouer et nous amuser. Ma famille a toujours su tenir son rang.

Avait-elle dit cela par pure vanité ou bien pour rappeler à Jack Radley qu'il n'appartenait pas à la même classe sociale qu'eux ? Emily n'aurait su répondre.

— Tassie n'est tout de même pas la seule à pouvoir représenter la famille, intervint George avec une agressivité pour le moins surprenante de sa part.

Mrs. March lui décocha un regard glacial.

— Et pourquoi pas, je vous le demande ? Elle n'a rien d'autre à faire. C'est son rôle, après tout. Une femme doit s'occuper. Lui dénieriez-vous ce droit ?

George donnait des signes d'exaspération. Malgré elle, Emily en ressentit une certaine fierté.

— Pas le moins du monde ! Mais à mon avis, Tassie a mille choses plus passionnantes à faire que maintenir le rang des March en société.

— Oh ! Une jeune fille de bonne famille ne devrait pas entendre des choses pareilles ! Et encore moins les mettre en application.

La voix de la vieille dame était si coupante qu'elle aurait pu fendre la pierre — une pierre tombale, à voir l'expression de son visage.

— Je vous prierai de ne pas polluer son esprit en discutant de cela devant elle. Vous ne feriez que la troubler et lui donner de mauvaises idées. Il n'est pas bon que les femmes aient des idées.

— Tout à fait exact, renchérit Eustace en allant prendre un énorme blanc de poulet qu'il déposa dans son assiette. Penser leur échauffe le sang, leur donne des cauchemars et des maux de tête.

George était partagé entre son sens inné des bonnes manières et l'envie de leur répondre vertement. Le conflit se lisait sur son visage. Il jeta un coup d'œil en direction de Tassie. Celle-ci posa gentiment la main sur son bras.

— Cela ne me dérange pas d'aller chez le pasteur. Il est terriblement suffisant, il a des dents de lapin et postillonne à tout va, mais il n'est vraiment pas méchant.

— Anastasia ! tonna Eustace en bondissant comme si une mouche l'avait piqué. En voilà des manières de parler ! Mr. Beamish est un très brave homme, qui mérite plus de respect de ta part.

Tassie eut un large sourire.

— Oui, Papa. J'ai toujours été très gentille avec Mr. Beamish. Enfin presque, corrigea-t-elle avec honnêteté.

— Tu iras lui rendre visite cet après-midi, déclara Mrs. March avec un claquement de langue agacé. Tu essayeras de te rendre utile. Nombre d'indigents doivent avoir besoin d'assistance.

— Bien, Grand-Maman, répondit Tassie, docile.

George poussa un profond soupir et, provisoirement, abandonna la partie.

Emily accompagna Tassie à ses bonnes œuvres. Ce ne fut pas à proprement parler une partie de plaisir, mais du moins rendait-on service aux gens. En fait, l'après-midi se révéla plutôt agréable, car Emily appréciait de plus en plus sa jeune cousine. Elles ne restèrent que très peu de temps chez la femme du pasteur, mais s'attardèrent en compagnie de Mungo Hare, le vicaire, un grand jeune homme à la voix douce qui avait choisi de quitter son Écosse natale — il était originaire d'Inverness — pour venir s'installer à Londres. Il débordait de zèle et ne mâchait pas ses mots, préférant l'action à la parlote. Un homme comme lui apportait un réel réconfort aux indigents et aux personnes seules. Emily revint à Cardington Crescent avec l'impression de ne pas avoir perdu son temps. S'ajoutait à cela le plaisir de savoir que Sybilla avait accompagné Mrs. March dans ses visites et qu'elle avait dû mourir d'ennui.

Mais elle ne vit pas George à son retour, et pas davantage lorsqu'elle monta changer de tenue pour le dîner. Aucun bruit ne parvenait du dressing attenant à sa chambre, excepté celui des allées et venues du valet. Elle se sentit de nouveau très abattue.

Au dîner, ce fut pire encore : Sybilla était éblouissante, dans une robe d'un rouge magenta qu'aucune autre femme n'aurait osé porter. Elle avait appliqué un soupçon de rose sur ses joues. En dépit de son état, elle conservait un teint de lis et était encore mince et flexible comme une branche de saule. Ses yeux noisette prenaient des reflets tantôt sombres, tantôt mordorés. Elle avait tressé ses longs cheveux noirs et soyeux en natte épaisse.

Comparée à elle, Emily, avec sa fine chevelure couleur de miel et ses yeux d'un bleu ordinaire, se sentait éclipsée. Une mite à côté d'un papillon ! La couleur de sa robe, pourtant très à la mode, lui paraissait affreusement terne. Elle dut faire appel à tout le courage qui lui restait pour accrocher un sourire à ses lèvres. La nourriture qu'elle portait à sa bouche lui semblait insipide ; on aurait dit du porridge, alors qu'il s'agissait de sole, d'agneau rôti et de sorbet aux fruits.

Tout le monde était d'excellente humeur, hormis Mrs. March, pour qui gaieté était synonyme de frivolité. Sybilla rayonnait. George la quittait rarement des yeux. Même Tassie paraissait heureuse. Quant à Eustace, il discourait à bâtons rompus avec une onctuosité satisfaite.

Emily n'écoutait pas. Peu à peu, elle en vint à prendre une décision. La passivité n'ayant servi à rien, il était temps de passer à l'action. Elle ne voyait qu'une solution possible.

Elle ne put faire grand-chose avant que ces messieurs ne viennent les rejoindre au salon après le repas. Le jardin d'hiver s'étendait sur toute la longueur de la maison, du côté sud. On y accédait du salon par des portes-fenêtres tendues de rideaux vert pâle ; l'on y découvrait alors des palmiers, des plantes grimpantes et une petite allée qui serpentait entre les fleurs exotiques.

Sa patience était à bout. Elle alla s'asseoir aux côtés de Jack Radley et choisit la première occasion d'engager la conversation, ce qui ne présenta aucune difficulté. Jack était ravi. En d'autres circonstances, Emily aurait vivement apprécié sa compagnie car, malgré elle, elle l'aimait bien. Il était un peu trop beau, il le savait, mais il avait de l'esprit et beaucoup d'humour. Elle s'en était aperçue à maintes reprises au cours de ces derniers jours. De plus, il n'y avait aucune hypocrisie en lui, ce qui était une raison suffisante pour l'apprécier, après trois semaines passées à Cardington Crescent.

— Vous semblez rendre Mrs. March très nerveuse, remarqua-t-il. Lorsque vous avez prononcé le mot « enquête », j'ai cru qu'elle allait avoir une attaque et glisser sous la table.

Il y avait une pointe d'amusement dans sa voix et Emily comprit à quel point il détestait la vieille dame ; elle entrevit chez lui une amertume qu'elle remarquait pour la première fois. Peut-être sa famille le pressait-elle de faire un bon mariage, pour des raisons financières. Peut-être ne souhaitait-il pas plus cette union qu'une jeune fille impitoyablement manipulée par une mère l'obligeant à se marier pour acquérir une position sociale, afin de ne pas se retrouver dans la situation la plus pathétique qui soit : celle d'une jeune femme demeurée célibataire, sans aucun soutien financier ni métier pour occuper le vide de son existence.

— Ce ne sont pas mes compétences en matière criminelle qui l'inquiètent, dit-elle avec un sourire qui, cette fois, était spontané. C'est la façon dont j'ai été amenée à me livrer à certaines enquêtes.

Jack haussa un sourcil intrigué.

— Ah ? Quelque chose de grave ?

Le sourire d'Emily s'élargit.

— Pis que cela.

— Honteux ?

— Terriblement.

Jack était prêt à éclater de rire. Elle se pencha vers lui et leva la main. Il se rapprocha d'elle pour écouter.

— Voyez-vous, ma sœur a fait un mariage désastreux, lui chuchota-t-elle à l'oreille. Elle a épousé un inspecteur de police.

Il sursauta et se tourna vers elle avec un étonnement ravi.

— Un inspecteur ? Un vrai ? Scotland Yard et tout ça ?

— Oui. Et mieux encore.

— Je ne vous crois pas.

Il s'amusait énormément. Le côté réaliste de la chose ne faisait qu'ajouter à son bonheur.

— C'est pourtant vrai. N'avez-vous pas remarqué la tête de Mrs. March ? Elle est affolée à l'idée de m'en entendre parler. Le mariage de ma sœur est la honte de la famille.

Jack se mit à glousser avec délices.

— Ça, je n'en doute pas ! Pauvre Eustace ! Il ne s'en remettra jamais. Lady Cumming-Gould est-elle au courant ?

— Tante Vespasia ? Oh, oui ! Vous pouvez lui en parler, si vous ne me croyez pas. Elle connaît bien Thomas et l'apprécie beaucoup, de surcroît, en dépit du fait qu'il est toujours ficelé comme l'as de pique, avec ses écharpes affreusement bariolées et ses poches débordantes de papiers, de cire à cacheter, d'allumettes, de bouts de ficelle et Dieu sait quoi encore. Et il n'a jamais trouvé un coiffeur digne de ce nom...

— Et vous, vous l'aimez bien, n'est-ce pas ? l'interrompit-il joyeusement.

— Oui. Mais il n'en demeure pas moins un policier, chargé d'enquêtes criminelles absolument épouvantables.

Le souvenir de certains drames lui revint en

mémoire. Jack le devina en voyant son visage se rembrunir. Aussitôt, il comprit son changement d'attitude et redevint sérieux.

— Et vous êtes au courant de ces enquêtes?

Visiblement intrigué, il lui accordait maintenant sa complète attention. Elle trouvait cela grisant.

— Bien entendu! Charlotte et moi sommes très proches. J'ai même aidé à résoudre certaines énigmes. Pour de bon! reprit-elle avec véhémence, voyant une ombre de doute passer dans son regard.

Au fond, Emily était très fière de sa participation à ces enquêtes, qui la sortaient de son milieu et lui faisaient oublier l'atmosphère suffocante des salons.

— J'ai presque élucidé quelques mystères à moi toute seule. Enfin, avec l'aide de ma sœur.

Il n'était pas sûr de devoir la croire, mais aucune critique ne se refléta sur son visage; ses yeux écarquillés disaient son réel étonnement. Quelques années plus tôt, Emily se serait perdue dans un tel regard. Mais même aujourd'hui, elle était bien décidée à en profiter. Elle se leva et rajusta les plis de ses jupes.

— Si vous ne me croyez pas...

Jack bondit sur ses pieds.

— Vous? Jouer les détectives?

Sa voix était encore un peu incrédule; néanmoins, il ne demandait qu'à se laisser convaincre. Elle accepta le défi et s'avança devant lui, vers le jardin d'hiver envahi de plantes grimpantes. A l'intérieur flottait une odeur douceâtre de terre et de lis; l'air était chaud et immobile, comme dans une nuit tropicale.

— Tenez, par exemple, un soir, nous avons trouvé un cadavre assis sur un cab, à la place du cocher. Juste à la sortie d'une représentation du *Mikado*[1].

---

1. Voir *Resurrection Row*, 10/18, n° 2943.

— Non, vous plaisantez...
— Pas du tout!

Elle tourna vers lui de grands yeux bleus innocents.

— La veuve est venue l'identifier. C'était Lord Augustus Fitzroy-Hammond. Il a été enterré en grande pompe dans son caveau de famille.

Elle s'efforça de demeurer impassible et plongea son regard dans le sien. Dieu qu'il avait de longs cils...

— Quelques jours plus tard, on l'a retrouvé assis sur son banc, à l'église.

— Emily, vous exagérez!

Il se tenait tout près d'elle et, un bref instant, George n'occupa plus toutes ses pensées. Un léger sourire se dessina sur ses lèvres, bien que cette macabre histoire fût parfaitement authentique.

— Nous l'avons enterré à nouveau, dit-elle, s'empêchant de pouffer de rire. Très compliqué, et plutôt dégoûtant.

— C'est absurde. Je ne vous crois pas.

— C'est pourtant la vérité, je le jure! Vous vous rendez compte? Une situation extrêmement gênante. Imaginez-vous les gens de la bonne société se rendant deux fois de suite aux funérailles de la même personne? Cela ne se fait pas.

— Je ne vous crois toujours pas.

— Je vous assure, c'est vrai! Il y a eu en tout quatre cadavres, si je ne me trompe...

— Et chaque fois, il s'agissait de Lord Augustus? s'exclama Jack, cherchant à réprimer un fou rire.

— Bien sûr que non! Ne dites pas de bêtises!

Elle était si proche de lui qu'elle sentait la chaleur de sa peau et le parfum piquant de son eau de toilette.

— Emily!

Il se pencha vers elle et l'embrassa longuement, comme s'ils avaient toute la vie devant eux. Elle se laissa aller contre lui, passa ses bras autour de son cou et répondit passionnément à son baiser.

— Je ne devrais pas faire cela, dit-elle simplement.

Mais il n'y avait aucun regret dans sa voix.

— Sans doute pas, acquiesça-t-il, en caressant doucement ses cheveux, puis sa joue. Mais dites-moi la vérité, Emily...

— Oui ? murmura-t-elle.

— Avez-vous réellement trouvé quatre cadavres ?

Il l'embrassa de nouveau.

— Quatre ou cinq, chuchota-t-elle. Et nous avons aussi démasqué le meurtrier. Demandez à tante Vespasia. Elle était là.

— Attention ! Il se pourrait bien que je le fasse !

Elle se libéra de son étreinte, un peu à contrecœur — ce baiser avait été plus agréable qu'il aurait dû l'être — et retourna lentement au salon. Là, Mrs. March pérorait sur les peintres préraphaélites, vantant leur esprit galant, leur méticulosité dans le détail, leur délicatesse dans le choix des couleurs. William l'écoutait, lèvres pincées, avec une expression de souffrance. Il ne désapprouvait pas son engouement pour ces peintres, mais, selon lui, sa grand-mère ne comprenait rien à leur message. Elle n'y voyait que du sentimentalisme, sans en déceler la passion.

De leur place, Sybilla et Tassie étaient obligées de suivre la conversation, sous peine de paraître ouvertement impolies. Leur bonne éducation excluait semblable attitude. Eustace, en tant que maître de maison, n'était pas tenu de faire preuve de courtoisie et tournait ostensiblement le dos aux trois femmes, dissertant sur les obligations morales de la haute société. George l'écoutait, arborant l'expression polie de celui qui ne prête aucune attention aux propos de son interlocuteur ; son regard était fixé sur la porte du jardin d'hiver.

Il avait dû voir Emily et Jack Radley à travers les baies vitrées.

Emily ressentit une excitation soudaine : elle avait réussi à provoquer la crise !

Consciente de la présence toute proche de Jack derrière elle, elle gardait encore la chaleur et la douceur de son étreinte. Elle prit place aux côtés de tante Vespasia et fit mine de s'intéresser aux propos d'Eustace.

La soirée s'écoula sur le même mode ; Emily ne vit pas le temps passer. A minuit moins vingt-cinq, alors qu'elle revenait des toilettes de l'étage, elle s'arrêta devant la porte entrouverte du petit salon du rez-de-chaussée, d'où lui parvinrent les échos d'une violente dispute.

— ... vous êtes un lâche ! disait Sybilla d'une voix étouffée, pleine de colère et de mépris. Ne me dites pas que...

— Croyez ce que vous voulez, je m'en moque ! la coupa une voix masculine.

Emily manqua perdre l'équilibre. L'espoir et la peur la firent suffoquer et la laissèrent toute tremblante. C'était George ! Il était furieux. Elle reconnaissait son intonation rageuse, la même que le jour où il avait perdu son calme lorsque son jockey avait été battu à plate couture sur le champ de courses. En grande partie par sa faute et il le savait. A présent, il laissait éclater sa colère contre Sybilla.

Soudain, la porte du boudoir s'ouvrit sur Eustace, qui garda la main sur la poignée. S'il se retournait, il la surprendrait en train d'écouter aux portes. Elle s'éloigna vivement, la tête haute, essayant de comprendre les derniers mots de la conversation provenant du petit salon. Mais les voix étaient trop stridentes, trop métalliques, pour qu'elle puisse en saisir le sens.

— Ah, Emily ! fit Eustace en pivotant sur lui-même.

Il est temps d'aller vous coucher, je crois. Vous devez être fatiguée.

Il considérait comme l'une de ses prérogatives de décider du moment où ses hôtes devaient se retirer, ainsi qu'il l'avait toujours fait avec les membres de sa famille, lorsqu'ils vivaient tous sous son toit. Il décidait de tout ce qui — croyait-il — était son privilège et son devoir. Olivia, son épouse, lui avait toujours obéi, avec le sourire, ce qui ne l'avait pas empêchée de n'en faire qu'à sa tête, très discrètement, sans qu'il s'en rende compte. La plupart des opinions d'Eustace lui avaient en fait été soufflées par sa femme, mais elle s'y était prise de telle manière qu'il se les était appropriées, les avait défendues envers et contre tous, et avait pris soin de les mettre en pratique.

Emily n'avait aucune envie de discuter. Elle retourna dans le grand salon pour souhaiter une bonne nuit à tout le monde et remonta à sa chambre. Là, elle se déshabilla et donna ses instructions à sa camériste pour le lendemain matin, avant de la remercier. Elle s'apprêtait à se mettre au lit quand elle entendit frapper à sa porte, celle qui donnait sur le dressing.

Elle s'immobilisa. Ce ne pouvait être que George. Une petite voix apeurée la poussait à demeurer silencieuse et à faire semblant de dormir. Elle fixa le bec-de-cane, comme si la porte allait s'ouvrir toute seule.

On frappa à nouveau, plus fort. C'était peut-être là une occasion unique ; elle ne se reproduirait sans doute plus, si elle le repoussait.

— Entrez.

La porte s'ouvrit lentement. George se tenait dans l'embrasure, mal à l'aise et fatigué. Le voyant rouge de colère, Emily en devina aussitôt la raison : Sybilla venait de lui faire une scène ; or, George détestait les scènes. Elle sut d'instinct comment réagir ; il fallait à tout prix éviter la confrontation. La dernière chose dont il avait besoin, c'était une épouse hystérique !

— Bonsoir, dit-elle avec un petit sourire.

Ces retrouvailles ne devaient surtout pas apparaître comme un événement primordial qui pouvait changer leur vie et tout ce qui importait à ses yeux.

Il entra timidement, l'épagneul de Mrs. March sur les talons. Ce chien s'était pris d'affection pour lui, au point d'abandonner sa maîtresse, à la grande fureur de celle-ci.

George ne savait pas trop sur quel pied danser, craignant sans doute qu'Emily attendît le moment propice pour lancer une attaque en règle — tout à fait justifiée — contre laquelle il ne pourrait se défendre.

Elle se détourna, pour leur faciliter la tâche, comme si la scène était banale, tout en cherchant désespérément à dire quelque chose qui fût sans rapport avec la situation.

— J'ai vraiment beaucoup apprécié l'après-midi que j'ai passé avec Tassie, commença-t-elle, désinvolte. Le pasteur et son épouse sont mortellement ennuyeux. Je comprends pourquoi Eustace les estime tant... Ils ont bien des points communs, en particulier leur opinion sur la simplicité de la vertu — et la vertu de la simplicité, ajouta-t-elle avec une grimace. Surtout chez les femmes et les enfants, qui pour eux se confondent. Mais le vicaire, lui, était charmant.

George s'assit sur un tabouret devant la coiffeuse. Elle l'observa avec un frisson de plaisir. Cela signifiait qu'il avait l'intention de rester au moins quelques minutes.

— Je suis content pour vous, fit-il avec un sourire gauche, cherchant quelque chose à ajouter.

C'était ridicule : un mois plus tôt, ils auraient parlé de cela comme de vieux amis et se seraient moqués ensemble du pasteur. Il l'observa intensément, un bref instant, puis détourna les yeux, n'osant pas la presser de questions, craignant d'essuyer une rebuffade.

— J'aime beaucoup Tassie. Elle tient plus des Cumming-Gould que des March, heureusement. William aussi, d'ailleurs.

— Et c'est mieux ainsi, répondit Emily, sincère.

— Vous auriez aimé tante Olivia, poursuivit-il. Elle n'avait que trente-huit ans lorsqu'elle est décédée. Oncle Eustace ne s'en est jamais remis.

— On ne se remet pas d'avoir mis au monde onze enfants en quinze ans, ironisa Emily. Mais je suppose qu'Eustace n'y a jamais pensé.

— En effet.

Elle se tourna vers lui et lui sourit, reconnaissante que l'idée d'avoir autant d'enfants ne l'ait jamais effleuré. Un instant, l'ancienne affection qui les unissait fut de retour, timide, incertaine, mais bien là ; Emily détourna les yeux, de peur d'y croire et d'être déçue.

— J'ai toujours pensé que les visites de charité étaient perçues comme une insulte par les pauvres et qu'il valait mieux les laisser en paix, reprit-elle. Mais je dois reconnaître que Tassie répand le bien. Elle paraît si honnête.

— C'est vrai.

Il se mordit la lèvre.

— Dieu merci, elle ne professe pas les opinions radicales de Charlotte ! Mais ce n'est peut-être qu'une question de temps ; elle est encore bien jeune pour avoir des idées très affirmées.

Il se leva, craignant, en s'attardant, de fragiliser le précieux lien qui venait de se renouer. Il hésita, indécis : oserait-il se pencher pour l'embrasser, ou était-ce trop tôt ? Non, le moment n'était pas approprié. Sybilla était trop présente dans son esprit. Il tendit la main, effleura son épaule, puis la retira.

— Bonne nuit, Emily.

Elle le dévisagea avec gravité. S'il lui revenait, ce devrait être sur ses bases à elle, sinon tout recommencerait, et elle ne pourrait pas le supporter.

— Bonne nuit, George, répondit-elle gentiment. Dormez bien.

Il sortit discrètement, le chien sur ses talons. La porte se referma avec un léger cliquetis. Emily se lova sur son lit, les genoux serrés contre sa poitrine. Elle sentit des larmes de soulagement picoter ses yeux et couler sur ses joues. Certes, l'épreuve n'était pas terminée, mais le pire était passé. Le terrible sentiment d'impuissance qui la taraudait s'était évaporé. Désormais, elle savait que faire.

Elle renifla bruyamment, chercha un mouchoir et se moucha. Ce n'était peut-être pas très distingué, mais cela ressemblait fort à la sonnerie d'un clairon victorieux.

4

Pour la première fois depuis des semaines, Emily dormit comme un loir. A son réveil, le soleil emplissait déjà la chambre. Millicent frappa à la porte.
— Entrez, Millie... fit-elle d'une voix ensommeillée.
George dormait dans le dressing. Elle n'avait donc pas besoin de préserver son intimité. La femme de chambre entra et alla poser le plateau sur la coiffeuse.
— C'est incroyable, madame, la pagaille qui règne à l'office de l'étage! dit-elle en versant le thé avec précaution. J'ai jamais vu ça! Tout le monde est là, et puis les bouilloires se mettent à siffler, la vapeur remplit la pièce... et il n'y a plus personne! Tout ça parce que Monsieur préfère le café au thé. Je me demande comment il peut boire du café au réveil. Enfin, Albert le lui a monté il y a un quart d'heure. Le chien de Mrs. March était couché au pied de son lit. Cette petite bête s'est vraiment prise d'affection pour Monsieur. La vieille dame est furieuse!
Elle s'approcha du lit et lui tendit la tasse. Emily se redressa contre son oreiller et but une gorgée de thé. Il était délicieux, léger et bien chaud. La journée s'annonçait prometteuse.
— Qu'avez-vous envie de porter ce matin, madame? demanda Millicent en tirant vivement les

rideaux. Que diriez-vous de la mousseline abricot ? La couleur est si jolie. Rares sont celles qui ont la chance, comme vous, de pouvoir la porter ; en général, l'orange donne une mine de papier mâché.

Emily sourit. Millicent avait déjà pensé à tout !

— Bonne idée ! Fait-il beau dehors ?

— Oui, il va faire chaud, madame. Et pour vos visites de l'après-midi, que diriez-vous de la robe lavande ?

Décidément, Millie était très inspirée.

— Et pour ce soir, la blanche bordée de velours noir. Très à la mode, celle-là. Elle virevolte si joliment quand vous marchez.

Emily acquiesça à toutes ces propositions, termina sa tasse de thé et se leva pour faire sa toilette. Aujourd'hui, tout avait un air de victoire.

Millicent sortie, elle se prépara et alla frapper à la porte du dressing. Pas de réponse. Elle hésita, prête à frapper à nouveau, puis renonça, embarrassée. Que dire à George, sinon bonjour ? Minauder comme une jeune mariée ? Impossible ! Elle ne ferait que le gêner et se rendre ridicule. Mieux valait agir avec naturel. De toute façon, il n'avait pas répondu. Il devait déjà être descendu prendre son petit déjeuner.

Mais point de George dans la salle à manger. Eustace était là, égal à lui-même, avec son visage lunaire, rayonnant de santé. Comme d'habitude, il avait ouvert les fenêtres en grand ; pourtant l'orientation de la pièce à l'ouest la rendait glaciale le matin. Mais il s'en moquait. Dans son assiette s'empilaient saucisses, œufs au plat, pommes de terre, rognons au poivre et à la moutarde. Il avait glissé sa serviette dans l'échancrure de son gilet ; devant lui, sur la table, étaient disposés un plateau de toasts, un beurrier, un huilier en argent, du lait, du sucre et une cafetière de style Reine Anne.

Mrs. March prenait son petit déjeuner au lit, comme toujours. Tous les autres étaient présents, excepté George... et Sybilla.

Emily sentit son cœur chavirer ; sa joie s'éteignit comme la flamme d'une chandelle que l'on souffle. D'une main glacée, elle tira sa chaise et s'assit. Elle dut attendre d'avoir recouvré son calme pour prendre le coupe-œuf placé devant son assiette. Pourtant, elle n'avait pas rêvé ! George s'était disputé avec Sybilla. Le cauchemar était terminé. Évidemment, tout ne redeviendrait pas rose tout de suite. Il faudrait du temps, peut-être deux ou trois semaines. Mais elle pouvait s'en accommoder.

Eustace la salua, comme tous les matins, par la même phrase :

— Bonjour, ma chère. J'espère que vous allez bien ?

Ce n'était pas une véritable question, mais seulement une façon de marquer son arrivée. Il avait horreur d'entendre parler des petites indispositions féminines, sujet inintéressant et déplacé à ses yeux, surtout au petit déjeuner.

— Très bien, merci, répondit Emily avec une pointe d'agressivité. Et vous ?

Formule de pure politesse, étant donné l'abondance de nourriture qui se trouvait dans son assiette.

Elle vit ses yeux s'arrondir sous ses sourcils courts et arqués.

— Moi ? Je me porte comme un charme, naturellement !

Il expira par le nez, assez bruyamment, et parcourut la table du regard : Vespasia, silencieuse, dégustait un œuf dur avec délicatesse ; Tassie était pâle, sous ses taches de rousseur et sa chevelure flamboyante. Elle avait les yeux cernés. Jack Radley fixait Emily, sourcils froncés, pommettes rosies ; William se tenait très raide, les traits crispés, agrippé à sa fourchette comme à une bouée de sauvetage qu'on aurait voulu lui arracher des mains.

— Je suis en excellente santé, répéta Eustace, d'un ton presque accusateur.

— Vous m'en voyez ravie.

Emily était bien décidée à avoir le dernier mot. Elle ne pouvait affronter directement Sybilla et ne voulait pas se heurter à George. Eustace ferait donc office de souffre-douleur.

Ce dernier se tourna vers Tassie.

— Qu'as-tu l'intention de faire, aujourd'hui ?

Sans attendre sa réponse, il enchaîna :

— La compassion envers les indigents est un sentiment très honorable chez une jeune femme. Ta pauvre mère — Dieu ait son âme — s'occupait tout le temps d'œuvres de charité.

Il prit une pile de toasts et les beurra d'un air absent.

— Mais n'oublie pas que tu as d'autres devoirs, tout d'abord envers tes invités. Il faut qu'ils se sentent à l'aise. Bien sûr, une maison est avant tout un havre de paix et de sérénité protégé des malheurs du monde. Mais elle doit être aussi un lieu de distraction et de gaieté, ainsi que d'élévation morale et spirituelle.

Il ne voyait pas, ou faisait semblant de ne pas voir, le malaise grandissant de sa fille. Emily lui en voulait d'être aussi aveugle.

— Tu devrais emmener Mr. Radley en promenade, poursuivit-il, comme s'il venait d'en avoir l'idée. Il fait un temps idéal. Je suis sûr que ta grand-mère Vespasia serait ravie de vous chaperonner.

— Détrompez-vous, mon cher, l'interrompit celle-ci. J'ai des visites, cet après-midi. Si Tassie veut m'accompagner, ce sera avec plaisir, mais je n'irai pas en promenade avec elle. D'ailleurs, je pense qu'elle trouverait Mr. Carlisle très intéressant — et Mr. Radley aussi, s'il nous faisait l'honneur de nous escorter.

Eustace fronça les sourcils.

— Mr. Carlisle ? N'est-ce pas cet individu peu recommandable qui sème l'agitation dans les milieux politiques ?

Tassie releva vivement la tête, très intéressée.

— C'est vrai, Grand-Maman ?

Eustace la foudroya du regard. Vespasia ne fit aucun commentaire sur la description peu élogieuse de Somerset Carlisle; mais son beau regard gris croisa un instant celui d'Emily. Le souvenir d'événements tragiques, de la misère et de la criminalité des bas quartiers leur revint en mémoire; Emily rougit en repensant à la conversation qu'elle avait eue la veille dans le jardin d'hiver avec Jack Radley. Elle lui avait parlé d'une affaire de cadavre déterré; c'était précisément au cours de cette enquête qu'elle avait fait la connaissance de Somerset Carlisle[1].

— Très peu recommandable, insista Eustace, irrité. Il y a de meilleurs moyens de servir la cause des indigents que d'apparaître en public pour essayer d'ébranler le gouvernement et de saper les fondements de la société. Cet homme est irresponsable. Vous avez tort de le fréquenter, Belle-Maman.

— Hmm... à vous entendre, ce Carlisle est un personnage fascinant, fit Jack, quittant pour la première fois Emily des yeux pour regarder Vespasia. Quel fondement de la société cherche-t-il à saper, selon vous, Lady Cumming-Gould ?

— Il lutte pour que le droit de vote soit accordé aux femmes, répondit Vespasia du tac au tac.

— Ridicule ! s'exclama Eustace. Bêtises dange-

---

1. Voir *Resurrection Row*, op. cit.

reuses et perte de temps ! Donnez-leur le droit de vote et Dieu seul sait avec quel Parlement nous allons nous retrouver ! A coup sûr, une brochette de têtes brûlées, de révolutionnaires et d'incompétents ! Cet homme est une menace pour tout ce que l'Angleterre a de plus respectable. Notre patrie produit de grands hommes précisément parce que nos femmes préservent le sanctuaire que représentent la maison et la famille.

— Balivernes ! riposta Vespasia. Si les femmes sont aussi respectables que vous le supposez, elles voteront pour des députés qui défendent les valeurs qui vous tiennent tant à cœur.

Eustace, furieux, fit un effort visible pour se contenir.

— Ma chère, grinça-t-il entre ses dents, il n'est pas question de leur respectabilité, mais de leur bon sens.

Il prit une profonde inspiration.

— Les femmes ont été désignées par Dieu pour devenir épouses et mères ; pour réconforter, nourrir et élever les enfants. C'est une haute et noble tâche. Mais elles ne possèdent ni l'esprit, ni la force d'âme, ni le tempérament nécessaires pour gouverner ; le croire est aller à contre-courant de la nature.

— Eustace, lorsque Olivia vous a épousé, je lui ai dit qu'elle épousait un imbécile, répliqua paisiblement Vespasia. Et au fil des années, je n'ai pas eu l'occasion de revenir sur mon jugement, au contraire.

Elle essuya délicatement ses lèvres avec sa serviette et se leva.

— Si vous jugez que je ne suis pas un chaperon convenable pour Tassie, pourquoi ne demandez-vous pas à Sybilla de l'accompagner ? Si, bien sûr, elle arrive à sortir de son lit à temps.

Sans un regard en arrière, elle se dirigea majestueusement vers la porte que la bonne ouvrit et referma derrière elle.

Eustace était au bord de l'apoplexie. Il venait de se faire insulter sous son propre toit, dans le lieu même où il était et aurait dû rester le maître incontesté.

— Anastasia ! Vous vous ferez accompagner par votre belle-sœur ou votre grand-mère March.

Puis, se tournant vers Emily :

— Quant à vous, vous n'irez pas avec elle. Vous ne valez guère mieux que votre grand-tante. J'ai entendu parler de certains de vos déplorables comportements passés, mais après tout, cela ne regarde que George. Je ne voudrais pas que vous entraîniez Tassie sur une mauvaise pente.

— Bien entendu, répliqua Emily avec un sourire éblouissant. Je suis persuadée que Sybilla est un modèle d'honnêteté et de respectabilité. Elle sera pour Tassie un bien meilleur exemple que moi.

Tassie faillit s'étrangler dans son mouchoir. Jack Radley chercha désespérément des yeux un objet sur lequel il pût concentrer son attention, mais ne le trouva pas. William, blanc comme un linge, se leva avec maladresse, fit tomber sa serviette et heurta sa tasse contre sa soucoupe.

— Je vais travailler, dit-il brusquement. Il y a une très belle luminosité ce matin.

Il quitta la pièce sans attendre.

Emily était navrée ; en laissant deviner ses états d'âme, elle avait blessé William. Comme elle, il devait éprouver un sentiment d'embarras, de rejet, d'isolement et, surtout, d'humiliation. Mais courir après lui pour lui présenter des excuses n'arrangerait rien, au contraire. Mieux valait faire semblant de n'avoir rien remarqué.

Elle se força à terminer son petit déjeuner, pour montrer que tout allait bien, puis prit congé et remonta à l'étage voir George, pour le prier de se comporter avec quelque discrétion, puisqu'il ne pouvait pas ou ne voulait pas se conduire avec la plus élémentaire correction.

Elle frappa vivement à la porte du dressing et attendit. Toujours pas de réponse. Elle frappa à nouveau, puis, comme rien ne se passait, elle tourna la poignée et s'avança dans la pièce : les rideaux étaient ouverts, laissant entrer un flot de lumière. George était encore au lit, les draps en désordre. Il avait bu son café : la tasse était posée sur la table de chevet et la soucoupe sur le sol, au pied du lit. Il avait dû donner un peu de café sucré à l'épagneul de Mrs. March.

— George! s'exclama-t-elle, en colère.

Elle n'osait même pas penser à ce qu'il avait dû faire toute la nuit pour être encore endormi à dix heures du matin!

— George!

Elle s'approcha du lit et l'observa attentivement : il était très pâle, les yeux cernés, comme s'il avait mal dormi — s'il avait dormi! En fait, il paraissait malade.

— George? répéta-t-elle, inquiète, en tendant la main pour le toucher.

Pas de réaction. Pas un frémissement de paupières.

— George!

Pourquoi avait-elle hurlé? C'était ridicule! Il n'était pas sourd. Elle le secoua de toutes ses forces.

Mais George, inerte, ne respirait pas. Terrifiée, imaginant le pire, Emily courut à la porte, prête à appeler au secours. Qui prévenir? Tante Vespasia, bien sûr! C'était la seule personne en qui elle avait confiance, la seule qui l'aimait. Elle dégringola l'escalier, traversa le hall en courant, manquant de renverser au passage une femme de chambre sidérée, et ouvrit brutalement la porte du petit salon. Lady Cumming-Gould y rédigeait son courrier.

— Tante Vespasia!

Sa voix tremblait. Elle avait parlé beaucoup plus fort qu'elle ne l'aurait voulu.

— Tante Vespasia, George est malade ! Je n'arrive pas à le réveiller. Je crois que...

Elle avait du mal à respirer. Elle n'osait formuler sa phrase, de peur qu'elle ne devienne réalité.

Vespasia, assise devant un secrétaire en bois de rose où étaient éparpillés papier à lettres et enveloppes, posa sa plume et se retourna, le visage grave.

— Allons le voir, dit-elle doucement en se levant. Venez, Emily.

Le cœur battant la chamade, incapable de déglutir par crainte de ce qu'elle allait découvrir, Emily suivit Vespasia dans l'escalier jusqu'au palier drapé de tentures semées de pivoines et décoré de jardinières en bambou remplies de fougères. Vespasia tapota sèchement à la porte du dressing, puis, sans attendre, l'ouvrit et marcha droit vers le lit.

George était resté dans la position où Emily l'avait découvert ; en voyant sa pâleur cadavérique, elle se demanda comment elle avait pu croire qu'il était encore en vie.

Du dos de la main, Vespasia effleura George, à la base du cou, puis se retourna lentement, les yeux pleins de tristesse.

— Je crains qu'il n'y ait rien à faire, Emily. Sans vouloir trop m'avancer, je pense que c'est le cœur. Il n'a pas souffert. Allez dans ma chambre ; ma camériste s'occupera de vous. Je dirai à Millicent de vous monter un alcool fort. Pendant ce temps, je vais informer la maisonnée.

Emily ne répondit pas. George était mort. Elle le savait. Mais il lui était impossible de l'admettre. C'était... trop énorme. Elle avait déjà eu l'expérience de la mort : sa sœur aînée, Sarah, avait été assassinée lors des tragiques événements de Cater Street[1]. Partout, la mort frappait des êtres chers ; chaque jour les gens mouraient de la variole, du typhus, du choléra, de la scarlatine, de la tuberculose ; des maladies courantes, hélas, très souvent mortelles. Beaucoup de femmes mouraient en couches. Mais cela n'arrivait qu'aux autres. Elle n'y était pas préparée. George était tellement *vivant* !

Vespasia glissa un bras autour de ses épaules et l'entraîna hors de la pièce. La jeune femme passa comme une somnambule devant les fougères du palier et suivit sa grand-tante dans sa chambre. La camériste était en train de faire le lit.

— Digby, Lord Ashworth est décédé, annonça Vespasia sans préambule. Apparemment, il a succombé à une crise cardiaque. Pouvez-vous rester auprès de Lady Ashworth, s'il vous plaît ? Quelqu'un lui montera du brandy. Moi, je vais prévenir Eustace March.

La chambrière était une femme d'un certain âge, venue du nord du pays, au visage avenant et aux hanches épanouies. Au cours de sa vie au service de sa maîtresse, elle avait assisté à de nombreux drames et avait été aussi personnellement frappée par le deuil. Elle hocha la tête, prit Emily par le bras avec douceur, et l'aida à s'asseoir sur la méridienne, les pieds relevés. Elle lui tapota gentiment la main, d'une façon qui, en d'autres circonstances, l'aurait irritée. Ce contact humain et chaleureux, absurdement rassurant, lui procurait un sentiment de sécurité bien plus fort que la réalité qui l'entourait : le soleil jouant sur la table laquée et le paravent japonais en soie aux motifs de fleurs de cerisier.

Bouleversée, Vespasia quitta la pièce et descendit

1. Voir *L'Étrangleur de Cater Street*, 10/18, n° 2852.

lentement au rez-de-chaussée. Elle partageait le chagrin d'Emily, qu'elle adorait. Quant à George, elle l'avait vu naître, grandir, devenir un jeune homme. Elle connaissait ses qualités et ses défauts. Sans fermer les yeux sur ses péchés, il fallait reconnaître sa générosité et sa tolérance. Jamais il ne disait du mal des autres, au contraire, et, à sa manière, faisait preuve d'honnêteté. Cet engouement soudain pour Sybilla était vraiment stupide de sa part ; elle avait du mal à le lui pardonner. Mais cela n'altérait en rien l'affection qu'elle lui portait. Que la mort l'ait fauché dans la force de l'âge était intolérable.

Elle ouvrit la porte de la salle à manger. Son gendre était encore attablé, en compagnie de Jack Radley.

— Eustace, il faut que je vous parle.

— Vraiment ?

Encore sous le coup de l'affront qu'il venait d'essuyer, il lui offrit un visage de marbre. Vespasia fixa sur Jack un regard qui en disait long ; il comprit qu'une chose grave était arrivée, s'excusa et quitta la pièce.

— J'aimerais que vous vous montriez plus aimable avec Mr. Radley, Belle-Maman, remarqua Eustace d'une voix glaciale. Il est fort possible qu'il épouse Anastasia...

Elle le coupa tout net.

— Fort improbable, vous voulez dire. Mais là n'est pas le problème. George est mort.

Eustace pivota sur sa chaise, le visage inexpressif.

— Je vous demande pardon ?

— George est mort, répéta-t-elle. Une crise cardiaque, apparemment. J'ai laissé Emily dans ma chambre. Ma camériste s'occupe d'elle. Je crois que vous devriez appeler un médecin.

Il prit une inspiration pour dire quelque chose, puis se ravisa. Son teint rougeaud avait viré au gris.

Vespasia sonna la cloche. Dès que le majordome apparut, elle s'adressa à lui, ignorant son gendre.

— Martin, Lord Ashworth a eu une crise cardiaque pendant la nuit. Il est décédé. Lady Ashworth se repose dans ma chambre. Voulez-vous lui faire monter du brandy ? Et appelez le médecin — discrètement, s'entend. Inutile d'affoler la maisonnée. J'annoncerai moi-même la nouvelle à la famille.

— Bien, madame, répondit le majordome avec gravité. Je suis navré. Au nom de tout le personnel, je vous présente nos sincères condoléances.

— Merci, Martin.

Celui-ci s'inclina et sortit de la pièce.

Eustace se leva avec difficulté, comme s'il souffrait d'une soudaine crise de rhumatismes.

— Je vais prévenir Maman. Mon Dieu, quel choc cela va être pour elle, à son âge ! Je suppose que nous ne pouvons rien faire pour Emily, la pauvre enfant ?

— J'enverrai chercher Charlotte, répondit Vespasia. J'avoue être bouleversée.

— C'est bien normal.

Eustace se souvint que Vespasia aussi était une très vieille dame ; ses traits s'adoucirent un instant. Mais il avait un autre souci en tête.

— A mon avis, ce n'est pas une bonne idée de faire venir sa sœur. Je crois savoir qu'il s'agit d'une créature assez... spéciale, dont la présence ne nous serait guère utile. Pourquoi ne pas plutôt faire prévenir sa mère ? Ou mieux encore, l'emmener chez elle, dès qu'elle se sentira en état de voyager. Ce serait la meilleure solution.

— C'est possible, fit Vespasia sèchement. Mais Caroline Ellison est en Europe actuellement. Je préviendrai donc Charlotte et j'enverrai ma voiture la chercher cet après-midi.

La protestation qu'Eustace s'apprêtait à émettre mourut sur ses lèvres.

Lady Cumming-Gould remonta à l'étage. Une tâche redoutable l'attendait : annoncer la nouvelle à Sybilla. Elle l'aimait bien, en dépit de son inexcusable comportement de ces dernières semaines, et tenait à lui faire part elle-même du décès, avant qu'elle ne l'apprenne par les domestiques ou, pis encore, par son beau-père.

Elle alla donc frapper à la porte de sa chambre et entra sans attendre de réponse. Le plateau contenant les restes du petit déjeuner était posé sur la coiffeuse. Sybilla était assise dans son grand lit, appuyée contre les oreillers, un châle bordé de dentelle négligemment jeté sur ses épaules ; sa chemise de nuit en satin couleur pêche avait glissé, révélant une épaule laiteuse ; sa sombre chevelure, torsadée sur la nuque, se répandait en cascades sur ses épaules et sa poitrine. Vespasia, malgré le tragique de la situation, fut frappée par son extraordinaire beauté.

— Sybilla, dit-elle avec douceur en s'asseyant d'emblée sur le rebord du lit, vous me voyez au regret de vous annoncer une très mauvaise nouvelle.

Sybilla écarquilla les yeux, affolée, et se redressa.

— William... ?

— Non. George.

Sybilla était manifestement surprise et troublée. Sa première pensée avait été pour son mari et, prise de court, elle n'avait pas eu le temps de préparer une réplique appropriée.

— George ? Que lui est-il arrivé ?

Vespasia se pencha en avant, lui prit la main et la serra très fort.

— Lord Ashworth est décédé, ma chère. Je crains qu'il n'ait succombé à une crise cardiaque au petit matin. Vous n'y pouvez rien, si ce n'est adopter une attitude discrète, ce qui vous a singulièrement fait défaut ces derniers temps... Si vous ne le faites pas pour vous, que ce soit pour Emily — et pour William.

— George ? Mort ? murmura Sybilla, stupéfaite. Mais c'est impossible ! Il était en parfaite santé !

Vespasia secoua la tête.

— Hélas... J'ai bien peur qu'il n'y ait aucun doute. Je vous suggère de prendre un bain et de rester dans votre chambre. Quand vous vous sentirez suffisamment maîtresse de vous-même pour affronter la famille, vous descendrez proposer vos services. Je vous assure que c'est le meilleur moyen de surmonter votre chagrin.

Sybilla eut un imperceptible sourire.

— N'est-ce pas ce que vous faites en ce moment même, tante Vespasia ?

La vieille dame se détourna pour cacher les larmes qui lui montaient aux yeux.

— En effet. Que cela vous serve d'exemple.

Elle entendit le froissement soyeux des draps. Sybilla se levait ; quelques secondes plus tard, elle tirait sur le cordon de la sonnette ; celle-ci retentirait à l'office et dans la chambre de sa camériste, laquelle, où qu'elle se trouvât dans la maison, ne tarderait pas à accourir.

— Je dois aller prévenir William, dit Vespasia, qui cherchait ce qui lui restait à faire. Et puis il nous faudra prendre toutes les dispositions nécessaires, rédiger les faire-part...

Sybilla faillit dire quelque chose, au sujet d'Emily. Mais le courage lui manqua ; elle n'osa pas le formuler à haute voix. Vespasia n'insista pas.

Le médecin arriva peu avant midi. Eustace l'accueillit et le conduisit dans le dressing où George reposait, exactement dans la position où Emily et Vespasia l'avaient trouvé. Il resta seul dans la pièce, en compagnie d'un valet prêt à lui offrir l'aide dont il aurait besoin, aller chercher de l'eau chaude ou des serviettes, par exemple. Eustace ne souhaitait pas rester dans la pièce ; aussi attendit-il le compte rendu du praticien dans le petit salon, en compagnie de Vespasia. Emily et Sybilla se trouvaient encore dans leurs chambres. Tassie, qui revenait de chez la couturière, était effondrée, en larmes, dans le grand salon. Mrs. March s'était retirée dans le boudoir rose, son domaine réservé ; elle avait exigé la présence de Jack Radley, qui se chargeait de la réconforter. William était retourné dans l'atelier aménagé dans le jardin d'hiver, arguant qu'il ne servait à rien de rester là à se lamenter. Il préférait chercher consolation dans la solitude et traduire son émotion sur la toile, avec un pinceau et des couleurs. Il avait deux tableaux en cours : un paysage, commandé par un client, et un portrait de sa femme qu'il peignait pour son plaisir. Ce jour-là, il travaillait sur le premier : une scène champêtre, avec des arbres en fleurs éclairés par un soleil printanier, brutalement envahie par le froid. Ainsi souhaitait-il évoquer la fragilité du bonheur et l'irruption toujours possible de la douleur.

La porte du petit salon s'ouvrit sur le médecin, un homme au beau visage creusé de rides expressives, trahissant une nature joviale. A cette minute, il paraissait triste et préoccupé. Il referma la porte derrière lui et regarda alternativement Eustace et Vespasia.

— Son cœur a lâché, comme vous l'aviez supposé, dit-il avec gravité. La seule chose qui puisse vous réconforter, c'est d'apprendre qu'il n'a pas souffert. La mort a été rapide.

— C'est un réconfort, en effet, dit Eustace. Je vous remercie. J'en ferai part à Lady Ashworth. Merci, Treves.

Mais le médecin ne broncha pas.

— Lord Ashworth avait-il un chien, un petit épagneul ?

— Pour l'amour du ciel, quelle importance ?

87

s'exclama Eustace, abasourdi par la futilité d'une telle question.

— Oui ou non avait-il un chien ? répéta le médecin.
— L'épagneul appartient à ma mère. Pourquoi ?
— Le chien est mort également, Mr. March.
— Cela n'a guère d'importance, n'est-ce pas ? fit Eustace, irrité. Je le ferai emporter par un valet.

Puis, se souvenant qu'il était le maître de maison, il retrouva ses bonnes manières, non sans effort.

— Encore merci, Treves. Faites ce que vous jugez nécessaire et nous prendrons nos dispositions pour l'enterrement.
— Je crains que cela soit impossible, Mr. March.
— Comment cela, « impossible » ? se récria Eustace, les joues empourprées. Bien sûr que si, mon vieux !

Vespasia observa le visage sombre du médecin.

— Que se passe-t-il, docteur Treves ? demanda-t-elle avec douceur. Pourquoi nous avoir parlé du chien ? Et comment êtes-vous au courant ? Les domestiques ne vous ont pas fait appeler pour examiner le cadavre d'un chien.

Les traits du médecin s'affaissèrent, trahissant un profond désarroi.

— Non, madame, soupira-t-il. Le chien était couché au pied du lit. Lui aussi a succombé à une crise cardiaque, à peu près en même temps que Lord Ashworth. Il semble que celui-ci lui ait versé un peu de café dans sa soucoupe, avant de boire le sien. Ils sont morts tous deux quelques instants plus tard.

Eustace tressaillit, cramoisi.

— Bon sang ! Qu'êtes-vous en train d'insinuer ?

Vespasia s'enfonça dans son fauteuil. Elle savait ce qu'allait dire Treves et de sombres pensées se bousculaient déjà dans son esprit.

— Je veux dire, monsieur, que Lord Ashworth est mort après avoir ingéré du poison contenu dans sa tasse de café.

— Invraisemblable! fulmina Eustace. Le pauvre George est mort d'une crise cardiaque. Le chien a peut-être senti qu'il se passait quelque chose d'anormal et... enfin... une malheureuse coïncidence.

— Non, monsieur.

— Bien sûr que si! Pourquoi diable Lord Ashworth aurait-il absorbé du poison? Si vous l'aviez connu, vous n'oseriez jamais avancer pareille ânerie! Et il n'aurait pas donné du café empoisonné au chien! Il aimait les animaux. Et cette petite bête le lui rendait bien. D'ailleurs, cela exaspérait ma mère. C'était son chien, mais lui préférait George. Jamais il ne lui aurait fait de mal. Et George n'avait aucune raison d'attenter à ses jours. C'était un homme...

Il déglutit et darda sur le médecin un regard furibond.

— ... un homme heureux. Il avait tout pour l'être : un titre, de l'argent, une femme charmante, un petit garçon...

Treves ouvrit la bouche pour répondre, mais Vespasia le devança.

— Je crois, Eustace, que le Dr Treves est en train de vous expliquer que George n'a pas pris le poison de son plein gré.

Cette fois, Eustace perdit complètement son sang-froid.

— Vespasia, cessez de dire des sottises! On ne se suicide pas accidentellement. Et il n'y a pas de poison dans cette maison!

— Si, de la digitaline, fit Treves d'un ton las. Un tonicardiaque très courant. La femme de chambre de votre mère m'a dit que celle-ci en possédait. Il est également possible de la distiller, à partir de la digitale, si on le souhaite.

Eustace se ressaisit et leva un sourcil sarcastique.

— Si je vous suis bien, Lord Ashworth s'est faufilé dans le jardin à six heures du matin pour cueillir des digitales et les a tranquillement distillées dans la cuisine, sous les yeux des servantes ? Ou à l'office de l'étage ? Ensuite, toujours d'après vous, il est retourné dans sa chambre, a attendu qu'on lui monte son café, puis a empoisonné le chien par accident, avant d'avaler lui-même le poison ? Allons donc, vous délirez, Treves. Vous n'êtes qu'un imbécile incompétent. Signez donc le certificat de décès et quittez cette maison !

Vespasia était désolée pour lui. Visiblement, son gendre serait incapable de faire face à la situation. Il n'était pas aussi fort qu'il l'imaginait, ce qui expliquait peut-être sa suffisance.

— Eustace, reprit-elle avec patience et fermeté, le Dr Treves ne prétend pas que George a absorbé du poison par accident. Comme vous l'avez fait observer, ce serait absurde. La conclusion qui s'impose est que quelqu'un a volontairement mis le poison dans son café, à l'office. Ce ne serait pas difficile, puisque tout le monde, sauf George, prend du thé. Ce pauvre George ne se doutait de rien, quand il l'a donné au chien et quand il l'a bu lui-même.

Eustace pivota sur son siège et lui fit face, affolé. Il laissa échapper un son plaintif. Sa voix était voilée et curieusement aiguë.

— Mais... suffoqua-t-il, cela s'appelle un meurtre !

— Oui, monsieur, acquiesça le médecin avec mansuétude, je le crains. Je n'ai donc d'autre choix que d'appeler la police.

Eustace poussa un très long soupir. Son dilemme se lisait sur son visage. Voyant qu'il ne parvenait à le résoudre, Vespasia répondit à sa place.

— Évidemment. Auriez-vous l'amabilité, docteur, de prévenir l'inspecteur Thomas Pitt ? C'est un policier expérimenté et discret.

— Comme vous voudrez, madame. Je suis vraiment navré.

— Merci. Le majordome va vous montrer le téléphone. De mon côté, j'appellerai la sœur de Lady Ashworth pour lui demander de venir veiller sur elle.

Treves hocha la tête.

— Très bonne idée, si vous pensez que c'est une femme raisonnable. Une personne hystérique ne lui serait d'aucun secours. A propos, comment va Lady Ashworth ? Désirez-vous que je monte la voir ?

— Pas pour l'instant. Demain, peut-être. Rassurez-vous, sa sœur est une personne tout à fait sensée. Je ne l'ai jamais vue perdre son sang-froid ; Dieu sait pourtant qu'elle en aurait eu l'occasion.

— Bien. Dans ce cas, je reviendrai demain. Merci, Lady Cumming-Gould, fit le médecin en inclinant légèrement la tête.

Il fallait dire la vérité à Emily. Mais comment la lui apprendre ? Tout d'abord, Vespasia devait prévenir Mrs. March. Bien sûr, la vieille dame serait scandalisée, mais au moins, elle aurait momentanément autre chose à faire que de harceler Tassie. C'était la seule satisfaction, ô combien mince et un brin perverse, que Vespasia en retirerait.

Mrs. March était au rez-de-chaussée, dans son boudoir, pièce réservée aux dames — du moins l'avait-elle été, du temps où elle dirigeait la maisonnée, ses filles, deux nièces et une jeune cousine pauvre qui était à sa charge. Elle avait régné sur son empire à partir de cette pièce octogonale, centre stratégique de la maison, faisant régulièrement retapisser les murs d'un rose vif étouffant. La cheminée et le piano avaient toujours gardé leurs draperies; elle y avait aligné des rangées de portraits de famille; chaque centimètre carré était occupé par des arrangements de fleurs séchées et de fruits en cire; on y trouvait également un hibou empaillé dans une vitrine, des broderies, des napperons, des chemins de table et des têtières. Il y avait même un aspidistra dans la jardinière.

Elle était assise sur sa méridienne, les pieds surélevés. Retirée dans sa chambre à l'étage, elle aurait été trop éloignée de son quartier général et aurait pu manquer quelque chose d'intéressant. Vespasia ferma la porte et s'assit sur le canapé trop rembourré.

— Voulez-vous du thé? demanda Mrs. March en l'examinant d'un œil critique. Vous avez très mauvaise mine. On dirait que vous avez vieilli de dix ans.

— Je n'aurai pas le temps de le boire, Lavinia. J'ai une nouvelle très troublante à vous annoncer.

— Que cela ne vous empêche pas de prendre une tasse de thé, ma chère. Vous pouvez boire et parler en même temps — vous l'avez toujours fait. Oui, vraiment, vous avez les traits tirés. George a toujours été votre chouchou, malgré ses écarts de conduite. Sa mort a dû vous bouleverser.

— En effet, rétorqua Vespasia, laconique.

Elle ne souhaitait pas partager sa douleur avec quiconque et encore moins avec Lavinia March, qu'elle détestait cordialement depuis quarante ans.

— Après vous avoir informée, il faudra que j'aille avertir les autres, pour les préparer à tout ce qui va se passer.

— Pour l'amour du ciel, venez-en au fait et cessez de prendre ces airs importants, Vespasia! Vous êtes ici chez Eustace. Mon fils est tout à fait capable de prendre les dispositions nécessaires. Quant à Emily, ce que vous comptez en faire vous regarde, mais à mon avis, plus tôt elle quittera cette maison pour aller chez sa mère, mieux cela vaudra.

— Au contraire, je vais faire venir sa sœur cet après-midi. Mais avant, je crois que nous recevrons la visite de son beau-frère, Thomas Pitt.

Mrs. March haussa les sourcils ; ils étaient lourds et arqués, comme ceux d'Eustace, mais, contrairement à son fils, elle avait des yeux noirs.

— La douleur vous égare, Vespasia. Il est hors de question qu'un vulgaire policier franchisse le seuil de ma maison. Le fait qu'il soit apparenté à Emily n'oblige pas la famille à supporter sa présence.

— Ce sera pourtant un fardeau bien léger, comparé au reste, rétorqua sèchement Vespasia. George a été assassiné.

Mrs. March la dévisagea durant plusieurs secondes en silence. Puis elle tendit la main vers la clochette de porcelaine posée sur le guéridon et l'agita avec vigueur.

— Je vais faire appeler votre femme de chambre. Vous devriez aller vous reposer, respirer des sels et vous faire monter une tisane. Vous avez perdu l'esprit. Espérons que cela ne durera pas et que vous vous reprendrez vite. Vous avez besoin d'une dame de compagnie. J'ai toujours pensé que vous passiez trop de temps seule ; vous êtes la proie de mauvaises influences, mais vous êtes plus à plaindre qu'à blâmer. C'est bien malheureux. Si le médecin est encore là, je demanderai qu'il vienne vous voir.

Elle agita à nouveau furieusement la clochette, au risque de la briser.

— Où diable est passée cette maudite bonne ? Les domestiques ne peuvent donc pas accourir lorsqu'on les appelle ?

— Lavinia, posez cette clochette et arrêtez vos simagrées ! On n'entend que vous ! Le Dr Treves dit que George a été empoisonné à la digitaline.

— Absurde! Ou alors, c'est qu'il a décidé de mettre fin à ses jours, au cours d'une crise de désespoir. Tout le monde a vu qu'il était amoureux de Sybilla.

— Il s'était entiché d'elle, ce qui n'est pas la même chose, corrigea Vespasia, jugeant ces propos tout à fait déplacés. Un homme comme George ne se suicide pas à cause d'une femme, vous devriez le savoir. Il aurait pu être l'amant de Sybilla, s'il l'avait voulu; d'ailleurs, il l'a probablement été.

— Ne soyez pas vulgaire, Vespasia. Ce n'est vraiment pas le moment!

— Il a aussi tué le chien, ajouta cette dernière.

— De quoi parlez-vous? Quel chien? Qui a tué un chien?

— L'assassin de George.

— Qu'est-ce qu'un chien vient faire dans cette histoire?

— Votre chien, Lavinia. Le petit épagneul. Je suis désolée.

— Cela prouve que vous dites n'importe quoi. George n'aurait jamais tué mon chien, il l'adorait! C'est tout juste s'il ne me l'a pas volé!

— Voilà où je voulais en venir, Lavinia. Quelqu'un les a tués tous les deux. Le majordome a prévenu la police.

Au moment où Mrs. March allait lui répondre, la porte s'ouvrit. Un valet parut, très pâle.

— Vous avez sonné, madame?

Vespasia se leva.

— Je n'ai besoin de rien, merci. Mais vous pourriez peut-être apporter du thé à Mrs. March.

Elle passa à côté de lui, traversa le vestibule et monta à l'étage.

Emily émergea d'un profond sommeil. Elle ne se

souvenait plus où elle se trouvait. La pièce, meublée dans un style oriental, avec aux murs un papier peint crème orné de feuilles de bambou, avait des rideaux verts semés de chrysanthèmes blancs. Le soleil n'entrait pas directement, mais la pièce était inondée de lumière.

Puis elle se souvint : c'était l'après-midi, à Cardington Crescent ; ils séjournaient chez l'oncle Eustace... Soudain, une vague glacée la submergea. George était mort.

Elle resta allongée, les yeux dans le vide, à fixer les moulures du plafond, qui faisaient penser à des vagues ou à un feuillage d'été.

— Emily...

Elle ne répondit pas. Elle n'avait rien à dire.

La voix se fit insistante.

— Emily ?

Elle se redressa. Répondre créerait peut-être une diversion qui lui permettrait d'échapper à ses pensées. Si seulement elle pouvait oublier, ne fût-ce que quelques secondes.

Tante Vespasia était debout au pied du lit. Sa femme de chambre se tenait derrière elle, un peu en retrait. Elle avait dû la veiller pendant qu'elle dormait ; Emily se souvenait d'avoir vu son bonnet et son tablier blanc passer dans son champ de vision avant de sombrer dans le sommeil. Elle lui avait apporté une tisane au goût amer — un sédatif, du laudanum, sans doute. Sinon elle n'aurait jamais pu dormir aussi profondément.

— Emily !

— Oui, tante Vespasia ?

Celle-ci s'assit sur le bord du lit et posa sa main sur la sienne, par-dessus le parement brodé du drap. Une main osseuse, tavelée par l'âge, aux fragiles veines bleutées ; pour la première fois, Emily réalisa que Lady

Cumming-Gould était une très, très vieille dame. Elle avait des cernes sous les yeux et son teint, d'habitude si pur, était brouillé.

— J'ai fait appeler Charlotte. Elle va venir s'occuper de vous.

Vespasia lui parlait... Emily fit un effort pour écouter, pour comprendre.

— J'ai envoyé ma voiture la chercher. J'espère qu'elle arrivera avant la fin de l'après-midi.

— Merci, murmura Emily, machinalement.

Il serait bon d'avoir sa sœur auprès d'elle. Mais au fond, quelle importance ? George était mort. Personne ne pouvait rien changer à cela. Elle n'avait pas envie qu'on l'oblige à agir ou à réfléchir.

La main de Vespasia serra plus fort la sienne, presque à lui faire mal.

— Mais c'est Thomas qui viendra le premier.

— Thomas ? répéta Emily en fronçant les sourcils. Vous n'auriez pas dû lui dire de venir ! Ils ne l'autoriseront jamais à entrer ! Ils le traiteront comme un inférieur ! Pourquoi l'avoir prévenu ?

Elle écarquillait les yeux. Vespasia était-elle bouleversée au point d'avoir perdu l'esprit ? Thomas était policier — aux yeux des March, il ne valait guère mieux qu'un fournisseur indésirable ; un policier était placé au plus bas niveau de l'échelle sociale, au même titre qu'un chasseur de rats ou qu'un égoutier, des gens dont on est obligé de supporter la présence. Elle ressentit une soudaine compassion mêlée de colère. Comment Vespasia, cette femme qu'elle admirait tant, avait-elle pu prendre une décision aussi stupide ? Surtout chez les March ! Elle agrippa très fort sa main.

— Tante Vespasia...

— Emily...

La voix de la vieille dame se fit douce et hésitante,

comme si elle peinait à trouver ses mots ; ses yeux magnifiques, aux lourdes paupières, étaient pleins de larmes.

— Emily... George n'est pas mort de mort naturelle. Il a été assassiné. Il ne s'est rendu compte de rien, il n'a pas souffert. Mais le fait est là. J'ai mandé Thomas parce qu'il est inspecteur de police. Je prie pour que l'enquête lui soit confiée.

George, assassiné ! Les mots se formèrent sur ses lèvres, mais aucun son ne sortit de sa bouche. Pourquoi quelqu'un aurait-il souhaité...

Et surtout, qui ? Les réponses lui arrivèrent par vagues successives : Sybilla ! George l'avait rejetée. Emily les avait entendus se disputer la veille au soir. Ou William, par jalousie. C'était compréhensible. Ou, pis encore, Jack Radley. S'il s'était mis en tête, après ce baiser échangé dans le jardin d'hiver, qu'elle représentait plus pour lui qu'un simple flirt, qu'elle puisse... Non, l'idée était effroyable. Elle serait donc responsable non seulement d'avoir leurré Jack, mais aussi de l'avoir poussé à assassiner George !

Elle ferma les yeux, comme si l'obscurité pouvait l'aider à chasser cette affreuse pensée, hélas, trop réelle ; les larmes brûlantes qui coulaient sur ses joues ne lui procurèrent aucun soulagement, même lorsqu'elle posa sa tête contre l'épaule de Vespasia et qu'elle sentit ses bras l'encercler affectueusement ; elle laissa alors jaillir une douleur trop longtemps contenue.

5

Pitt retourna au commissariat à pied, par les rues brûlantes et poussiéreuses, dans le fracas des sabots, le grincement des essieux, les cris des dizaines de camelots, des marchands de fleurs, lacets et allumettes jusqu'aux chiffonniers. Des gamins de neuf ou dix ans balayaient le crottin après le passage des chevaux, pour permettre aux beaux messieurs et aux belles dames de traverser la chaussée sans salir leurs bottes ou le bas de leurs robes.

L'agent Stripe l'attendait à la porte.

— Mr. Pitt, on vous cherche partout ! Je leur ai dit que vous étiez parti à la recherche de cet escroc...

Pitt devina son inquiétude.

— Que se passe-t-il ? Du nouveau dans l'affaire du cimetière de Bloomsbury ?

Stripe était pâle.

— Non, monsieur. C'est pire, enfin, façon de parler. Je suis sincèrement navré, monsieur.

Pitt fut envahi d'un froid soudain. Charlotte !

— Quoi ? Que se passe-t-il ? s'écria-t-il, en saisissant Stripe par le revers de son uniforme avec une telle violence que celui-ci vacilla, sans cependant détourner son regard.

Pitt ne lut aucune colère dans ses yeux, ce qui

l'effraya encore davantage. Sa gorge était nouée au point de ne pouvoir articuler un son.

— Il y a eu un meurtre à Cardington Crescent, monsieur, reprit Stripe en pesant bien ses mots, sans chercher à se dégager de l'étreinte de Pitt. Un certain Lord Ashworth. Et Lady Ves... Ves... Lady Cumming-Gould souhaite que vous alliez enquêter sur les lieux. Ah, elle vous fait dire qu'elle a déjà envoyé sa voiture chez vous, pour chercher Miss Charlotte. Je suis vraiment désolé, monsieur.

Pitt éprouva un tel soulagement qu'il en eut presque la nausée; puis aussitôt, il eut honte de sa réaction égoïste. Pauvre Emily... Il ressentit une immense compassion pour elle. Il regarda le visage sérieux et tellement humain du jeune agent.

— Merci, Stripe, dit-il en lâchant enfin sa veste. C'est très gentil à vous de m'avoir vous-même annoncé la nouvelle. Lord Ashworth est... était mon beau-frère.

Lord Ashworth était son beau-frère... Cela paraissait absurde. Stripe, bien élevé, eut la décence de ne pas sourire.

— Vous comprenez, la sœur de ma femme a épousé...

— Oui, monsieur, se hâta d'acquiescer Stripe. Ils ont bien insisté pour que ce soit vous qui alliez là-bas. Un cab vous attend.

— Bon, dans ce cas, allons-y.

Il suivit Stripe. Le cab les attendait, garé au bord du trottoir, à une dizaine de mètres de l'entrée du commissariat. Le cheval avait la tête baissée, les rênes relâchées sur l'encolure. Stripe ouvrit la portière et indiqua l'adresse au cocher, tandis que Pitt s'engouffrait à l'intérieur.

Le trajet étant assez court, il n'eut guère le temps de

réfléchir à ce qu'il venait d'apprendre. Son esprit était en ébullition ; toute tentative de raisonnement était annihilée par la peine qu'il éprouvait pour Emily ; la perte de son beau-frère lui causait aussi un grand chagrin. Il aimait bien George, un homme à l'esprit ouvert et généreux, très agréable à vivre. Qui diable aurait désiré le voir disparaître ? Qu'il soit décédé des suites d'une agression en pleine rue, ou au cours d'une partie de chasse qui aurait mal tourné, ou encore pendant une violente querelle entre gentlemen dans un club, soit. Mais dans une demeure londonienne, parmi les siens, cela dépassait l'entendement !

Pourquoi ce maudit cab n'avançait-il pas ? Pourtant, lorsqu'ils arrivèrent à Cardington Crescent, Pitt n'était pas encore prêt à affronter la réalité.

— Mr. Pitt ? chuchota Stripe. Nous sommes arrivés.
— Oui, je sais.

Il descendit du cab et demeura sur le trottoir surchauffé à contempler les magnifiques façades en pierre de taille de Cardington Crescent : fenêtres georgiennes aux proportions parfaites — quatre rangées de trois carreaux —, simples architraves, porte d'entrée élégante. L'endroit offrait une impression de confort tranquille ayant traversé les siècles, ce qui rendait l'idée d'une mort violente encore plus inacceptable. On n'était plus en sécurité nulle part.

Stripe, debout à ses côtés, attendait qu'il fasse le premier pas.

— Oui, répéta-t-il.

Il paya la course et se dirigea vers l'entrée principale, au grand étonnement de son jeune adjoint. D'ordinaire, les policiers passaient par l'entrée de service. Pitt s'y était toujours refusé, par principe, mais Stripe n'était pas censé le savoir, lui qui avait enquêté uniquement dans le monde interlope de la capitale, dans des quartiers infestés de rats, comme St. Giles. Ils ne se trouvaient pourtant qu'à un jet de pierre de Bloomsbury. Ses missions l'avaient aussi mené dans le milieu des commerçants, des employés et des artisans, qui se targuaient de respectabilité, mais n'avaient, eux, qu'une seule entrée à leur maison.

Pitt tira sur la chaîne de la cloche. Un instant plus tard, le majordome apparut, calme et grave. Vespasia avait dû le prévenir que le policier n'entrait jamais par la porte de service. Il examina ce visiteur de haute taille, aux cheveux en bataille, aux poches gonflées, et devina aussitôt à qui il avait affaire.

— Inspecteur Pitt ? Entrez, je vous prie... Si vous voulez bien attendre au petit salon, Mr. March va vous recevoir.

— Merci. Si vous n'y voyez pas d'inconvénient, l'agent Stripe ira directement à l'office pour questionner le personnel.

Le majordome hésita, mais se rendit compte que cette démarche était inévitable.

— Je vais l'accompagner, dit-il avec emphase, afin que les deux hommes comprennent bien que la domesticité était sous sa responsabilité et qu'il avait l'intention de s'acquitter de sa charge jusqu'au bout.

— Bien entendu, acquiesça Pitt avec un hochement de tête.

— Si vous voulez bien me suivre..

Il pivota sur lui-même et le conduisit, à travers un vaste vestibule lourdement décoré, jusque dans un salon surchargé de meubles : fauteuils de cuir, très masculins, bureau en bois de rose, tables japonaises laquées de rouge et de noir, armes indiennes, reliques des campagnes d'un aïeul ayant servi la Reine et l'Empire britannique, accrochées au petit bonheur sur les murs, face à un paravent chinois en soie.

Le majordome le laissa là, sans un mot, se demandant ce qu'il allait faire du policier resté dehors sur le perron ; avant tout, il convenait de le soustraire à la vue du voisinage, puis le conduire à l'office, où il devait s'assurer qu'il n'effaroucherait pas les plus jeunes bonnes, dont l'âge ne dépassait pas treize ou quatorze ans. Il lui fallait par ailleurs veiller à ce que les domestiques s'acquittent honorablement de leurs tâches et ne parlent pas à tort et à travers.

Pitt resta debout. La pièce ressemblait à tant d'autres salons dans lesquels on l'avait fait patienter, représentatifs à la fois de l'époque et du statut social du maître de maison, sauf que l'on trouvait ici des meubles de styles très différents, comme si trois personnalités opposées avaient fait le choix de l'ameublement : on y devinait le goût classique d'un homme aux opinions arrêtées, celui, audacieux, d'une femme d'un certain modernisme et aussi celui d'une personne respectueuse des traditions familiales.

La porte s'ouvrit sur Eustace March, un homme vigoureux, au teint rougeaud, d'une bonne cinquantaine d'années, qui, à cette minute, paraissait partagé entre des sentiments contradictoires, et obligé de tenir un rôle auquel il n'était guère préparé.

— Bonjour, Mr... euh...
— Pitt.
— Bonjour, Pitt. Quelle tragédie ! Le médecin est un imbécile. Il n'aurait pas dû vous appeler pour une affaire de famille. Mon neveu, enfin, un cousin par alliance pour être précis, le petit-neveu de ma belle-mère...

Il surprit le regard de Pitt et rougit.

— Mais je suppose que vous êtes au courant. Bref, le pauvre garçon est mort.

Il reprit sa respiration et poursuivit :

— J'ai le regret de vous dire qu'il s'était mis dans une situation... délicate. Il aurait décidé de mettre fin à ses jours, à la suite d'un accès de dépression. Terrible, n'est-ce pas? Sa famille est un peu excentrique. Mais naturellement, vous ne les connaissez pas...

— Je connaissais George, précisa Pitt. C'est un homme que j'ai toujours jugé éminemment raisonnable. Quant à Lady Cumming-Gould, c'est la femme la plus sensée du monde.

Les joues couperosées d'Eustace s'empourprèrent.

— C'est possible, lâcha-t-il. Mais nous ne fréquentons pas le même monde, Mr. Pitt. Ce qui vous paraît sensé ne l'est pas nécessairement pour moi.

Pitt sentit une colère indigne d'un policier sourdre en lui, sentiment qu'il s'était pourtant bien juré de ne plus jamais éprouver. Accoutumé comme il l'était à la grossièreté de certaines personnes, il n'aurait pas dû y prêter attention. Mais il avait les nerfs à vif parce que c'était George, son beau-frère, qui était mort. Il devait donc adopter une attitude irréprochable, de façon à ne pas fournir à Eustace March de prétexte pour lui faire retirer l'enquête; il ne devait pas davantage laisser son émotion troubler son jugement au point de l'empêcher de découvrir la vérité; vérité qu'il devrait, le moment venu, révéler avec le plus d'égards possible. Toute enquête criminelle policière met au jour davantage que le simple crime: multitude de petits péchés, de secrets douloureux, de peccadilles honteuses qui, une fois découverts, peuvent détruire l'amour ou l'amitié et anéantir une confiance mutuelle qui, en d'autres circonstances, aurait pu supporter toutes sortes d'épreuves.

Eustace le dévisageait, toujours écarlate, attendant impatiemment une réaction de sa part.

Pitt soupira.

— Pouvez-vous me dire, monsieur, ce qui a pu pousser Lord Ashworth à une détresse ou à un désespoir tel qu'en se réveillant ce matin il ait décidé de mettre fin à ses jours ? D'ailleurs, comment s'y est-il pris ?

— Bon Dieu, cet imbécile de Treves ne vous l'a pas dit ?

— Je ne l'ai pas encore rencontré, monsieur.

— Ah ? Oui, évidemment. La digitaline — un médicament pour le cœur. Ma mère en prend. Il m'a sorti des sornettes à propos de je ne sais quelles digitales du jardin... J'ignore si elles sont en fleur actuellement. Et lui aussi, je suppose. Il est incompétent !

— La digitaline est extraite des feuilles de la digitale pourpre, lui fit remarquer Pitt. Elle est fréquemment prescrite dans le traitement de l'arythmie cardiaque ou en cas d'infarctus.

— Oh... Ah !

Eustace se laissa tomber dans l'un des fauteuils de cuir.

— Pour l'amour du ciel, mon vieux, asseyez-vous ! s'exclama-t-il, irrité. Terrible affaire. Très éprouvante. J'espère que vous ferez preuve de discrétion, par égard pour ces dames. Ma mère et Lady Cumming-Gould sont fort avancées en âge et, par conséquent, de santé fragile. Et naturellement, Lady Ashworth est éperdue de chagrin. Nous aimions tous beaucoup George.

Pitt le dévisagea, ne sachant trop comment abattre ce mur de faux-semblants. Ce ne serait pas la première fois qu'il aurait à le faire — on n'admet qu'à contrecœur l'irruption d'un meurtre à son domicile — mais aujourd'hui la manœuvre était délicate. Ces gens étaient des proches. Quelque part, à l'étage, Emily était là, terrassée par la douleur.

— Qu'est-ce qui pouvait bien tourmenter Lord Ashworth au point de le décider à mettre fin à ses jours? répéta-t-il, en observant attentivement son interlocuteur.

Celui-ci demeura immobile. Ses traits reflétaient la profonde indécision et le combat intérieur qui agitaient son esprit. Pitt patienta. Vérité ou mensonge, ce que cet homme avait à dire pourrait se révéler plus intéressant s'il le laissait mûrir, même si cela ne mettait à nu que ses propres angoisses.

— Je suis navré d'avoir à vous le dire, commença enfin Eustace, mais je crains que le comportement d'Emily... et le fait que George soit tombé profondément amoureux et, à mon avis, sans espoir, d'une autre femme...

Il secoua la tête pour bien montrer qu'il désapprouvait de tels enfantillages.

— Emily a eu une réaction... à tout le moins, malheureuse. Mais il ne faut pas dire du mal d'une personne en grand deuil, ajouta-t-il, réalisant soudain que sa compassion devait aussi s'étendre à Emily.

Pitt n'imaginait pas du tout George s'empoisonnant pour une histoire d'amour. Il n'avait pas un tempérament à se laisser entraîner dans un imbroglio sentimental. Pitt se souvenait de l'époque où son futur beau-frère faisait à Emily une cour romantique et légère ; jamais il ne les avait vus se quereller ou céder à la jalousie, réelle ou imaginaire.

— Que s'est-il passé hier soir qui aurait pu précipiter le drame? s'enquit-il, tentant de masquer le mépris et l'incrédulité de sa voix.

Eustace s'était préparé à cette question. Il eut un petit hochement de tête et pinça les lèvres.

— Je me doutais que vous alliez me demander cela. Je préfère ne rien dire. Contentez-vous de savoir qu'Emily a outrageusement flirté, dans un lieu où tout

105

le monde pouvait la voir, avec un jeune homme invité en l'honneur de la plus jeune de mes filles...

Pitt haussa les sourcils.

— Si Emily l'a fait devant tout le monde, ça ne devait pas être bien sérieux.

Eustace pinça un peu plus les lèvres ; l'agacement faisait palpiter ses narines. Visiblement, il avait du mal à se contenir.

— Je regrette d'avoir à vous dire que ma mère et ce pauvre George ont été témoins de la scène. Apprenez, Mr... euh... Pitt, que dans la bonne société une femme mariée ne s'éclipse pas dans un jardin d'hiver au bras d'un homme à la réputation douteuse pour revenir, un quart d'heure plus tard, la robe de travers, en affichant un sourire béat.

Pitt songea que c'était exactement ce qu'une femme de « la bonne société » faisait. Puis sa colère lui fit oublier un écart de conduite aussi anodin.

— Mr. March, si tous les gentlemen mettaient fin à leurs jours chaque fois que leurs épouses s'affichent en galante compagnie, la capitale serait jonchée de cadavres ; l'aristocratie anglaise aurait disparu depuis des siècles. Je doute même qu'elle ait pu survivre après les Croisades !

— Il est normal qu'une personne exerçant un métier comme le vôtre fasse preuve d'une certaine vulgarité d'esprit, répondit sèchement Eustace. Mais je vous prierai de ne pas vous laisser aller à de telles considérations sous mon toit, surtout en période de deuil. Vous n'avez rien d'autre à faire ici que de vous assurer que personne n'a attaqué ce pauvre George, ce qui sauterait d'ailleurs aux yeux du premier imbécile venu. Il a versé de la digitaline appartenant à ma mère dans sa tasse de café. Il cherchait sans doute à perdre connaissance et à nous faire une belle peur. Et à ramener Emily à la raison...

Conscient du scepticisme du policier, il ne termina pas sa phrase et chercha une explication plus plausible. Il paraissait avoir oublié que Jack Radley avait été invité pour Tassie ; il s'était contredit en le cataloguant comme un coureur de jupons. Peut-être ferait-il un excellent gendre à ses yeux ; il suffisait de veiller à ne pas le laisser s'approcher des épouses des autres. Les entorses de la bonne société à la moralité demeuraient encore un mystère pour Pitt.

En d'autres circonstances, il aurait été presque désolé de voir Eustace March se livrer à de telles acrobaties mentales. Dieu sait qu'il avait souvent entendu ce genre de discours absurde. Mais aujourd'hui sa patience était mise à rude épreuve. Il se leva.

— Merci, Mr. March. Je vais voir le médecin, puis je monterai examiner le corps. Ensuite, j'aimerais m'entretenir avec les membres de votre famille, si vous n'y voyez pas d'inconvénient.

— Ce ne sera pas nécessaire ! répondit Eustace en se levant vivement de son siège. Vos questions les plongeraient dans un désarroi tout à fait inutile. Emily vient de perdre son mari, mon vieux ! Ma mère est très âgée et a reçu un choc sévère ; ma fille de dix-neuf ans a une sensibilité à fleur de peau, comme toutes les jeunes filles. Et Lady Cumming-Gould est bien plus âgée qu'elle ne se l'imagine.

Pitt réprima un sourire. Il était persuadé que tante Vespasia connaissait mieux son âge qu'Eustace. Et elle était certainement plus courageuse que lui.

— Emily est ma belle-sœur, dit-il doucement. Je serais venu la voir, quelles qu'aient été les circonstances du décès de son mari. Mais tout d'abord, j'aimerais voir le médecin.

Eustace quitta la pièce sans lui adresser la parole. Il exécrait le rôle qu'on lui faisait jouer, sa maison était envahie d'étrangers et il avait perdu le contrôle de la situation. C'était bien la première fois qu'un événement aussi effrayant se produisait chez lui. S'entendre donner des ordres par un policier, ici même, dans son propre salon ! Il maudit intérieurement Emily et sa jalousie, qu'il jugeait responsable de toute cette histoire.

Treves entra si vite dans la pièce que Pitt se dit qu'il avait dû attendre derrière la porte. Il paraissait fatigué. Ils ne s'étaient jamais rencontrés, mais ce visage sillonné de rides, empreint d'humour et de compassion, lui fut aussitôt sympathique.

— Inspecteur Pitt ? s'enquit-il en levant un sourcil. Treves.

Pitt serra la main qu'il lui tendait.

— Croyez-vous à l'hypothèse du suicide ?

— Sornettes ! maugréa Treves. Un homme tel que George Ashworth n'aurait pas volé du poison pour en verser dans son café, par une belle journée d'été, à sept heures du matin ! Qui plus est, dans une maison qui n'est pas la sienne et pour un prétendu chagrin d'amour. Si par hasard il avait fait cela — ce dont je doute — seule une grosse dette de jeu qu'il ne pouvait rembourser aurait pu motiver son geste. Et il se serait fait sauter la cervelle. Les gentlemen se suicident par arme à feu. De plus, il ne lui serait jamais venu à l'idée d'empoisonner ce joli petit épagneul...

— Quel épagneul ? Mr. March ne m'en a pas parlé.

— Évidemment. Il essaie de se persuader qu'il s'agit d'un suicide.

Pitt soupira.

— Bon, nous ferions mieux d'aller voir le corps. Le médecin légiste l'examinera plus tard, mais vous pouvez probablement déjà me dire ce que j'ai besoin de savoir.

— Dose massive de digitaline, expliqua Treves en se dirigeant vers la porte. L'amertume du café masque le goût. Votre adjoint a dû questionner le personnel de cuisine à ce sujet. Le pauvre homme n'a pas souffert. Pour tuer quelqu'un, je vous recommande cette méthode, la plus rapide et la plus efficace, sauf à lui tirer une balle dans la tête. A mon avis, vous découvrirez que la totalité de la réserve de digitaline de Mrs. March a disparu.

— Elle en avait tant que ça? s'enquit Pitt en lui emboîtant le pas.

Ils traversèrent le vestibule et gravirent les marches du grand escalier jusqu'au palier du premier étage. Ils entrèrent dans le dressing. Pitt nota avec une pointe de tristesse que George n'avait pas dormi avec Emily. Il savait que les gens riches étaient coutumiers du fait : les époux avaient chacun leur chambre. Personnellement, l'idée lui déplaisait. Se réveiller la nuit sachant Charlotte à ses côtés était l'une des principales sources de bonheur de son existence, un refuge permanent contre la laideur du monde, une chaleur qui lui donnait la force de se lever le matin pour entamer une dure journée, aussi violente, épuisante et tragique qu'elle puisse être.

Mais ce n'était guère le moment de s'interroger sur la signification des différents modes de vie des gens.

Treves s'approcha du corps et, sans un mot, tira le drap qui le recouvrait. Pitt fixa le visage pâle et cireux, son nez droit, son front large, les yeux clos aux orbites bleues. C'était bien George, tel qu'il le gardait dans son souvenir, et pourtant il n'avait pas l'impression qu'il s'agissait de la même personne. La réalité de la mort était si évidente qu'en le regardant on ne pouvait imaginer que son âme ait survécu.

— Aucune blessure, constata-t-il.

George n'était plus là ; il semblait indécent de parler d'une voix normale devant son enveloppe charnelle.

— Aucune, en effet, fit Treves. Pas de trace de lutte. Simplement un homme buvant une tasse de café contenant assez de digitaline pour provoquer une crise cardiaque, et un pauvre petit chien se régalant d'une douceur, qui lui a été fatale, à lui aussi.

— Ce qui prouve qu'il ne s'agit pas d'un suicide, soupira Pitt. George n'aurait jamais empoisonné le chien. Il ne lui appartenait même pas. L'agent Stripe questionnera le personnel pour savoir où se trouvait la tasse à café et qui a pu s'en approcher. J'imagine que George était la seule personne à prendre du café à cette heure-là. La plupart des gens boivent du thé le matin. Il faudra que j'interroge la famille.

— Triste affaire, commenta Treves, compatissant. Le crime domestique est l'une des tragédies de la condition humaine. Une maison, supposée être un sanctuaire pour ceux qui l'habitent, se révèle trop souvent n'être qu'un enfer. Dieu seul sait ce qui s'y passe...

Il ouvrit la porte qui donnait sur le palier.

— Mrs. March mère est un personnage égoïste et despotique. Ne vous laissez pas abuser par sa prétendue mauvaise santé. Elle est en pleine forme, compte tenu de son grand âge.

— Alors pourquoi prend-elle de la digitaline ?

Treves haussa les épaules.

— Ce n'est pas moi qui la lui ai prescrite. Elle feint d'avoir des vapeurs et des palpitations à la moindre contrariété ; c'est à peu près sa seule façon de régenter son monde, notamment la jeune Tassie. Sans obéissance, son empire est inexistant ; elle a donc convaincu l'un des médecins du quartier de lui prescrire ce médicament. Elle ne rate jamais l'occasion de me dire qu'il lui a sauvé la vie, sous-entendant que, moi, je l'aurais laissée mourir, conclut-il avec une grimace.

Pitt se souvint d'avoir rencontré des douairières qui régnaient sur leur famille en les menaçant sans cesse d'une crise cardiaque imminente. La grand-mère paternelle de Charlotte, par exemple, était une terrible vieille dame capable de gâcher n'importe quelle réunion familiale en dressant l'inventaire de toutes les ingratitudes dont ses descendants faisaient preuve à son égard.

— Je devrais peut-être aller la voir maintenant, remarqua Pitt en serrant la main du médecin. Merci.

Treves lui rendit une vigoureuse poignée de main.

— Bonne chance, fit-il, très bref, mais son visage traduisait ses doutes sur la réussite de l'entreprise.

Pitt rédigea une note au sujet de la digitaline, la fit passer à Stripe à l'office, puis demanda au valet de pied de le conduire auprès de Mrs. March.

Elle était restée au rez-de-chaussée, dans son boudoir rose bonbon. Bien que l'après-midi fût ensoleillé, un grand feu brûlait dans l'âtre, rendant l'atmosphère étouffante, contrairement au reste de la maison où toutes les fenêtres étaient ouvertes.

Allongée sur sa méridienne, Mrs. March serrait entre ses doigts un mouchoir qu'elle portait sans cesse à sa joue, comme si elle allait fondre en larmes. Un plateau à thé et un flacon de sels en verre travaillé étaient posés à côté d'elle, sur un guéridon en bois de rose. La pièce était tellement surchargée de meubles et d'étoffes que Pitt avait l'impression de suffoquer. Mais les yeux de la vieille dame luisaient d'un éclat minéral, au-dessus de sa main grassouillette ornée de bagues étincelantes.

— Vous êtes le policier, je présume, dit-elle d'un ton peu amène.

— Oui, madame.

Elle ne l'invita pas à s'asseoir; Pitt ne chercha pas à s'attirer une rebuffade en prenant une chaise sans autorisation.

— J'imagine que vous allez fourrer votre nez dans nos affaires et poser un tas de questions impertinentes, poursuivit-elle en examinant d'un œil critique ses cheveux en bataille et ses poches distendues.

Elle lui fut aussitôt antipathique; l'image du visage cireux de George était trop récente pour qu'il gardât son calme.

— J'espère aussi en poser de pertinentes, rétorqua-t-il. Et j'ai bien l'intention de démasquer l'assassin de George.

Il utilisa le mot « assassin » à dessein, en lui imprimant toute la rudesse possible.

Les yeux de la vieille dame s'étrécirent.

— Eh bien, vous seriez stupide si vous n'y arriviez pas! Mais j'ose dire que vous l'êtes.

Il soutint son regard sans ciller.

— Je suppose qu'aucun étranger ne s'est introduit dans la maison cette nuit, madame?

Elle émit un grognement.

— Évidemment!

Les coins de sa bouche minuscule s'affaissèrent dans un rictus dédaigneux.

— Un cambrioleur n'utiliserait pas de poison, n'est-ce pas?

— Non, madame. La conclusion qui s'impose est qu'il s'agit d'un habitant de cette maison, et il est fort improbable qu'il s'agisse d'un domestique. Ce qui nous ramène à la famille ou aux invités. Auriez-vous l'amabilité de me parler un peu des personnes présentes sous votre toit?

— Oh, inutile de les passer tous en revue...

Elle renifla et fit la grimace.

On étouffait dans ce boudoir, avec les rayons du soleil qui donnaient directement sur les vitres, mais elle ne semblait pas s'en rendre compte.

— Il y a la famille proche. Lord Ashworth était un cousin. Lady Ashworth, d'après ce que j'ai cru comprendre, serait une de vos parentes...

Elle laissa cette remarquable évidence tomber dans l'air surchauffé, puis demeura quelques secondes silencieuse. Pitt ne faisant aucun commentaire, elle poursuivit d'un ton acide :

— Et puis un dénommé Jack Radley, un garçon très décevant, du moins aux yeux de mon fils. S'il m'avait demandé mon avis, j'aurais pu lui dire...

Pitt mordit à l'hameçon.

— Lui dire quoi, madame ?

Il commençait à transpirer, mais sa bonne éducation l'empêchait d'ôter sa veste dans le boudoir d'une dame.

Une lueur de satisfaction s'alluma dans les yeux de Mrs. March.

— Que c'est un être immoral, sans fortune, et beaucoup trop séduisant pour être honnête. Eustace s'est mis en tête qu'il représentait un beau parti pour Anastasia. Grotesque ! Ma petite-fille n'a pas besoin d'épouser du bon sang. Elle en a suffisamment comme ça. Mais bien entendu, vous n'entendez rien à tout cela...

Elle leva les yeux, se dévissant le cou pour pouvoir lui parler, mais toujours décidée à ne pas lui offrir un siège. Elle tenait à lui rappeler qu'il n'était qu'un roturier, un vulgaire policier qui n'avait pas à prendre ses aises dans un boudoir. C'est en autorisant ce genre de libertés qu'avait commencé l'érosion des valeurs qui affectait désormais la nation tout entière. S'il devait s'asseoir, que ce soit à l'office, en compagnie des domestiques.

— De toute façon, poursuivit-elle, un homme tel que Radley ne jetterait pas son dévolu sur un laideron comme Anastasia. Ah! cette tignasse orange et ces taches de rousseur! Elles ne viennent pas de mon côté. Et avec ça, maigre comme un cent de clous. Elle n'a rien d'une femme. Non, Radley épousera une héritière chic et fortunée avec laquelle il sera heureux de se montrer en société. Et qui soit jolie à regarder au lit! Ah! je vous ai choqué!

Pitt demeura impassible.

— Pas du tout, madame. Je suis sûr que vous avez raison. Beaucoup d'hommes agissent ainsi, et beaucoup de femmes aussi. Mais s'il y a un titre à prendre, ils ne le dédaignent pas.

Elle darda sur lui un regard furibond, espérant moucher son insolence, mais il avait dit ce qu'elle voulait entendre et c'était là le plus important.

— Ha! Eh bien, justement, Mr. Radley et Emily Ashworth forment une jolie paire. On les dirait aimantés, ces deux-là! Et ce pauvre George en a été la victime. Voilà! J'ai fait votre travail. A présent, allez-vous-en. Je suis fatiguée. Je ne me sens pas bien. Je viens de recevoir un choc sévère. Si vous aviez un minimum de savoir-vivre, vous...

Elle n'acheva pas sa phrase, ne sachant trop comment il se comporterait s'il possédait ce minimum d'éducation.

Pitt s'inclina.

— Vous paraissez surmonter l'épreuve avec beaucoup d'énergie, madame.

De nouveau, elle fixa sur lui un regard coléreux, consciente du sarcasme contenu dans sa voix, mais incapable de l'interpréter avec suffisamment de précision pour pouvoir riposter. Le visage de cet olibrius reflétait une innocence frisant l'impertinence.

— Vous pouvez partir, marmotta-t-elle.

— Merci, madame, fit Pitt, souriant pour la première fois. C'est très aimable à vous.

Dans le vestibule, il trouva un valet qui l'attendait impatiemment.

— Lady Cumming-Gould aimerait vous voir, monsieur. Elle vous attend dans la salle à manger. Si vous voulez bien me suivre.

Pitt hocha la tête et lui emboîta le pas. La salle à manger était, elle aussi, surchargée de meubles. L'énorme desserte et la grande table cirée luisaient au soleil. Des fenêtres ouvertes parvenait le pépiement des oiseaux du jardin.

Vespasia, assise à un bout de la table, place occupée par sa fille Olivia de son vivant, paraissait fatiguée. Pitt ne l'avait jamais vue aussi voûtée, même à l'époque où elle avait combattu pour faire voter par le Parlement la loi relative à la protection des enfants indigents. Le soulagement qu'elle éprouva à sa vue fut si intense qu'il se sentit profondément malheureux à l'idée de ne pouvoir l'aider; il redoutait au contraire d'aggraver son chagrin.

Elle se redressa avec effort.

— Bonjour, Thomas. Je suis contente que vous puissiez vous charger de l'enquête.

Il ne trouva rien à répondre. Les mots qui lui venaient à l'esprit étaient trop pauvres pour exprimer sa peine; mais s'en tenir à un langage purement professionnel était impensable.

— Pour l'amour du ciel, Thomas, asseyez-vous ! Je ne suis pas d'humeur à me tordre le cou pour vous parler. Je me doute que vous avez déjà vu Eustace et sa mère.

— Oui, fit Pitt en s'asseyant en face d'elle.

— Que vous ont-ils dit? demanda-t-elle sans ambages, jugeant inutile de perdre du temps sous prétexte que la vérité était désagréable à entendre.

— Mr. March a essayé de me persuader que George a mis fin à ses jours par amour pour une autre femme...

— Balivernes! s'indigna Vespasia. Certes, il s'était entiché de Sybilla. Mais je crois qu'hier soir il s'est rendu compte de la stupidité de son attitude. Emily a très bien su manœuvrer. Elle a agi avec bon sens, exactement comme je l'espérais.

Pitt baissa les yeux, puis les releva.

— Mrs. March m'a laissé entendre qu'Emily avait une... liaison avec l'un des invités, Jack Radley.

— Vieille sorcière! fit Vespasia, exaspérée. Le mari d'Emily faisait les yeux doux à Sybilla, sans discrétion aucune. Lavinia, dans sa jeunesse, a dû subir la même vexation, sans jamais trouver le moyen d'y remédier. Bien sûr, Emily a fait mine, en retour, de s'intéresser à un autre homme. La belle affaire! N'importe quelle femme dotée d'un brin de cervelle aurait agi de cette façon!

Pitt ne fit aucun commentaire; tous deux savaient que, si un homme pouvait divorcer pour cause d'adultère, son épouse ne jouissait pas du même droit. Elle devait s'adapter à la situation, du mieux qu'elle le pouvait.

Avec ce décès, les craintes engendrées par le soupçon avaient commencé à grandir, à fausser le jugement, à mettre à nu et à exagérer les traits de caractère les plus négatifs.

— Qui est Sybilla? demanda Pitt.

— La belle-fille d'Eustace, soupira Vespasia. Elle a épousé William, son seul fils. Mon petit-fils.

Elle avait prononcé ces derniers mots comme si l'idée la surprenait.

— Olivia a mis au monde dix filles, dont sept ont survécu. Toutes mariées, sauf Tassie. Eustace voyait d'un bon œil une union avec Jack Radley. Voilà la raison de sa présence ici — une sorte de mise à l'épreuve.

— J'imagine que vous n'approuvez pas ce choix ?

Vespasia haussa ses fins sourcils. Une lueur d'humour pétilla dans ses yeux, trop légère pour atteindre ses lèvres.

— Jack ? Il n'est pas fait pour Tassie. Elle n'est pas amoureuse de lui, ni lui d'elle. C'est un gentil garçon, que l'on peut apprécier à condition de garder la tête froide et ne pas trop attendre de lui. Mais il a une qualité qui rachète ses défauts : on ne s'ennuie jamais en sa compagnie, ce qui n'est guère le cas de la plupart des jeunes gens de la bonne société.

— Qui d'autre vit sous ce toit ?

Il se doutait un peu de la réponse, car s'il y avait eu un autre étranger à la famille, Mrs. March le lui aurait déjà dit. Quel que soit son ressentiment envers Emily, elle ne la désignerait jamais comme responsable d'un suicide, si elle pouvait accuser quelqu'un d'extérieur, pour ne pas ternir l'image de la famille.

— Personne, répondit Vespasia paisiblement. Lavinia, Eustace et Tassie vivent dans cette maison ; William et Sybilla sont en visite. George et Emily devaient rester un mois. Jack Radley et moi-même, trois semaines.

Pitt ne trouva rien à dire. L'assassin de George était l'une de ces huit personnes. Il ne pouvait croire que ce fût Vespasia. Et plût à Dieu que ce ne fût pas Emily.

— Je dois aller les voir. Comment va Emily ?

Pour la première fois, Vespasia ne le regarda pas en face ; elle baissa la tête et cacha son visage entre ses mains. Elle pleurait. Il aurait tant voulu la réconforter. Par le passé, ils avaient partagé les mêmes colères, les mêmes espoirs, les mêmes défaites. Et aujourd'hui, ils partageaient le même chagrin. Mais Pitt demeurait un simple policier, fils d'un garde-chasse, alors que Lady Cumming-Gould était fille d'un comte. Il n'osa pas l'effleurer; plus il s'inquiéterait pour elle, plus il souffrirait si elle le repoussait parce qu'il avait osé franchir la barrière sociale qui les séparait.

Comment consoler une très vieille dame ravagée par le chagrin et assaillie de terribles angoisses? Que dire pour l'apaiser? Qu'il essaierait d'atténuer la réalité, de cacher la vérité si elle s'avérait trop laide? Elle ne le croirait pas et refuserait de le laisser agir de la sorte. Elle ne lui demanderait pas de mentir, car, à sa place, elle ne l'aurait pas fait. Mais l'instinct l'emporta sur la raison; il tendit la main et toucha doucement son épaule. Elle était extraordinairement maigre et fragile. Un léger parfum de lavande flottait autour d'elle.

Ému, il tourna les talons et quitta la pièce.

Dans le vestibule, il rencontra une jeune fille d'une vingtaine d'années à la flamboyante chevelure rousse, au visage très pâle, couvert de taches de rousseur. Elle ne possédait pas la beauté de sa grand-mère Vespasia, qui avait ébloui tant de ses contemporains, mais il subsistait tout de même une certaine ressemblance avec elle, dans ses pommettes hautes et ses lourdes paupières. Elle dévisageait Pitt avec un mélange d'inquiétude et de curiosité.

— Miss March?
— Oui, c'est moi, Tassie March. Anastasia. Vous devez être le policier d'Emily.

Une simple constatation, mais ainsi formulée, elle était désagréable à entendre.

— Puis-je vous parler, Miss March?

Elle eut un frisson de révulsion. Pitt comprit que

cette réaction n'était pas dirigée contre lui — son regard était trop direct — mais simplement due au fait qu'elle devait répondre aux questions de la police parce qu'un meurtre avait été commis dans sa maison.

— Bien sûr.

Elle fit demi-tour, traversa la salle à manger et le conduisit jusqu'au grand salon, une pièce fraîche aux tonalités vert jade, très différente du boudoir suffocant de sa grand-mère paternelle. Cette pièce avait été décorée selon les goûts d'Olivia March, et Eustace avait permis, pour une raison ou pour une autre, qu'elle demeurât en l'état.

Tassie lui proposa un siège et prit place sur l'un des canapés verts, plaçant inconsciemment ses pieds l'un contre l'autre et ses mains sur ses genoux, comme on le lui avait appris.

— Je suppose que je dois tout vous dire, murmura-t-elle, les yeux baissés sur la mousseline pâle de sa robe. Que désirez-vous savoir?

Tenu d'en venir au fait, Pitt se rendit compte qu'il avait fort peu de questions à lui poser. Mais si, comme la plupart des jeunes filles de la bonne société, elle restait confinée chez elle sans grande occupation, elle pouvait être très observatrice. Il se demanda comment s'y prendre avec elle : avec délicatesse, en biaisant, ou en toute franchise? Ses yeux gris acier l'observaient calmement. Il se dit qu'elle tenait décidément plus de la famille de sa mère que de celle de son père.

— A votre avis, George était-il amoureux de votre belle-sœur Sybilla? demanda-t-il sans préambule.

Anastasia leva vivement les sourcils, mais retrouva son aplomb avec une rapidité et une maturité étonnantes.

— Non. Mais il pensait qu'il l'était. Il s'en serait remis. Je comprends que ce genre de toquade puisse se produire. Une épouse doit s'en accommoder, ce qu'Emily a fait avec courage et dignité. Personnellement, je n'aurais jamais été capable d'un tel sang-froid — si j'aimais quelqu'un. Mais Emily a la tête sur les épaules, davantage que la plupart des femmes, et plus que bon nombre d'hommes. George était...

Elle avala sa salive et ajouta, les yeux emplis de larmes :

— Il était très gentil, vraiment... Excusez-moi.

Elle renifla. Pitt fourragea dans sa poche de poitrine et en sortit un mouchoir propre, qu'il lui tendit. Elle le prit et se moucha bruyamment.

— Merci.

— Je le sais, acquiesça-t-il pour meubler le silence avant qu'il ne devienne un obstacle. Et Mr. Radley ? Qu'en pensez-vous ?

Elle eut un pâle sourire.

— Jack ? Il n'est pas désagréable. En fait, tant que l'on ne m'oblige pas à l'épouser, je dirais même que je l'aime bien. Il me fait rire...

Son petit visage s'allongea.

— ... ou du moins, il me faisait rire.

— Vous ne souhaitez pas l'épouser ?

— Pas du tout !

— Et lui, qu'en pense-t-il ?

— Il n'est pas amoureux de moi, si c'est ce que vous sous-entendez. Mais j'hériterai un jour d'une grande fortune et je crois savoir qu'il est plutôt démuni.

— Vous êtes d'une franchise étonnante, Miss March.

Presque davantage que Charlotte ! songea Pitt, qui se surprit à vouloir protéger la jeune fille des pénibles moments qu'elle allait vivre.

— On ne doit pas mentir à la police sur des sujets

aussi importants, dit-elle, très sincère. J'aimais beaucoup George, et Emily aussi.

— Miss March, l'un des occupants de cette maison a empoisonné Lord Ashworth.

— Oui, Martin, notre majordome, m'a avertie. C'est invraisemblable! Je les connais tous depuis des années, à l'exception de Mr. Radley. Mais pourquoi diable aurait-il voulu se débarrasser de George?

— A-t-il pu s'imaginer qu'Emily l'épouserait si son mari n'était plus de ce monde?

Tassie écarquilla les yeux.

— Bien sûr que non! A moins d'être complètement fou...

Elle s'interrompit, réalisant ce qu'impliquait sa phrase, et réfléchit aux autres hypothèses.

— Il a peut-être l'esprit dérangé. Il est des visages qui ne trahissent rien. On voit les gens accomplir les gestes quotidiens, manger, bavarder, rire, jouer, écrire... Enfant, on vous enseigne à vous comporter en société, par étapes, comme l'on apprend les différents pas d'une danse. Mais cela ne veut rien dire. Cette façade peut cacher n'importe quelle personnalité. C'est comme un uniforme que l'on endosse.

— Vous êtes très perspicace, Miss March. Vous me faites penser à votre grand-mère.

— Grand-mère Vespasia?

— Bien sûr.

— Merci, dit-elle avec un soupir soulagé. Je ne tiens pas du tout des March. Avez-vous découvert une piste?

— Pas pour l'instant.

— Dommage. Si vous n'avez plus de questions à me poser, inspecteur, j'aimerais aller voir Emily.

— Je vous en prie. Où puis-je trouver votre frère?

— Il doit être dans le jardin d'hiver. Il a un atelier tout au fond de la verrière.

Elle se leva, et la courtoisie obligea Pitt à en faire autant.

— Il peint ?

— Oui. William est un grand artiste. Il a obtenu plusieurs prix à l'Académie Royale, ajouta-t-elle avec fierté.

— Merci, Miss March. Je vais aller le voir.

Après le départ de Tassie, il se dirigea vers la rangée de portes-fenêtres derrière lesquelles s'enroulaient des plantes grimpantes. Dans l'atmosphère chaude et humide de la serre flottait un lourd parfum de lis et de fleurs tropicales. Le soleil de l'après-midi donnait sur les baies vitrées. On se serait cru dans la jungle. En hiver, la température y était maintenue par une énorme chaudière et l'humidité par un bassin artificiel.

William March se trouvait à l'endroit exact signalé par sa sœur, debout devant son chevalet, le pinceau à la main. Ses cheveux roux flamboyaient dans le soleil. Son visage émacié était tendu, entièrement absorbé dans l'observation de sa toile, un jardin au printemps, éclairé par les rayons du soleil, entouré d'arbres fantomatiques ; un spectacle fragile et fugace, qui pouvait s'évanouir à tout instant. Pitt n'eut pas besoin de faire appel à son expérience en matière de vol d'œuvres d'art pour reconnaître aussitôt la qualité du tableau.

William ne l'entendit pas s'approcher.

— Bonjour, Mr. March. Excusez-moi d'interrompre votre travail, mais je dois vous poser quelques questions au sujet de la mort de Lord Ashworth.

Le peintre tressaillit ; sa concentration l'avait empêché de deviner une présence. Il posa son pinceau et se tourna vers Pitt, l'air attristé.

— Bien sûr. Que désirez-vous savoir ?

Les questions se pressaient dans l'esprit de Pitt ; mais en observant ce visage intelligent et vulnérable, à la bouche délicate, aux yeux vifs et rêveurs, il les jugea maladroites et brutales. Que pouvait-il dire ?

— Vous devez savoir que Lord Ashworth a été assassiné, commença-t-il, hésitant.

— Oui, acquiesça le peintre avec une évidente mauvaise grâce. J'ai essayé d'imaginer comment sa mort aurait pu être accidentelle, en vain.

— Avez-vous pensé à un suicide ? s'enquit Pitt, curieux, se souvenant des efforts désespérés d'Eustace pour justifier l'hypothèse d'un acte de désespoir.

— George n'aurait jamais mis fin à ses jours.

William se détourna pour observer sa toile.

— Ce n'était pas du tout son genre...

Sa phrase se perdit dans un murmure. Son visage parut encore plus maigre, traversé par une onde de douleur.

Il avait raison. « Cet homme est beaucoup moins hypocrite et égoïste que son père », songea Pitt, qui se prit de sympathie pour lui.

— Oui, c'est aussi mon avis, acquiesça-t-il.

Le peintre demeura quelques instants silencieux ; puis un détail parut lui revenir en mémoire.

— Bien sûr, j'avais oublié... Vous êtes le beau-frère d'Emily, n'est-ce pas ? murmura-t-il, si bas que Pitt n'entendit pas les derniers mots. Toutes mes condoléances. Je suis navré. Tout cela est si...

Il chercha l'expression adéquate, mais ne la trouva pas.

— ... si dur pour nous tous.

— Et cela ne fait que commencer, je le crains, renchérit Pitt avec honnêteté. Je suis bien obligé de constater que l'assassin se trouve dans cette maison.

— Je suppose. Mais qui ? Et pourquoi ? Je l'ignore.

Il reprit son pinceau et se mit au travail, ajoutant une touche de terre de Sienne dans l'ombre d'un arbre.

Mais Pitt n'était pas prêt à se laisser congédier.

— Que savez-vous de Mr. Radley ?

— Peu de choses. Père veut lui faire épouser Tassie, car il s'imagine que la famille de Jack pourrait lui obtenir une pairie. Nous sommes très riches, vous savez... Le négoce. Père rêve d'honorabilité.

Pitt fut frappé par sa franchise. William ne cherchait pas à protéger les faiblesses de son père, ni à défendre sa famille.

— Je vois. Se pourrait-il qu'ils lui obtiennent cette dignité ?

— C'est possible. Tassie est un excellent parti. Il est peu probable que Jack puisse trouver mieux : les riches héritières ont les moyens d'acheter un titre et les Américaines n'épousent que des aristocrates. Ou, pour être plus exact, leurs mères tiennent à ce qu'elles le fassent.

Tout en parlant, il poursuivait son travail sur les ombres : il essaya un brun Van Dyck, réfléchit et opta pour une terre de Sienne brûlée.

— Et Emily ? reprit Pitt. N'est-elle pas plus fortunée que votre sœur ?

Le pinceau de William s'immobilisa.

— Oui, certainement, maintenant que George est mort, dit-il avec une crispation douloureuse. Même si sa réputation de Don Juan n'est qu'à moitié méritée, Jack a bien trop d'expérience en matière amoureuse pour croire qu'Emily envisagerait de l'épouser parce qu'ils ont flirté une fois ou deux. D'autant plus qu'Emily ne faisait que rendre à George la monnaie de sa pièce. Vous l'ignorez peut-être, Mr. Pitt, mais dans la bonne société, les femmes s'ennuient. Elles n'ont rien à faire, mis à part échanger des potins mondains, s'habiller à la dernière mode et faire les yeux doux aux gentlemen. Ce sont leurs seules distractions. Même le plus imbécile des maris ne prend pas la chose au sérieux. Ma femme est très belle ; depuis que je la connais, elle cherche à séduire les hommes.

Pitt l'examina attentivement, mais ne décela sur son visage aucune douleur, aucune colère, aucune crainte particulière.

— Je comprends...

— Non, vous ne comprenez pas, fit William sèchement. A mon avis, vous ne vous êtes jamais ennuyé une seule minute de votre existence.

— En effet, admit Pitt.

Il n'avait jamais trouvé le temps de s'ennuyer ; la pauvreté et son désir de réussite ne le lui avaient jamais permis.

— Vous avez de la chance, reprit William. Du moins, de ce point de vue.

Pitt regarda la toile.

— Vous non plus, vous ne vous ennuyez pas, remarqua-t-il d'un ton très convaincu.

Un bref sourire éclaira le visage du peintre, vite remplacé par une expression chagrine.

— Merci, Mr. March, fit Pitt en s'éloignant. Je ne vous dérangerai pas plus longtemps, pour le moment.

William ne répondit pas. Il s'était déjà replongé dans son travail.

Pendant ce temps, au rez-de-chaussée, Stripe lui aussi se trouvait confronté à un certain nombre de difficultés : il n'était pas mieux accueilli à l'office que Pitt ne l'avait été dans le boudoir de Mrs. March. La cuisinière le vit arriver d'un très mauvais œil ; c'était l'heure où, après le repas de midi, elle aurait dû prendre un peu de repos, avant de songer à la préparation du dîner. Elle n'avait qu'une envie : s'asseoir, les pieds surélevés, et papoter avec la gouvernante et les chambrières des dames en visite. Il y avait toujours de menus potins, des rumeurs de scandales à échanger ; aujourd'hui, notamment, elle ressentait un immense besoin de s'épancher. C'était une femme corpulente, très compétente et fière de son métier ; mais pour elle, passer toute la journée debout était plus qu'on ne pouvait lui demander.

— C'est terrible, j'ai les jambes lourdes et les veines gonflées, confia-t-elle à la gouvernante, une femme replète, à peu près du même âge qu'elle. Mais je ne l'avouerai jamais devant une soubrette, ah ça non ! Ces mijaurées sont trop prétentieuses. De mon temps, on savait faire régner la discipline ! Moi, je sais comment on doit tenir une maison !

— Tout part à vau-l'eau, renchérit la gouvernante. Regardez, nous avons même la police dans la maison. Qu'est-ce qui va encore nous tomber dessus, j'vous le demande ?

La cuisinière hocha la tête.

— Des démissions, ça c'est sûr. Vous verrez, toutes les filles vont rendre leur tablier, Mrs. Tobias.

— Je vous le fais pas dire, Mrs. Mardle, conclut celle-ci en opinant du bonnet.

Les deux femmes se trouvaient dans le salon de la gouvernante. Stripe était encore à l'office, où déjeunaient ensemble tous les domestiques, lorsque le service le leur permettait. Le policier se sentait mal à l'aise, dans ce monde qu'il connaissait peu et où on le considérait comme un intrus.

La pièce était d'une extrême propreté. Il apprit que, chaque matin avant six heures, la fille de cuisine, âgée de treize ans, lavait et frottait le sol. Vaisseliers et placards regorgeaient de services en porcelaine, chacun valant au bas mot une année de sa paye. Des bocaux de pickles et de confitures, des boîtes de farine, de sucre, de flocons d'avoine et de fruits secs s'alignaient sur les étagères; les légumes étaient entreposés dans l'arrière-cuisine. Il y avait un grand fourneau, frotté à la mine de plomb, comportant de nombreux fours; à côté, on trouvait les seaux à coke et à charbon. Éviers, lessiveuses, planches à laver et essoreuses se trouvaient dans la buanderie, équipée d'un ingénieux système de séchoir à poulies installé au plafond et sur lequel séchait le linge.

Stripe était planté au beau milieu de cette cuisine tiède qui sentait délicieusement bon, devant une troupe de servantes et de valets alignés en rang d'oignons, presque au garde-à-vous: hommes en livrée, filles vêtues de noir, avec des tabliers blancs et des bonnets amidonnés; les soubrettes portaient des dentelles à faire pâlir d'envie certaines femmes des classes moyennes. Aux yeux de Stripe, la plus jolie d'entre elles était la femme de chambre de la maîtresse de maison, Lettie Taylor, mais celle-ci paraissait le considérer avec encore plus de mépris que les autres. Selon la coutume, les visiteuses avaient amené avec elles leurs domestiques, qui étaient toutes présentes, excepté Digby, la camériste de Lady Cumming-Gould. On l'avait choisie pour veiller sur la jeune veuve, sans doute parce qu'elle était la plus âgée et la plus raisonnable.

Plutôt mal à l'aise sous ces regards hostiles, Stripe suça son crayon, posa les questions d'usage et nota les réponses sur son calepin. Il n'apprit rien d'intéressant, si ce n'est que les plateaux du petit déjeuner étaient montés le soir à l'office de l'étage; le matin, on apportait les bouilloires et l'on préparait le thé ou, dans le cas de Lord Ashworth, le café. Ce matin même, il s'était produit un remue-ménage inhabituel; le personnel avait momentanément quitté l'office et la vapeur des bouilloires fumantes avait envahi la pièce.

N'importe qui avait donc pu, du moins en théorie, s'y glisser et verser du poison dans la cafetière.

Stripe ayant demandé à s'isoler, on le conduisit dans le salon personnel du majordome. Là, il interrogea les domestiques un par un. Il leur demanda, avec une subtilité louable, pensa-t-il, ce qu'ils savaient des relations entre les membres de la famille March, et de leurs allées et venues ; au bout du compte, il n'apprit rien qu'il n'aurait deviné sans leur aide. Il commençait à penser que ces gens-là s'identifiaient à leurs employeurs, tant ils semblaient défendre leur propre honneur et leur statut au sein de la petite communauté vivant sous ce toit.

Finalement, guidé par le petit mot de Pitt concernant la digitaline, il demanda à Lettie de le conduire à l'étage et de lui montrer la chambre de Mrs. March ainsi que le cabinet où elle rangeait ses médicaments, puis toutes les autres armoires à pharmacie de la maison.

Lettie arrangea sa coiffure et lissa son tablier sur ses hanches minces. Aux yeux de l'agent Stripe, rougissant et terrifié à l'idée qu'elle s'aperçoive de son émoi, c'était la plus jolie et la plus attirante des femmes. Il se prit à souhaiter que l'enquête traîne en longueur — au moins quelques semaines.

Il la suivit docilement jusqu'à l'escalier de service, observant la grâce de son cou, ses jupes virevoltantes. Lorsqu'ils atteignirent l'office de l'étage il se rendit compte qu'il rêvait tout éveillé. Lettie dut s'y prendre à deux fois avant qu'il ne reporte son attention sur le sujet qui les intéressait. Il regarda les tables où étaient posés les plateaux et se racla la gorge.

— Où se trouvait la tasse de café de Lord Ashworth ?

— M'écoutez-vous ? dit-elle en secouant la tête. Je viens de vous le dire, elle était là.

Elle désigna l'extrémité de la table, près de la porte.
— Était-ce sa place habituelle ? Je veux dire...

Les yeux de Lettie avaient la couleur du ciel se reflétant sur l'eau d'une rivière par un beau jour d'été. Il toussota et reprit :

— Je veux dire, disposez-vous les plateaux tous les jours au même endroit, miss ?

— Celui-là, oui, répondit-elle, apparemment inconsciente de son regard plein d'admiration. Parce que c'était du café. Les autres personnes prennent du thé.

— Rappelez-moi ce qui se passe ici chaque matin.

Elle le lui avait déjà dit, mais il voulait encore entendre sa voix et ne trouvait pas d'autres questions à lui poser. Elle lui répéta patiemment ce qu'il demandait. Il prit des notes, referma son calepin et le mit dans sa poche.

— Merci, miss, dit-il poliment. A présent, pourriez-vous me montrer le cabinet à pharmacie de Mrs. March, s'il vous plaît ?

Se souvenant soudain de la présence d'un mort dans la maison, Lettie pâlit légèrement, oubliant la répugnance que lui inspirait l'arrivée de la police.

— Oui, bien sûr.

Ils sortirent de l'office. Lettie poussa la grande porte matelassée qui ouvrait sur le palier du premier étage et précéda Stripe jusqu'à la chambre de sa maîtresse. Là, elle frappa à la porte et, ne recevant pas de réponse, entra.

Il n'avait jamais imaginé ni vu pareille chambre. Elle était rose et blanc, comme un pommier en fleur. Partout où il posait son regard, ce n'était que dentelles, frous-frous, napperons, photographies entourées de rubans de satin, profusion d'oreillers, tentures de velours rose laissant entrevoir des rideaux blancs ruchés.

Stripe en resta sans voix. Il avait peine à respirer dans cet air chaud et immobile ; il suivit Lettie sur la pointe des pieds, un peu gauche, craignant de laisser des traces de pas sur le tapis, jusqu'à un petit placard blanc aux moulures peintes en rose.

Elle ouvrit un tiroir et regarda à l'intérieur, l'air grave. Stripe, derrière elle, respirait le parfum fleuri de sa chevelure. Il jeta un coup d'œil dans le cabinet : il y avait là des flacons, des papillotes et des piluliers en carton.

— La digitaline est-elle là ? demanda-t-il, brisant le silence.

— Non, Mr. Stripe, dit-elle avec douceur. Je connais tous ses remèdes et je ne vois pas le flacon.

Sa main tremblait légèrement. Elle avait peur ; il voulait la rassurer, lui promettre de s'occuper d'elle, de veiller à ce que personne ne lui fît du mal. Mais elle serait tellement choquée par ses paroles que l'idée même de les prononcer le fit souffrir. Elle s'offusquerait de sa témérité. Lettie avait sans aucun doute de nombreux soupirants — cette pensée était aussi extraordinairement pénible.

— En êtes-vous certaine ? demanda-t-il d'un ton très professionnel, après avoir recouvré ses esprits. Ne pourrait-elle pas se trouver dans un autre tiroir, ou sur la table de chevet ?

Il jeta un regard circulaire autour de lui : le contenu de la boutique d'un apothicaire aurait pu se cacher sous ces amoncellements de fanfreluches et d'étoffes.

— Non, affirma Lettie, très sûre d'elle. J'ai rangé la chambre ce matin. La digitaline n'est plus là, Mr. Stripe. Je...

Elle frissonna.

— Oui ? fit-il, plein d'espoir.

— Rien.

— Merci, miss.

Il se dirigea vers la porte, en prenant garde de ne rien faire tomber.

— Je pense que ce sera tout, pour le moment. Je vais faire passer un message à Mr. Pitt.

Elle prit une profonde inspiration.

— Mr. Stripe ?

Il s'arrêta et se retourna, les joues en feu.

— Oui, miss ?

Malgré ses efforts, elle ne parvenait pas à dissimuler la frayeur qui l'étreignait, assombrissait son regard et la faisait trembler.

— Mr. Stripe, c'est bien vrai ce que l'on dit : Lord Ashworth a été assassiné ?

— En effet, miss. Mais ne vous inquiétez pas. Nous prendrons bien soin de vous. Et nous trouverons l'assassin, vous pouvez en être sûre.

C'était dit. Maintenant, il attendait sa réaction.

Un vif soulagement se peignit sur son joli minois ; puis se souvenant qu'elle était la camériste de la maîtresse de maison, elle répondit avec dignité, en relevant le menton :

— Je l'espère. Merci, Mr. Stripe. Si vous n'avez plus besoin de moi, je retourne à mon travail.

— Oui, miss.

A regret, il la suivit jusqu'au rez-de-chaussée et retourna au salon du majordome reprendre ses interrogatoires.

Pitt rencontra aussi Sybilla March. Dès qu'il franchit le seuil du grand salon, il comprit pourquoi George s'était laissé aller à une telle folie. C'était une femme superbe, vive et sensuelle. Il émanait d'elle une chaleur, une grâce qui n'avaient rien à voir avec l'élégance artificielle des femmes à la mode. Et pourtant, en dépit de ses formes voluptueuses, la fragilité de son cou gracile et la finesse de ses poignets lui conféraient une vulnérabilité qui eut raison de l'animosité qu'il éprouvait d'avance à son égard.

Elle prit place sur le canapé vert, à l'endroit exact où Tassie s'était assise une heure plus tôt.

— Je ne sais rien, Mr. Pitt, dit-elle avant même qu'il n'ait ouvert la bouche.

Elle avait les yeux cernés, comme si elle avait pleuré, et paraissait tendue. Pitt pensa qu'elle était effrayée. Mais un meurtre avait été commis et son auteur se trouvait dans cette maison. Seul un simple d'esprit n'aurait pas eu peur en pareille circonstance.

— Il se peut que vous n'appréciiez pas à sa juste valeur ce que vous savez, Mrs. March, dit-il en s'asseyant. N'importe qui a pu avoir l'occasion de verser la digitaline dans la tasse de Lord Ashworth. Il nous faut découvrir qui pouvait désirer sa mort.

Sybilla ne répondit pas, ses doigts étaient si crispés que leurs jointures brillaient. Pitt ne savait comment poursuivre l'interrogatoire ; il ne voulait pas se montrer brutal, mais tergiverser serait inutile et ne ferait qu'accentuer sa détresse.

— Lord Ashworth était-il amoureux de vous ? demanda-t-il tout de go.

Sybilla releva la tête, les yeux écarquillés, comme si la question l'étonnait. Elle devait pourtant la savoir inévitable. Elle demeura longtemps silencieuse. Pitt s'apprêtait à réitérer sa question quand elle répondit d'une voix rauque :

— Je l'ignore. Que veut dire un homme lorsqu'il affirme : « Je vous aime » ? Il y a peut-être autant de réponses qu'il y a d'hommes, inspecteur.

Il n'avait pas prévu cette réplique. Il s'attendait à la voir bredouiller, rougissante ou agressive, ou même à l'entendre nier ; mais cette réponse, presque philosophique, qui était une question en elle-même, le troubla.

— L'aimiez-vous ? demanda-t-il, plus audacieux qu'il ne l'avait prévu.

Un très léger sourire se dessina sur les lèvres de la jeune femme. Pitt imagina qu'il cachait une multitude de significations dont il ne connaîtrait jamais le sens.

— Non. Mais je l'appréciais infiniment.

— Votre mari connaissait-il la vraie nature de votre... intérêt pour Lord Ashworth ?

Il avait tout à fait conscience de bredouiller.

— Oui, reconnut-elle. Mais William n'était pas jaloux, si c'est ce que vous pensez. Nous sortons beaucoup en société. George n'était pas le premier à me trouver attirante.

Ça, Pitt était bien obligé de le croire. Mais que William fût jaloux ou non... Jusqu'où était allée cette liaison ? William connaissait-il toute la vérité ? Était-il inconscient, complaisant, ou n'avait-il aucun souci à se faire ? Il ne servirait certainement à rien de le demander à Sybilla.

— Merci, Mrs. March, dit-il poliment.

Il se leva et prit congé de Sybilla qu'il laissa seule dans le salon vert.

A présent, il ne pouvait davantage retarder la démarche qu'il redoutait le plus : voir Emily et faire face à son chagrin. Dans le vestibule, il demanda à un valet de le conduire à sa chambre. Au début, l'homme parut rechigner, manifestant plus de respect pour la douleur de Lady Ashworth que pour les nécessités de l'enquête. Mais le bon sens l'emportant, il précéda Pitt dans le large escalier qui menait au palier orné de fougères et frappa à la porte de la chambre de Vespasia.

Celle-ci s'ouvrit sur une femme d'un certain âge,

aux traits ordinaires et posés, empreints de compassion. Elle dévisagea Pitt d'un air sévère, bien décidée à lui barrer l'entrée, prête à protéger Emily bec et ongles, épaules redressées, pieds fermement plantés.

— Je suis Thomas Pitt, fit-il d'une voix suffisamment forte pour qu'Emily puisse l'entendre. Ma femme est la sœur de Lady Ashworth. Elle va bientôt arriver, mais je dois auparavant parler à Lady Ashworth.

La femme de chambre hésita et le détailla longuement des pieds à la tête avant de prendre une décision.

— Très bien, dit-elle enfin, en s'effaçant pour le laisser passer. Vous pouvez entrer.

Emily était assise dans son lit, vêtue d'une robe bleu foncé ; elle n'avait pas emporté de vêtements noirs dans ses valises. Ses cheveux blonds flottaient librement dans son cou. Elle était aussi blanche que l'oreiller sur lequel elle s'appuyait. De grands cernes creusaient ses yeux.

Pitt s'assit sur le bord du lit et prit sa main entre les siennes. Elle lui sembla inerte, menue comme celle d'une enfant. Inutile de lui dire qu'il était désolé. Elle devait le deviner, le voir sur son visage, le sentir dans la pression de ses doigts.

— Où est Charlotte ? demanda-t-elle d'une voix tremblante.

— Tante Vespasia lui a envoyé sa voiture. Elle ne va pas tarder. Mais je dois d'abord vous poser quelques questions, Emily. Je regrette, mais je ne peux faire autrement.

Elle renifla. Des larmes perlèrent à ses paupières et coulèrent sur ses joues.

— Je le sais, Thomas. Mon Dieu, je le sais !

Pitt sentait la présence de la femme de chambre juste derrière son épaule, tendue, sur la défensive, prête à le reconduire à la porte s'il faisait souffrir sa protégée. Il lui fut reconnaissant de cette sollicitude.

— Emily, George a été empoisonné par l'un des habitants de cette maison. Je dois savoir de qui il s'agit.

Elle le dévisagea. Elle l'avait peut-être déjà compris, ou du moins avait-elle rejeté toutes les autres hypothèses, mais elle n'avait pas encore directement affronté la vérité.

— Vous voulez dire... quelqu'un de la famille, ou Jack Radley!

— Oui. Bien sûr, nous pourrions peut-être trouver un mobile chez l'un des domestiques, mais cela me paraît peu plausible.

— Voyons, Thomas, pourquoi un domestique aurait-il assassiné George? Il y a un mois encore, ils ne le connaissaient pas. D'ailleurs, pour quel motif un domestique irait-il assassiner qui que ce soit dans cette maison? Cela arrangerait certainement tout le monde, mais c'est stupide.

— Il s'agit donc de l'un des huit occupants de cette demeure, conclut-il en l'observant avec intensité.

Elle expira lentement.

— Huit? Thomas! Pas *moi*! Vous n'imaginez pas...

Elle était si pâle qu'il crut qu'elle allait s'évanouir sur ses oreillers. Il serra sa main un peu plus fort.

— Non, Emily, pas vous. Ni tante Vespasia. Mais je dois trouver l'assassin et, pour cela, il me faut connaître la vérité sur un certain nombre de choses...

Elle ne répondit pas. La femme de chambre se tordait les mains sur son tablier. Il la bénit en silence, et bénit aussi Vespasia d'avoir songé à demander à cette brave femme de veiller sur Emily.

— Croyez-vous que Jack Radley aurait pu s'imaginer qu'il pourrait vous épouser si vous deveniez... une femme libre?

— Non...

Sa voix s'éteignit. Elle détourna un instant les yeux, puis le regarda à nouveau.

— Je ne lui ai rien laissé croire. C'était un simple jeu... un badinage... C'est tout.

Pitt se dit que ce n'était pas l'exacte vérité, mais cela n'avait plus d'importance à présent.

— Avez-vous quelque chose à ajouter ?

— Non ! s'exclama-t-elle, puis, réalisant qu'il ne faisait plus seulement référence à Jack Radley, elle ajouta : Je ne sais pas. Je ne vois pas qui aurait voulu tuer George. Thomas, selon vous, il ne peut vraiment pas s'agir d'un accident ?

— Non.

Elle regarda sa main, qu'il tenait toujours dans les siennes.

— Le poison... par hasard... n'aurait-il pas été destiné à quelqu'un d'autre ?

— Qui d'autre que George prenait du café le matin ?

— Personne, murmura-t-elle dans un souffle.

Inutile de s'attarder sur ce sujet ; ils s'étaient compris.

— William March aurait-il pu désirer se débarrasser de George par jalousie ?

— Je ne crois pas. Il donnait l'impression de ne s'être aperçu de rien et, au surplus, de ne pas se soucier de cette situation. Je crois que la peinture est la seule chose qui l'intérese. Et de toute façon...

Ses doigts se resserrèrent un peu plus sur ceux de Pitt.

— Thomas, je vous jure que j'ai entendu George et Sybilla se quereller hier soir ; il est monté me voir, juste avant d'aller se coucher et...

Elle fit un effort pour maîtriser le tremblement de sa voix.

— Il m'a fait comprendre que tout était fini entre eux. Indirectement bien sûr, sinon c'eût été admettre devant moi qu'il s'était passé quelque chose. Mais nous nous sommes compris à demi-mot.
— Une dispute avec Sybilla, dites-vous ?
— Oui.

Inutile de lui demander si cette querelle avait été assez violente pour provoquer un meurtre ; elle ne pourrait répondre sur ce point et, quand bien même, cela ne signifierait rien.

Il abandonna sa main avec douceur et se leva.
— Emily, si vous vous souvenez d'un détail, faites-moi appeler. Je ne dois rien négliger.
— Je le sais, Thomas. C'est promis.

Il eut un léger sourire, pour adoucir la rudesse de ses questions et aussi pour essayer de jeter une passerelle, ô combien fragile, sur le fossé qui séparait le policier de l'homme.

Emily avala sa salive. Les coins de ses lèvres se relevèrent imperceptiblement, esquissant l'ombre d'un sourire.

Une heure plus tard, la porte de la chambre s'ouvrit. Charlotte entra ; sans un mot, elle vint s'asseoir sur le lit, passa ses bras autour des épaules de sa sœur, la serra très fort contre elle et la berça comme une enfant, en murmurant des mots sans suite, de tendres paroles de réconfort, comme au temps de leur enfance.

6

Lorsque enfin Emily se laissa aller contre les oreillers, ses traits étaient défaits, ses yeux gonflés et cernés d'ombres violettes ; ses beaux cheveux retombaient en boucles désordonnées. Sa vue ramena Charlotte à la terrible réalité de la mort, avec plus de violence que ne l'auraient fait des paroles ou des pleurs exagérés. Les gens pleurent pour tant de raisons.

Pour aider sa sœur à guérir, il fallait commencer par des choses pratiques. Elle alla donc tirer sur le cordon de la sonnette.

— Je ne veux rien, murmura Emily, hébétée.

— Mais si. Tu as besoin d'une tasse de thé, et moi aussi.

— Non. Si je bois quoi que ce soit, je vais vomir.

— Mais non. En revanche, si tu continues à pleurer, tu vas te rendre malade. Et ce n'est pas le moment. Cela suffit. Nous avons beaucoup à faire.

Emily entra soudain dans une violente colère. Son angoisse et sa peur trouvèrent un exutoire en la personne de sa sœur qui avait encore, pour elle, la sécurité d'un mariage douillet. Le drame qui atteignait Emily dans sa chair n'était pour Charlotte que le point de départ d'une nouvelle aventure. A la voir assise là, sur son lit, avec une expression préoccupée et satisfaite,

Emily se prit à la détester. Il y avait tout juste une heure que l'on avait emporté le corps blême et froid de George, et Madame pensait à prendre le thé ! Elle aurait dû être abattue, anéantie et glacée jusqu'à la moelle, comme Emily l'était elle-même !

— Mon mari a été assassiné ce matin, dit-elle d'une voix blanche. Au lieu de fourrer ton nez partout en prenant des airs importants, il vaudrait mieux que tu rentres chez toi t'occuper de ton ménage, ou de ce que tu fais d'habitude quand tu ne te mêles pas de la vie des autres.

Charlotte crut recevoir une gifle. Le sang lui monta aux joues ; ses yeux la picotèrent. Elle ouvrit la bouche pour répliquer, mais aucune repartie ne lui vint à l'esprit. Puis elle se souvint du chagrin d'Emily et prit une grande inspiration. Des images de leur enfance lui revinrent, pêle-mêle. Emily était la cadette de la famille, la dernière à avoir franchi les étapes qui mènent à la maturité. Charlotte l'avait toujours protégée. A l'époque, Emily l'enviait et l'admirait, rêvant de l'égaler, tout comme Charlotte le faisait avec leur aînée, Sarah.

— Qui a tué George ? demanda-t-elle.

— Je ne sais pas ! rétorqua Emily d'une voix suraiguë.

— Ne crois-tu pas que nous devrions chercher à découvrir très vite l'assassin, avant qu'il ne cherche à te faire endosser la responsabilité du crime ?

Emily demeura bouche bée et pâlit un peu plus.

A cet instant, la porte s'ouvrit sur Digby. Dès qu'elle aperçut Charlotte, son expression se durcit. Mais celle-ci, qui n'avait pas oublié le temps où elle avait une femme de chambre attachée à son service, retrouva spontanément son autorité d'alors.

— Auriez-vous l'obligeance de nous apporter du thé et quelques petits gâteaux ? demanda-t-elle.

— Je ne veux rien, répéta Emily.

— Eh bien, moi, si ! J'ai faim !

Charlotte se força à sourire et, d'un hochement de tête, fit signe à Digby de s'éloigner. Celle-ci se retira, docile, mais, manifestement, elle attendait, avant de porter un jugement définitif sur la nouvelle venue, que celle-ci fasse ses preuves.

Charlotte se tourna vers sa sœur.

— Veux-tu que je te répète encore et encore à quel point j'ai du chagrin pour toi, à quel point je suis peinée et horrifiée ?

Emily lui lança un regard maussade.

— Non, merci, cela ne servirait à rien.

— Alors, je t'en prie, aide-moi à découvrir au moins une partie de la vérité, afin de prévenir un autre drame. Si tu t'imagines que l'assassin de George s'opposerait à ce que l'on t'accuse à sa place, tu te trompes.

— Mais je n'ai pas tué George !

Charlotte eut le plus grand mal à maîtriser sa respiration et à empêcher les larmes de lui monter aux yeux.

— Je le sais, dit-elle en toussotant pour dissimuler le tremblement de sa voix. Soupçonnes-tu quelqu'un ? Parle-moi de Sybilla... S'est-elle querellée avec George ? Avait-elle un autre amant ? Et son mari — tu ne m'as même pas dit son nom.

Sur le visage d'Emily, la concentration remplaça la colère, puis la douleur revint, et, enfin, les larmes. Charlotte attendit, s'obligeant à ne pas la prendre dans ses bras. Sa sœur n'avait pas besoin de sa pitié, mais de son aide.

— Oui, dit Emily. Ils se sont disputés hier soir, juste avant l'heure du coucher.

Elle se moucha bruyamment, à deux reprises, fourra son mouchoir sous son oreiller et en chercha un autre des yeux. Charlotte lui prêta le sien.

La porte s'ouvrit sur Digby qui apportait, sur un plateau, une théière de porcelaine fleurie, une assiette de scones tièdes et moelleux, une petite jatte de beurre et une soucoupe de confiture de fraise. Elle déposa le tout avec soin sur la table de chevet.

— Puis-je servir le thé, madame? demanda-t-elle, sur ses gardes.

— Oui, s'il vous plaît. Et vous pourriez ensuite apporter quelques mouchoirs...

— Bien, madame.

Le visage de Digby se détendit. Au fond, cette Charlotte n'était peut-être pas aussi redoutable qu'elle le craignait.

Charlotte tendit à sa sœur une tasse de thé fumant et un scone beurré sur lequel elle avait étalé de la confiture.

— Mange un peu. Doucement. Et mâche bien, surtout. Nous allons avoir besoin de toutes nos forces.

Emily prit docilement le scone.

— Le mari de Sybilla s'appelle William, reprit-elle, dès que Digby eut quitté la pièce. Il aurait pu tuer George, mais j'ai l'impression que la conduite de Sybilla ne l'inquiétait pas outre mesure. Je me demande même s'il avait remarqué quoi que ce soit. Elle se comporte peut-être toujours ainsi.

— Sais-tu jusqu'où est allée cette liaison?

Charlotte détestait devoir poser cette question, mais si elle ne le faisait pas, un doute demeurerait toujours à l'arrière-plan de leurs pensées.

L'hésitation d'Emily fut brève.

— Je peux l'imaginer... Mais c'était fini! Hier soir, George est venu dans ma chambre avant d'aller se coucher. Nous avons parlé.

Elle frissonna, mais, cette fois, ne fondit pas en larmes.

— Tout se serait bien terminé s'il n'avait pas été...
— Le coupable pourrait donc être Sybilla, avança Charlotte, plus affirmative que dubitative. A-t-elle assez d'orgueil et de haine pour commettre un meurtre ?

Emily écarquilla les yeux.
— Je n'en sais rien !
— Bécassine ! Cette femme essayait de te voler ton mari ! Tu sais beaucoup de choses sur elle. Alors, je t'en prie, *réfléchis* !

Durant les minutes qui suivirent, Emily but son thé et mangea deux scones, ce qui ne manqua pas de la surprendre elle-même.

— Je n'en sais vraiment rien, dit-elle enfin. Je ne pourrais affirmer qu'elle l'aimait. Elle le trouvait peut-être amusant et prenait plaisir à être le centre de ses attentions. Peut-être qu'au fond, George ou un autre...

Avec cela, elles n'étaient guère avancées ! Charlotte se rendit compte que sa sœur n'avait rien de plus à lui dire à propos de Sybilla ; aussi décida-t-elle d'abandonner provisoirement le sujet.

— Qui d'autre ?
— Personne, répondit calmement Emily. Non, vraiment, je ne comprends pas...

Elle leva vers sa sœur ses grands yeux cernés. Elle souffrait trop pour réfléchir.

Charlotte lui caressa gentiment l'épaule.
— Ne t'inquiète pas. Je verrai par moi-même.

Elle prit un scone et le grignota d'un air absent.

Emily se redressa contre ses oreillers, les épaules raidies, et s'enveloppa dans son châle léger, comme si, craignant de recevoir un coup, elle cherchait d'avance à s'en protéger.

— J'ignore ce que George éprouvait réellement pour Sybilla, reprit-elle en fixant le rabat brodé du drap. D'ailleurs, même avant de venir ici, je n'étais plus très sûre de ses sentiments à mon égard. Au fond, je le connaissais peut-être moins bien que je ne le croyais. C'est drôle... Lorsque je repense à tous ces événements passés, tu sais, quand nous habitions encore à Cater Street... Je me disais que je ne commettrais jamais les mêmes erreurs que Sarah ou Maman, croire par exemple que les choses vont de soi, être persuadée que l'on connaît les gens parce qu'on les côtoie tous les jours ou que l'on partage le même lit...

Elle hésita à poursuivre, s'efforçant de garder son calme.

— Oui, c'est bien cela : s'imaginer que l'on connaît les autres, qu'on les comprend. C'est peut-être précisément ce que je faisais avec George. Je croyais qu'il n'avait pas de secret pour moi. Je me trompais peut-être.

Elle attendit, sans lever les yeux.

Charlotte savait que sa sœur espérait plus ou moins s'entendre contredire et pourtant, si elle l'avait fait, Emily ne l'aurait pas crue.

— Il reste toujours une part d'inconnu chez autrui, répondit-elle, et c'est mieux ainsi ; tout savoir de l'autre serait s'immiscer trop profondément dans son intimité et pourrait se révéler douloureux et destructeur. Peut-être ennuyeux, aussi. Combien de temps resterais-tu amoureuse de quelqu'un qui te serait si transparent que tu saurais tout de lui ? S'il ne demeure pas une part de mystère, pourquoi continuer à vivre ensemble ?

Doucement, elle prit la main d'Emily et la serra dans la sienne.

— Je n'aimerais pas que Thomas soit au courant de tous mes faits et gestes et devine toutes mes pensées — surtout les plus lâches et les plus égoïstes. Je préfère les combattre moi-même, avant de les oublier! Or, je ne pourrais pas le faire s'il savait tout de moi; je me demanderais toujours au mauvais moment s'il s'en souvient. Il me pardonnerait moins facilement certaines choses, s'il savait ce qui me passe par l'esprit. Il y a des paroles ou des actes qu'il vaut mieux ignorer: lorsqu'on les connaît, on ne peut s'empêcher d'y penser.

Emily releva vivement la tête.

— Toi, tu penses que j'ai flirté avec Jack Radley! s'exclama-t-elle, furieuse. Et que je lui ai laissé espérer...

— Jack Radley? Qui est-ce? C'est la première fois que j'entends ce nom, lui fit remarquer Charlotte en toute franchise. Tu t'accuses toi-même, soit parce que Thomas t'a posé certaines questions ou que tu t'imagines qu'il pourrait te les poser, ou encore parce que tu crains qu'il y ait un soupçon de vérité là-dedans.

— Tu as beau jeu de faire ta sainte nitouche! Parlons un peu du général Balantyne[1]! Tu lui as menti, à seule fin de pouvoir mener ton enquête. Il t'adorait! Tu t'es servie de lui! Je n'ai jamais traité quelqu'un ainsi, moi!

Charlotte rougit de honte, mais ce n'était pas le moment de s'apitoyer sur son sort, ou de culpabiliser, ou de s'expliquer. Non qu'Emily eût tort, elle l'accusait à juste titre. Sa colère lui faisait mal, mais elle la comprenait, bien qu'elle éprouvât une folle envie de lui répondre que l'attaque était injuste et, surtout, qu'elle n'avait aucun rapport avec les événements qui les intéressaient. Mais le chagrin qu'elle éprouvait pour Emily l'emporta sur cette vexation; la perte que sa sœur venait de subir était sans commune mesure

---

1. Voir *Mort à Devil's Acre*, 10/18, n° 3092.

avec tout ce que Charlotte avait pu vivre jusqu'à présent. Parfois, lorsque Pitt poursuivait des malfaiteurs dans les ruelles sombres des bas-fonds, elle craignait pour sa vie, à s'en rendre malade. Mais son angoisse n'était jamais encore devenue réalité ; elle s'était toujours retrouvée bien au chaud dans ses bras, avec la certitude que, jusqu'à la prochaine fois du moins, il ne s'agissait que d'un mirage, d'un cauchemar qui s'évanouirait avec le jour. Emily, elle, ne se réveillerait plus jamais le matin dans les bras de George.

— Tu sais, certains hommes sont parfois incroyablement vaniteux. Mr. Radley ne s'est-il pas imaginé que tu pouvais lui offrir plus qu'une simple amitié ?

— Non, à moins d'être complètement stupide, fit Emily, radoucie.

Elle voulut ajouter quelque chose, puis se ravisa.

— Nous en revenons donc à William et Sybilla, ou à un autre membre de la famille qui aurait agi pour des motifs qui nous sont encore inconnus.

Emily soupira.

— Cela n'a aucun sens. Il doit y avoir un mystère là-dessous, quelque chose de très grave et de très malsain dont je n'ai pas eu vent. J'en arrive à me demander si mon existence douillette et protégée n'était pas qu'une illusion.

A son arrivée à Cardington Crescent, Charlotte n'avait rencontré personne, à l'exception de tante Vespasia, et ce, très brièvement. Elle savait qu'on allait lui attribuer le dressing où George avait dormi, d'une part parce qu'il était attenant à la chambre d'Emily, mais surtout parce que personne n'avait l'intention de lui céder sa chambre. Le corps du défunt avait été enveloppé d'un drap blanc et transporté dans l'aile des domestiques, dans l'un des anciens appartements des gouvernantes. Charlotte redoutait de dormir dans le lit où George était mort quelques heures plus tôt, mais elle n'avait pas le choix ; la seule façon de surmonter son angoisse était de se refuser à y penser.

Les quelques toilettes sombres, convenant à un deuil en plein été, qu'elle avait emportées avec elle avaient déjà été déballées. Elle rougit en pensant au manque de coquetterie de sa lingerie, qu'elle raccommodait elle-même. Elle avait fait retoucher ses robes de l'an passé afin qu'elles paraissent moins démodées. Elle ne possédait que deux paires de bottines, un peu élimées. En temps normal, cela l'aurait agacée d'être une source d'embarras pour sa sœur et elle aurait préféré ne pas venir plutôt que de lui faire honte. Mais aujourd'hui, l'heure n'était pas à ces vétilles. Il lui fallait se changer, faire un brin de toilette et se coiffer pour être présentable au dîner. L'ambiance ne manquerait pas d'être lugubre, voire hostile. Mais quoi de plus normal ? Un assassin habitait sous ce toit.

Elle descendit au rez-de-chaussée. Alors qu'elle atteignait la dernière marche du grand escalier aux boiseries sombres, décoré de tableaux aux couleurs ternes représentant les ancêtres de la famille March, elle tomba nez à nez avec une vieille dame vêtue de noir de pied en cap ; des rangs de perles de jais luisaient à son cou et sur sa poitrine. Ses cheveux gris tirés en arrière étaient réunis en un chignon sévère, démodé depuis plus de vingt ans. Elle fixa sur Charlotte un regard froid et dédaigneux.

— Vous êtes la sœur d'Emily, je suppose ? demanda-t-elle en la jaugeant brièvement des pieds à la tête. Vespasia m'a dit qu'elle vous avait envoyé sa voiture. Tout de même, elle aurait pu nous en informer et nous demander notre avis avant de prendre une telle initiative. Mais finalement, c'est peut-être aussi bien que vous soyez là. Vous pourrez nous être de quelque utilité — je ne sais que faire pour Emily. Pareille histoire ne s'est jamais produite dans la famille.

Elle examina la tenue de Charlotte et aperçut les pointes de ses bottines qui dépassaient du bas de sa robe. Mrs. March n'était pas habituée à voir des gens porter des chaussures dans cet état. Ici, même les soubrettes se voyaient offrir une paire de bottines neuves chaque année, au début de la Saison, qu'elles en aient besoin ou non, juste pour l'apparence. Celles de Charlotte avaient manifestement plusieurs années d'âge.

— Comment vous appelez-vous ? On a dû me le dire, mais je l'ai oublié.

— Charlotte Pitt, répondit froidement celle-ci, soulevant un sourcil inquisiteur qui signifiait qu'elle aussi aurait aimé connaître l'identité de son interlocutrice.

La vieille dame lui lança un regard irrité.

— Je suis Mrs. March. Je suppose que vous...

Elle eut une imperceptible hésitation et regarda à nouveau les bottines de Charlotte.

— ... vous vous joindrez à nous pour le dîner ?

Charlotte étouffa la réponse qui lui montait aux lèvres — elle ne devait pas se laisser aller à l'impolitesse et s'efforça d'afficher une expression affable qui était loin d'exprimer le fond de sa pensée.

— Je vous remercie infiniment, dit-elle, feignant de prendre la question pour une invitation.

— Dans ce cas, vous êtes bien en avance, ma chère ! N'avez-vous donc pas l'heure sur vous ?

Charlotte sentit la colère lui enflammer les joues. Elle comprenait pourquoi tant de jeunes filles étaient prêtes à épouser le premier prétendant venu : simplement pour fuir l'atmosphère étouffante de leur maison et repousser à jamais l'idée effrayante de passer là le reste de leur existence, à se faire mener à la baguette par leur mère. Des centaines de milliers de mariages dénués d'amour étaient contractés pour cette raison. Restait à souhaiter qu'elles n'héritent pas par la suite d'une belle-mère aussi dominatrice que leur propre mère !

— Je pensais pouvoir rencontrer quelques membres de la famille avant le dîner. Ne connaissant personne...

— Évidemment ! souligna Mrs. March d'un ton plein de sous-entendus. Je me retire dans mon boudoir. A mon avis, vous trouverez quelqu'un dans le grand salon.

Là-dessus, elle s'éloigna, laissant à Charlotte le soin de trouver le chemin de la salle à manger. La pièce était déserte, mais la table déjà mise. Charlotte poussa la porte à deux battants qui donnait dans le grand salon vert. Elle aperçut, debout au milieu de la pièce, une jeune fille d'une vingtaine d'années, très maigre, vêtue d'une robe de mousseline ; ses cheveux roux flamboyant étaient relevés en chignon épinglé à la hâte. Elle avait une grande bouche à l'expression grave, délicatement ourlée. Dès qu'elle vit Charlotte, elle lui sourit.

— Vous devez être la sœur d'Emily. Je suis si contente que vous soyez venue...

Elle baissa les yeux puis les releva d'un air contrit.

— Vous comprenez, je ne sais pas quoi faire, pas quoi dire...

Moi non plus, hélas, songea Charlotte, le cœur serré. Tout ce que l'on pouvait dire à Emily semblait banal et artificiel. Mais ce n'était pas une raison pour ne pas lui parler ; il valait mieux lui accorder une attention même maladroite, que lui manifester de l'indifférence ou la fuir de peur d'être contaminé.

— Je suis Anastasia March, poursuivit la jeune

fille. Mais vous pouvez m'appeler Tassie, si vous voulez.

— Je suis Charlotte Pitt.

— Oui, je m'en doute. Grand-Mère m'a prévenue de votre arrivée.

Elle esquissa une petite grimace. Charlotte connaissait déjà l'opinion de ladite grand-mère à son sujet !

Leur conversation fut interrompue par l'apparition de William et Sybilla ; celle-ci entra la première, vêtue d'une robe de satin noire avec de la dentelle qui mettait en valeur sa gorge laiteuse ; William la suivait. Charlotte comprit aussitôt pourquoi George avait été fasciné par cette femme. Même immobile, elle possédait une vitalité qui faisait défaut à Emily ; il flottait autour d'elle un halo de mystère qui devait intriguer beaucoup d'hommes, sans qu'elle eût besoin de rien faire : il transparaissait dans son visage, dans ses grands yeux sombres, dans la courbe de ses lèvres, dans la plénitude de sa silhouette. Charlotte comprit à quel point Emily avait dû lutter, user de son charme, sans jamais perdre son sang-froid, pour regagner l'attention de George. Pas étonnant que Jack Radley ait été séduit ! Mais Emily s'était peut-être montrée trop aventureuse, tant était grand son désir de reconquérir son mari. Avait-elle donné à Jack Radley plus qu'elle n'en avait eu l'intention, sans remarquer qu'il prenait ses avances au sérieux ?

Quant à William — le mari un peu trop complaisant — il paraissait tout sauf insensible. Il avait des traits émaciés, presque ascétiques, un nez fin, une bouche curieusement dessinée. Il donnait l'impression d'être habité par un feu intérieur, qui n'était pas seulement de l'amour ou de la sensualité. Il pouvait mépriser ces deux penchants, et en être la victime inconsciente.

Son observation fut interrompue par l'entrée majestueuse d'Eustace March, impeccablement habillé, dont les yeux ronds passèrent de l'un à l'autre, remarquant les absents, s'assurant que tout allait comme il le désirait. Son regard s'arrêta sur Charlotte. Il semblait avoir déjà décidé de l'attitude qu'il allait adopter à son égard et arborait un sourire onctueux et sûr de lui.

— Je suis Eustace March. Quelle chance que vous ayez pu venir, chère Mrs. Pitt ! Cette pauvre Emily a tant besoin de la présence d'un proche. Nous faisons de notre mieux, mais la famille est irremplaçable. Quel bonheur que vous soyez là !

Il jeta un rapide coup d'œil en direction de Sybilla et sourit à nouveau, satisfait, avant de répéter :

— Oui, vraiment, quelle chance que vous soyez là !

A cet instant, la porte s'ouvrit et le seul invité étranger à la famille fit son apparition. Le seul qui parvint à troubler Charlotte. Dès qu'elle vit sa silhouette élégante se détacher dans l'embrasure de la porte, elle comprit mieux l'acuité du problème... Elle frissonna. Ce n'était pas tant sa beauté, quoiqu'il eût des yeux magnifiques, mais plutôt sa grâce naturelle et sa vitalité qui forçaient l'attention des femmes. Sans aucun doute, il était conscient de son charme, son principal atout, et suffisamment intelligent pour en faire le meilleur usage. Seulement séparée de lui par la largeur du tapis, Charlotte rencontra son regard et ne comprit que trop bien pourquoi Emily s'était servie de lui pour rendre George jaloux. Flirter avec cet homme devait être très plaisant. Malheureusement, le jeu pouvait devenir dangereux ; on pouvait y prendre goût très vite et s'apercevoir qu'il était bien plus difficile de l'arrêter que de le commencer. Peut-être qu'après l'euphorie procurée par une idylle interdite, et avec le sentiment grisant d'un jeu superbement joué, la reconquête de George perdait un peu de son intérêt, car il était pour elle sans mystère et donc prévisible. Emily avait-elle inconsciemment désiré poursuivre cette liaison ? Jack Radley avait-il vu là l'occasion inespérée de trouver une femme plus jolie et infiniment plus riche que Tassie March ?

Maintenant qu'elle avait cette horrible idée en tête, Charlotte savait qu'elle aurait le plus grand mal à la chasser, tant qu'une autre hypothèse ne viendrait pas en démontrer la fausseté, de manière irréfutable.

Elle jeta un coup d'œil en direction d'Eustace, solidement planté sur ses jambes, les pieds légèrement écartés, content de lui, les mains jointes derrière le dos. S'il était nerveux, il ne le montrait pas. Il paraissait convaincu d'avoir repris la situation en main ; il était le patriarche guidant sa famille dans la tempête ; tout le monde se tournerait vers lui, il saurait comment réagir ; les femmes, confiantes, compteraient sur sa force morale, les hommes l'admireraient, l'envieraient. Après tout, la vie et la mort sont intimement liées ; on doit donc affronter celle-ci avec courage et élégance. Au surplus, il n'éprouvait pas pour George une très grande amitié.

Charlotte observa Tassie : elle ne ressemblait en rien à son père, aussi fine et fragile qu'il était replet et fortement charpenté ; vive et impulsive, alors qu'on le devinait par nature inébranlable et sûr de lui.

Eustace désirait-il vraiment la voir épouser Jack Radley, dans la perspective d'acheter, grâce aux relations de sa famille, l'honorabilité qui lui manquait, comme Emily l'avait écrit dans ses lettres ? A le voir, cela paraissait fort probable. Toutefois, il pouvait simplement s'agir du désir d'un père de voir sa benjamine échapper à la cellule familiale et trouver un mari qui lui offre la sécurité morale et financière pour le jour où il viendrait à disparaître ; ce mariage lui conférerait un statut social d'épouse, et, par-dessus tout, lui permettrait de fonder un foyer, accomplissement supposé de toute femme.

Mais était-ce vraiment là le souhait de Tassie ?

Charlotte se remémora l'époque où, en compagnie de jeunes filles de son âge, sa mère l'emmenait à des réceptions, des bals, des soirées, avec l'espoir de lui trouver un beau parti. Pour une demoiselle née dans une famille où l'on « faisait ses débuts dans le monde », finir la Saison sans être fiancée relevait du désastre ; c'était la preuve même de l'échec social. On ne se mariait que si l'arrangement était satisfaisant et l'éventuel prétendant acceptable pour la famille. Les futurs conjoints se rencontraient rarement, sinon de façon superficielle ; il leur était quasiment impossible de se retrouver seuls et d'échanger autre chose que des banalités. Une fois les fiançailles annoncées, il était exceptionnel qu'elles fussent rompues, par peur du scandale.

Mais pour Tassie, une mésalliance valait finalement peut-être mieux que de dépendre toute sa vie de sa grand-mère, et ensuite d'Eustace, dont la robustesse laissait présumer qu'il avait encore de longues années devant lui.

Charlotte se rendit à peine compte que les présentations d'usage étaient terminées. Eustace n'en finissait plus de lui offrir ses condoléances, en se balançant légèrement d'avant en arrière, croisant ses mains aux doigts puissants, carrés et soignés.

— Chère Mrs. Pitt, je suis navré que nous ne puissions vous apporter davantage de réconfort...

Il exposait cela comme s'il tenait à ce que toute la famille March prît ses distances avec l'affaire. Il ne voulait pas y être mêlé davantage et tenait à s'assurer que Charlotte l'avait bien compris. Mais cette dernière, venue mener sa propre enquête, n'éprouvait aucun scrupule de conscience. Plus tard, peut-être, elle ressentirait pour ces gens, même pour Eustace, une profonde commisération ; mais, pour l'instant, elle ne pouvait se permettre aucun état d'âme : Emily était en grand danger. Charlotte n'ignorait pas qu'une femme accusée d'homicide volontaire risquait la pendaison, au même titre qu'un homme. Cette pensée primait sur tout le reste.

Elle adressa à Eustace un charmant sourire.

— Je suis certaine que vous vous sous-estimez, Mr. March. J'ai compris, à la lecture des lettres d'Emily, que vous étiez un homme capable de prendre la tête des opérations en cas de crise. Le genre d'homme vers lequel se tournerait toute femme placée dans une situation délicate.

Elle le vit rougir jusqu'aux oreilles. Cette description correspondait exactement à celle qu'il rêvait d'entendre — mais surtout pas à cette minute !

— Et, bien entendu, conclut-elle, personne ne remet en question votre loyauté envers votre famille.

Eustace, troublé, prit une profonde inspiration et se mit à toussoter. Tassie ouvrit des yeux stupéfaits, ne comprenant pas l'ironie. Sybilla éternua plusieurs fois dans son mouchoir de dentelle.

— Bonsoir, Charlotte, dit Vespasia, debout dans l'encadrement de la porte.

Un instant, son regard avait repris son ancienne vivacité.

— J'ignorais qu'Emily s'était fait une opinion si élogieuse d'Eustace. Comme c'est charmant.

A ce moment, un imperceptible mouvement fit se retourner Charlotte ; elle crut déceler sur le visage de William une haine indicible, mais si fugitive qu'on aurait pu croire à un jeu de lumière, à un reflet de la lampe dans ses yeux. Tassie se rapprocha de son frère, comme pour lui effleurer le bras, puis se ravisa.

— La loyauté envers la famille est une chose magnifique, remarqua Sybilla avec une expression qui démentait ses paroles. J'espère que la tragédie qui nous frappe nous révélera nos vrais amis.

— J'en suis certaine, acquiesça Charlotte, ne regardant personne en particulier. Nous découvrirons en chacun de nous des dimensions ignorées jusque-là.

Eustace s'étrangla, Jack Radley écarquilla les yeux, comme paralysé. Ce fut le moment que choisit Mrs. March pour faire son entrée ; elle ouvrit la porte si violemment que celle-ci heurta le mur et érafla le papier peint.

Le dîner fut sinistre ; personne n'osait parler, car Mrs. March fusillait du regard quiconque prétendait ouvrir la bouche, tuant ainsi toute conversation dans l'œuf. Ensuite, elle décréta qu'étant donné les circonstances, il était convenable que chacun quittât au plus tôt la salle à manger. En disant cela, elle darda sur Eustace, puis sur Jack Radley, un œil luisant de colère, afin qu'ils saisissent bien tous deux la portée de ses paroles ; puis elle se leva et somma ces dames de la suivre. Obéissantes, elles allèrent s'installer dans le boudoir rose où elles restèrent environ une heure, à mourir d'ennui, avant de s'excuser et de monter à l'étage.

Emily avait retrouvé sa chambre à coucher, car naturellement Vespasia avait besoin de la sienne. Allongée sur le lit de George, dans le dressing, Charlotte avait très chaud ; elle se tournait et se retournait en pensant à sa sœur, se demandant si elle se lèverait pour aller la voir ou bien si Emily avait besoin de rester seule, afin de franchir les différentes étapes de son deuil comme elle le devait.

Elle se réveilla tard; l'air était lourd et humide, la pièce pleine d'une lumière blanche et dure. Une femme de chambre se tenait sur le seuil de la porte, un plateau dans les mains. A sa vue, une image horrible vint à l'esprit de Charlotte : la veille, on avait apporté à George, dans cette même chambre, une tasse de café empoisonné. Un instant, l'idée de boire son thé dans le lit même où son beau-frère avait trouvé la mort lui fut intolérable. Elle ouvrit la bouche pour se plaindre, puis s'aperçut que la silhouette trapue debout dans l'encadrement de la porte n'était autre que celle de Digby. La protestation mourut sur ses lèvres.

Digby posa le plateau et alla ouvrir les rideaux.

— Bonjour, madame. Je vais vous préparer un bain. Cela vous fera du bien.

Il n'y avait nulle interrogation dans sa voix. C'était un ordre, probablement donné par Vespasia.

Charlotte se redressa en clignant des paupières. Ses yeux la picotaient. Elle avait mal à la tête et elle rêvait d'une bonne tasse de thé bien chaud.

— Digby, avez-vous vu Lady Ashworth, ce matin?
— Non, madame. Lady Cumming-Gould lui a donné du laudanum hier soir et m'a dit de ne pas la déranger avant dix heures. Je lui monterai son petit déjeuner. J'imagine que vous irez le prendre en bas avec la famille.

Encore une fois, ce n'était pas une question. Retrouver la compagnie des March était bien la dernière chose dont Charlotte avait envie, mais elle ne pouvait manquer à la bienséance. Et elle ne rendrait certainement pas service à Emily en restant au lit.

Le petit déjeuner se déroula en silence, dans une pièce pleine de courants d'air glacés, car Eustace, le premier arrivé, avait ouvert les fenêtres en grand; personne n'osait les refermer en sa présence. Il dévorait avec le même appétit qu'à l'ordinaire porridge, bacon, pilaf de poisson, muffins, toasts et marmelade d'orange.

Ensuite, Charlotte s'excusa et se retira au petit salon, où elle rédigea des faire-part informant la famille directe et les collatéraux du décès de George. Elle éviterait au moins cette corvée à Emily. Vers onze heures, elle avait écrit à peu près à toutes les personnes dont le nom lui était venu à l'esprit. Emily n'étant toujours pas descendue, elle décida de commencer son enquête pour de bon.

Elle avait prévu d'aller parler à William, pour se faire une idée plus claire du personnage et chercher à comprendre ce que pouvait signifier l'incroyable expression qu'elle avait vue passer sur son visage la veille au soir. Elle apprit par une soubrette qu'il devait se trouver dans son atelier au fond du jardin d'hiver; celle-ci ajouta qu'un policier venait d'arriver dans la maison, non pas l'inspecteur qui était venu la veille, mais son subordonné; selon elle, tout le personnel était tourneboulé par ses questions indiscrètes et ses vérifications. De quoi se mêlait-il ? La cuisinière était dans tous ses états, la fille de cuisine en larmes ; le cireur de chaussures avait les yeux qui lui sortaient de la tête ; la gouvernante était outrée et la bonne qui faisait le service d'étage avait rendu son tablier.

Charlotte n'alla pas jusqu'à l'atelier du peintre, car juste à l'entrée du jardin d'hiver, elle aperçut Sybilla, immobile, qui contemplait fixement un buisson de camélias. D'abord décontenancée, Charlotte se ressaisit et décida de profiter de l'occasion qui se présentait.

— On ne se croirait pas en Angleterre, dans cette jungle, n'est-ce pas ? observa-t-elle aimablement.

Sybilla sursauta et, sortant de sa rêverie, chercha une réponse polie à cette banale remarque.

— Oui, c'est vrai.

La texture blanchâtre des grands lis faisait penser à des visages exsangues. Charlotte ignorait combien de temps elles resteraient seules dans la serre. Elle devait faire vite ; elle se doutait que Sybilla était trop intelligente pour qu'une approche indirecte réussisse. L'effet de surprise, en revanche, pouvait donner des résultats.

— George était-il amoureux de vous ? s'enquit-elle de but en blanc.

Sybilla se figea. Le silence était tel qu'on entendait le bruit des gouttelettes d'eau tombant des feuillages les plus hauts.

Le fait que Sybilla n'ait pas nié immédiatement avait son importance. S'interrogeait-elle sur le sujet ou bien cherchait-elle une réponse qui la protégerait ? Comme les autres, elle devait savoir que George avait été empoisonné, et donc s'attendre à cette question.

— Je ne sais pas, dit-elle enfin. Je serais tentée de vous dire, Mrs. Pitt, que cela ne vous regarde pas. Mais Emily étant votre sœur, j'imagine que vous vous faites du souci pour elle.

Elle pivota sur elle-même pour lui faire face, les yeux grands ouverts ; elle avait un sourire vulnérable et curieusement amer.

— Je ne peux, hélas, répondre à la place de George et je suis certaine que vous ne vous attendez pas à ce que je vous répète tout ce qu'il m'a dit. Emily était jalouse, cela ne fait aucun doute. Mais je reconnais qu'elle a remarquablement réagi.

Charlotte avait conscience de l'intensité des émotions qui habitaient Sybilla ; cette femme était capable d'aimer et de souffrir. Elle n'arrivait pas à la détester autant qu'elle l'aurait souhaité.

— Pardonnez cette question indiscrète, dit-elle d'une voix crispée. Elle peut paraître maladroite...

— En effet, acquiesça Sybilla sèchement, mais vous n'avez pas besoin de vous expliquer.

On ne décelait aucune colère sur son visage, seulement une tension trahissant sa conscience de l'ironie tragique de la situation.

Charlotte était à la fois confuse et furieuse contre elle-même. Cette femme avait, intentionnellement ou non, séduit le mari d'Emily devant tous les occupants de la maison, et était peut-être la responsable directe de sa mort. Se sachant capable d'éprouver les mêmes émotions qu'elle, elle ne parvenait pas à la détester vraiment. A partir du moment où quelqu'un souffrait, Charlotte ne pouvait le haïr tout à fait. Cela altérait son jugement et lui liait la langue.

— Merci, dit-elle, un peu gauche.

Elle n'avait pas prévu le tour que prendrait la conversation. Mais elle devait tenter malgré tout de grappiller quelques bribes d'information.

— Connaissez-vous bien Mr. Radley?

— Assez peu, répondit Sybilla avec un petit sourire. Beau-Papa aimerait le voir épouser Tassie. Tout le monde sait que Jack est venu pour essayer de trouver un arrangement discret. Bien que la discrétion n'ait jamais été son fort...

— Tassie est-elle amoureuse de lui?

Charlotte eut brusquement honte pour Emily, car si Tassie était éprise de Jack et qu'on la manipulait pour qu'elle l'épouse alors qu'il l'humiliait ouvertement en courtisant une autre femme, elle avait dû beaucoup souffrir. S'il y avait eu erreur sur la victime, le poison aurait été sans nul doute destiné à Emily.

Sybilla continuait à sourire légèrement. Elle effleura les camélias.

— Les pétales vont brunir... Ils le font dès qu'on les touche. Pour répondre à votre question, non, Tassie n'est pas amoureuse de Jack. A mon avis, elle ne tient pas à l'épouser. C'est une jeune fille romantique.

Cette petite phrase résumait, dans sa bouche, une multitude de sentiments : regret peut-être, vague mépris pour l'innocence virginale de Tassie, mêlé d'une tendresse moqueuse, et aussi léger dédain envers Charlotte qui, pour avoir posé une telle question, n'appartenait manifestement pas à sa classe sociale. Chez les March et leurs consorts, on ne se mariait jamais par amour. Ces gens-là contractaient des alliances pour des raisons pratiques : accroître leur fortune, consolider des empires commerciaux ou s'allier avec des concurrents et, par-dessus tout, donner naissance à des héritiers mâles qui perpétueraient leur nom. Jamais pour une toquade éphémère qui ne laisse rien derrière elle. Que signifiait réellement « être amoureux »? Apprécier la courbe d'une joue, l'arche d'un sourcil? Se laisser prendre à la flatterie, à la beauté? Apprécier le plaisir de l'instant partagé? Mais, songeait Charlotte, comment s'engager dans une union intime et permanente, sans qu'il y ait une part de magie, même s'il ne s'agissait le plus souvent que d'une illusion? Pourtant, parfois, le charme opérait. La plupart du temps, elle considérait Thomas comme faisant tellement partie de son existence qu'elle ne ressentait plus pour lui qu'une profonde amitié; mais il y avait encore des moments privilégiés où son cœur battait fort dans sa poitrine; elle était capable de discerner entre mille sa silhouette dégingandée dans la foule et de reconnaître, émue, le bruit familier de ses pas lorsqu'il rentrait le soir.

— Mr. Radley, d'après ce que je comprends, est un homme très réaliste, reprit-elle à voix haute.

— Oui, je crois, acquiesça Sybilla en se mordillant la lèvre. Les circonstances ne lui ont guère laissé le choix.

Charlotte faillit lui demander si Jack Radley ne s'était pas malgré tout entiché d'Emily, puis jugea la question inutile. Tassie recevrait une belle somme d'argent à la mort de ses deux grand-mères, mais si peu en comparaison de la fortune dont Emily allait hériter. Pourquoi chercher un mobile dans l'amour, alors que l'argent pouvait tout expliquer?

Elles se trouvaient toujours devant le jardin d'hiver et n'avaient plus rien à se dire. Charlotte s'excusa auprès de Sybilla et entra dans la serre. Elle n'avait rien appris qu'elle n'ait déjà deviné, à cette différence près qu'elle ne pouvait s'empêcher d'éprouver pour Sybilla une certaine sympathie qui bouleversait ses premières hypothèses.

Après un déjeuner qui ne lui apporta rien de nouveau, elle passa une heure en compagnie d'Emily; elle faillit la presser de questions, toutefois son expression hagarde la fit changer d'avis; elle préféra aller voir William, tout en sachant que, si elle le dérangeait dans son travail, elle risquait d'essuyer une rebuffade; mais, le temps pressant, elle décida de mettre son amour-propre de côté.

Elle le trouva dans l'atelier, derrière les lis et les plantes grimpantes. Debout, tête penchée, coudes et pieds écartés, il occupait l'espace avec le naturel d'un homme qui ne se sait pas observé. Il ne posait pas; pourtant l'équilibre était parfait.

Un vent léger passait par un vasistas entrouvert, faisant bruire les feuilles; on aurait dit un filet d'eau courant sur des galets.

Il ne l'entendit pas approcher. En temps normal, Charlotte se serait sentie très gênée de l'importuner dans son travail, mais, après sa discussion avec Sybilla, elle était encore plus consciente du danger que courait sa sœur. Pour un observateur impartial, Emily était la coupable toute désignée. Elle était la seule à avoir entendu George et Sybilla se quereller, alors que tout le monde était au courant de leur liaison et qu'ils l'avaient tous vue accepter les avances de Jack Radley. Si un autre membre de la famille était impliqué dans ce meurtre, Charlotte n'en avait pas encore découvert le motif.

— Bonjour, Mr. March, dit-elle avec une gaieté forcée.

Elle se sentait niaise et grossière. Le peintre sursauta ; son pinceau tressaillit dans ses mains, mais elle avait choisi un moment où il était éloigné de la toile. Il se retourna et lui jeta un regard froid. Ses yeux étaient gris foncé, profondément enfoncés dans leurs orbites, sous ses sourcils roux.

— Bonjour, Mrs. Pitt. Vous êtes-vous égarée ?

La phrase frisait l'impolitesse. Il était furieux d'être dérangé et surtout obligé d'entretenir une conversation futile avec une inconnue. Charlotte perdit tout espoir de le duper.

— Non, je suis venue vous parler. Mais je vois que je vous empêche de travailler...

Il fut surpris ; sans doute s'attendait-il à des excuses embrouillées. Le pinceau en l'air, il paraissait très concentré.

— Ah ?

Charlotte observa la toile : celle-ci était bien mieux construite qu'elle ne l'aurait cru ; on devinait le frisson des feuilles sous le vent — l'œuvre était plus impressionniste que réaliste. Derrière la brillance du soleil, on sentait une bise glacée souffler sur la campagne, lui donnant une sensation de solitude et de désolation. Un paysage de fin d'hiver, pris dans les dernières gelées, les plus cruelles, annonciatrices du printemps. Un tableau qui saisissait autant l'œil que l'esprit.

— C'est très beau, murmura-t-elle, sincère.

Bien trop beau même, songea-t-elle, pour un client désireux d'acquérir un tableau représentant ses propriétés et certainement insensible à la touche de l'artiste qui l'illuminait.

— Vous devriez l'exposer avant de l'offrir à son propriétaire, remarqua-t-elle. Cette toile reflète aussi bien la cruauté que la beauté de la nature.

William tressaillit.

— C'est exactement ce que m'a dit Emily, remarqua-t-il d'une voix douce, comme pour lui-même. Pauvre Emily...

— Vous connaissiez bien George ?

Cette fois, elle entrait dans le vif du sujet. Elle l'observa avec attention : ses lèvres curieusement dessinées ne reflétaient qu'une certaine tristesse ; son regard ne fuyait pas.

— Non. C'était un cousin ; je l'ai rencontré à plusieurs reprises, mais je ne peux pas dire que je le connaissais vraiment. Nous avions peu de centres d'intérêt communs, ajouta-t-il avec un léger sourire ; mais cela ne signifie pas que je le trouvais antipathique, au contraire ; il était d'un commerce agréable, d'humeur égale, et tout à fait inoffensif.

— Emily pensait qu'il était épris de votre épouse.

Elle se montrait très franche avec lui : il était trop intelligent pour se laisser berner et trop perspicace pour ne pas comprendre le but de sa visite.

William réfléchit, les yeux fixés sur sa toile.

— Épris ? Le mot en vaut un autre. Il recouvre à peu près tout ce que l'on veut. Il s'agissait d'une simple aventure, nouvelle et excitante. On ne s'ennuie jamais avec Sybilla. Elle est si mystérieuse.

Il commença à nettoyer son pinceau, sans la regarder.

— Mais c'était un caprice. George l'aurait vite oubliée, après son départ. Emily est une femme sensée, elle aurait su attendre.

Charlotte, qui connaissait son beau-frère depuis sept ans, savait que ces propos reflétaient la vérité. William voyait les choses clairement, comme elle.

— Oui, mais on l'a assassiné, rappela-t-elle.

Il cessa d'essuyer son pinceau.

— En effet. Je ne crois pas qu'il s'agisse d'Emily et je suis certain que ce n'est pas Sybilla.

Il hésita, observant les poils hérissés du pinceau.

— A votre place, je chercherais plutôt du côté de Jack Radley. Emily est désormais une jeune veuve fortunée et titrée. Et c'est une femme très séduisante. S'étant vu accorder quelques faveurs, il a pu se mettre en tête que son affection pour lui ne ferait que s'accroître.

— Mais ce serait ignoble !

Il leva vers elle un regard brillant.

— Oui. La bassesse existe, Mrs. Pitt. Apparemment, nos pensées, aussi laides soient-elles, ont déjà été conçues et mises en pratique par autrui.

Il eut du mal à contrôler le rictus qui lui déformait légèrement la bouche.

— Navré, Mrs. Pitt. Je vous demande pardon. Je ne voulais pas vous offenser.

— Rassurez-vous, Mr. March. Comme vous le savez sans doute, mon mari est inspecteur de police.

Il pivota sur lui-même, laissa tomber son pinceau et la dévisagea avec étonnement : le tour qu'elle avait joué à la bonne société en épousant un policier paraissait l'amuser énormément.

— Vous êtes une femme très courageuse. Votre famille a dû être horrifiée ?

A l'époque, Charlotte était bien trop amoureuse de

Pitt pour se préoccuper de l'opinion des autres ; mais l'avouer à un homme dont l'épouse avait répondu si facilement et devant tout le monde aux avances de son beau-frère lui semblait un peu cavalier. Elle préféra le mensonge.

— Mes parents étaient si heureux qu'Emily ait épousé Lord Ashworth qu'ils ont accepté ma décision sans trop rechigner.

Mais la simple mention des noms de George et d'Emily leur rappela que cette dernière venait de perdre son mari.

— Je suis sincèrement désolé, dit-il doucement, avant de retourner à sa toile fragile et cruelle.

Sentant qu'il souhaitait clore l'entretien, elle quitta l'atelier, traversa à pas lents la jungle de la serre et rentra dans la maison.

Dans l'après-midi, ils reçurent la visite du vicaire, venu excuser, avec une maladresse un peu abrupte, le pasteur qui n'avait pu venir en personne, appelé pour une urgence dont la nature restait obscure.

— Vraiment, une urgence ! s'exclama Vespasia avec un scepticisme qu'elle ne chercha pas à cacher. Quel dommage !

Le vicaire, un grand jeune homme aux joues roses, dont l'origine écossaise était évidente, n'essaya pas de la convaincre. Il avait son franc-parler et peut-être de bonnes raisons d'en vouloir au pasteur. Charlotte le jugea aussitôt très sympathique et ne fut pas surprise de constater que Tassie paraissait le trouver charmant.

— Et quand cette... urgence prendra-t-elle fin ? s'enquit Mrs. March avec froideur.

— Lorsque notre réputation ne sera plus entachée et que le scandale ne sera plus lié à notre nom, répliqua Tassie du tac au tac, avant de rougir jusqu'aux oreilles.

Le vicaire prit une profonde inspiration, se mordit la lèvre et rougit à son tour.

— Anastasia! s'exclama sa grand-mère d'une voix coupante. Quelle impertinence! Si tu ne peux pas tenir ta langue, tu devrais t'excuser et te retirer dans ta chambre. Si Mr. Beamish n'est pas venu lui-même nous réconforter, c'est qu'il devait avoir d'excellentes raisons.

— A mon avis, Mr. Hare est tout aussi capable de nous réconforter, marmonna Vespasia, sans s'adresser à quelqu'un en particulier. Ce pasteur est tellement ennuyeux.

— Là n'est pas le problème, rétorqua Mrs. March. Un pasteur n'est pas un amuseur public! J'ai toujours pensé que vous n'entendiez rien à la religion, Vespasia. Vous n'avez jamais su vous tenir à l'église. Vous avez tendance à rire au mauvais moment, et ce, depuis que je vous connais.

— Sans doute parce que nous n'avons pas le même sens de l'humour, riposta Vespasia.

Elle se tourna vers Mungo Hare, qui, assis sur le bord de sa chaise, essayait de se composer un visage bienveillant et plein de sollicitude.

— Mr. Hare, poursuivit-elle, vous voudrez bien faire savoir à Mr. Beamish que nous comprenons parfaitement ses raisons et que nous sommes très heureuses que vous vous acquittiez de cette tâche à sa place.

Tassie émit un bruit qui ressemblait à un éternuement; sa grand-mère eut un claquement de langue agacé, fort mécontente que Vespasia ait trouvé moyen de faire des reproches au pasteur de façon plus efficace qu'elle. Ce Beamish, quel poltron! Comment avait-il osé envoyer le vicaire à sa place chez eux, les March?

Charlotte riait sous cape : elle se souvenait avec

précision de sa première rencontre avec Vespasia Cumming-Gould, dont elle avait tout de suite apprécié l'humour ravageur.

Mungo Hare, zélé, leur présenta ses condoléances et leur prodigua les encouragements spirituels dont il était chargé ; puis, accompagné de Tassie, il alla offrir son soutien moral à Emily, qui avait tenu à rester dans sa chambre.

Charlotte avait l'intention de monter voir sa sœur un peu plus tard, pour essayer de lui soutirer quelques détails, même minimes, pouvant trahir une faiblesse, un mensonge, bref, lui fournir un début de piste. Mais alors qu'elle traversait le vestibule, elle rencontra Eustace qui sortait du petit salon ; il arrangea sa veste et se mit à tousser fortement ; elle ne pouvait donc faire mine de ne pas l'avoir vu.

— Ah, Mrs. Pitt ! dit-il avec une surprise affectée, en écarquillant ses yeux ronds. J'aimerais vous parler. Peut-être dans le boudoir ? Il est inoccupé. Ma mère est partie se changer pour le dîner.

Il se tenait derrière elle, mains écartées, comme s'il voulait la pousser en direction du boudoir. A moins de passer pour impolie, elle ne pouvait refuser l'invitation.

Cette pièce était la plus laide qu'elle ait jamais vue, l'illustration du plus parfait mauvais goût des cinquante dernières années ; tout ce qu'elle symbolisait la faisait suffoquer, autant que la lourdeur du mobilier, des étoffes, de la décoration et la couleur des murs. Elle révélait une pudibonderie qui devenait vulgaire à force d'étaler ce qu'elle cherchait à cacher, une opulence dénuée de véritable richesse. Charlotte eut du mal à ne pas montrer son aversion.

Eustace, occupé à chercher ses mots, n'ouvrit pas les fenêtres contrairement à son habitude ; Charlotte l'eût pourtant volontiers fait à sa place !

— Mrs. Pitt, j'espère que vous vous sentez à l'aise sous mon toit, en dépit de ces tragiques circonstances ?

— Tout à fait, Mr. March, je vous remercie.

Elle était perplexe. Il ne l'avait sûrement pas fait venir là pour lui poser en privé une question aussi banale.

Il se frotta les mains et la regarda.

— Parfait, parfait ! Évidemment, vous ne nous connaissez pas très bien. Vous ne fréquentez pas les gens de notre milieu... Nous devons vous sembler bien étranges. Je dois vous expliquer certaines choses, de façon à ne pas ajouter de la confusion au chagrin bien naturel que vous éprouvez pour votre sœur. Si je peux vous aider, de quelque manière que ce soit, ma chère...

Charlotte faillit dire qu'elle n'était pas plus confuse qu'une autre, mais il se hâta de reprendre, l'empêchant de protester :

— Vous devez excuser les... excentricités de Lady Cumming-Gould. C'était autrefois une femme d'une grande beauté. On la laissait donc tenir des propos choquants ; je crains qu'elle n'ait jamais guéri de cette mauvaise habitude. Je dirais même qu'avec l'âge ce défaut n'a fait qu'empirer. Je sais que ma pauvre mère la trouve parfois assez fatigante.

Il lui sourit, guettant sa réaction, épiant sur son visage un accueil favorable à cette information.

— Mais il faut savoir se montrer tolérant, n'est-ce pas, enchaîna-t-il très vite, devinant sa désapprobation. Ainsi va la vie de famille. Très important, la famille. La pierre angulaire de la nation. Loyauté, continuité d'une génération à l'autre, voilà ce qui différencie un pays civilisé d'un pays de sauvages.

Charlotte faillit rétorquer qu'à son avis les sauvages en question avaient au contraire un sens aigu de la conservation de leur lignée, ce qui expliquait pourquoi ils étaient demeurés « sauvages » et non devenus entrepreneurs ou explorateurs. Mais Eustace avait déjà repris la parole, l'empêchant d'exprimer sa pensée.

— Bien sûr, Sybilla doit vous sembler manquer cruellement de savoir-vivre, car, et c'est tout naturel, vous prenez le parti de votre sœur. Mais il y a autre chose... Selon moi, c'était George, oui, George, qui poursuivait ma belle-fille de ses assiduités. Sybilla est tellement habituée à être admirée qu'elle n'a pas cherché à le décourager. Erreur d'appréciation de sa part, bien entendu. Je le lui dirai d'ailleurs sans détour. Mais tout de même, George aurait dû faire preuve de plus de discrétion...

— Il n'aurait rien dû faire du tout ! l'interrompit-elle avec virulence.

— Ah, ma chère ! fit Eustace avec un sourire patient et condescendant, en hochant la tête. Il ne faut pas se montrer trop idéaliste. Tassie, à son âge, peut encore avoir des illusions romantiques. Que Dieu me préserve de blesser sa susceptibilité, à ce stade de son existence, alors qu'elle est sur le point de se fiancer. Mais une femme mariée de l'âge d'Emily doit accepter la nature masculine. Une vraie femme sait pardonner nos faiblesses, tout comme les hommes doivent comprendre la fragilité de la nature féminine...

Il sourit à nouveau et, un bref instant, sa main effleura la sienne. Charlotte eut soudain conscience de sa présence, très proche.

Elle était furieuse. Les paroles, l'attitude de cet homme lui rappelaient brutalement tous les propos paternalistes qu'elle avait entendus dans son existence. Elle mourait d'envie de faire disparaître la suffisance de ce visage lunaire.

— Selon vous, si Jack Radley avait été l'amant de ma sœur, George aurait pardonné à Emily ? demanda-t-elle, sarcastique, en retirant sa main.

Elle avait réussi à le choquer en évoquant un sujet qu'il n'aurait osé formuler. Eustace pâlit et rougit tour à tour.

— Oh, vraiment ! s'exclama-t-il en postillonnant. Je sais que vous venez de subir un choc et que vous vous faites beaucoup de souci pour votre sœur. C'est tout à fait compréhensible. Mais, chère Mrs. Pitt, vos propos sont déplacés. Rassurez-vous, j'oublierai que vous avez proféré des paroles indécentes dans un moment de distraction. Nous n'en reparlerons plus. Vous touchez là à la racine de la noblesse et de la bienséance. Si les femmes devaient se comporter de la sorte, grands dieux ! un homme ne saurait jamais si son fils est bien son fils ! La famille serait désacralisée, et le tissu même de la société détruit ! L'idée est intolérable !

Charlotte se surprit à rougir, à la fois de colère et d'embarras. Elle se faisait peut-être des idées ; le mouvement de sa main n'avait peut-être été que pure compassion.

— Je n'ai rien suggéré de tel, Mr. March, protesta-t-elle en relevant le menton pour le fixer droit dans les yeux. Je voulais simplement dire qu'Emily était en droit d'attendre de George qu'il se comportât avec la même dignité dont elle aurait elle-même fait preuve en de telles circonstances.

Eustace hocha la tête d'un air entendu, mais son expression s'adoucit dans un sourire.

— Vous manquez d'expérience, Mrs. Pitt. Vous êtes trop romantique. Les femmes sont différentes des hommes, ma chère, très différentes ! Nous, nous avons d'autres qualités : intelligence, virilité, courage...

Inconsciemment, il replia son avant-bras, comme pour montrer ses muscles.

— Et notre cerveau est plus développé.

En disant cela, son regard se porta, non sans déplaisir, sur le cou et la gorge de Charlotte.

— Pensez à ce que les hommes ont fait pour l'humanité... Mais si une femme ne possède pas les qualités de discrétion, de patience, de chasteté et de douceur, que lui reste-t-il ? En vérité, que deviendrait le monde sans l'influence de nos épouses et de nos mères ? Un océan de barbarie, Mrs. Pitt, voilà ce qui nous resterait.

Elle soutint son regard sans fléchir.

— Était-ce tout ce que vous aviez à me dire, Mr. March ?

— Euh, non...

Il perdit sa mâle assurance et cligna des yeux à plusieurs reprises. Il ne retrouvait plus le fil de sa pensée. Charlotte ne chercha pas à l'aider.

— Je tenais seulement à m'assurer que vous vous sentiez à l'aise ici, dit-il enfin. La famille doit se présenter unie face à l'adversité. Car vous faites partie de la famille, ma chère, puisque vous êtes la sœur de cette pauvre Emily. L'heure n'est pas à l'égoïsme. Je suis certain que vous me comprenez.

— Absolument, Mr. March, acquiesça-t-elle avec gravité. Vous pouvez être sûr que je n'oublierai pas mes devoirs envers *ma* famille.

Il sourit, soulagé, apparemment oublieux du lien qui l'unissait à l'inspecteur Pitt.

— Parfait, parfait ! A présent, je dois vous laisser le temps d'aller vous changer et peut-être voir cette pauvre Emily. Votre aide lui sera précieuse, j'en suis certain.

Après le dîner, les dames se retirèrent au salon, bientôt suivies par les messieurs. La conversation fut très guindée, car pour la première fois depuis le décès de George, Emily s'était jointe à eux ; personne ne savait quoi dire. Évoquer le meurtre paraissait inutilement cruel; cependant parler de la pluie et du beau temps, comme si de rien n'était, rendait tout propos superficiel, à la limite de l'absurde.

Peu après neuf heures, Charlotte se leva en expliquant qu'elle désirait se retirer. Ses hôtes la comprendraient, naturellement. Emily l'accompagna, au soulagement général. Charlotte eut l'impression d'entendre le soupir qu'ils poussèrent tous, en s'enfonçant dans leurs fauteuils, dès que la porte se fut refermée derrière elles.

Elle s'éveilla au milieu de la nuit, pensant avoir entendu bouger dans la chambre attenante. Craignant qu'Emily souffrît d'insomnie, elle se redressa sur son lit. Peut-être devrait-elle aller la voir.

Alors qu'elle s'apprêtait à prendre un châle, elle se rendit compte que le bruit venait non de la chambre de sa sœur, mais du grand escalier. Pour quelle raison Emily descendrait-elle au rez-de-chaussée à pareille heure ?

Elle se glissa hors du lit et, sans même penser à enfiler ses chaussons, ouvrit la porte et sortit tout doucement dans le couloir. Arrivée à l'angle du palier, elle tendit le cou... et ce qu'elle vit à la lueur de la lampe à gaz la figea d'horreur et lui coupa le souffle. Puis elle se mit à trembler, comme si on l'avait plongée dans l'eau glacée.

Tassie gravissait les marches, le visage las mais empreint d'une extraordinaire sérénité. Toute tension avait quitté ses traits. Elle tendait les mains devant elle ; ses manches étaient chiffonnées et maculées de sang aux poignets. Une traînée rouge sombre teintait le bas de sa robe.

Charlotte se rejeta vivement en arrière dans la pénombre, au moment où Tassie atteignait le palier.

Elle passa à moins d'un mètre d'elle, sur la pointe des pieds. Son visage arborait un sourire extatique ; elle laissait derrière elle une odeur fade et écœurante, très caractéristique. Quiconque avait senti l'odeur du sang frais ne pouvait l'oublier.

Prise de nausée, Charlotte regagna sa chambre, incapable de contrôler le tremblement qui l'agitait.

7

Emily se réveilla tôt ce matin-là. C'était le jour des obsèques de George. Un frisson glacé la parcourut. Une lumière sinistre et blanche éclairait le plafond. Sa souffrance était accentuée par la colère et une intolérable solitude. L'enterrement serait le point culminant du drame. Bien sûr, elle savait que la disparition de George était définitive; il ne reviendrait pas à la vie et elle ne retrouverait jamais le bonheur d'antan, sauf dans son souvenir. Mais l'inhumation donnait une réalité à la mort, en arrachant l'homme au présent et en le reléguant au passé.

Elle se recroquevilla sous ses couvertures, mais leur chaleur ne lui procura aucun réconfort. Il était trop tôt pour se lever; de toute manière, elle n'avait envie de voir personne. Chacun devait être préoccupé par la tenue, l'attitude et l'apparence qu'il convenait d'adopter pour la cérémonie. Ils épieraient le moindre de ses gestes, car tous, ou presque, la soupçonnaient de s'être introduite dans la chambre de Mrs. March pour y voler la digitaline et la verser ensuite dans la cafetière destinée à son mari.

Tous, sauf un. Le seul à savoir qu'elle n'avait pas tué George. L'assassin. Et il s'attendait à la voir suspectée, accusée, condamnée et peut-être... Elle laissa ses pensées divaguer, même si elle s'infligeait une peine absurde : elle se voyait dans la salle de tribunal, vêtue d'une robe de toile bise, les cheveux tirés en arrière, le visage hagard, les yeux creux, debout devant les jurés qui n'osaient pas la regarder. Les rares femmes présentes dans la salle la dévisageaient avec pitié; peut-être avaient-elles souffert, ou cru souffrir, du même rejet. Puis venait le verdict. Le juge, impassible, tendait la main vers son bonnet noir[1].

Elle s'arrêta là. La suite était trop effrayante. Elle avait l'impression de sentir l'odeur du chanvre de la corde, dans la pénombre humide du petit matin. Ce n'était pas seulement le fruit de son imagination morbide; l'horreur pouvait devenir réalité. Plus jamais elle ne se réveillerait paisiblement dans des draps tièdes et rassurants.

Elle se redressa, rejeta ses couvertures et tendit la main vers la sonnette. Cinq longues minutes plus tard, Digby vint frapper à la porte et entra, le chignon épinglé à la hâte, le tablier de travers, inquiète, mais déterminée à prendre en main la situation.

— Bonjour, madame. Voulez-vous une tasse de thé ou préférez-vous que je vous fasse couler un bain ?

— Préparez un bain, répondit Emily.

Inutile de parler de ses toilettes : aujourd'hui, elle porterait la robe de deuil traditionnelle, en laine légère, assortie d'une capeline et d'un voile noirs, qu'elle avait fait venir. Non pas la voilette à la mode, qui flatte le teint et confère une aura de mystère, mais le voile épais des veuves, destiné à cacher un visage ravagé par le chagrin.

Digby disparut et revint quelques minutes plus tard,

---

1. Bonnet noir que mettait le juge avant de prononcer la sentence de mort. *(N.d.T.)*

manches roulées sur ses avant-bras, un sourire timide aux lèvres.

— Il fait beau, madame. Au moins, vous n'aurez pas la pluie.

Emily s'en moquait, mais tout de même, c'était là une maigre consolation. Rester debout devant une tombe, la pluie ruisselant dans le cou, les bottines trempées, l'ourlet de la robe alourdi par la boue, ajouterait une torture physique à la souffrance morale qui la consumait. Mais à la réflexion, il aurait peut-être mieux valu qu'il pleuve; l'inconfort procuré par des pieds gelés et des chevilles humides l'empêcherait de trop penser à George, blanc et rigide dans le cercueil que l'on descendait dans la fosse avant de le recouvrir de terre. George, qui l'avait quittée pour toujours. George, si tendre, qui occupait depuis tant d'années le centre de ses pensées. Même lorsqu'ils n'étaient pas ensemble, la certitude de le retrouver lui procurait un sentiment de sécurité qu'elle n'aurait jamais imaginé perdre un jour.

Les larmes jaillirent de ses yeux; elle eut beau renifler, essayer de les ravaler, rien n'y fit, elle ne put les retenir. Elle se rassit sur le lit et cacha son visage dans ses mains.

Elle eut la surprise de sentir les bras de Digby l'entourer et laissa aller sa tête contre son épaule solide et accueillante. Digby ne disait rien; elle se contentait de la bercer en lui caressant les cheveux, comme elle l'aurait fait avec une petite fille, avec tant de naturel qu'Emily ne se sentait pas embarrassée. Lorsque la douleur s'estompa et que le soulagement procuré par la fatigue la submergea, elle s'écarta doucement et partit dans la salle de bains, sans éprouver le besoin de la remercier ou de montrer qu'elle était la maîtresse et Digby la servante. Elles s'étaient comprises sans échanger une seule parole. Digby savait ce dont elle avait besoin et son silence compréhensif suffisait.

Emily prit ensuite son petit déjeuner en tête à tête avec Charlotte. Elle n'avait envie de voir personne d'autre, excepté tante Vespasia, mais celle-ci demeurait invisible.

Elles prirent chacune un toast beurré, puis deux grandes tasses de thé chaud et léger servi dans la théière en porcelaine fleurie.

— Vespasia ne m'a rien dit, remarqua Charlotte, mais je pense qu'elle cherche activement à réunir les éléments de la défense.

Emily ne lui demanda pas ce qu'elle entendait par là ; elles savaient que les rangs de la famille se resserraient, par peur du scandale ; elle faisait front contre la police, contre l'intrusion des curieux, mais aussi contre Emily. Si elle était coupable, l'affaire pouvait être réglée, sans s'ébruiter, en quelques jours. Il n'y aurait plus d'enquête. Les March pourraient porter décemment le deuil durant le temps imposé par la bienséance et, ensuite, reprendre le cours normal de leur existence.

Charlotte eut un sourire triste.

— Je pense que même Mrs. March tiendra sa langue en présence de tante Vespasia. Visiblement, elles ne s'aiment guère.

— Si seulement c'était elle qui avait tué George, fit Emily, pensive. Je me creuse la tête pour trouver ce qui aurait pu l'y pousser.

— As-tu quelque idée ?

— Non, hélas !

— Moi non plus. A mon avis, nous ignorons beaucoup de choses. Tu sais... ajouta Charlotte d'un air grave et inquiet, je me suis réveillée cette nuit parce que j'ai cru t'entendre marcher...

— Oh, je suis désolée...

— Non, ce n'était pas toi ! Le bruit venait d'en bas. Je me suis levée, et, en arrivant sur le palier, j'ai vu

Tassie monter l'escalier. Elle est passée devant moi pour regagner sa chambre. Je l'ai vue très distinctement, Emily! Ses manches étaient tachées de sang! Il y en avait aussi sur le devant de sa robe et sur l'ourlet. Et elle souriait! Il émanait d'elle une paix extraordinaire. Ses yeux, grands ouverts, brillaient, mais elle ne m'a pas vue. Je me suis aussitôt reculée dans l'ombre du couloir qui mène au dressing. Elle est passée si près de moi que j'aurais pu la toucher.

Le souvenir de l'odeur douceâtre et écœurante du sang lui donna la nausée.

Stupéfaite, Emily lui offrit la seule explication qui lui paraissait plausible.

— Impossible. Tu as dû faire un cauchemar.

— Non, je ne rêvais pas! C'est la vérité.

Ses traits tendus trahissaient une grande souffrance, mais elle poursuivit néanmoins :

— Après coup, j'ai pensé avoir rêvé, avec tout ce qui s'est produit ici ; aussi suis-je descendue à la buanderie ce matin : j'ai vu la fameuse robe qui trempait dans une bassine.

— Y avait-il encore des traces de sang?

Charlotte secoua légèrement la tête.

— Non, les taches avaient disparu. Mais c'est normal; Tassie ne l'aurait pas laissée ainsi, à la vue des servantes, n'est-ce pas?

— Voyons, cela n'a aucun sens! protesta Emily. Quel sang? Pourquoi? Personne n'a été... assassiné ainsi, enfin, personne de notre connaissance.

Une image horrible revint à l'esprit de Charlotte, celle de paquets ensanglantés trouvés dans un cimetière, mais elle refusa d'y penser plus longtemps.

— Et si elle était folle? demanda-t-elle d'un ton malheureux.

Cela paraissait la seule explication restante ; or il fallait absolument en trouver une, pour sauver Emily.

— C'est possible, répondit cette dernière. Mais je suis certaine que George n'était pas au courant — à moins qu'il ne l'ait appris au dernier moment. Ce qui aurait pu pousser Mrs. March à le tuer.

Charlotte pinça les lèvres.

— Crois-tu? George en aurait-il parlé à quelqu'un?

— Oui! Si Tassie représentait un danger pour les autres, ce qui doit être le cas, s'il s'agit de sang humain.

Charlotte ne répondit pas; son visage reflétait un désarroi grandissant. Emily la comprenait, car elle aussi aimait bien sa jeune cousine. Il y avait en elle quelque chose d'attirant, sa franchise, son humour, sa générosité. Mais si sa sœur l'avait vue gravir l'escalier, la robe maculée de sang... Elle frissonna. Mon Dieu, pourvu que ce ne fût pas Tassie!

— Elle n'est pas forcément coupable d'un crime, reprit Charlotte à mi-voix. Il peut y avoir une autre explication. Un animal blessé? Un accident dans la rue? Nous n'en savons rien. Je trouve difficile de croire que Tassie soit folle. Tout de même, si la famille était au courant, elle l'aurait fait interner dans un asile, pour sa propre sécurité.

— Ils ne réalisent peut-être pas l'étendue de son mal. A moins que son état ne se soit brusquement aggravé.

— Reste Jack Radley, poursuivit Charlotte. Il ne faut pas l'oublier. Pas plus que Sybilla. Ni William. Un suspect de choix. Et pourquoi pas Eustace? George a peut-être découvert quelque chose à son sujet. Après tout, il s'agit de sa maison. Il a peut-être des activités illicites, ou bien il cache un secret qui ne doit surtout pas être divulgué.

Emily releva la tête.

— Lequel, par exemple?

— Je l'ignore. Un enfant illégitime ou une liaison particulièrement inavouable.

Emily haussa les sourcils.

— Une liaison ? Cela dépasse l'entendement ! Imagines-tu l'oncle Eustace amoureux ?

— Non. Mais je pensais plutôt à la débauche qu'à l'amour. Les gens les plus inattendus s'adonnent à la luxure, même un quinquagénaire pompeux et satisfait ! Il pourrait s'agir d'une liaison ancienne, datant de l'époque où la mère de Tassie était encore en vie. Restent d'autres possibilités, bien plus terribles. Les hommes ont parfois d'étranges fantasmes. Olivia March s'en était peut-être rendu compte.

— Tu veux dire quelque chose de vraiment dégoûtant ? fit Emily avec lenteur. Par exemple qu'il aimait les enfants, ou les hommes ? Olivia s'en serait aperçue et il l'aurait tuée ?

Charlotte poussa un profond soupir.

— Oh... Non, je ne pensais pas à cela. Plutôt à une relation avec une domestique ou une fille de ferme. J'ai entendu parler d'un homme éminemment respectable qui n'aimait que les grosses servantes pas très propres.

— Ne dis pas de bêtises, la rembarra Emily, en reprenant un toast dans lequel elle mordit sans joie.

— En tout cas, Eustace n'aimerait pas que cela se sache.

— Mais personne n'y croirait ! Cela ne vaudrait pas la peine d'assassiner quelqu'un pour l'empêcher de parler !

— Pas s'il s'agit de sa femme.

— Bon. Mais sauf si Eustace avait tué Olivia — ce dont je doute —, George n'aurait rien dit à personne. Lui non plus n'aurait pas tenu à ce que cela s'ébruite. Après tout, Eustace est son oncle.

Elle avala une bouchée avec difficulté.

— Et George était très respectueux de la famille, de ce point de vue.

— C'est vrai, reconnut Charlotte. Mais Eustace n'était peut-être pas sûr que ton mari garderait le silence devant ses amis. George aimait plaisanter et parlait parfois sans réfléchir. Ou il aurait pu faire pression sur lui pour l'empêcher de continuer.

— George n'aurait pas fait cela !

— C'est possible, mais Eustace n'en était peut-être pas suffisamment convaincu, répondit Charlotte en secouant la tête. De toute façon, nous ne savons rien. Les hypothèses sont légion...

— Nous ferions bien de trouver au moins un indice à fournir à l'agent Stripe. Et vite.

Charlotte se mordit la lèvre.

— Je sais, Emily. Je cherche...

Le service funèbre devait se tenir dans le cimetière de l'église du quartier, lieu de repos éternel de la famille Ashworth, depuis qu'elle avait acheté sa première demeure dans la paroisse, près de deux siècles plus tôt.

Naturellement, Emily avait prévenu les siens. De tous les faire-part, la rédaction de celui-ci avait été le plus difficile ; le seul que Charlotte n'avait pu rédiger à sa place. Comment en effet apprendre à un petit garçon de cinq ans que son papa a été assassiné ? Edward ne savait pas encore lire ; cette terrible tâche incomberait donc à sa gouvernante, la brave Mrs. Stevenson. A elle de lui faire comprendre ce qu'était la mort, parmi les pleurs et la confusion qui régneraient dans son entourage. Emily savait aussi que cette femme sensible tenterait de le réconforter, afin qu'il ne se sente ni trahi par un père qui l'avait quitté si vite, ni coupable, d'une manière indéfinissable, de sa mort.

Cette lettre, Edward la lirait plus tard, quand il serait grand. Il la conserverait précieusement pour la relire dans des moments plus calmes et se rendrait compte, devenu jeune homme, qu'il la connaissait par cœur. Emily l'avait rédigée d'un trait, laissant transparaître son chagrin et sa solitude. Peu importait l'inélégance du style ; une lettre hypocrite ou ampoulée serait perçue comme une fausse note qui ne ferait que s'amplifier au fil des années.

Aujourd'hui, aux obsèques, le petit Edward serait à ses côtés, transi et effaré, mais accomplirait tous les gestes que l'on attendait de lui. Désormais Lord Ashworth, il assisterait à la messe d'enterrement, bien droit et obéissant, suivrait le cercueil de son père jusqu'à sa tombe et prendrait le deuil comme il convenait.

Il arriverait de Paragon Walk avec Mrs. Stevenson et repartirait avec elle ; Charlotte et Emily retourneraient à Cardington Crescent ; les tragiques circonstances du décès de George les y obligeaient.

Elles montèrent, ainsi que Lady Cumming-Gould et Eustace March, dans la voiture familiale, drapée de noir, tirée par des chevaux à la robe sombre. Le fourgon mortuaire, fourni par l'ordonnateur des pompes funèbres, était aussi tendu et emplumé de noir, comme le voulait la tradition.

Mrs. March et Tassie suivaient dans une calèche. Avant de monter dans la leur, Charlotte et Emily observèrent la jeune fille, mais ses traits étaient dissimulés par un voile. Était-elle éplorée, comme tout le monde le supposait, ou son visage conservait-il des traces de cet étrange bonheur que Charlotte avait perçu pendant la nuit ? Ou bien encore avait-elle tout oublié de l'épouvantable épisode qui l'avait précédé ? Il était impossible de le deviner.

Une discussion animée s'éleva afin de décider dans quel véhicule voyagerait Jack Radley ; au bout du compte, Mrs. March accepta de mauvaise grâce qu'il montât dans le sien. William et Sybilla prirent leur propre attelage.

Devant le porche du cimetière, ils descendirent les uns après les autres de leur voiture et remontèrent à pied l'étroite allée de gravier qui menait à la petite église au toit de pierre noirci par les fumées, entourée de tombes moussues aux épitaphes si usées qu'il fallait plisser les yeux pour les déchiffrer. Plus loin, vers les haies d'ifs, au-delà des hautes herbes, on distinguait les tombes récentes, qui semblaient incongrues dans ce décor. Sur quelques sépultures, des gens attentionnés avaient déposé des bouquets de fleurs.

Charlotte prit sa sœur par le bras et se serra contre elle. Elle la sentait trembler. Comme Emily paraissait petite et frêle ! Charlotte ne pouvait oublier qu'elle était plus âgée qu'elle. Cet enterrement rappelait étrangement celui de Sarah, leur sœur aînée, qu'elles avaient suivi toutes deux, mais à l'époque, Emily était bien moins vulnérable. Son optimisme, sa maîtrise d'elle l'avaient emporté sur la souffrance et la peur.

Aujourd'hui, tout était différent. Non seulement Emily avait perdu George, le premier homme qu'elle avait aimé et auprès duquel elle s'était engagée à vivre, mais elle avait aussi perdu confiance en elle-même. Son courage s'était amenuisé ; de spontané, il était devenu un combat de la volonté, à laquelle il lui fallait désespérément s'agripper.

Les doigts de Charlotte serrèrent son bras et Emily chercha sa main. Le pasteur, Mr. Beamish, attendait à la porte de l'église, un sourire crispé accroché aux lèvres, les joues cramoisies. Ses cheveux blancs étaient ébouriffés, comme s'il les avait nerveusement repoussés en arrière. En reconnaissant Emily, il fit un pas en avant, tendit le bras, hésita, puis le laissa retomber en bredouillant des paroles indistinctes qui se perdirent dans un murmure inintelligible. Aux oreilles de Charlotte, elles résonnaient comme une désagréable litanie. Derrière lui, sa sœur, une vieille demoiselle, secoua la tête avec un petit reniflement et porta délicatement son mouchoir à sa joue.

Ils étaient tous deux bien embarrassés ; la rumeur, les soupçons étaient parvenus jusqu'à eux. Ils se demandaient s'ils devaient traiter Emily comme une aristocrate en grand deuil, qu'il était de leur devoir social et religieux de prendre en pitié, ou bien comme une meurtrière, une femme perdue, une créature qu'ils devaient fuir, en tant que bons chrétiens, pour ne pas risquer d'être contaminés par son double péché.

Charlotte leur retourna leur regard sans sourire. D'un côté, elle comprenait leur gêne, mais de l'autre, elle n'avait pour eux que mépris. Et, comme toujours, ses sentiments se lisaient clairement sur son visage.

Dans l'église, Mrs. Stevenson, douce et attristée, tenait par la main le petit Edward, très pâle. Il ressemblait tant à Emily... Il lâcha la main de sa gouvernante pour s'avancer vers sa mère, d'abord un peu gauche, conscient de la solennité de la situation ; puis, alors qu'elle l'enlaçait, il se détendit et renifla avec force, avant de se redresser et de marcher à ses côtés.

Mungo Hare, le vicaire, se tenait au bout de l'allée centrale, près du banc des March. C'était un jeune homme aux épaules carrées, au visage ouvert et doux. Il leva le menton et dévisagea Emily avec franchise.

— Comment vous sentez-vous, Lady Ashworth ? J'ai mis un verre d'eau, là-bas, sur le bord du banc, si vous en avez besoin. L'office sera court.

— Merci, Mr. Hare, répondit-elle d'un ton absent. C'est très gentil à vous.

Elle se glissa sur le banc avec Edward ; Charlotte la suivit, ainsi que tante Vespasia et Eustace. Mrs. March s'installa bruyamment derrière eux, cognant son livre de cantiques sur le banc, furieuse de ne pas être au premier rang et bien décidée à le leur faire savoir.

Tassie s'assit à ses côtés, tête baissée, mains croisées sur ses genoux. Charlotte ne parvenait pas à croire qu'elle l'avait vue passer devant elle sur la pointe des pieds, la nuit précédente, calme, la robe maculée de sang. Le vicaire passa à côté d'elle et s'adressa à la vieille dame.

— Bonjour, madame. Si je peux vous être utile en quoi que ce soit, ou vous offrir un peu de réconfort...

— J'en doute, jeune homme, l'interrompit-elle sèchement, à moins que vous soyez capable d'occuper ma petite-fille à vos bonnes œuvres, de façon qu'elle ne s'enfuie pas de la maison pour se marier au-dessous de sa condition et finir assassinée pour son argent.

— Cela ne servirait à rien, murmura Tassie. Si je le faisais, vous me déshériteriez.

— Si quelqu'un t'assassinait, ce serait pour ne plus t'entendre parler! rétorqua sa grand-mère. Aie l'obligeance de te souvenir que tu te trouves dans une église, et surveille ton langage!

— Bonjour, Miss March, fit le vicaire en inclinant la tête.

— Bonjour, Mr. Hare, répondit Tassie timidement. C'est très gentil de vous occuper de nous. Grand-Mère vous saurait gré de votre visite.

— Je préférerais recevoir Mr. Beamish, la coupa cette dernière. Il a davantage l'expérience de la mort. Il compatit au deuil, à la perte d'un être cher; il sait ce que c'est de voir son propre sang tomber au piège de passions impies et en payer le prix.

Le vicaire resta bouche bée et fit mine d'éternuer pour cacher son étonnement.

— Tiens donc? fit Vespasia, sans se retourner. Dans ce cas, vous savez beaucoup de choses sur Beamish que j'ignore.

Tassie étouffa un gloussement dans son mouchoir. Le

vicaire alla parler à William et Sybilla. Charlotte n'osait pas tourner la tête pour observer la scène.

Le service fut psalmodié dans le ton particulier aux cérémonies funèbres. Cependant, il y avait quelque chose de réconfortant à voir surgir des émotions profondes jusque-là inexprimées ; ce que personne n'osait dire à haute voix dans la maison était enfin formulé ; la mort physique, bien que présente dans les esprits et derrière chaque parole prononcée, était nommée ouvertement. Les riches sonorités de l'orgue résonnaient en s'interpénétrant et appelaient les suivantes. Elles paraissaient naître des murs de l'église pour retourner y mourir ensuite ; la pierre, les vitraux et les tuyaux d'orgue ne faisaient qu'un avec la musique.

Emily se tenait droite et silencieuse, le visage entièrement dissimulé par son voile. Charlotte ne pouvait que deviner ses sentiments. Entre elles, le petit Edward, tout raide, se pressait contre sa mère, le poing serré.

Lorsque les dernières notes de l'orgue s'évanouirent dans les hautes arches de pierre, Charlotte et Emily se détournèrent lentement pour affronter le moment le plus pénible de la cérémonie. Six hommes en noir, impassibles, soulevèrent le cercueil et le portèrent à pas lents dans la lumière éclatante du soleil. L'assistance, précédée d'Emily et de son fils, les suivit en procession, deux par deux.

La tombe était un trou aux bords bien nets, simplement creusé dans la terre humide. Les Ashworth n'avaient jamais fait construire de monument funéraire, préférant dépenser leur argent pour les vivants. Plus tard, bien sûr, ils feraient poser une pierre tombale en marbre, peut-être sculptée et dorée, mais, pour le moment, il semblait déplacé, voire vulgaire, de songer à de telles contingences.

Beamish entonna l'oraison funèbre ; il avait toujours

les joues rouges ; ses épais cheveux blancs ébouriffés formaient autour de sa tête une couronne qui faisait penser à des papillotes entourant un gâteau. Les paroles qu'il récitait le réconfortaient car il n'avait pas à improviser. Mais il continuait d'éviter le regard d'Emily. Une seule fois, il jeta un coup d'œil en direction de Vespasia et lui adressa un sourire timide, mais elle paraissait si épuisée, si fragile, que son sourire mourut sur ses lèvres. Il continua en hésitant, l'esprit obscurci par le doute.

Charlotte observait l'assistance. L'une de ces personnes avait tué George. L'avait-elle fait dans un moment de folie transformée désormais en terreur ou en remords ? Ou se sentait-elle justifiée dans son acte ? Soulagée d'avoir échappé à un danger ? Ou espérait-elle une récompense ?

Le plus suspect était de toute évidence Jack Radley. S'était-il imaginé qu'Emily l'épouserait ? C'était la seule réponse logique. Il ne pouvait avoir assassiné George pour se contenter d'être l'amant d'Emily. Veuve et riche à trente ans, avec un petit garçon, elle devenait une proie vulnérable.

Charlotte portait une voilette, par convenance, mais aussi pour pouvoir observer sans être vue. Elle regarda Jack Radley, debout, mains croisées, le visage grave et triste, de l'autre côté de la fosse entourée d'herbe et d'un monticule de terre retournée. Il portait un costume sombre à la coupe impeccable et une cravate élégante. Elle imagina l'ombre de ses longs cils sur ses joues tandis qu'il baissait les yeux. Avait-il l'immense fatuité de croire qu'une fois débarrassé de George il prendrait sa place ? L'envie avait-elle donné naissance à la tentation de le supprimer, puis à la lente élaboration d'un plan machiavélique, lui permettant, le moment venu, de passer à l'action ?

Son visage ne trahissait rien ; on aurait dit un enfant de chœur. Mais s'il avait échafaudé un tel plan, c'est qu'il n'avait pas de conscience : il était normal qu'aucune culpabilité ne se reflétât sur ses traits.

Eustace, lui, s'était composé une expression de pieuse droiture, ne laissant voir que son sens du devoir. Quels que fussent ses sentiments, son attitude ne révélait rien. Si c'était lui l'assassin, il n'éprouvait aucun remords. Qu'est-ce qui pouvait donc, de son point de vue, justifier ce crime ?

Restaient deux autres suspects potentiels : William et Sybilla. Debout côte à côte devant la tombe, ils n'étaient ensemble qu'au sens littéral du terme : William regardait droit devant lui, au-delà de la fosse, de son père et du pasteur, en direction des ifs. Éternels gardiens des morts, ils protégeaient le cimetière de la cité des vivants, abritant les ténèbres dans leurs aiguilles et leur bois dense et lourd. Rien ne poussait à leur pied et leurs fruits contenaient du poison.

Ces images passaient-elles derrière les yeux gris acier du peintre, tandis qu'il écoutait les paroles du pasteur ? Charlotte éprouvait une certaine souffrance à regarder cette bouche et cette mâchoire crispées, ce visage à la peau si fine qu'elle semblait plus fragile que celle des autres. Ses nerfs paraissaient plus réceptifs aux blessures de la nature. Une sensibilité à fleur de peau est sans doute indispensable pour reproduire les ombres et les lumières fugitives, comme il savait si bien le faire. Toute l'habileté du monde ne peut permettre d'interpréter ce que l'on n'a pas d'abord ressenti. Cette main délicate et créative avait-elle volé la digitaline pour la verser dans la tasse de café de George ? Mais pour quelle raison ? La réponse sautait aux yeux : parce que George avait fait la cour à Sybilla et qu'il était parvenu à ses fins.

Machinalement, le regard de Charlotte se porta sur cette dernière : entièrement vêtue de noir, elle était superbe et surpassait en beauté toutes les autres femmes. Le haut de son visage était caché par sa voilette. Charlotte admira la blancheur nacrée de son cou parfait, la finesse de ses joues. Elle l'observait depuis plusieurs minutes, tentant de deviner ses pensées, quand elle vit des larmes briller sur ses joues ; ses traits étaient crispés, les muscles de son cou tendus à craquer. Charlotte baissa les yeux vers ses mains gantées de noir. Sybilla tripotait nerveusement un mouchoir dont elle déchirait la dentelle. Ses doigts arrachaient la fine batiste ; de minuscules bouts de lin tombaient sur le sol, semblables à des flocons de neige. Éprouvait-elle du chagrin ? Se sentait-elle coupable d'avoir séduit le mari d'une autre ou bien de l'avoir tué parce qu'il s'était lassé d'elle ?

Charlotte sentit une douleur glacée lui nouer l'estomac. Sybilla croyait-elle avoir poussé Emily au meurtre ? Jusqu'à quel point George l'avait-il aimée ? Elle n'avait que la parole d'Emily à propos de leur réconciliation. Que s'était-il réellement passé ce soir-là dans leur chambre quand George était venu la retrouver ? Emily se souvenait-elle à présent de la vérité ou seulement de ce que sa fierté et sa douleur lui permettaient de se remémorer ? Non ! C'était aberrant, déloyal, lâche ! « Refuse ces soupçons, se sermonna-t-elle. Oublie-les. » Mais comment repousser une pensée qui vous obsède ? Plus on essaye de la chasser, plus elle revient en force dans votre cerveau, plus elle consume votre esprit.

— Tante Vespasia ! chuchota-t-elle.

Mais Lady Cumming-Gould ne l'entendait pas, absorbée qu'elle était dans le souvenir des jours heureux de l'enfance et de l'adolescence de George ; elle repensait aux petites confidences, aux menus plaisirs partagés, aux espoirs insensés, aux rêves les plus fous. Désormais ces souvenirs étaient enfermés, tout froissés, dans une boîte dure et froide, si proche qu'en tendant la main elle aurait pu la toucher.

Le cercueil fut descendu en terre. Beamish éparpilla une poignée de terre sur le couvercle qui ne paraissait pas tout à fait d'aplomb au fond du trou. On aurait dit qu'il était mal ajusté. Mais quelle importance, à présent? George s'en moquait. Le vrai George était parti vers une contrée tiède et lumineuse, laissant derrière lui les angoisses et les soucis terrestres.

Emily ramassa une poignée de petits cailloux et les lança dans la fosse, où ils atterrirent avec un bruit sec. Elle voulut dire quelque chose, mais la voix lui manqua. Charlotte la prit par le bras; elles firent demi-tour, avec le petit Edward entre elles.

Le trajet du retour se déroula en silence. Emily avait dit au revoir à son fils et avait laissé à Mrs. Stevenson le soin de le ramener chez lui, dans son univers familier et protégé.

Déjà, elle se retrouvait seule.

Elle n'avait pas tué son mari. L'assassin s'était glissé dans l'office de l'étage et avait versé le poison dans la cafetière. Mais pourquoi? Cet acte criminel était le dernier épisode d'une succession d'événements au cours desquels de nombreux personnages avaient joué un rôle, qui par un geste, qui par un mot; mais elle-même n'avait-elle pas interprété le rôle principal?

Ce serait une consolation de penser que George avait découvert un secret auquel l'assassin attachait une importance telle qu'il l'avait tué pour ne pas qu'il soit révélé; le savoir chasserait les horribles pensées qui la hantaient. Elle ne voyait que trois suspects possibles:

William, Sybilla et Jack Radley. Tous avaient le même mobile : la passion de George pour Sybilla.

Mais Emily n'avait-elle pas sa part de responsabilité ? Si elle avait montré plus d'enthousiasme, d'intérêt, de gaieté, d'esprit, George n'aurait ressenti pour Sybilla qu'une attirance passagère. Une simple passade qui n'aurait blessé personne, une amitié amoureuse que Sybilla n'aurait pas eu désespérément peur de perdre. Mais était-elle à ce point entichée de lui ? Selon Vespasia, elle avait eu de nombreux soupirants et William n'avait jamais manifesté sa jalousie. Sybilla était une femme discrète ; personne ne saurait jamais jusqu'où était allée sa liaison avec George. D'ailleurs, il ne s'était rien passé entre eux dont on pût être absolument certain, en dehors de ce qu'ils avaient laissé voir devant les autres. Certes, Sybilla avait accepté ses hommages, les avait même encouragés. Mais avaient-ils été amants ? L'idée était douloureuse. George aurait trahi tous les moments précieux et intimes de leur vie de couple. Mais ne pas oser affronter la vérité était stupide. De toute manière, elle ignorait la réponse. Pourquoi William, lui, la connaîtrait-il ?

Non, il s'était probablement agi pour Sybilla d'un jeu flattant sa vanité, pimenté par un danger qui le rendait encore plus palpitant.

Si William s'était senti soudain jaloux, la seule chose qu'il chercherait à sauvegarder serait justement sa fierté. Tout au long de ces années, il s'était montré complaisant. Pourquoi se donnerait-il aujourd'hui en spectacle, se ridiculiserait-il en s'en prenant à George ? Un mari trompé suscite une pitié cruelle et moqueuse, teintée du vif soulagement de savoir que l'on ne l'est pas soi-même. On fait à son sujet des plaisanteries grivoises ; on laisse planer des doutes sur sa virilité, affront suprême, carence intolérable qui prive de l'essence de la vie, sans accorder la paix de la mort, car la victime a une conscience exacerbée de son manque.

Non. Jamais William n'aurait tué George, que ce soit de sang-froid, par esprit de vengeance, ou sous le coup d'un violent accès de colère.

Alors, qui ? Sybilla ?

Certes, George était charmant, drôle, généreux. Mais il fallait qu'elle eût perdu la raison pour qu'une querelle avec un homme marié la transformât en meurtrière. Elle avait eu d'autres aventures, qui s'étaient toutes terminées d'une façon ou d'une autre. Elle savait sûrement y mettre fin avec élégance, deviner les signes de la rupture proche et être la première à prendre ses distances. Sybilla n'avait plus dix-huit ans et ne manquait pas d'expérience.

L'idylle avec George aurait-elle été si différente des autres ? Pour quelle raison ? Emily n'en voyait aucune.

Restait Jack Radley. La seule explication à son geste était celle qu'elle cherchait désespérément à repousser : non seulement elle avait encouragé ses avances, mais elle y avait pris plaisir. En dépit de sa détresse, de la souffrance causée par le comportement de George, elle s'était plu à flirter avec Jack, car elle se sentait dans son droit.

Dans son droit ! En tout cas, en ce qui concernait George. Ce qui est bon pour l'un l'est pour l'autre. Mais Jack ? Au début, elle ne l'avait pas considéré comme une personne à part entière, mais seulement comme quelqu'un dont elle pouvait tirer profit. Il était charmant, chaleureux et viril. Elle avait entendu dire qu'il n'était pas fortuné, mais cela n'avait aucune importance à ses yeux.

Mais était-ce bien vrai ? Si elle avait pris la peine de le regarder, aurait-elle vu un homme d'une trentaine d'années, de bonne extraction, désargenté et sans autres projets que de vivre grâce à sa débrouillardise ? Un homme faible, habitué à un certain luxe, envieux des plus riches et soudain tenté par une femme ostensiblement délaissée, et d'autant plus vulnérable que son cœur faisait fi de conventions sociales que par ailleurs elle acceptait ?

A quel point l'avait-elle encouragé ? Pouvait-elle lui avoir laissé croire qu'elle l'épouserait si elle était libre ? Il avait bien dû comprendre que l'intérêt qu'elle lui manifestait n'était qu'un stratagème destiné à reconquérir son mari, voire un pis-aller ; elle avait usé de son charme pour éviter une scène conjugale qui aurait eu pour résultat d'éloigner George davantage.

Mais Jack Radley n'avait pas vu la situation sous cet angle ; il était peut-être encore plus éloigné de familles comme les Ashworth ou les March qu'elle-même ; ses soucis financiers et son ambition grandissante avaient pu effacer chez lui toute conscience morale.

Elle l'avait cru trop vaniteux, trop égoïste, trop narcissique pour tomber réellement amoureux d'elle. L'attirance physique ne doit pas être prise trop au sérieux et ne doit jamais mettre en danger les valeurs importantes et durables, comme la fortune et le statut social. Même les gens des classes moyennes comprenaient ces choses-là. On se garde bien d'abandonner tout ce que l'on possède sur un coup de tête. Un homme resté célibataire jusqu'à trente-cinq ans, comptant sur son attrait physique et sur son esprit pour survivre, est bien trop prudent pour céder au romantisme ou à la luxure.

Mais il arrive que l'on tombe réellement amoureux ; et parfois, les plus vulnérables ne sont pas ceux que l'on croit. S'était-elle montrée à ce point ensorcelante que Jack avait succombé à son charme et supprimé George dans une crise de folie ?

Non. Il aurait plutôt agi par calcul, poussé par la

cupidité, et commis ce crime dans la précipitation peut-être parce que lui aussi avait entendu la dispute entre George et Sybilla ; il avait alors compris que s'il attendait un jour de plus, l'occasion qui s'offrait lui échapperait.

L'attelage avançait dans une avenue bordée de bouleaux dont les frondaisons frémissantes filtraient les rayons du soleil, créant un jeu changeant d'ombre et de lumière. Le bruit du vent dans le feuillage évoquait le froissement des robes de deuil sur le gravier de l'allée du cimetière et l'entrechoquement des perles de jais autour de gorges opulentes. Il faisait froid dans la voiture. Emily frissonna ; la texture du mouchoir de soie blanche qu'elle serrait entre ses doigts lui rappelait désagréablement celle des lis, symboles de la mort.

Était-elle vraiment responsable de la mort de George ? Elle ne l'avait pas désirée, mais avait fait preuve d'une grande légèreté. Quoi que la police puisse découvrir, la responsabilité morale lui incomberait toujours ; la cicatrice demeurerait indélébile. La bonne société la rejetterait. On oublierait qu'elle n'avait rien fait de plus que d'accorder quelques faveurs à un joli garçon. On se souviendrait d'elle comme d'une femme dont l'amant avait assassiné l'époux.

Et l'argent ? Emily avait déjà reçu une lettre de condoléances de son homme de loi. Elle savait qu'elle allait hériter d'une grande fortune. Une partie demeurerait en fidéicommis pour Edward, mais il lui resterait une somme d'argent considérable, sans compter les biens immobiliers. De quoi entretenir Jack Radley dans le luxe...

Une sueur froide l'envahit ; la peur lui serrait le ventre. S'il avait tué George, elle devait partager la responsabilité du crime. Si la police le confondait, elle serait, au mieux, mise au ban de la société, au pire, pendue avec lui.

S'il n'était pas découvert, les soupçons pèseraient sur elle le reste de son existence. Les gens se poseraient des questions et chuchoteraient méchamment derrière son dos. Elle serait seule, en dehors de l'assassin, à savoir, sans l'ombre d'un doute, qu'elle était innocente et qu'il était coupable.

Pouvait-il se permettre de lui laisser la vie sauve, au risque qu'elle puisse démontrer sa culpabilité ? Car elle devrait le démasquer, pour laver son propre honneur. A coup sûr, elle serait un jour victime d'un « malheureux accident » ou même s'imaginerait-on qu'elle avait « mis fin à ses jours ». Le courant d'air de la voiture lui donna la chair de poule.

Le déjeuner fut triste et cérémonieux, comme tout repas de funérailles. Emily le supporta avec autant de dignité qu'elle le put, mais dès qu'il fut fini, elle s'excusa et quitta la table. Elle ne se rendit pas directement dans sa chambre, où Charlotte et Vespasia pourraient la trouver. Elle avait besoin de temps pour réfléchir sans être dérangée et ne tenait pas à être harcelée de questions. Dans la partie principale de la maison, elle risquait à tout moment de croiser un membre de la famille ; sachant ce que l'on pensait d'elle, elle serait obligée de trouver une excuse pour couper court à la conversation, ou contrainte d'écouter poliment, en jouant la comédie.

Arrivée au palier du premier étage, elle poursuivit donc son chemin et gravit l'escalier étroit qui menait au second, vers ce qui était autrefois l'étage réservé aux enfants. Là, leurs jeux et leurs cris ne dérangeaient pas le reste de la maisonnée. Elle passa devant des pièces désormais inutilisées : la chambre de la gouvernante, celle des tout-petits, vidée de ses meubles à l'exception de deux berceaux recouverts d'un drap et d'une commode peinte en rose et blanc, puis s'avança jusqu'au bout du couloir, où se trouvait la grande nursery.

Un monde à part, comme conservé dans l'ambre, depuis le jour où Tassie, la benjamine de la famille, l'avait quitté, dix ans plus tôt. Les rideaux étaient ouverts ; une lumière dorée jouait sur les murs, éclairant leurs couleurs passées et la couche de poussière accumulée sur le haut des cadres des photographies. L'une d'entre elles représentait des fillettes en tablier amidonné et un garçonnet en costume de marin. William, sans doute, un William aux traits enfantins, un peu malingre, un léger sourire aux lèvres. La rousseur de ses cheveux ne ressortant pas sur le sépia du cliché, il était difficile à reconnaître, mais Emily lui découvrit une ressemblance étonnante avec un portrait qu'elle avait vu d'Olivia March.

En revanche, les petites filles possédaient toutes le visage rond d'Eustace, ses sourcils arqués et son regard assuré. Toutes, sauf une : Tassie, avec un gros nœud dans les cheveux, plus maigre, plus innocente. Mis à part la bouche, elle ressemblait à son frère.

Près de la fenêtre, il y avait un cheval à bascule tacheté, à la bride cassée et à la selle usée. Sur une ottomane recouverte d'un tissu vieux rose à fanfreluches, une série de poupées étaient alignées, presque au garde-à-vous, manifestement dépoussiérées par la main peu affectueuse d'une servante. Une boîte de petits soldats de plomb était soigneusement rangée à côté de cubes de couleur et d'une maison de poupées. Il y avait également deux boîtes à musique et un kaléidoscope.

En s'asseyant sur le fauteuil de la gouvernante, Emily aperçut le contraste que sa robe de deuil offrait avec le rose du tissu. Elle détestait le noir, cette couleur qui, au soleil, paraissait vieille et poussiéreuse, comme si elle portait quelque chose de mort. Selon la coutume, elle devrait garder le deuil durant un an.

Ridicule. George ne l'aurait pas souhaité. Il aimait la voir habillée de teintes gaies et douces, en particulier de vert, vert émeraude ou vert tendre.

Mon Dieu! Penser sans cesse à lui la faisait souffrir inutilement. Il était trop tôt. Dans un an peut-être, une fois accoutumée à la solitude, elle pourrait se souvenir des bons moments du passé. La plaie béante se refermerait doucement. La guérison commencerait.

La pièce était lumineuse et le fauteuil confortable. Emily ferma les yeux et se laissa aller contre le dossier, le visage offert à la tiédeur du soleil. Le silence était absolu. Le reste de la maison aurait pu ne pas exister. Elle se sentait à mille lieues de tous ces gens, dans une autre ville, loin de leurs querelles, de leur mépris, des chuchotements peureux ou méchants. Elle respirait l'odeur de la poussière, des jouets anciens, du coton des robes de poupées, du bois du cheval à bascule et celle, si caractéristique, des soldats de plomb et des boîtes en fer. Une sensation presque agréable, vague réminiscence de sa propre enfance, quand la vie était simple et tranquille.

Elle s'était à moitié assoupie lorsqu'une voix douce la fit violemment sursauter.

— Vous ne pouvez donc plus nous supporter? Oh, remarquez, je ne vous en veux pas. Personne ne sait que dire, mais tout le monde continue à parler quand même! La grand-mère March paraît sortie d'une tragédie grecque. Je suis parti à votre recherche car je craignais que vous vous sentiez mal...

Elle leva la tête et le regarda. Le soleil lui fit plisser les yeux. Jack Radley se tenait appuyé contre le chambranle de la porte. Il avait troqué son habit de deuil contre un costume de ville, dans des tons brun foncé.

Elle ne trouva rien à dire. Les mots semblaient gelés dans son cerveau.

Il s'avança et prit place à ses pieds, sur un petit tabouret d'enfant. Le soleil créait un halo autour de ses cheveux et l'ombre de ses longs cils se reflétait sur ses joues. Elle se remémora soudain leur baiser dans le jardin d'hiver... Sa mauvaise conscience l'aiguillonna à nouveau ; ce soir-là, George était encore vivant...

— Je ne suis pas d'humeur à bavarder, dit-elle enfin. Je n'ai plus envie de me forcer à être polie, devant tous ces gens qui s'efforcent maladroitement de ne pas évoquer le meurtre, tout en me faisant bien comprendre qu'ils sont sûrs que j'ai tué mon mari.

— Dans ce cas, j'éviterai ce sujet, répliqua-t-il sans la moindre hésitation, avec la même franchise dont il avait fait preuve le soir où il l'avait embrassée.

Elle se souvint avec précision du goût de ses lèvres, de l'odeur de sa peau, de la texture épaisse et soyeuse de ses cheveux sous ses doigts et elle en éprouva un sentiment de culpabilité indescriptible.

— Ne soyez pas stupide ! s'exclama-t-elle, soudain folle de colère.

En temps normal, elle aurait pu échanger avec lui d'interminables banalités, mais elle n'en avait plus la force ni l'envie. Elle ne parvenait pas à chasser de son esprit les pensées qu'elle lui prêtait, notamment l'idée qu'il ait pu l'attirer au point qu'elle se soit sentie, après la mort de George, prête à épouser un autre homme, qui plus est l'assassin de son mari !

— Je suis navré, reprit-il avec douceur. Je sais qu'il vous est impossible de penser à autre chose, ne serait-ce que pendant une demi-heure.

Elle le dévisagea de mauvaise grâce. Assis là, parmi ces jouets, il souriait, si charmant, si innocent... Penser au meurtre paraissait incongru. Pourtant, elle y était bien obligée! Quelqu'un avait assassiné George! Et ce n'était pas elle. Elle avait peine à croire qu'il pût s'agir de Sybilla, qui n'avait rien à y gagner et beaucoup à perdre, et encore moins de William. Emily aurait préféré que l'assassin fût Mrs. March, mais elle avait beau chercher, elle ne lui trouvait pas de mobile. Bien sûr, demeurait dans son esprit l'abominable image de Tassie montant l'escalier dans la nuit, fatiguée et couverte de sang. Avait-elle tué George dans un accès de folie? Mais même la folie a sa logique!

Ou alors, à l'extrême rigueur, Eustace, pour cacher la maladie de sa fille? Tassie avait peut-être déjà commis des actes épouvantables. Désirait-il la protéger? Non, cela n'avait aucun sens. Si Eustace la savait folle, il ne chercherait pas à la marier; il l'aurait fait interner, pour leur sécurité à tous.

Donc, il ne pouvait s'agir que de l'homme assis à cinquante centimètres d'elle, avec la lumière jouant dans ses cheveux. Elle respirait l'odeur fraîche du coton de sa chemise blanche, mêlée à celle de la poussière, à celle du fauteuil et des soldats de plomb chauffés par le soleil.

Elle évita son regard, craignant sa réaction s'il devinait sa peur. Serait-il blessé, parce que l'opinion qu'elle avait de lui importait à ses yeux, ou parce qu'il la trouvait injuste, et qu'il avait espéré mieux? Serait-il furieux d'être mal jugé? Ou au contraire parce que ses plans étaient en train d'échouer? Serait-il suffisamment en colère pour s'en prendre à elle? Ou pire, bien pire encore, craignait-il qu'elle le trahisse et qu'elle devienne un danger pour sa sécurité?

Elle n'osait plus lever la tête. Que se passerait-il s'il voyait tout cela dans ses yeux? S'il avait tué George, il ne lui resterait plus qu'à se débarrasser d'elle.

Mais il serait pris!

Non. Pas s'il maquillait son crime en suicide. Les March seraient trop heureux de se satisfaire de cette issue ; ainsi l'affaire serait close. Thomas, contraint d'accepter l'évidence, quitterait la maison. La famille ne remettrait pas en question l'hypothèse du suicide et n'en ferait pas une montagne, loin de là ! Ils s'en contenteraient avec plaisir.

Charlotte n'y croirait pas une seconde, bien sûr. Mais qui tiendrait compte de son avis ? Elle ne pourrait rien faire. Et quand bien même, cela ne la ramènerait pas à la vie.

La nursery était silencieuse. Éblouie par l'intense lumière du soleil, Emily se sentit prise de vertige. Son siège confortable lui parut soudain très dur et instable. Non, c'était ridicule, elle ne devait pas s'évanouir !

Elle était seule avec cet homme, hors de portée de voix. S'il la tuait ici, il pourrait s'écouler des jours, des semaines peut-être ! avant qu'une servante venue passer un coup de chiffon ne la découvre. On prendrait sa disparition soudaine pour une fuite, un aveu de culpabilité.

— Emily ? Tout va bien ? fit la voix de Jack Radley, anxieuse.

Elle sentit la chaleur et la pression de sa main sur son bras. Terrorisée, elle sentit la sueur couler le long de son dos. Elle aurait voulu se dégager, mais si elle retirait brusquement son bras, il devinerait la raison de sa peur. Elle n'aurait pas le temps de lui échapper. Il la rattraperait. Même si elle atteignait la porte pour se précipiter dans le couloir et dévaler les marches jusqu'au premier étage, il suffirait à Jack Radley de la pousser dans l'escalier étroit et raide. Elle tomberait la tête la première... Elle voyait déjà son corps recroquevillé en bas des marches et entendait les explications de son meurtrier : « Tragique accident, navré, tout est arrivé si vite — le chagrin et la culpabilité lui ont fait perdre la tête... »

Restait une solution, la seule : feindre l'innocence, le convaincre qu'elle n'entretenait à son sujet aucun soupçon, aucune inquiétude. Elle avala sa salive, serra les dents et se força à lever les yeux vers lui, à croiser son regard sans ciller, à lui parler sans bafouiller.

— Oui, oui, je vous remercie. Un léger vertige. Il fait si chaud ici.

— Je vais ouvrir la fenêtre.

Joignant le geste à la parole, il se leva, souleva le loqueteau et remonta la lourde fenêtre à guillotine.

Défenestrée ! Il avait tout prévu ! Elle s'écraserait sur le trottoir, deux étages plus bas. Tout serait fini. Qui l'entendrait hurler ? Il n'y avait personne. Les chambres des enfants étaient situées au dernier étage, afin que personne ne soit dérangé par leurs cris. En revanche, si elle restait assise, il lui serait plus difficile de la soulever. Un poids mort. Protection bien ridicule, mais elle n'avait d'autre choix que de progresser par étape, au coup par coup.

— Merci, cela me fera peut-être du bien, acquiesça-t-elle.

Il lui fit face. Sa silhouette se découpa dans l'encadrement de la fenêtre ensoleillée, sur un fond de ciel bleu et de feuillage. Il revint vers elle, se pencha et lui prit la main. Emily frissonna. Comme cette emprise était chaude et forte. Debout devant elle, il l'empêchait de quitter son fauteuil. Prisonnière !

— Emily ?

Il la dévisageait intensément.

— Emily... Avez-vous peur d'eux ?

Sa panique était telle que tous ses muscles étaient endoloris. La sueur coulait dans son dos, entre ses seins.

Elle feignit de ne pas comprendre le sens de ses paroles.

— Peur ?

Il lui tenait toujours la main.

— Ne faites pas semblant... Eustace March et son horrible mère désirent à tout prix vous voir accuser du meurtre ; c'est le seul moyen pour eux d'éviter que l'affaire ne s'ébruite et de parvenir à se débarrasser de la présence de la police. Pitt le sait sûrement. N'est-il pas votre beau-frère ? A mon avis, votre sœur ne laissera personne porter une accusation contre vous sans la démolir point par point, et sans se soucier des retombées possibles...

Devinait-il sa terreur ? Il devait sentir qu'elle avait peur de lui, physiquement, bien plus que des March et de leurs soupçons. De là à déduire qu'elle pensait qu'il était l'assassin, il n'y avait qu'un pas, très facile à franchir.

— Mettez-vous à ma place, dit-elle en essayant de déglutir, les joues en feu. Il n'est guère agréable de penser que certaines personnes, comme Mrs. March, puissent vous soupçonner de meurtre... Mais je connais ses raisons. Elle a peur.

— Peur ? s'étonna-t-il.

— Je préfère ne pas en dire plus pour l'instant, répondit-elle sans le regarder. Il se passe certaines choses, dans cette famille...

— De qui parlez-vous ? De Tassie ?

Il y avait de l'incrédulité dans sa voix.

— Mr. Radley, je n'ai pas envie d'en parler. Cela n'a peut-être rien à voir avec Tassie, mais Mrs. March me paraît bien inquiète.

Elle se décida enfin à bouger, priant pour qu'il la laisse se lever. Quel ne fut pas son soulagement de le voir reculer !

— Vous pensez vraiment qu'il s'agit de Tassie ? la pressa-t-il.

Toujours sans le regarder, Emily passa devant lui, la gorge serrée, et ouvrit la porte.

— Non. Probablement parce que je me refuse à y croire. Je ne veux penser à personne en particulier, mais je ne peux m'en empêcher.

Elle traversa la chambre des tout-petits, Jack Radley sur les talons.

— William avait d'aussi bonnes raisons que moi de tuer George.

C'était affreux à dire, mais elle ne pensait qu'à s'échapper, à atteindre l'escalier et le palier, où elle trouverait enfin des gens.

Il se tenait juste derrière elle, prêt à la rattraper si elle se trouvait mal.

— Oui, mais je n'ai jamais remarqué qu'il prenait à cœur les frasques de Sybilla. George n'était pas le premier homme à s'enticher d'elle, vous savez.

— Je m'en doute, mais cela ne veut pas dire que William s'en moquait!

Elle marchait vite à présent, trop vite. L'idée de se retrouver hors de danger dans quelques mètres lui donnait le vertige; le soulagement l'étouffait presque. Elle devait descendre l'escalier loin devant lui, afin qu'il ne puisse ni la pousser, ni lui faire un croche-pied... Elle voulut courir pour mettre de la distance entre eux, mais sentit avec horreur la main de Jack se refermer sur son coude. Comment se dégager de cette étreinte? Il lui fallait crier, hurler! Mais à quoi bon? Il n'y avait personne à cet étage. Ses cris trahiraient sa panique. Elle se retrouverait à sa merci.

Elle s'immobilisa.

— Emily... Méfiez-vous.

Était-ce une menace? Involontairement, elle leva les yeux vers lui. Elle devait savoir ce qu'il pensait.

— Méfiez-vous de William, reprit-il, très sérieux. S'il est coupable et s'il se doute que vous le savez, il pourrait vous faire du mal, ne serait-ce qu'en essayant de vous faire endosser la responsabilité du crime.

— C'est promis. J'essaierai de ne pas en parler, dans la mesure du possible.

Il eut un rire sans joie.

— Je ne plaisante pas, Emily.

— Merci, dit-elle, manquant de s'étrangler.

Ils avaient atteint le haut de l'escalier. Si elle restait là sans bouger, il saurait qu'elle s'attendait à ce qu'il la pousse ; le savoir l'inciterait à le faire. Il ne pouvait se permettre de la laisser en vie et meilleure occasion ne se représenterait jamais. Un faux pas et elle basculerait en avant ; elle se romprait le dos, ou le cou. Elle s'obligea donc à descendre une marche, les jambes flageolantes, puis deux, trois, quatre... Il la suivait, l'escalier étant trop étroit pour que l'on puisse descendre de front. Sept, huit... Elle essayait de ne pas se hâter... Chaque seconde la rapprochait de son salut. Plus qu'une marche, enfin ! Elle était saine et sauve.

Pour l'instant.

Dans son soulagement, elle trébucha sur la dernière marche, éraflant sa chaussure au passage. Puis elle prit une profonde inspiration et se précipita sur le palier en direction de l'escalier principal.

8

Pitt assista à distance aux obsèques, discrètement, de façon à ne pas être remarqué par la famille March, puis retourna à Cardington Crescent, accompagné de l'agent Stripe. Cette fois, il passa par l'office. Ils avaient vérifié les maigres témoignages, les bribes de conversations surprises au hasard des couloirs, les impressions de chacun, espérant voir surgir une révélation involontaire. Mais il n'en résultait aucun fait marquant, rien qui les aidât à y voir plus clair.

Il laissa à Stripe le soin d'interroger à nouveau les domestiques, espérant que la répétition de leurs témoignages ferait jaillir de leur mémoire un détail, un souvenir jusque-là oublié.

Plus que tout, il désirait revoir Charlotte. Même si cette affaire et celle du cimetière de Bloomsbury l'occupaient énormément, rien ne pouvait effacer le sentiment de solitude qui l'étreignait lorsqu'il rentrait chez lui, souvent après minuit; il trouvait la veilleuse allumée dans le vestibule, la cuisine vide et bien rangée, à l'exception du repas que Gracie laissait sur la table à son intention.

Chaque soir, il dînait en silence, assis près du fourneau aux braises encore chaudes. Puis il ôtait ses bottes, montait à l'étage sur la pointe des pieds et, avant de se coucher, jetait un coup d'œil dans la chambre des enfants, Jemima et Daniel, qui dormaient paisiblement. Il était si fatigué qu'il sombrait aussitôt dans un sommeil profond, mais se réveillait avec un sentiment d'incomplétude et parfois l'impression d'avoir froid, seul dans le grand lit.

Le matin, Gracie lui racontait les événements de la journée précédente, ceux qui paraissaient importants à ses yeux, bien entendu. Mais sa manière timide et simple de les rapporter ne ressemblait en rien à celle de Charlotte, qui, elle, n'oubliait jamais de donner son avis avec force détails et effets théâtraux. Parfois Pitt jugeait que cette volubilité l'empêchait de déjeuner en paix, mais n'était-ce pas le prix que tout homme marié devait invariablement payer? Il devait bien constater que sans le bavardage de Charlotte, il n'arrivait pas à se concentrer sur la lecture de son journal et qu'il y prenait au fond fort peu de plaisir.

Il demanda au valet de pied à voir Mrs. Pitt. Celui-ci le fit entrer dans le boudoir rose, dont la température avoisinait celle d'une serre, et lui demanda de bien vouloir patienter. Moins de cinq minutes plus tard, Charlotte fit son apparition. Elle referma soigneusement la porte, se jeta dans ses bras et, s'accrochant à lui, se mit à pleurer de fatigue et de soulagement, sans faire de bruit.

Il embrassa ses cheveux, son front, ses joues puis lui tendit son mouchoir. Elle se moucha deux fois, bruyamment, et demanda en relevant la tête :

— Comment vont les enfants? Daniel a-t-il percé sa dent? J'ai l'impression qu'il était fiévreux, avant mon départ...

— Tout va très bien, la rassura-t-il. Vous n'êtes partie que depuis deux jours!

Mais cette réponse ne la satisfit pas.

— Oui, mais sa dent ? Êtes-vous sûr qu'il n'a pas de fièvre ?

— Sûr et certain. Gracie dit qu'il va très bien et qu'il mange comme un ogre.

— Il n'aime pas le chou. Elle le sait.

— Pouvez-vous me rendre mon mouchoir ? C'est le seul qui me reste.

— Je vous donnerai un de ceux de... George. Pourquoi n'en avez vous pas emporté plusieurs ? Gracie ne fait donc pas la lessive ?

— Mais si, voyons ! C'est moi qui oublie tout.

— Elle devrait les mettre dans la poche de votre veste. Êtes-vous sûr que tout va bien ?

— Mais oui, merci.

— Tant mieux.

Une nuance de doute demeurait dans sa voix. Elle renifla et se moucha encore.

— Je suppose que vous n'avez rien appris de nouveau au sujet de George. Moi non plus. Plus j'observe, moins je vois...

Il posa la main sur son épaule et en sentit la tiédeur sous sa paume.

— Ne vous inquiétez pas, nous trouverons, dit-il avec plus de conviction qu'il n'en éprouvait réellement. Il est encore trop tôt. Comment va Emily ?

— Mal. Elle a peur. Le pire, je crois, a été de laisser Edward repartir avec Mrs. Stevenson. Il est si jeune. Il ne comprend pas. Mais un jour...

— Réglons tout d'abord les problèmes les plus urgents, l'interrompit-il. Nous nous occuperons d'Edward après.

Charlotte frotta machinalement ses mains sur sa robe.

— Vous avez raison. Il nous faut en apprendre

davantage sur les March. L'assassin se trouve parmi eux. A moins qu'il ne s'agisse de... Jack Radley.

— Pourquoi cette hésitation ?

Elle baissa les yeux, évitant son regard.

— Je suppose que...

Elle ne termina pas sa phrase.

Il détestait la question qu'il allait lui poser. Mais s'il ne la posait pas, elle resterait en suspens ; ils se connaissaient trop bien pour se mentir, même par omission.

— Craignez-vous qu'Emily l'ait encouragé ?

— Non ! s'exclama-t-elle, tout en sachant qu'il n'était pas dupe.

C'était un cri du cœur pour défendre sa sœur, non une conviction profonde.

— Je... je ne sais pas, ajouta-t-elle, essayant de trouver une explication plus proche de la réalité. Ce n'était pas prémédité de sa part.

Elle prit une profonde inspiration.

— Du nouveau dans l'affaire du cimetière de Bloomsbury ? Vous devez être très pris par l'enquête.

— Non, répondit-il avec lassitude.

Pitt avait en effet peu d'espoir de résoudre ce mystère. L'enquête conclurait à une tragédie banale qu'il ne pourrait, hélas, empêcher de se reproduire. Seul le côté macabre de l'affaire avait frappé les esprits.

Dans le regard de Charlotte, qui ne le quittait pas des yeux, la perplexité céda le pas à une expression compatissante.

— Rien de nouveau, vraiment ? Pas même l'identité de la jeune femme ?

— Pas encore. Nous continuons à chercher. Mais les pistes sont multiples. D'où vient-elle ? Nous l'ignorons. S'il s'agit d'une servante renvoyée pour conduite immorale ou parce que la maîtresse de maison s'est aperçue que son mari lui faisait des avances, elle a très bien pu se retrouver sur le trottoir et être assassinée par un client, un proxénète ou un voleur...

— Pauvre femme, murmura Charlotte. Il n'y a donc aucune chance d'appréhender l'assassin ?

— Fort peu. Mais l'enquête se poursuit.

Elle releva vivement le menton.

— Thomas, ici, en revanche, nous pouvons le découvrir ! Il se trouve sous ce toit, en ce moment même. Il ne peut s'agir que de Jack Radley ou de l'un des membres de la famille March.

Elle fronça les sourcils, réfléchit, puis prit une décision.

— J'ai quelque chose d'affreux à vous confier.

Elle lui raconta alors d'une traite, dans les moindres détails, sans lui laisser le temps de l'interrompre, la scène qui s'était déroulée la nuit précédente dans l'escalier.

Pitt, perplexe, se demandait si elle n'avait pas rêvé. Elle aurait eu matière à cauchemarder, avec tout ce qui s'était passé durant ces derniers jours. En supposant qu'elle se soit réellement levée pour aller sur le palier, un réveil brutal au milieu de la nuit et la faible lueur de la veilleuse ne lui avaient-ils pas fait prendre de simples ombres pour du sang ?

Elle le dévisageait, guettant sa réaction, espérant voir l'horreur se peindre sur ses traits. Il tenta de faire passer son doute pour de l'étonnement.

— A ma connaissance, personne n'a été poignardé.

— Je le sais ! s'exclama-t-elle, furieuse, à la fois parce qu'elle avait peur, et parce qu'il ne la croyait pas. Expliquez-moi pourquoi une jeune fille monterait l'escalier au milieu de la nuit, toute barbouillée de sang ? Si l'explication était simple, pourquoi n'a-t-elle rien dit ? Ce matin, Tassie semblait parfaitement normale. Elle n'était pas bouleversée, Thomas, je vous jure qu'elle avait même l'air heureuse !

— Surtout, pas un mot de tout cela. Nous n'apprendrons rien en attaquant de front. Si vous n'avez pas eu la berlue, c'est qu'il se passe des choses vraiment étranges dans cette maison. Pour l'amour du ciel, Charlotte, soyez prudente !

Il la prit par les épaules.

— Emily ferait peut-être mieux de rentrer chez elle, et vous l'accompagneriez.

— Non !

Elle le repoussa et releva fièrement le menton.

— Thomas, si nous ne démontrons pas la culpabilité du véritable assassin, Emily risque la pendaison ! Au mieux, le doute entachera son nom durant le reste de son existence. Les gens ont la mémoire longue. On chuchotera derrière son dos qu'elle a peut-être tué son mari. Même si elle se sent de taille à supporter ces commérages, Edward, lui, n'en sera pas capable !

— Je trouverai l'assassin sans vous, fit Pitt d'un ton sévère.

Elle lui fit face, les traits tendus, les yeux étincelants.

— C'est possible. Mais moi, contrairement à vous, je peux ouvrir grand mes yeux et mes oreilles dans cette maison. Emily est ma sœur et je resterai pour l'aider. Ce serait une erreur de nous enfuir ; vous ne parviendrez pas à m'en faire démordre. D'ailleurs, à ma place, vous agiriez de même.

Pitt réfléchit, pesant le pour et le contre. Que se passerait-il si, faisant preuve d'autorité, il lui ordonnait de rentrer à la maison ? Elle refuserait, tout bonnement ; sa loyauté envers Emily, à cette minute, était la plus forte, et à juste titre. L'angoisse qui l'étreignait le poussait à exiger d'elle qu'elle fuie le danger, mais il savait que c'était par lâcheté, par crainte de sa propre souffrance s'il lui arrivait malheur. Et s'il ne parvenait pas à élucider ce crime, si Emily était pendue, il perdrait tout ce qui faisait la valeur et la richesse de ses relations avec Charlotte.

— Très bien, soupira-t-il, mais encore une fois soyez prudente, par pitié ! Il y a un assassin dans cette maison. Et il a peut-être un complice.

— Je le sais, dit-elle avec douceur, je le sais, Thomas.

En fin d'après-midi, Eustace March fit appeler Pitt dans le grand salon. Il l'attendait, toujours vêtu du costume qu'il portait pour l'enterrement, mains dans les poches, debout devant l'âtre vide de la cheminée.

— Eh bien, Mr. Pitt ? s'exclama-t-il dès que la porte se fut refermée. Où en est l'enquête ? Avez-vous appris quelque chose d'important ?

Pitt n'était pas prêt à s'avancer, et encore moins à évoquer la présence de Tassie dans l'escalier au beau milieu de la nuit.

— Un certain nombre de choses, répondit-il d'une voix égale. Mais je ne peux encore en estimer la valeur.

— Pas d'arrestation en vue ? insista Eustace.

Son visage s'éclaira, ses larges épaules se détendirent, redonnant à son costume un tombé impeccable.

— Vous ne me surprenez pas. Drame conjugal. Je vous l'ai dit tout de suite. Rassurez-vous, on lui trouvera une maison de santé où elle sera très bien traitée. L'argent ne manquera pas. Ce sera la meilleure solution pour nous tous. Rien de prouvé. Personne ne vous en voudra, mon vieux. Vous avez un rôle ingrat.

Eustace se préparait donc à faire arrêter l'enquête et à prévenir toute tentative d'investigation approfondie.

Il serait facile pour les March de se protéger en accusant Emily. George à peine enterré, ils avaient commencé, par de petits mensonges, à fomenter une discrète conspiration, pour se protéger. Ils en arriveraient même à se convaincre — sauf l'assassin, bien entendu — qu'Emily avait réellement empoisonné son mari, dans une crise de jalousie. Et le meurtrier serait le plus acharné, ouvertement ou non, à vouloir la faire interner; sa culpabilité serait définitive et l'affaire close.

Pour Pitt, plus pénible encore était le vague doute qui le rongeait sur l'éventuelle culpabilité de sa belle-sœur. Il n'en parlerait pas à Charlotte, bien sûr. Il se sentait même honteux d'y penser. Mais seule Emily avait mentionné cette supposée réconciliation avec George; si l'on faisait abstraction de cet élément, elle possédait l'un des plus classiques et des meilleurs mobiles de meurtre qui soient. La vengeance de la femme bafouée et trahie. Elle avait été témoin de tant d'enquêtes, par sa bouche et par celle de Charlotte, que le crime était peut-être pour elle une idée plus banale qu'ils ne le supposaient.

— Terrible histoire, reprit Eustace avec une satisfaction grandissante. Sans aucun doute, vous avez fait tout ce qui était en votre pouvoir.

L'onctuosité de ses paroles, l'évidence de son aveuglement, son désir de respecter les convenances avaient quelque chose d'insultant.

— L'enquête vient à peine de commencer, répliqua Pitt sèchement. J'ai encore beaucoup de choses à découvrir; en fait, je n'aurai de cesse que l'assassin de George soit démasqué.

— Mais bon sang, pourquoi? protesta Eustace, écarquillant les yeux devant une attitude qu'il jugeait insensée. Vous ne ferez que causer une peine inutile, en particulier à votre épouse. Un peu de compassion, mon vieux, un peu de bon sens !

Pitt le foudroya du regard.

— Rien ne me prouve qu'il s'agit d'Emily !

Il se sentait furieux et impuissant. Combien il aurait voulu faire ravaler sa superbe à ce riche propriétaire, campé devant sa cheminée, disposant de la vie d'Emily comme si elle était un animal domestique devenu gênant.

— Dans ce cas, vous ne souhaitez pas trouver de preuves, n'est-ce pas ? fit Eustace, suivant sa propre logique. Vous n'avez pas à avoir honte. Vous êtes un policier efficace, mais vous ne pouvez accomplir de miracles. Essayons de régler l'affaire sans provoquer de scandale, pour Emily et pour l'enfant.

— Il s'appelle Edward ! s'exclama Pitt.

Garder son sang-froid était la base de toute quête intelligente de la vérité, mais il ne put empêcher sa voix de monter encore d'un cran.

— Pourquoi croyez-vous qu'elle soit coupable ? Avez-vous en main des éléments que vous m'auriez cachés ?

— Cher ami, voyons...

Eustace se balança d'avant en arrière, les mains toujours dans les poches.

— George avait une liaison avec Sybilla ! Emily le savait. Elle n'a pu contrôler sa jalousie. Vous comprenez cela, tout de même ?

— C'est un excellent mobile, en effet, dit Pitt en faisant un effort pour baisser le ton. Mais tout aussi valable pour Mr. William March. Je ne vois guère de différence, sauf si vous croyez à cette thèse de la réconciliation entre George et son épouse, auquel cas le mobile de Mr. March aurait été plus puissant.

Eustace ne parut pas troublé le moins du monde.

— Pas du tout, cher ami, fit-il avec un large sourire. Je ne crois pas une seconde à cette histoire de réconciliation. Vœu pieux, ou crainte naturelle. Mais quand bien même, la position d'Emily est différente de celle de William. Emily avait besoin de George. Une épouse a besoin de son mari.

Il hocha la tête à deux reprises.

— Si un homme a des maîtresses, sa femme n'a d'autre choix que d'accepter cette situation du mieux qu'elle peut. Une épouse avisée prétendra ne rien savoir, ainsi rien ne sera changé pour elle ; son foyer ne sera pas mis en danger pour des peccadilles. Sans mari, elle ne possède quoi que ce soit. Où irait-elle, que ferait-elle ?

Il haussa les épaules.

— Elle serait mise au ban de la bonne société, sans un sou vaillant. Comment pourrait-elle nourrir et vêtir ses enfants ? Pour un homme, la situation est différente. Entre nous, je peux vous l'avouer, Sybilla a eu en plusieurs occasions un comportement, disons... fort indécent. Ce pauvre William s'était enfin décidé à ne plus se laisser faire. Ajoutez à cela qu'elle ne lui avait pas donné d'héritier, chose qui, si elle n'en est pas responsable, n'en est pas moins une terrible affliction. Il désirait divorcer pour se remarier avec une femme qui aurait rempli convenablement son rôle d'épouse et apporté la joie dans la famille. Il était heureux que Sybilla lui ait fourni la justification dont il avait besoin pour pouvoir divorcer, sans paraître injuste à son égard, ou en la répudiant pour cause de stérilité.

Pitt était stupéfait. Il n'avait pas songé à cette éventualité !

— William allait divorcer de Sybilla ? répéta-t-il stupidement. Personne ne m'en a rien dit.

— Bien entendu.

Le sourire d'Eustace s'élargit un peu plus. Il se pencha en avant, sortit ses mains de ses poches et les plaça sur le dossier de la chaise la plus proche pour garder son équilibre.

— Je pense qu'il s'agit de la querelle qu'Emily a cru surprendre. Mais puisque Sybilla attend enfin un heureux événement, tout a changé. Pour le bonheur de l'enfant, William a pardonné et reprendra la vie commune. Sybilla lui en est très reconnaissante ; elle s'est repentie. J'imagine qu'à l'avenir son comportement ne laissera plus à désirer.

Pitt resta sans voix. Il ignorait si c'était la vérité, mais d'après le peu qu'il savait de la législation sur le divorce, ce qu'avait dit Eustace était juste : un homme pouvait divorcer et chasser son épouse pour cause d'adultère, mais l'inverse était impossible. L'adultère n'entrait pas en ligne de compte à partir du moment où c'était l'homme qui le commettait.

— Je vois que vous me comprenez, disait Eustace, dont les paroles ronronnaient désagréablement aux oreilles de Pitt. Bien. Moins on en dit, mieux cela vaut. Je vous ai fait cette confidence car je sais que vous ne l'ébruiterez pas. Je compte sur votre discrétion. De tels sujets doivent rester entre époux.

Il étendit les mains, paumes en l'air, dans un geste de complicité masculine.

— Je vous en ai simplement parlé afin que vous compreniez la situation. Ce pauvre William n'a pas eu la vie facile, mais il devrait commencer à être heureux. Quel dommage qu'Emily n'ait pu garder la tête froide — encore quelques jours et tout se serait arrangé. Quel malheur, vraiment !

Il renifla.

— Mais soyez assuré que nous nous occuperons d'elle ; elle recevra les meilleurs soins.

— Je n'ai nulle intention de m'en aller, rétorqua Pitt.

Dans cette pièce conventionnelle, emplie de reliques familiales, devant un homme aussi solide que le cuir de ses fauteuils, il devait paraître ridicule, avec ses cheveux en bataille, sa cravate et sa veste de travers, sans parler des mouchoirs de George qui dépassaient de sa poche. Eustace avait des bottes neuves, cirées chaque jour ; les siennes, ressemelées, étaient frottées par Gracie, quand elle s'en souvenait, et lorsqu'elle avait le temps !

— Je ne m'en vais pas, répéta-t-il.

— Comme vous voudrez, fit Eustace, visiblement déçu, mais sans inquiétude particulière. Poursuivez l'enquête à votre guise, mais débrouillez-vous pour que tout se passe pour le mieux. Ne m'obligez pas à vous faire perdre votre place. Bien. On vous donnera à manger à l'office, si vous le voulez. Et à l'agent Stripe aussi, bien entendu.

Ce dernier était ravi de dîner à la cuisine, non parce qu'il caressait l'espoir d'apprendre du nouveau sur l'affaire, mais parce que Lettie Taylor était là, tirée à quatre épingles. Jolie à croquer. Un vrai bonheur pour les yeux ! Il gardait volontairement le nez dans son assiette, mourant d'envie de la regarder, mais affreusement embarrassé. Il n'était guère habitué à manger en compagnie si guindée, aux rapports aussi hiérarchisés : majordome et gouvernante trônaient chacun en bout de table, tels les parents d'une famille nombreuse. Le majordome présidait au repas avec cérémonie, faisant respecter un strict protocole. Les plus jeunes des domestiques n'avaient le droit d'ouvrir la bouche que si l'on s'adressait à eux. Les camé́ristes, résidentes ou visiteuses, formaient une classe à part, reconnue comme telle par elles-mêmes et par les autres. Valets plus âgés, filles de cuisine et soubrettes, assis en milieu de table, alimentaient l'essentiel de la conversation.

La façon de se tenir à table était aussi raffinée que dans la salle à manger des maîtres, les discussions aussi affectées, mais l'atmosphère plus familiale. On se répandait en compliments sur les plats au fur et à mesure qu'ils étaient servis, mangés et desservis. L'attitude des plus jeunes était corrigée avec gentillesse mais fermeté. On rougissait, on pouffait de rire, on boudait, songea Stripe, comme chez lui du temps de son adolescence. En revanche, l'étiquette, très sévère, lui paraissait fort étrange : interdiction d'écarter les coudes et de porter son couteau à la bouche ; il fallait manger ses légumes verts jusqu'au bout sous peine d'être privé de dessert ; on vous reprenait automatiquement si vous parliez la bouche pleine ; vous n'aviez pas le droit d'émettre une opinion sans y être invité. La mention du mot « mort » aurait été, venant de sa part, jugée du plus mauvais goût ; quant à celle de « meurtre », il était simplement impensable de l'évoquer.

Stripe ne put s'empêcher de lancer un coup d'œil en direction de Lettie, adorable dans son petit tablier en dentelle noué sur sa robe noire ; il s'aperçut alors qu'elle le regardait aussi. Même sous le faible éclairage des lampes à gaz, ses yeux étaient d'un bleu étonnant. Il détourna vivement le regard. Il se sentait si gauche qu'il osait à peine manger, craignant sans cesse de faire sauter des petits pois sur la nappe immaculée.

— Vous n'aimez pas les petits pois, Mr. euh... Stripe ? demanda la gouvernante d'un ton sec.

— Oh, ils sont excellents, madame, je vous remercie.

Puis, comme tous le regardaient, il se crut obligé d'ajouter :

— Pardonnez ma distraction, je... je pensais à autre chose.

— Eh bien, j'espère que vous n'allez pas nous en parler ! fit la cuisinière avec un reniflement méprisant. Rosie nous a déjà fait une crise de nerfs ; Marigold a rendu son tablier, elle est partie je ne sais où. Comment les choses vont tourner, ça, je me le demande !

— Dans toutes les maisons où j'ai servi, remarqua la camériste de Sybilla d'un ton pincé, nous n'avons jamais vu un seul policier. Jamais ! C'est bien par loyauté envers Madame que je reste ici.

— La police n'était jamais venue ici auparavant ! riposta Lettie sans réfléchir. Avez-vous envie de vous faire empoisonner dans votre lit sans personne pour vous protéger ? Moi, je suis bien contente que la police soit là.

— Pour sûr ! *Vous* êtes contente, ça, tout le monde l'a remarqué ! lui fit observer la gouvernante, pincée.

Lettie rougit jusqu'aux oreilles.

— Je ne comprends pas.

Elle baissa les yeux vers son assiette ; sa voisine de table, qui s'occupait du service à l'étage, se mit à pouffer, avant de se cacher derrière sa serviette en voyant le majordome la fusiller du regard.

Stripe ressentit le besoin irrépressible de la défendre. Comment osait-on lui manquer de respect et lui causer un tel embarras ?

— Je suis très honoré que vous appréciiez notre présence, miss. Face à l'adversité, il faut prendre les choses calmement. Dans des moments pareils, savoir garder la tête froide est le meilleur des remèdes. Beaucoup de malheurs seraient évités si les gens montraient davantage de bon sens.

— Merci, Mr. Stripe, fit Lettie, timidement.

Voyant les joues de la jeune fille s'empourprer un peu plus, ce dernier se prit à espérer que ce fût de plaisir.

Tout au long du repas, ils n'échangèrent plus que des banalités. La tâche que lui avait confiée Pitt était terminée et Stripe ne trouvait plus de questions à poser. Il ne lui restait donc qu'à quitter l'office, ce qu'il fit à regret. Regret remplacé par une ridicule excitation quand Lettie, descendue à la cuisine sous un prétexte quelconque, croisa son regard et lui souhaita bonne nuit. Puis, d'un petit mouvement élégant, elle fit virevolter sa jupe avant de disparaître dans l'escalier qui menait au vestibule.

Stripe ouvrit la bouche pour répondre, mais il était trop tard. Il se retourna et, voyant Pitt qui lui souriait, comprit que son « admiration » pour Lettie — c'était le mot qui lui venait à l'esprit — ne passait pas inaperçue !

— Mignonne... et pas bête du tout, remarqua Pitt, approbateur.

— Euh... oui, monsieur.

Le sourire de celui-ci s'élargit.

— Mais secrète, Stripe, très secrète. Vous devriez continuer à l'interroger, pour voir ce qu'elle sait...

— Oh, non, monsieur ! Elle est aussi...

Il surprit le regard amusé de son supérieur.

— Bien, monsieur, je n'y manquerai pas. Demain matin, à la première heure.

— Bien. Bonne chance, Stripe.

Le jeune agent était bien trop ému pour lui répondre.

Pendant ce temps, dans la salle à manger du rez-de-chaussée, Charlotte assistait au dîner le plus sinistre auquel elle ait jamais été conviée. Tout le monde était là, y compris Emily, qui paraissait au supplice. Les femmes portaient du noir ou du gris foncé, excepté Lady Cumming-Gould qui s'y était toujours refusée, préférant le bleu lavande. Le premier plat fut servi dans un silence presque absolu. Après le potage, on leur apporta du poisson blanc accompagné d'une sauce gluante que chacun repoussait vers le bord de son assiette. L'atmosphère devenait peu à peu irrespirable.

— Impertinent bonhomme ! s'exclama soudain Mrs. March.

Chacun resta figé sur sa chaise, se demandant bien à qui elle s'adressait.

— Je vous demande pardon ? s'enquit Jack Radley en haussant les sourcils.

— Ce policier... Spot... j'ai oublié son nom. Il passe son temps à questionner les domestiques sur des sujets qui ne le regardent pas.

— Stripe, corrigea doucement Charlotte, contente de trouver là une occasion de la contrarier.

Mrs. March darda sur elle un regard furibond.

— Pardon ?

— Il s'appelle Stripe, répéta Charlotte. Pas Spot.

— Stripe, Spot[1], quelle importance ? N'avez-vous pas mieux à faire que de vous souvenir du nom d'un policier ?

Elle la dévisageait de ses yeux froids, semblables à des billes bleuâtres.

— Et votre sœur ? Quelles sont vos intentions à son sujet ? Vous n'imaginez tout de même pas que nous allons porter le fardeau de sa responsabilité. Dieu sait ce qu'elle va encore inventer !

— Vos propos sont déplacés, intervint Jack Radley, furieux.

Un silence glacial s'abattit sur la table, mais il poursuivit, nullement décontenancé :

— Emily souffre déjà suffisamment sans que nous

---

1. Jeu de mots sur « *stripe* » et « *spot* » qui signifient respectivement « rayure » et « point ». *(N.d.T.)*

nous perdions en suppositions stupides et dénuées de fondement.

Mrs. March renifla et s'éclaircit la gorge.

— Mr. Radley, vous êtes peut-être mal informé — ce dont je doute. Ce n'est pas mon cas. Vous connaissez Lady Ashworth plus... intimement que moi, mais depuis moins longtemps.

— Pour l'amour du ciel, Lavinia, intervint Vespasia d'une voix rauque, avez-vous donc oublié vos bonnes manières ? Emily a enterré son mari aujourd'hui, et nous avons des invités.

Deux taches écarlates apparurent sur les joues pâles de Mrs. March.

— Je ne supporterai pas d'être critiquée dans ma propre maison ! s'exclama-t-elle d'une voix suraiguë.

— Dans la mesure où vous ne la quittez pratiquement plus, c'est le seul endroit où je peux le faire, rétorqua Vespasia.

— De votre part, j'aurais dû m'attendre à une telle réflexion !

En disant cela, Mrs. March se tourna vers sa vieille ennemie avec une telle violence qu'elle renversa un verre d'eau dont le contenu se répandit sur la nappe. Le liquide s'égoutta sur les genoux de Jack Radley, lequel n'osait plus bouger.

— Vous, vous êtes habituée à voir de grossiers personnages entrer chez vous pour fureter partout et espionner tout le monde en parlant de Dieu sait quelles horreurs qui se passent chez les criminels !

Sybilla, sidérée, tritura nerveusement son mouchoir tandis que Jack Radley contemplait Vespasia avec fascination.

Tassie vola au secours de sa grand-mère préférée.

— C'est absurde ! Grand-Maman n'autoriserait jamais personne à se montrer vulgaire devant elle ! Et l'agent Stripe ne fait que son travail !

— Et moi je dis que si quelqu'un n'avait pas tué George, ce policier ne serait pas en train de « faire son travail » à Cardington Crescent! tonna Eustace. Pas d'impertinence devant ta grand-mère, Anastasia. Sinon tu finiras de dîner dans ta chambre.

Un éclair de colère passa sur le visage de Tassie, mais elle se tut. Son père l'avait souvent renvoyée de cette manière, et elle savait qu'il n'hésiterait pas à le faire à nouveau.

— Tante Vespasia n'est pas responsable de la mort de George, souligna Charlotte. A moins que vous ne suggériez qu'elle soit l'assassin?

Mrs. March eut un reniflement irrité et dédaigneux.

— N'exagérons pas. Vespasia est peut-être excentrique et un peu gâteuse, mais elle fait partie de notre monde. Et je vous ferai remarquer qu'elle n'est pas *votre* tante.

— Vous avez renversé de l'eau partout, l'interrompit sèchement Vespasia. Ce pauvre Mr. Radley est tout trempé. Faites donc attention, Lavinia.

La remarque était si simple et pleine de bon sens que Mrs. March fut réduite au silence. Tout le monde se tut pendant que l'on servait le plat suivant.

Eustace prit une profonde inspiration qui fit bomber sa poitrine.

— Des moments fort pénibles nous attendent, dit-il en regardant les convives tour à tour. Quelles que soient nos petites faiblesses, aucun d'entre nous ne souhaite de scandale...

Il laissa le mot en suspens. Vespasia ferma les yeux et soupira doucement. Sybilla resta muette, absorbée dans ses pensées. William regarda Emily; un éclair de vive compassion, presque blessante, passa sur son visage.

Tassie fut la première à briser le silence.

— Je ne vois pas comment nous pourrions éviter le scandale, Papa, s'il y a vraiment eu meurtre. A mon avis, il s'agit plutôt d'une sorte d'accident, malgré ce qu'en pense Mr. Pitt. Pourquoi aurait-on désiré la mort de George ?

Mrs. March eut un rictus méprisant.

— Tu es très jeune et très naïve, Anastasia. Tu ignores certaines choses de la vie, et tu les ignoreras toujours, sauf à te rendre plus séduisante, en engraissant un peu et en dissimulant tes horribles taches de son. Pour nous tous, la réponse à ta question est évidente, bien qu'excessivement répugnante.

Son regard bleuâtre se posa sur Emily.

Tassie ouvrit la bouche pour protester, puis se ravisa ; Charlotte sentit une bouffée de colère la submerger. Voir traiter quelqu'un avec autant de condescendance et de mépris la mettait hors d'elle.

— Personnellement, je ne saisis pas non plus pourquoi on a tué George, déclara-t-elle.

— Cela ne m'étonne pas de vous, riposta Mrs. March en lui lançant un regard mauvais. J'ai toujours pensé que George avait fait une mésalliance.

Charlotte devint cramoisie. Le sang battait à ses tempes. Le regard dur et accusateur de Lavinia March ne reflétait que trop clairement le fond de sa pensée : elle était persuadée qu'Emily avait empoisonné son mari, et entendait bien la voir punie.

Charlotte s'étouffa et se mit à hoqueter. Huit paires d'yeux l'observaient, horrifiés, embarrassés, compatissants ou accusateurs.

William, assis à ses côtés, remplit un verre d'eau et le lui tendit. En silence, elle le lui prit des mains, hoqueta encore, puis but une gorgée en tentant de retenir sa respiration, la serviette devant sa bouche.

— Au moins, George a choisi son épouse, intervint

Vespasia d'une voix glaciale. Hélas, il n'a pu choisir sa propre famille... Je crois que, parfois, elle était pour lui un véritable fardeau.

— Vous n'avez aucun sens de la solidarité familiale, Belle-Maman, lui reprocha Eustace, les narines frémissantes de colère.

— Aucun, mon cher. Il est hypocrite de défendre une mauvaise action sous prétexte que l'on est apparenté avec celui qui l'a commise.

— Je suis d'accord avec vous.

Eustace évita le regard de Charlotte et s'adressa à Emily.

— Si nous découvrons que le... coupable appartient à notre famille, nous ferons malgré tout notre devoir, aussi douloureux soit-il. Nous veillerons à ce qu'il soit enfermé — discrètement, s'entend. Nous ne voulons pas voir souffrir des innocents; or ils sont nombreux et il faut penser à eux. L'unité de la famille doit être préservée.

Ce faisant, il adressa un rapide sourire à Sybilla.

— Certaines personnes, ignorantes, peuvent se montrer cruelles. Elles sont prêtes à tous nous mettre en cause. Or, à présent que ma belle-fille attend un heureux événement...

Son ton se fit soudain jubilatoire et il adressa à William un regard complice.

— ... événement qui sera, nous l'espérons, le premier d'une longue série, nous devons penser à l'avenir.

Emily eut la sensation oppressante d'être cernée de toutes parts. Elle regarda Mrs. March, qui détourna les yeux et tapota l'eau renversée sur la table, depuis longtemps absorbée par le tissu de la nappe. Jack Radley lui adressa un petit sourire, puis parut se raviser.

William, qui avait mangé du bout des lèvres, repoussa son assiette, blanc comme un linge. C'était un homme secret, qu'une discussion sur un sujet aussi privé mettait à la torture. Emily regarda Sybilla, assise à l'autre bout de la table. Celle-ci jeta un coup d'œil à son mari, puis darda sur son beau-père un regard chargé d'un tel dégoût qu'il était inconcevable qu'il ne s'en aperçût pas.

Tassie prit son verre de vin qui lui échappa des mains et se brisa. Ses pupilles étaient dilatées, comme deux grands trous noirs dans son visage blafard. Emily aurait juré qu'elle l'avait fait exprès.

Sybilla fut la première à se ressaisir. Elle ébaucha un sourire douloureux, qui dut lui coûter beaucoup plus que le regard haineux qu'elle avait lancé à Eustace, tant il était forcé.

— Ce n'est pas grave, dit-elle d'une voix rauque. C'est du vin blanc. La tache partira facilement. En voulez-vous encore un peu ?

Tassie voulut répondre, mais aucun son ne sortit de sa bouche.

Emily observa William : il était livide. La complexité des émotions qu'elle lut dans ses yeux était impossible à démêler : la croyait-il lui aussi coupable d'avoir empoisonné son mari dans un accès de jalousie désespérée ? Était-ce pour cela qu'il avait pitié d'elle ? Peut-être la comprenait-il. Eustace, mari égoïste, débordant d'énergie, avait-il épuisé son épouse de ses assauts virils au point que l'ombre de la défunte avait pesé sur le mariage de son fils ? William redoutait-il que Sybilla ne survive pas à de nombreux accouchements ? L'aimait-il vraiment ou était-il amoureux d'une autre femme ? La bonne société était pleine de couples stériles, dans tous les sens du terme ; le mariage étant la seule voie acceptable pour une femme, celle-ci ne pouvait se montrer trop exigeante.

Emily regarda Eustace; celui-ci, occupé par le contenu de son assiette, réfléchissait aux maints problèmes qu'il devait affronter : empêcher sa famille de sombrer dans l'hystérie, éviter un scandale en société, préserver la réputation des March, en particulier celle de William et Sybilla, puisque celle-ci attendait enfin l'enfant tant désiré. Emily était pour eux un embarras qui menaçait, à en croire la vieille Mrs. March, de devenir un fardeau très encombrant. Il coupa rageusement une tranche de viande dans le plat de service en faisant crisser son couteau. Son visage gardait une expression d'intense concentration.

Emily tourna la tête vers Jack Radley qui, de son côté, l'observait depuis longtemps. Son regard était innocent et étonnamment doux. Elle se souvint de lui avoir souvent vu cette expression, ces derniers temps. Il nourrissait à son égard des sentiments qui dépassaient de très loin le simple béguin. Avait-il tué George par amour pour elle ? S'imaginait-il vraiment qu'elle allait l'épouser ?

La pièce se mit à tourner autour d'elle. Ses tympans vibraient, comme si elle s'enfonçait sous l'eau. Les murs disparurent. Elle ne pouvait plus respirer. Elle avait trop chaud... Elle suffoquait...

— Emily ! Emily !

Une voix résonna à ses oreilles, indistincte et proche à la fois. On l'avait installée en position légèrement inclinée sur une chaise d'appoint, inconfortable et instable. Elle eut l'impression que le moindre geste de sa part la ferait glisser de son siège.

Elle reconnut la voix de Charlotte, apaisante.

— Tout va bien... Un léger évanouissement. Nous avons trop exigé de toi. Mr. Radley va te porter dans ta chambre et je t'aiderai à te mettre au lit.

— Digby vous apportera une tisane, ajouta la voix

lointaine de tante Vespasia, quelque part au-dessus d'elle.

— Je n'ai pas besoin que l'on me porte ! se récria Emily. C'est ridicule ! Millicent peut très bien s'occuper de moi. D'ailleurs je ne veux pas de tisane.

— Millicent est dans tous ses états, répliqua Vespasia. Elle pleure comme une Madeleine. Vous n'avez pas besoin de ça ! Je l'ai envoyée se reposer jusqu'à ce qu'elle ait recouvré ses esprits. Vous allez faire ce que l'on vous dit. Si vous vous évanouissez encore, vous allez tomber malade.

— Mais...

Elle n'eut pas le temps de protester. La soie de la robe de Charlotte disparut de son champ de vision, remplacée par la laine d'un costume noir. Jack Radley se pencha vers elle et la souleva comme une plume.

— Ce n'est pas nécessaire, fit-elle agacée. Je suis capable de marcher !

Il fit mine de ne pas avoir entendu. Charlotte partit la première ouvrir les portes. Jack Radley traversa la salle à manger, le vestibule, monta l'escalier, entra dans la chambre d'Emily et la déposa sur son lit ; puis, sans rien dire, lui effleura gentiment le bras et quitta la pièce.

— C'est un peu tard pour y penser, fit Charlotte en déboutonnant le dos de la robe d'Emily, mais ton excès de charme pour reconquérir George a fait des ravages. Il ne faut pas t'étonner du résultat !

Emily fixait les motifs du couvre-lit. Elle se laissa déshabiller sans protester. Elle ne voulait pas que Charlotte s'en aille.

— J'ai peur, dit-elle à voix basse. Mrs. March pense que j'ai tué George parce qu'il était l'amant de Sybilla. Elle l'a pratiquement dit.

N'entendant pas de réponse, elle se retourna : le

visage de Charlotte était grave, son regard triste et lointain.

— Voilà pourquoi il nous faut découvrir exactement ce qui s'est passé, même si cela doit être très douloureux et très difficile. Demain je parlerai avec Thomas, en tête à tête, pour savoir ce qu'il a appris.

Emily ne répondit pas. Elle sentait une angoisse grandissante envahir le gouffre de solitude dans lequel elle se débattait depuis la disparition de George. La souffrance l'étouffait comme un manteau de glace. La menace se rapprochait. Si la vérité ne se faisait pas jour rapidement, elle ne pourrait échapper au sort qui l'attendait.

Charlotte s'éveilla dans la nuit, avec la chair de poule, le corps raidi sous les draps, les poings serrés. Quelque chose d'horrible l'avait arrachée au noir cocon du sommeil.

Puis elle l'entendit à nouveau, ce cri aigu qui avait déchiré le silence. Elle se redressa, s'agrippa à ses couvertures comme s'il gelait dans la pièce, alors qu'on était en plein été.

A nouveau le silence.

Lentement, elle sortit de son lit et frissonna lorsque ses orteils effleurèrent le tapis. Elle se cogna contre une chaise. Ses yeux mirent un certain temps à s'accoutumer à l'obscurité de la chambre, dont les rideaux étaient tirés. Qu'allait-elle encore découvrir sur le palier ? Tassie ? Des images terrifiantes de lames de couteau ensanglantées étincelant dans la lueur de la lampe à gaz emplirent son imagination. Elle s'immobilisa au milieu de la chambre, retenant son souffle.

Enfin, elle distingua un bruit de pas étouffés, le grincement d'une porte. Puis d'autres pas, plus rapprochés, un brouhaha confus de gens avançant à tâtons, encore mal réveillés.

Elle prit son châle sur la chaise, le passa autour de ses épaules et se glissa vivement hors de sa chambre. Tout au bout du couloir, le palier était brillamment éclairé. Quelqu'un avait allumé toutes les lumières. Charlotte retrouva Lady Cumming-Gould en haut de l'escalier, à côté de la jardinière de fougères. Elle lui parut si âgée, si maigre. Sa chevelure, que Charlotte voyait pour la première fois dénouée, faisait penser à un filigrane de vieil argent, poli jusqu'à l'usure, qui, dans la lueur des lampes, formait un nuage vaporeux.

— Que se passe-t-il ? Qui a crié ? fit Charlotte d'une voix cassée.

Sa gorge était sèche au point qu'elle avait l'impression qu'aucun son n'en sortait.

A cet instant, Tassie apparut sur les marches de l'escalier qui menait au deuxième étage. Elle les dévisagea, très pâle, inquiète.

— Je l'ignore, chuchota Vespasia. J'ai entendu crier deux fois. Charlotte, êtes-vous allée voir Emily ?

— Non...

Sa voix n'était qu'un murmure. Elle n'avait même pas pensé à sa sœur ; le cri provenait d'une direction opposée à celle de sa chambre.

Avant qu'elle ne reprenne la parole, ils virent la porte de Sybilla s'ouvrir... et Jack Radley sortir de la chambre, avec pour tout vêtement une simple chemise de nuit en soie.

Sidérée, Charlotte sentit une vague de dégoût et de déception l'envahir ; sa première pensée fut d'essayer à tout prix d'éviter qu'Emily ne l'apprenne. Sa sœur se sentirait trahie une deuxième fois ; même si elle n'était pas réellement amoureuse de Jack, lui avait fait semblant d'être épris d'elle.

— Ne vous inquiétez pas, dit-il avec un léger sourire, en passant ses doigts dans ses cheveux. Sybilla vient de faire un cauchemar.

Vespasia haussa un sourcil incrédule.

— Tiens donc?

— Que disait ce cauchemar? ironisa Charlotte, méprisante, une fois revenue de son étonnement.

A cet instant, William ouvrit la porte de sa chambre et s'avança sur le palier, l'air embarrassé, encore ensommeillé. Il cligna des yeux, comme s'il avait été tiré d'un rêve qu'il jugeait éminemment préférable à la réalité. Ignorant Vespasia et Charlotte, il s'adressa directement à Jack Radley.

— Comment va-t-elle?

— Tout ira bien, je crois. Elle a appelé sa camériste.

Vespasia s'avança d'un air digne, sans regarder les deux hommes, et poussa la porte de la chambre de Sybilla. Charlotte la suivit, espérant se rendre utile, mais surtout mourant d'envie de savoir ce qui s'était réellement passé. Si Sybilla devait parler, ce serait maintenant, pendant qu'elle était encore sous le choc, avant d'avoir eu le temps d'inventer une explication.

Mais toutes ses idées préconçues s'évaporèrent quand elle aperçut Eustace, assis au bord du lit, vêtu d'un superbe peignoir de cachemire bleu.

— Bien, bien, ma chère, disait-il d'un ton péremptoire. Faites-vous monter une tisane et un peu de laudanum et vous dormirez comme un ange. Il faut chasser ce vilain cauchemar de votre esprit, sinon vous vous rendrez malade. Les rêves ne sont que chimères. Vous avez besoin de repos. Allons, plus de cauchemars!

Sybilla, livide, l'air hagard, était redressée contre ses oreillers; le lit était dans un désordre indescriptible, draps emmêlés et couvertures en tas comme si elle s'était débattue dans son sommeil. Son opulente chevelure de jais se répandait en cascades soyeuses. Elle regarda Eustace sans répondre; le sens de ses paroles semblait lui échapper.

— Tout ira très bien, répéta-t-il.

Il se tourna vers Charlotte et Vespasia avec un vague geste d'excuse.

— Les femmes font parfois des rêves saisissants. Mais avec une bonne tisane et un calmant, le lendemain au réveil, il n'y paraît plus. Bonne nuit, ma chère, ajouta-t-il à l'adresse de Sybilla. N'oubliez pas de vous faire monter votre petit déjeuner demain matin.

Il souriait, mais les commissures de ses lèvres étaient crispées et ses joues anormalement empourprées. Il paraissait avoir reçu un choc. Comment l'en blâmer? Le hurlement poussé par Sybilla avait de quoi vous glacer le sang; quant à la conduite de Jack Radley, elle était inqualifiable. Eustace avait peut-être raison de chercher à convaincre sa belle-fille qu'elle avait rêvé; pourtant, le visage tendu de celle-ci, son regard brûlant trahissaient sa défiance.

— Oubliez tout cela, répéta-t-il. Très vite.

Le regard de Charlotte se porta involontairement vers la porte. William se tenait dans l'embrasure, les traits bouleversés par l'inquiétude, observant sa femme, au-delà des trois personnes présentes dans la pièce. Sybilla lui sourit avec une douceur que Charlotte ne lui avait encore jamais vue. Ce n'était pas un sourire de circonstance et William n'était pas surpris de le voir.

— Comment vous sentez-vous? demanda-t-il.

Les mots étaient simples, mais il y avait en eux une franchise qui contrastait avec la suffisance de son père. Eustace parlait pour lui; William pensait à sa femme.

Sybilla se détendit et lui rendit son sourire.

— Bien, merci. Je crois que cela ne se reproduira plus.

— Espérons-le, déclara sèchement Vespasia en lançant un coup d'œil en direction du palier, où se tenait encore Jack Radley.

— Cela ne se reproduira plus, en effet, fit ce dernier d'une voix un peu plus forte que nécessaire.

Son regard croisa celui de Sybilla.

— Promettez-moi... si vous faites de mauvais rêves — il appuya lourdement sur le mot —, n'ayez pas peur de crier. Nous viendrons à votre secours.

Là-dessus, il s'éloigna d'un pas gracieux, sans se soucier des basques de sa chemise de nuit qui lui battaient les mollets, et disparut dans sa chambre sans jeter un regard en arrière.

— Bonté divine! s'exclama Vespasia entre ses dents. Quel toupet!

— Bien, bien, bien, commença Eustace en se frottant les mains. Ah, quel choc!

Il s'éclaircit la gorge.

— Bon. Le silence est d'or, n'est-ce pas? Nous n'en parlerons plus. Retournons tous nous coucher à présent. C'est très gentil à vous d'être venue, Mrs. Pitt, mais vous devriez aller dormir. Si vous désirez une tisane ou un verre de lait, n'hésitez pas à sonner les domestiques. Dieu merci, Maman n'a rien entendu. La pauvre femme a déjà enduré tant de choses...

Il ne sut comment terminer sa phrase.

— Eh bien, bonne nuit, lança-t-il à la cantonade.

Charlotte s'approcha de Vespasia et, spontanément, sans penser à la familiarité du geste, passa son bras autour de ses épaules. Mon Dieu, comme elle était maigre et raide sous son châle.

— Venez, dit-elle gentiment. Sybilla va mieux. Vous devriez boire quelque chose de chaud. Je m'en occupe.

Vespasia ne chercha pas à se dégager ; au contraire, ce geste affectueux la réconfortait. Elle se sentait si seule ; sa fille Olivia était décédée, George n'était plus de ce monde, et Tassie trop jeune, trop terrifiée pour la soutenir.

— Je vais sonner Digby, dit-elle en femme habituée à se faire servir. Elle me montera du lait.

— Inutile de la déranger. Je suis capable de faire chauffer du lait, vous savez. Je le fais tous les jours, chez moi.

L'ébauche d'un sourire apparut sur les lèvres de Vespasia.

— Merci, ma chère. Une boisson chaude me fera du bien. Quelle nuit éprouvante... L'optimisme d'Eustace me paraît bien exagéré. En fait, il est complètement dépassé par les événements. D'ailleurs, je commence à me demander si nous ne le sommes pas tous.

Le lendemain, Charlotte se leva tard, avec un épouvantable mal de tête. Le thé chaud que lui apporta Lettie ne lui procura aucun soulagement.

— Quelle robe aimeriez-vous porter, madame ? demanda la camériste en ouvrant les rideaux. Dois-je vous préparer un bain ?

Charlotte déclina son offre, avant tout parce qu'elle était pressée. Elle tenait absolument à parler à Vespasia, à Emily, puis, si elle pouvait en saisir l'occasion, à Sybilla. Il était évident qu'un cauchemar n'expliquait pas à lui seul les deux cris terrifiants qu'elle avait poussés. La haine que Charlotte avait lue dans son regard, son élocution posée révélaient autre chose que les réminiscences d'un cauchemar, aussi horrible soit-il.

Lettie, immobile au beau milieu du tapis dans la pièce inondée de soleil, triturait nerveusement les plis de sa jupe sous son tablier.

— J'imagine que l'inspecteur de police comprend beaucoup plus de choses que nous, madame, dit-elle d'une toute petite voix.

La première pensée de Charlotte fut que la jeune

fille avait peur. En pareilles circonstances, cela n'aurait rien eu d'étonnant.

— Sûrement, répondit-elle d'un ton qui se voulait rassurant, bien qu'elle fût loin d'éprouver une telle certitude.

Lettie ne bougea pas.

— Cela doit être passionnant d'être... mariée à un policier.

— En effet.

Charlotte avança la main vers le broc de faïence. Lettie se précipita pour remplir la bassine.

— Est-ce un métier dangereux? reprit-elle, tandis que Charlotte commençait sa toilette. Un policier ne risque-t-il pas d'attraper un mauvais coup?

— C'est un métier parfois dangereux, en effet. Mais mon mari n'a jamais été sérieusement blessé. En revanche, le travail est souvent fatigant.

Lettie lui tendit une serviette.

— Ne souhaiteriez-vous pas le voir exercer une autre profession, madame?

La question frisait l'impertinence. Charlotte comprit alors que si Lettie la lui posait, c'est qu'elle avait des raisons urgentes et personnelles de le faire. Elle posa sa serviette et plongea un regard curieux dans les yeux bleus de la jeune fille. Celle-ci rougit et détourna la tête.

— Veuillez m'excuser, madame.

— Je vous répondrai en toute franchise : non. Il est vrai qu'au début de notre mariage, j'ai eu du mal à m'y habituer, mais aujourd'hui, je ne voudrais pas le voir faire un autre métier. C'est le sien, et il le fait bien. Lorsque l'on aime quelqu'un, il ne faut pas chercher à l'empêcher de faire ce à quoi il croit. Cela ne rend personne heureux. Pourquoi cette question?

Lettie rougit un peu plus.

— Oh, pour rien, madame. Juste... des bêtises.

Elle se détourna et s'affaira autour de la robe de Charlotte, arrangeant les jupons et enlevant des poussières imaginaires.

Charlotte apprit par Digby qu'Emily dormait encore. Elle avait pris du laudanum et ne s'était pas réveillée de la nuit. Les cris de Sybilla et les allées et venues dans le couloir ne l'avaient pas dérangée.

Elle pensait que Vespasia s'était fait monter son petit déjeuner dans sa chambre, mais elle la croisa en haut de l'escalier, le visage défait, les yeux cernés ; elle se tenait à la main courante, la tête haute, le dos droit.

— Bonjour, chère Charlotte.

— Bonjour, tante Vespasia.

Charlotte avait l'intention de rendre visite à Sybilla, quitte à la réveiller, pour l'interroger sur l'incident de la nuit, en prétextant qu'elle venait prendre des nouvelles de sa santé. Mais Vespasia lui parut si fatiguée qu'elle lui offrit son bras, instinctivement, geste qu'elle n'aurait jamais osé la semaine précédente. La vieille dame l'accepta avec un petit sourire.

— Inutile de parler à Sybilla, dit-elle, devinant ses pensées. Si elle avait voulu nous dire quelque chose, elle l'aurait fait cette nuit. Il y a autour de cette jeune femme beaucoup de mystère.

— J'aimerais qu'Emily n'apprenne pas ce qui s'est passé cette nuit, dit Charlotte, qui pensait avant tout à sa sœur. Franchement, j'étranglerais volontiers Jack Radley ! Il est tellement... tellement... ignoble !

— J'avoue être déçue, moi aussi, acquiesça Vespasia avec un léger hochement de tête. Dommage... je commençais à apprécier ce garçon. Son attitude, comme vous le dites, est particulièrement indigne.

L'absence d'Eustace à la table du petit déjeuner fut

l'événement le plus marquant de la matinée. Les fenêtres étaient restées fermées et personne n'avait touché aux plats posés sur la desserte. Il s'était fait monter un plateau dans sa chambre. Jack Radley lui aussi brillait par son absence. Charlotte en conclut qu'il avait honte de se montrer et s'en trouva fort déçue, car elle aurait bien voulu qu'il voie tout le mépris qu'il lui inspirait.

Peu après onze heures, elle entra dans le petit salon pour prendre du papier à lettres. Elle y trouva Eustace, assis devant le secrétaire, trempant sa plume dans l'encrier d'argent; mais la feuille posée devant lui était absolument vierge. Au bruit de ses pas, il tourna la tête; Charlotte remarqua avec stupeur son œil droit enflé, cerclé d'ecchymoses, et sa joue écorchée. Ébahie, elle ne sut quoi dire.

— Ah... Mrs. Pitt... Bonjour, bredouilla-t-il. Je... j'ai eu un petit accident. Je suis tombé.

— Oh, mon Dieu, dit-elle stupidement. Rien de grave, j'espère? Avez-vous vu un médecin?

— Oh, inutile! Tout va très bien.

Il referma l'encrier et se leva en chancelant. Sa jambe gauche paraissait le faire souffrir. Il poussa un profond soupir.

— Êtes-vous sûr que tout va bien? demanda-t-elle, plus intriguée qu'inquiète.

Quand cette chute extraordinaire s'était-elle donc produite? Pour avoir pareil hématome, il avait dû tomber du haut de l'escalier.

— Je suis désolée, ajouta-t-elle précipitamment.

— C'est très gentil à vous.

Il la détailla d'un regard appréciateur, puis, comme s'il se souvenait d'une quelconque urgence, partit en boitillant vers la porte et disparut dans le vestibule.

Au déjeuner, une nouvelle surprise les attendait,

obligeant Charlotte, bien malgré elle, à réviser son jugement sur Eustace. Jack Radley entra dans la salle à manger en tenant sa main droite. Ses lèvres étaient meurtries et sanguinolentes. Il n'offrit aucune explication et personne n'osa lui en demander.

Curieusement, Sybilla s'adressa à lui fort civilement, voire avec amabilité, bien qu'elle parût très tendue. On devinait ses épaules raidies sous le fin tissu de sa robe ; elle prononça quelques phrases d'un ton distrait, comme si son esprit était ailleurs. Se sentait-elle honteuse ? Fallait-il en déduire que Jack Radley avait été le bienvenu dans son alcôve ?

Charlotte essaya d'adopter une attitude normale car elle ne voulait pas qu'Emily apprenne ce qui s'était passé — du moins pas tout de suite. Le temps des désillusions viendrait plus tard, une fois de retour chez elle, lorsqu'elle n'aurait plus l'occasion de voir Jack Radley.

Pour l'instant, mieux valait la laisser croire aux accidents.

Emily ne savait donc rien de l'extraordinaire épisode de la nuit précédente lorsqu'elle descendit en début d'après-midi dans le grand salon.

De sa place, elle voyait les rayons du soleil jouer dans les feuillages touffus du jardin d'hiver. Elle aperçut brièvement William qui traversait la pièce pour gagner son atelier. Il lui adressa un regard peiné, qu'elle prit pour de la compassion, mais ne dit rien.

Tassie était partie avec le vicaire visiter des malades ; sa grand-mère lui avait pourtant dit que ce n'était pas nécessaire, et qu'en période de deuil elle pouvait être excusée. Mais Tassie avait insisté, arguant qu'il y avait certaines tâches auxquelles elle ne pouvait renoncer ; elle avait donné sa promesse et rien ne put la faire changer d'avis. Eustace, absent, ne pouvait mettre son poids dans la balance et, pour une fois, Mrs. March perdit la partie. Vexée, elle se retira dans son boudoir.

Charlotte tenant compagnie à tante Vespasia, Emily se trouvait désœuvrée. Elle avait rédigé tous ses faire-part; les occupations des dames de la bonne société pour meubler leurs loisirs, aquarelle, broderie ou piano, ne parvenaient pas à l'intéresser. Par ailleurs, il était inconcevable de rendre des visites lorsque l'on était en deuil.

Elle se trouvait donc seule, inoccupée, quand Eustace entra dans le salon en claudiquant. Alors qu'il s'approchait, elle vit l'hématome violacé qui entourait son œil presque complètement fermé, et qui devait le faire souffrir.

Emily retint un petit cri de surprise.

— Oh! Que vous est-il arrivé? Tout va bien?

Elle se leva machinalement, comme s'il avait besoin de son aide. Eustace eut un sourire d'excuse.

— Rien de grave, rassurez-vous. J'ai trébuché dans le noir. Je suppose que William est par là... ajouta-t-il avec un geste en direction de la verrière. Ah! ses maudits tableaux! On dirait qu'il ne peut pas les quitter cinq minutes. Avec tout ce qui se passe dans cette maison, on pourrait espérer qu'il cherche à se rendre utile, n'est-ce pas? Eh bien, non. Il a toujours fui les responsabilités.

Il pivota vivement sur lui-même, grimaça lorsqu'il appuya de tout son poids sur sa jambe et partit vers le jardin d'hiver, laissant Emily bouche bée.

Plusieurs minutes plus tard, elle entendit des éclats de voix. L'éloignement, l'épaisseur des tentures et le feuillage touffu de la serre l'empêchaient d'en saisir le sens, mais elle n'en distinguait pas moins les intonations coléreuses des répliques cinglantes, chargées de haine.

— Si tu avais... quand tu le devais, tu l'aurais su! disait la voix d'Eustace.

La réponse de William fut inaudible.

— ... je croyais que depuis le temps, tu t'y étais habitué! rétorqua Eustace.

La voix de William résonna, sèche et claire, chargée de dégoût.

— Vos pensées, Père, tout le monde les connaît!

La repartie d'Eustace lui parvint par bribes, assourdie par l'enchevêtrement des plantes vertes.

— ... fruit de ton imagination... jamais besoin de... ta mère!

Cette fois, William explosa.

— ... de ma mère, pour l'amour du ciel!

Emily se leva, ne voulant pas, même à distance, être le témoin auriculaire d'une scène de famille particulièrement intime. Elle hésita : devait-elle quitter le grand salon pour une autre pièce ou entrer dans la serre, interrompre la dispute et l'apaiser, du moins temporairement? Elle se tourna vers la verrière, puis vers la salle à manger. Quelle ne fut pas sa surprise de voir Sybilla dans l'encadrement de la porte. Pour la première fois depuis son arrivée à Cardington Crescent, Emily sentit son animosité à son égard fondre comme neige au soleil. L'angoisse indicible qui se lisait dans les yeux de la jeune femme fit naître en elle un sentiment de compassion qu'elle n'aurait pu éprouver la veille encore.

La voix de William résonnait toujours, vibrante d'indignation.

— ... comment osez-vous! Je ne vous laisserai pas...

Sybilla se précipita dans le salon. Les plis de sa robe accrochèrent au passage le dossier d'une chaise. Elle la dégagea d'un geste impatient puis disparut dans le jardin d'hiver en se cognant dans les pots de fleurs. Dans sa hâte, elle marcha même sur le terreau humide au lieu d'emprunter le chemin dallé. Quelques instants plus tard, les voix se turent. Un silence glacial s'installa.

Emily desserra lentement ses poings crispés, prit une profonde inspiration et se dirigea vers la salle à manger, préférant s'éclipser avant que l'un d'eux ne revienne. Feindre l'ignorance était la seule attitude à adopter.

Dans le vestibule, elle rencontra Jack Radley. Elle vit sa bouche gonflée et écorchée ; il soutenait gauchement sa main droite. Il lui adressa un sourire qui se transforma en grimace car ses lèvres étaient toutes craquelées.

— Je suppose que vous avez trébuché dans le noir, vous aussi ? ironisa-t-elle sans pouvoir s'en empêcher, regrettant aussitôt ses paroles.

Il lécha ses lèvres et y porta ses doigts avec douceur. Dans ses yeux brillait toujours la même tendresse.

— C'est ce qu'il vous a dit ? bougonna-t-il. Eh bien non, pas du tout. Nous nous sommes disputés. Je l'ai frappé et il m'a rendu les coups, voilà.

— Cela se voit, répondit Emily, moins méprisante qu'elle ne l'aurait souhaité. Je suis surprise que vous soyez encore ici.

Elle voulut passer devant lui pour monter l'escalier, mais il fit un pas de côté, lui barrant le passage.

— Si vous espérez des explications de ma part, vous attendrez longtemps, dit-il d'un ton irrité. Cette querelle ne vous regarde pas. Je ne trahirai pas un secret, même pour vous. Mais j'espérais que vous, au moins, ne sauteriez pas à des conclusions hâtives.

— Je suis désolée, fit-elle, un peu honteuse. J'avoue qu'il m'est arrivé d'avoir envie de gifler Eustace. On dirait que vous avez gagné la partie ?

Il sourit, sans se soucier de sa lèvre qui saignait.
— Pour ce que cela m'a rapporté... Emily, je...
— Oui ?

N'obtenant pas de réponse, elle ajouta :

— Vous saignez, Mr. Radley. Vous devriez aller vous rincer et mettre un peu de pommade, sinon la plaie va sécher et se fendiller à nouveau.

— Oui, je sais.

Il posa sa main sur son bras et elle sentit sa chaleur à travers la mousseline de sa manche.

— Emily, ne perdez pas espoir. Nous découvrirons l'assassin. Je vous le promets.

Sa gorge se serra. Elle réalisa combien elle avait peur. Elle était au bord des larmes. Même Thomas ne semblait pas capable de l'aider.

— Bien sûr, fit-elle d'une voix rauque, en retirant son bras.

C'était ridicule. Elle ne voulait pas qu'il voie sa faiblesse et, surtout, qu'il devine qu'elle le trouvait charmant, en dépit de la méfiance qu'il lui inspirait.

— Merci, Mr. Radley, je suis sûre que vous avez les meilleures intentions.

Elle se hâta de monter l'escalier. Il la suivit des yeux. Arrivée sur le palier, elle s'enfonça dans le couloir, sans jeter un regard en arrière.

9

Emily passa une très mauvaise nuit, peuplée d'images horribles : elle rêva de robes maculées de sang, du visage rougeaud du pasteur qui ouvrait et fermait la bouche comme une carpe ; elle entendait le bruit sec des cailloux tombant sur le cercueil de George. Une fois, elle se réveilla, croyant voir Jack Radley assis sur le tabouret de la nursery, le soleil jouant dans ses cheveux. Son regard disait clairement qu'il avait deviné qu'elle le pensait coupable, et qu'elle ne pouvait lui échapper.

Elle se redressa, couverte d'une transpiration glacée, fixa le vide noir du plafond, puis se rendormit. Des images d'épouvante s'enchaînaient en tourbillonnant devant ses yeux, enflaient et explosaient jusqu'à n'être plus que des points minuscules se réduisant à néant. Des visages se succédaient : l'oncle Eustace, souriant béatement, la dévisageait de ses yeux ronds qui voyaient tout et ne comprenaient rien, se moquant de savoir si elle avait vraiment tué George, mais bien déterminé à la faire accuser, pour préserver le nom des March ; Tassie, trop folle pour comprendre quoi que ce soit ; Mrs. March, qui ne cessait de criailler et l'observait de ses yeux bleus méchants ; William, le pinceau à la main ; Jack Radley souriant à la pensée qu'elle ait pu assassiner son mari pour un baiser échangé dans le jardin d'hiver.

Elle s'éveilla avec difficulté et resta allongée à regarder la lumière du jour envahir le plafond. Combien de temps se passerait-il avant que Thomas n'ait d'autre choix que de procéder à son arrestation ? Chaque seconde qui s'écoulait dévorait son existence ; ce qu'il en restait glissait dans l'éternité et elle restait là, seule et impuissante.

Qu'est-ce qui avait bien pu terrifier à ce point Sybilla pour que, par deux fois, elle se soit départie de son masque et ait montré tant de haine ? La première fois au dîner, deux jours plus tôt, et la seconde, la veille, dans le grand salon, lorsque Emily avait surpris la dispute dans l'atelier.

Incapable de rester au lit plus longtemps, elle se leva. Il faisait presque jour et elle y voyait clair. Elle mit un châle sur sa chemise de nuit et se dirigea vers la porte sur la pointe des pieds. Elle irait voir Sybilla pour l'interroger. A cette heure-ci, elle ne pourrait éluder ses questions en prétextant quelque urgence, et personne ne les dérangerait.

Elle ouvrit lentement la porte, retint le loqueteau de façon à ce qu'il ne fasse pas de bruit en retombant et jeta un coup d'œil dans le couloir silencieux et désert. Une lueur grise et froide filtrait par les fenêtres, éclairant le papier peint aux motifs de feuilles de bambou et un vase de fleurs jaunes.

Personne.

Elle se hâta vers la chambre de Sybilla, sachant ce qu'elle lui dirait. Elle avait vu la haine sur son visage. Quelle que soit la personne qu'elle cherchait à protéger, elle devait avouer ce qui, dans le passé, avait pu donner naissance à une telle haine. Si Sybilla persistait à garder le silence, Emily s'en ouvrirait à Thomas qui, lui, n'aurait de cesse que la jeune femme réponde à ses questions. La veille au soir, Emily avait quitté la pièce dans tous ses états; désormais, elle était décidée à ne plus se laisser intimider et prête à tout. Elle se moquait bien de heurter les susceptibilités ou de mettre la famille dans l'embarras.

Elle tourna lentement le bec-de-cane, d'une main fébrile. Si la porte était fermée à clé, elle devrait attendre qu'il fasse grand jour pour entendre les réponses de Sybilla. Mais la porte s'ouvrit aisément. Évidemment. Pourquoi, en effet, s'enfermer dans une maison pleine de domestiques? Cela vous obligeait à sortir de votre lit pour les faire entrer. L'intérêt d'avoir une femme de chambre à son service résidait principalement dans le fait d'éviter d'avoir à se lever pour tirer les rideaux ou préparer son bain. Quitter ses draps tièdes encore tout ensommeillée pour aller ouvrir sa porte, et tout le plaisir était gâché.

La pièce était claire car la fenêtre, tendue de rideaux jaunes, faisait face au soleil. Sybilla était déjà réveillée, assise contre l'un des montants sculptés de son lit, le visage tourné vers la fenêtre; ses cheveux nattés en lourdes tresses étaient enroulés autour de sa gorge. Emily songea que c'était là une bien curieuse façon de se coiffer.

— Sybilla, chuchota-t-elle, je suis désolée de vous déranger, mais je n'arrivais pas à dormir. J'ai besoin de vous parler. Je crois que vous savez qui a tué George et...

Arrivée au pied du lit, elle distingua plus nettement la silhouette de la jeune femme. Celle-ci se tenait dans une étrange posture, le dos très droit, appuyé contre la colonnade, la tête légèrement penchée sur le côté, comme si elle s'était rendormie.

Emily fit le tour du lit et se pencha en avant.

L'horreur la submergea, lui coupa le souffle, lui glaça le cœur. Sybilla la regardait sans la voir, visage enflé, yeux exorbités, bouche ouverte, langue pendante. Ses tresses, serrées autour de son cou, étaient nouées au montant du lit.

Emily ouvrit la bouche pour hurler, mais aucun son n'en sortit; sa gorge était complètement desséchée. Elle s'aperçut que les jointures de ses doigts saignaient; elle s'était mordue jusqu'au sang. Surtout ne pas s'évanouir! Chercher de l'aide, vite! Quitter cet endroit maudit! Ne pas rester seule.

Elle tremblait tellement que ses jambes refusaient de la porter. Elle se cogna douloureusement contre un coin du lit; en voulant s'appuyer sur une chaise pour retrouver son équilibre, elle faillit la faire tomber. Non, elle ne devait surtout pas s'évanouir. Quelqu'un pouvait entrer et la surprendre. Puisque tous la jugeaient responsable de la mort de George, ils seraient aussi persuadés qu'elle avait assassiné Sybilla.

La porte ne parut pas vouloir s'ouvrir; elle dut s'y prendre à deux fois pour tourner la poignée, tant ses paumes étaient moites. Elle la tira et trébucha dans le couloir. Dieu merci, il n'y avait personne; aucune servante se hâtant pour aller nettoyer les cheminées ou préparer la table du petit déjeuner. Emily s'enfuit en courant et se précipita vers le dressing où dormait Charlotte. Sans frapper, elle chercha la poignée à tâtons et ouvrit la porte en grand.

— Charlotte! Charlotte! Réveille-toi! Écoute-moi! Sybilla est morte!

Dans le demi-jour, elle entrevoyait à peine la silhouette de sa sœur dont la sombre chevelure se répandait sur l'oreiller blanc.

Sa voix devint suraiguë, hystérique.

— Charlotte!

Celle-ci se redressa brusquement; son chuchotement jaillit de la pénombre fraîche.
— Que se passe-t-il, Emily? Tu es malade?
— Non... non... Sybilla est morte! Je crois qu'on l'a tuée. Je viens de la trouver dans sa chambre... étranglée avec ses propres cheveux!

Charlotte jeta un coup d'œil à son réveil.
— Emily, il est cinq heures vingt! Es-tu sûre de ne pas avoir fait un cauchemar?
— Mon Dieu, Charlotte! Ils vont encore m'accuser!

Elle qui se croyait forte s'écroula sur le lit et se mit à sangloter. Charlotte se leva, la prit dans ses bras et la berça comme une enfant.
— Que s'est-il passé? murmura-t-elle, essayant de maîtriser sa voix. Que faisais-tu dans la chambre de Sybilla à cinq heures du matin?

Emily comprit la gravité de la question : Charlotte ne voulait pas se laisser envahir par la pitié ou la peur. Seule une réflexion rationnelle pouvait les aider. Elle essaya donc d'oublier le spectacle horrible qu'elle venait de voir et de se concentrer sur les détails essentiels.
— Avant-hier soir, pendant le repas, j'ai vu Sybilla regarder Eustace avec une telle haine que j'ai voulu comprendre. Que savait-elle de lui? Que redoutait-elle? Charlotte, ils sont convaincus que j'ai tué mon mari et ils feront tout pour que Thomas n'ait d'autre choix que de m'arrêter. Je dois découvrir le coupable — pour sauver ma vie.

Charlotte demeura un moment silencieuse, puis se leva et s'enveloppa dans un châle.
— Je vais aller voir. Si tu as raison, j'irai réveiller tante Vespasia et nous appellerons la police. Pauvre William, ajouta-t-elle à mi-voix.

Après son départ, Emily resta recroquevillée sur le lit et attendit. Elle voulait penser, essayer de comprendre clairement, mais il était trop tôt. Elle frissonna, bien qu'il fît bon dans la pièce. Le froid était intérieur, tout comme les ténèbres. Le meurtrier de George avait tué Sybilla, certainement parce qu'elle connaissait son identité.

Ce qui venait de se passer avait-il un rapport avec Eustace et Tassie ? Ou avec Eustace seulement ? Ou était-ce avec Jack Radley ?

La porte s'ouvrit. Charlotte était de retour, le visage pâle et tendu dans la douce lumière de l'aube qui filtrait à travers les rideaux. Ses mains tremblaient.

— Elle est morte. Reste là et enferme-toi à clé. Je vais prévenir tante Vespasia.

— Attends !

Emily se leva, perdit l'équilibre et retomba sur le lit. Ses jambes refusaient de la porter.

— Je préfère venir avec toi — tu ne dois pas y aller toute seule.

Elle tenta de se relever et cette fois son corps lui obéit. A pas feutrés, les deux sœurs se faufilèrent côte à côte sur le palier. Les grandes fougères projetaient une ombre immense, tentaculaire, sur les murs.

Elles frappèrent à la porte de Vespasia et attendirent.

Pas de réponse. Charlotte frappa à nouveau. La porte n'étant pas verrouillée, elles se glissèrent dans la pièce. Derrière elle, le pêne, en s'engageant, cliqueta.

— Tante Vespasia !

La chambre était plus sombre que celle d'Emily du fait de l'épaisseur des tentures. Dans le clair-obscur, elles distinguèrent le grand lit où dormait la vieille dame. Ses cheveux argentés retombaient en torsades sur ses épaules. Elle paraissait si fragile dans son sommeil.

— Tante Vespasia, répéta Charlotte en s'avançant dans la clarté laiteuse de la fenêtre.

Celle-ci ouvrit les yeux et se redressa.

— Charlotte? Qu'y a-t-il? Qui est avec vous? Emily? Que s'est-il passé? reprit-elle, soudain inquiète.

— Emily s'est souvenue d'avoir vu passer une expression étrange sur le visage de Sybilla, avant-hier soir. Elle s'est dit que si elle parvenait à comprendre sa signification, cela pourrait expliquer beaucoup de choses. Elle est donc allée trouver Sybilla dans sa chambre.

— A cette heure-ci?

Vespasia se tenait maintenant bien droite contre ses oreillers.

— Eh bien? A-t-elle obtenu des explications? Qu'a-t-elle appris d'intéressant?

Charlotte ferma les yeux et serra les poings.

— Rien. Sybilla est morte. Étranglée par ses propres cheveux attachés au montant du lit. J'ignore si elle a pu faire cela toute seule. Il va falloir appeler Thomas.

Vespasia demeura si longtemps silencieuse que Charlotte s'alarma. Enfin, la vieille dame tendit la main vers le cordon de la sonnette et le tira trois fois.

— Passez-moi mon châle, voulez-vous?

Charlotte s'exécuta; Vespasia sortit de son lit avec difficulté en s'appuyant sur le bras que la jeune femme lui offrait.

— Personne ne doit entrer dans la chambre de Sybilla. Nous fermerons la porte à double tour avant de prévenir Eustace.

Elle prit une profonde inspiration.

— Ainsi que William. Charlotte, pensez-vous qu'à cette heure-ci Thomas soit encore chez vous? Oui?

Bien. Faites-lui porter un message par le valet de pied. Qu'il vienne sur-le-champ avec l'agent Stripe.

Il y eut un léger grattement à la porte. Avant qu'elles n'aient répondu, celle-ci s'ouvrit sur Digby, échevelée et affolée. Sitôt qu'elle vit sa maîtresse debout, en bonne santé, sa peur s'évanouit, remplacée par l'inquiétude. Elle repoussa ses cheveux en arrière, prête à monter sur ses grands chevaux.

— Madame m'a appelé? s'enquit-elle, circonspecte.

— Du thé, s'il vous plaît, Digby, répondit Vespasia, essayant de garder sa dignité. Pour tout le monde. Prenez-en aussi, vous en aurez besoin. Dès que vous aurez mis la bouilloire en route, réveillez un valet et dites-lui de monter.

Digby la dévisagea, les yeux ronds, la mine sombre.

— La jeune Mrs. March est décédée, expliqua Vespasia. Réveillez donc un deuxième valet et qu'il aille chercher le médecin.

— Nous pouvons téléphoner d'ici, madame, souligna Digby.

— Oh, mon Dieu, j'avais oublié. Je ne me souviens jamais qui possède ce genre d'engin. Le Dr Treves, j'imagine?

— Oui, madame.

— Alors, envoyez l'autre valet chez Thomas Pitt. Lui, je suis certaine qu'il n'en a pas. Et n'oubliez pas le thé.

— Bien, madame.

Les heures suivantes s'écoulèrent comme dans un rêve fiévreux, à la fois macabre et affreusement banal. La salle à manger demeurait inchangée avec sa desserte surchargée de plats et ses fenêtres grandes ouvertes.

Pitt et Treves étaient à l'étage, penchés sur le corps de Sybilla, essayant de déterminer si elle avait mis fin à ses jours ou si quelqu'un s'était glissé dans sa chambre pour l'étrangler avec ses longues tresses.

Charlotte ne pouvait s'empêcher de se demander si, la veille, Jack Radley n'était pas précisément entré dans cette chambre, non pour conter fleurette à Sybilla, mais pour l'assassiner. Celle-ci se serait réveillée avant qu'il ne mette son plan à exécution et son cri de terreur aurait donné l'alarme. Vespasia avait-elle pensé à cette hypothèse ? Sûrement.

Il était plus de dix heures lorsqu'elles se mirent à table. Tout le monde était là, même William, livide, les yeux hagards, les mains tremblantes. Il s'était joint à eux, préférant la compagnie et le bruit plutôt que la solitude de sa chambre, attenante à celle de Sybilla.

Emily se tenait très droite, l'estomac noué, incapable d'avaler une bouchée. Le moindre aliment lui donnait la nausée. Elle but une gorgée de thé qui lui brûla la langue et passa douloureusement dans sa gorge contractée. Le cliquetis des couverts et le murmure des conversations la gênaient et l'effrayaient tour à tour, tourbillonnant autour d'elle, vides de sens ; le grincement de roues sur du gravier ou le criaillement des oies dans une basse-cour lui auraient fait le même effet.

Charlotte s'obligea à manger, sachant qu'elle aurait besoin de toutes ses forces ; mais lui aurait-on servi du porridge froid à la place d'œufs pochés sur canapé, qu'elle n'aurait pas senti la différence. Les rayons du soleil jouaient sur l'argenterie et les verres en cristal ; Eustace s'attaqua bruyamment à son poisson et ses pommes de terre, mais même lui ne prenait pas plaisir à manger. La nappe immaculée faisait penser à un champ de neige étincelant au-dessus d'une terre gelée.

C'était ridicule. La peur la paralysait, engourdissant

son cerveau. Elle devait se forcer à écouter, à réfléchir. La solution était là, à sa portée, encore aurait-il fallu qu'elle parvienne à déchirer le rideau de brouillard qui lui obscurcissait l'esprit. Pourtant, forte de son expérience passée en matière d'enquêtes criminelles, elle savait reconnaître sur un visage la douleur et la crainte qui mènent à la violence. Comment pouvait-elle être si proche de la vérité et ne pas la découvrir ?

Elle dévisagea tour à tour les convives attablés : Mrs. March, lèvres pincées, le poing gauche crispé à côté de son assiette. Seule, peut-être, sa colère contre l'injustice du destin l'empêchait d'être submergée par la tragédie qui engloutissait sa famille, dans laquelle elle avait tant investi.

Vespasia demeurait silencieuse. Elle semblait avoir rapetissé ; ses poignets étaient plus frêles, sa peau plus parcheminée. Tassie et Jack Radley échangeaient des propos anodins ; Charlotte savait, sans avoir besoin d'écouter, qu'ils bavardaient de peur que le silence ne s'installe insidieusement dans la pièce et ne les étouffe. Peu importait leurs paroles ; chacun, replié dans sa solitude horrifiée, tentait désespérément de se souvenir des jours encore proches où ils vivaient en sécurité dans un monde normal. Ils auraient donné cher pour retrouver les petits soucis quotidiens qui leur pesaient tant et qui aujourd'hui leur paraissaient bien insignifiants.

Charlotte avait vu Pitt, très brièvement. Il l'avait fait appeler dans la chambre de Sybilla. Elle s'était d'abord montrée réticente, mais il lui avait expliqué qu'après avoir dénoué ses tresses, on avait allongé le corps, recouvert d'un drap, sur le canapé.

— Je vous en prie, insista-t-il. J'ai absolument besoin de votre aide.

Charlotte obéit, de mauvaise grâce, en frissonnant. Il la prit par les épaules et la poussa avec vigueur à l'intérieur de la pièce.

— Asseyez-vous sur le lit, ordonna-t-il. Non, pas par là. A l'endroit où se trouvait Sybilla.

Elle resta figée sur place, le repoussant de toutes ses forces, refusant d'avancer.

— Mais pourquoi ? C'est grotesque !

— Je vous répète que j'ai besoin de votre aide. Charlotte, s'il vous plaît. Je veux savoir si elle a pu faire cela toute seule.

— Bien sûr que oui !

Elle ne bougeait pas, cherchant à lui résister ; ils demeurèrent là tous les deux, figés, luttant dans un corps à corps immobile, au beau milieu de la pièce.

Pitt sentait la colère le gagner. Il ne savait plus à quel saint se vouer.

Charlotte se mit à trembler.

— Bien sûr, elle a pu enrouler ses cheveux autour de son cou et les attacher au montant du lit. C'est aussi simple que de nouer un foulard derrière sa tête, ou de boutonner le haut d'une robe par-derrière. Le relief de la colonnade a dû retenir les tresses et le nœud s'est tendu lorsqu'elle s'est affaissée. Il fallait qu'elle soit bien décidée à en finir, sinon elle n'en serait pas restée là ; elle aurait essayé de bouger tant qu'elle en avait la force. On ne perd pas conscience tout de suite. Laissez-moi partir, Thomas ! Je refuse de m'asseoir sur ce lit.

Pitt s'impatientait, sachant qu'il lui demandait l'impossible mais qu'il n'avait pas d'autre choix.

— Préférez-vous que je demande à une servante de vous remplacer ? Ou à Emily ?

Elle le fixa, horrifiée, puis devant le désespoir qu'elle lisait dans ses yeux et sentait dans sa voix, elle s'avança vers le lit, refusant de regarder l'endroit exact où elle avait vu Sybilla.

— Bon, mettez-vous de l'autre côté, soupira Pitt en désignant la colonnade opposée. Asseyez-vous et passez vos bras derrière le montant.

Lentement, avec raideur, elle fit ce qu'il lui ordonnait : lever les coudes de chaque côté de sa tête pour attraper à tâtons le montant du lit et faire semblant de nouer quelque chose derrière celui-ci.

— Plus bas !
Elle obéit.
— Maintenant tirez en arrière. Serrez davantage le nœud.

Joignant le geste à la parole, il lui prit les poignets, les écarta et les tira vers le bas.

— Aïe ! Impossible ! C'est trop bas ! Arrêtez, Thomas, vous me faites mal !

Il la relâcha.

— C'est bien ce que je pensais, dit-il d'une voix rauque. Aucune femme n'aurait pu nouer ses tresses aussi bas.

Il s'agenouilla sur le lit à ses côtés, la prit dans ses bras et enfouit son visage dans ses cheveux, l'embrassant tendrement, la serrant très fort contre lui. Ils demeurèrent longtemps enlacés, silencieux. Point besoin de parler. La vérité sautait aux yeux : Sybilla avait été assassinée.

Charlotte revint à la réalité ; elle était assise à la table du petit déjeuner. Autour d'elle, tout le monde faisait comme si de rien n'était. Elle aurait voulu se montrer gentille, les réconforter, mais le temps pressait. Elle but une dernière gorgée de thé, les regarda tour à tour et déclara d'une voix claire :

— Nous sommes des gens intelligents et raisonnables. Nous savons que l'un d'entre nous est un assassin. Mieux vaudrait découvrir son identité avant que ce jeu de massacre ne se poursuive.

Mrs. March ferma les yeux et chercha le bras de Tassie ; ses doigts maigres et bruns, tavelés de taches de vieillesse, faisaient penser à des serres.

— Je crois que je vais défaillir.

— Rentrez la tête dans vos genoux, fit Vespasia d'un ton las.

La vieille dame rouvrit aussitôt les paupières.

— Ne soyez pas ridicule ! Vous avez peut-être envie de déjeuner avec les jambes autour des oreilles — d'ailleurs, cela ne m'étonnerait pas de vous —, mais pas moi !

— Ce ne serait pas très pratique, dit Emily, levant la tête pour la première fois. Elle n'y arriverait pas.

Vespasia ne daigna même pas lever le nez de son assiette.

— Les sels d'Epsom sont très efficaces. J'en ai un flacon, si vous en voulez.

Eustace, ignorant sa belle-mère, s'adressa à Charlotte :

— Croyez-vous qu'il soit sage de parler ainsi, Mrs. Pitt ? demanda-t-il, impavide. La découverte de la vérité pourrait être très douloureuse, en particulier pour vous.

Charlotte savait parfaitement de quelle vérité il voulait parler et de quelle façon il avait l'intention de la présenter à la police.

Elle répondit, furieuse de ne pouvoir contrôler le tremblement de sa voix :

— J'ai moins peur de découvrir l'assassin que de le laisser dissimulé, car il pourrait frapper à nouveau et faire une troisième victime.

William se raidit. Vespasia porta la main à ses yeux et se pencha en avant sur la table.

— La mauvaise graine finit toujours par repousser, fit méchamment Mrs. March en agrippant si fort sa cuillère de sucre que le contenu se répandit sur la nappe. Un joli visage, de belles manières ne signifient rien. Seul le sang compte. George était un imbécile irresponsable et déloyal. Les mésalliances sont la cause de la moitié de la misère du monde.

— Je dirais plutôt la peur, la contredit Charlotte. Peur de souffrir, de paraître ridicule ou maladroit et, par-dessus tout, peur de la solitude, ou de ne plus être aimé.

— Parlez pour vous, ma fille ! cracha Mrs. March, blême, les yeux étincelants. Les March n'ont rien à redouter !

— Ne dites pas de bêtises, Lavinia, fit Vespasia en repoussant une mèche de cheveux qui retombait sur son front. Les seuls à ne pas avoir peur sont les saints, dont la vision du paradis est plus forte que les exigences de la chair, et les simples d'esprit, qui ont trop peu d'imagination pour concevoir la douleur. Nous tous, à cette table, sommes terrifiés.

— Mrs. March est peut-être une sainte, qui sait, ironisa Jack Radley.

— Vous, tenez votre langue ! tonna Mrs. March. Plus tôt ce policier incompétent vous emmènera hors d'ici, mieux cela vaudra. Si vous n'avez pas tué George, vous avez certainement poussé Emily à le faire. D'une façon ou d'une autre, vous êtes responsable ! Vous devriez être pendu !

Jack Radley blêmit, mais ne baissa pas les yeux.

Un silence mortel s'installa dans la pièce. Le pas lourd d'un valet résonna dans le vestibule puis s'évanouit derrière la porte matelassée. Eustace lui-même ne bougea pas.

Vespasia se leva avec difficulté, comme si son dos

la faisait souffrir. L'air lointain, William se leva à son tour, repoussa la chaise de sa grand-mère et la retint par le bras.

— J'imagine que Mr. Beamish va nous envoyer son vicaire pour nous réconforter, dit-elle avec un imperceptible tremblement dans la voix. Ce sera bien ainsi ; il nous sera infiniment plus utile. Je monte dans ma chambre. Si Mr. Hare arrive, dites-lui de venir me voir. J'aimerais lui parler.

— Voulez-vous que nous fassions appeler le médecin, Grand-Maman ? demanda William d'une voix rauque.

On aurait dit qu'il vivait un cauchemar dans lequel il s'était débattu toute la nuit, pour se réveiller le matin en réalisant qu'il durerait éternellement puisqu'il était devenu réalité.

— Inutile, mon cher, le remercia Vespasia en lui tapotant la main.

Elle sortit lentement de la pièce, en prenant soin de ne pas perdre l'équilibre.

— Vous voudrez bien m'excuser...

Charlotte posa sa serviette à côté de son assiette et suivit Vespasia. Elle la rattrapa dans le vestibule et lui prit le bras pour l'aider à gravir le grand escalier. Vespasia ne protesta pas.

— Voulez-vous que je reste un peu avec vous ? demanda Charlotte lorsqu'elles furent arrivées devant la porte de la chambre.

Lady Cumming-Gould la dévisagea bien franchement, le visage las et inquiet.

— Charlotte, savez-vous quelque chose ?

— Non, avoua la jeune femme. Mais, si Emily a raison, Sybilla haïssait Eustace ; pour quelle raison, je l'ignore.

Vespasia pinça les lèvres ; son regard s'assombrit.

— A cause de William, j'imagine, murmura-t-elle. Eustace n'a jamais su tenir sa langue et il a un cœur de pierre.

Charlotte hésita, sur le point de lui demander si elle savait autre chose, puis jugea inutile de la harceler. Elle lui sourit et s'éclipsa.

Une idée faisait son chemin dans son esprit, de plus en plus nette. Dès qu'il n'y eut plus personne en vue sur le palier, elle se dirigea vers la chambre de Sybilla. Les domestiques ayant été prévenus de ce qui était arrivé, aucune servante n'oserait s'aventurer dans la pièce. Pitt avait transporté le corps sur le canapé, près de la fenêtre, pour pouvoir se livrer à la reconstitution de la scène, mais peut-être l'avait-il ramené sur le lit, en veillant à recouvrir le visage, afin que la jeune femme repose en paix.

La porte n'était pas verrouillée, sans doute pour permettre à ceux qui le désiraient de rendre un dernier hommage à la défunte. Pitt et Treves devaient avoir terminé l'examen du corps. Ils étaient probablement descendus à l'office pour se consulter et rédiger leurs conclusions.

Elle jeta un dernier coup d'œil autour d'elle, puis tourna la poignée et entra. La pièce, orientée au sud, était très lumineuse. On distinguait une forme allongée sur le lit, sous un drap. Charlotte évita de la regarder, quoiqu'elle ne sût que trop bien ce qu'il dissimulait. Elle devait maîtriser son imagination et la vive compassion qu'elle ressentait. Sybilla avait causé beaucoup de souffrance à Emily et, pourtant, Charlotte n'était pas parvenue à la détester comme elle l'aurait dû, même de son vivant. Elle savait la jeune femme consumée par une souffrance grandissante. Elle haïssait les êtres insensibles et sûrs d'eux et se sentait étrangère à leur monde. A partir du moment où elle devinait la sincérité de la douleur éprouvée, sa colère fondait comme neige au soleil. Il en avait été ainsi avec Sybilla ; elle avait bien l'intention de chercher l'origine de tant de souffrance.

Elle regarda autour d'elle : par où commencer ? Où Sybilla gardait-elle les objets intimes susceptibles de révéler à une autre femme ses faiblesses ? Pas dans l'armoire, qui ne devait contenir que des vêtements ; personne ne laisse traîner des objets personnels dans ses poches. La table de chevet possédait un petit tiroir, sans serrure ; les servantes devaient l'ouvrir pour l'épousseter. Elle l'ouvrit par acquit de conscience et y trouva des mouchoirs, un petit sachet de lavande séchée, une papillote contenant une poudre contre la migraine et un flacon de sels d'ammoniaque. Rien de plus.

Ensuite, elle se dirigea vers la coiffeuse sur laquelle étaient posés, comme elle s'y attendait, brosses, peignes, foulards en soie destinés à lustrer les cheveux, épingles, parfums et fards. Charlotte se dit qu'elle aurait bien aimé un jour savoir se maquiller avec autant d'art que Sybilla. Ces petits artifices, désormais inutiles, lui rappelaient douloureusement la beauté de la morte. Il était ridicule de s'identifier à ce point à elle, mais elle ne pouvait s'en empêcher.

Elle fouilla dans la lingerie fine, admirant avec envie la dentelle et la soie, mais n'y trouva rien de révélateur, aucun papier, aucun objet caché. Ensuite, elle ouvrit le coffret à bijoux et caressa rêveusement le collier de perles et le fermoir en émeraude qui s'y trouvaient. Eux non plus ne révélaient rien d'autre que ce qu'ils étaient : de beaux bijoux appartenant à une femme riche et aimée.

Charlotte, immobile au milieu de la pièce, observait les tableaux, les rideaux, l'énorme lit à colonnes. Il devait y avoir quelque chose...

Sous le lit ! Elle s'agenouilla, souleva la courtepointe retombante et aperçut un coffre à vêtements ; à côté de celui-ci, dans l'ombre, une mallette. Aussitôt, elle s'en empara et, toujours à genoux, chercha à l'ouvrir. La serrure était fermée à clé.

Elle jura entre ses dents, à plusieurs reprises, puis réfléchit. Une petite serrure, ordinaire. Une languette de métal retenait le mentonnet. Si elle parvenait à la faire bouger... Où diable Sybilla pouvait-elle garder la clé ? Elle se souvint qu'elle rangeait les siennes dans son coffre à bijoux, sous le petit casier des boucles d'oreilles. C'est là qu'elle rangeait ses clés de valises, bien qu'elle ne voyageât que très peu ces temps-ci. En se relevant, elle trébucha sur l'ourlet de sa robe et se retrouva assise sur le tabouret devant la coiffeuse. La petite clé de laiton était là, dans le coffret à bijoux, au milieu des chaînes en or.

Elle tira la mallette et l'ouvrit. Avec un frisson d'excitation, elle souleva le couvercle et vit une pile de lettres et deux carnets reliés en maroquin blanc. Sur le premier était gravé : « ADRESSES ». Elle commença par lire les lettres, des lettres d'amour écrites par William. Elle lut la première, puis se contenta de parcourir les suivantes pour vérifier les noms. Des missives tendres, passionnées, rédigées d'une écriture délicate qui lui rappela la toile tendue sur le chevalet dans l'atelier du peintre, toile devant laquelle elle avait ressenti bien autre chose que le passage du vent sur un paysage printanier. Il y avait dans ces mots la même subtilité que dans les nuances du tableau qui exprimaient si bien le changement de saisons, la floraison, le gel et la perception de l'éphémère.

Elle avait honte de les lire ; elles étaient toutes de William ; aucune ne venait de George ; son beau-frère n'était pas homme à écrire des billets doux ! N'importe quelle lettre d'amour aurait paru bien maladroite comparée à celles-ci.

Puis elle prit l'autre carnet, un journal commencé quelques années plus tôt dans un cahier ordinaire. Aucune date n'était imprimée, aucun en-tête, excepté ceux rédigés de la main de Sybilla. Charlotte l'ouvrit et le parcourut au hasard puis vit : *24 décembre 1886*. Noël dernier. Elle commença à lire, horrifiée.

Aujourd'hui, William a peint toute la journée. Je vois bien qu'il a du talent, mais je préférerais qu'il passe moins de temps dans son atelier, en me laissant seule avec sa famille. Sa grand-mère ne cesse de me demander dans combien de temps je me déciderai à devenir « une vraie femme », à fonder un foyer et à donner un héritier aux March. Parfois je la déteste à tel point que je la tuerais volontiers de mes propres mains si je savais comment m'y prendre. Je regretterais sans doute mon geste, mais cela ne pourrait guère être pire que ce que je ressens en ce moment.

Eustace passe son temps à dire que son fils gâche sa vie à peindre au lieu de la vivre. Mon Dieu, chaque fois qu'il pose sur moi son regard lubrique, j'ai l'impression qu'il me déshabille en pensée. Il est si viril ! Je ne sais quelle folie m'a pris de devenir sa maîtresse. Je donnerais tout aujourd'hui pour avoir eu le courage de dire non, mais il est trop tard. Nous sommes tous deux condamnés à cette relation et je n'ose en parler à personne. Tassie serait effondrée, non par amour pour son père, car je sens bien qu'elle ne l'aime pas, mais pour William, qu'elle chérit tendrement, davantage qu'une sœur aime son frère, je pense.

Je suis si malheureuse... Je ne sais que faire. Mais la lâcheté ne m'aidera pas. Je trouverai bien une solution. Je sais séduire les hommes.

Charlotte tremblait de tous ses membres. En dépit de la chaleur qui régnait dans la pièce, une transpiration glacée coulait dans son dos. Était-ce donc là l'explication de cette aventure avec George ? Non une grande passion, ni même le besoin de séduire, comme tous l'avaient cru, mais une façon de se protéger d'Eustace ? L'idée la rendit malade.

Elle feuilleta les pages du carnet et arriva à la dernière.

C'est incroyable ! Rien ne semble arrêter ses appétits ! Rien ne lui fait peur ! J'en parviens presque à me convaincre que j'ai fait un cauchemar, comme il a essayé de nous le faire croire à tous la nuit dernière ! Il faut que je regarde Jack pour m'assurer que je n'ai pas rêvé.

Pauvre Jack ! Grand-Mère Vespasia a l'air très déçue ; je crois qu'elle l'aimait bien. C'est tout à fait le genre d'homme qui lui aurait fait perdre la tête, dans sa jeunesse. Quant à Charlotte, le mépris qu'elle lui porte depuis l'autre nuit se voit clairement sur son visage. Elle a de la peine pour sa sœur, je suppose. J'aimerais avoir une sœur qui m'aime autant. Jamais auparavant je n'avais ressenti comme aujourd'hui le besoin d'avoir quelqu'un en qui j'aie confiance et qui prendrait ma défense.

Plaise à Dieu que mes hurlements suffisent. Eustace a vraiment eu l'air terrifié, l'espace d'un instant, la nuit dernière, juste avant d'inventer cette histoire de cauchemar, quand tout le monde est arrivé en courant. Il ne me croyait sans doute pas capable de crier, avant que j'ouvre la bouche.

Dieu me vienne en aide. S'il revient, je hurlerai à nouveau. Je me moque bien de ce que peuvent penser les autres. D'ailleurs, je lui ai dit que je recommencerais. Aujourd'hui, il a un œil poché et Jack a la lèvre fendue. Il a dû aller dans sa chambre pour le rosser. Cher Jack.

Que vais-je devenir après son départ ? Je vous en prie, mon Dieu, venez à mon secours.

Le journal s'arrêtait là. Sybilla ne se réveillerait plus jamais pour l'écrire.

Pourquoi n'avait-elle rien dit à William ? Parce qu'elle savait qu'il haïssait son père et qu'elle craignait que la fureur et le dégoût ne le poussent à une réaction très violente ? Si les deux hommes devaient se battre, redoutait-elle de voir Eustace l'emporter ? Rien d'étonnant à ce qu'elle le détestât.

Soudain, elle entendit du bruit dans le couloir. Non le pas léger d'une soubrette, mais celui d'un homme, très lourd.

Elle n'avait plus le temps de fuir ; les pas s'arrêtèrent devant la porte. La poignée tourna. Affolée, Charlotte fourra la mallette sous le lit et s'y faufila en rampant, se cognant au passage contre quelque chose de dur. Elle tira ses jupes qui dépassaient et rabattit la courtepointe juste au moment où l'homme entrait dans la pièce. Il referma la porte derrière lui.

Recroquevillée contre le coffre, la mallette enfoncée dans le dos, Charlotte n'osait pas bouger un cil. Elle pensa à Sybilla allongée, raide et froide, à quelques centimètres au-dessus de sa tête ; seuls l'épaisseur du matelas et les ressorts du sommier les séparaient.

Qui était-ce ? Il ouvrait les tiroirs, les fouillait, les refermait. Elle reconnut le grincement des gonds de la porte de l'armoire, le bruissement du taffetas et de la soie tandis qu'il l'explorait méthodiquement.

Mon Dieu, cherchait-il le petit carnet qu'elle tenait dans la main ? L'homme revint sur ses pas. Elle n'apercevait que ses chaussures. Elle aurait donné cher pour voir son visage, mais n'osait pas soulever la courtepointe d'un millimètre, car s'il regardait dans cette direction, il la verrait bouger. Comment réagirait-il ? Il la tirerait de dessous le lit et, au mieux, l'accuserait d'être entrée dans la chambre pour voler la morte.

Le coin de la mallette s'enfonçait dans son dos. Les pieds n'avaient pas bougé. Il y eut un léger bruit, un bruissement de tissu... Soudain la courtepointe s'envola et elle se trouva, paralysée, face au visage rougeaud et aux yeux ronds d'Eustace.

Pendant une longue et terrible seconde, la surprise le cloua sur place, tout comme elle. Lorsqu'il prit la parole, elle reconnut à peine sa voix.

— Mrs. Pitt ! Comment parviendrez-vous à m'expliquer votre présence ici ?

Savait-il ce qui était écrit dans le journal qu'elle serrait si fort contre elle ? Elle voulut répondre, mais sa gorge était sèche et la peur la paralysait. Elle ne pouvait même pas ramper vers le fond du lit, car le coffre l'empêchait de reculer. S'il décidait de récupérer ce maudit journal — ce qui était certainement le but de sa visite dans la chambre —, rester sous le lit, où il ne pouvait l'atteindre, était sa seule défense. Il était trop gros pour s'y glisser.

Non. L'idée était grotesque. Elle n'allait tout de même pas rester là-dessous jusqu'à ce que quelqu'un vienne la supplier de sortir.

— Mrs. Pitt !

Le visage d'Eustace s'était durci, ses yeux la fixaient dangereusement. Oui, il avait aperçu le petit carnet de cuir blanc dans sa main et deviné de quoi il s'agissait, s'il ne le savait déjà. Elle le dévisagea comme un lapin pris au piège.

— Mrs. Pitt, combien de temps avez-vous l'intention de rester sous ce lit ? Je vous ai invitée chez moi pour réconforter votre sœur en deuil, mais maintenant, vous m'obligez à penser que vous êtes aussi folle qu'elle.

Il lui tendit sa main puissante et carrée. Même à cette minute, elle remarqua à quel point ses ongles étaient soignés.

— Donnez-moi ce cahier, ajouta-t-il avec un très léger bégaiement. Je feindrai d'ignorer que vous l'avez volé. Cela arrangera tout le monde. Mais vous devriez rentrer chez vous sur-le-champ. Vous n'êtes visiblement pas faite pour demeurer dans une maison comme la nôtre.

Charlotte ne bougea pas. Si elle lui donnait le journal, il le détruirait ; il ne resterait aucune trace du témoignage de Sybilla, excepté sa parole contre celle d'Eustace ; le combat était perdu d'avance, personne ne la croirait.

— Sortez de là, fit-il d'un ton coléreux. Ne soyez pas stupide.

Elle porta lentement la main à son cou et défit les trois premiers boutons de son corsage.

Eustace la contempla, fasciné, et, malgré lui, son regard se porta sur sa poitrine, qui avait toujours été l'un des plus beaux atouts de Charlotte.

— Mrs. Pitt ! chuchota-t-il d'une voix rauque.

Très soigneusement, elle glissa le petit carnet blanc dans son corsage et le reboutonna. La sensation n'était pas très agréable, mais si Eustace voulait le récupérer, il serait bien obligé de déchirer son bustier, geste qu'il aurait du mal à justifier. Il lui jeta un regard haineux et furieux ; sans doute avait-il aussi peur qu'elle. Charlotte, sans le quitter des yeux, sortit à quatre pattes de dessous le lit et se mit debout, toute raide, les cheveux ébouriffés, les jambes flageolantes.

— Ce cahier ne vous appartient pas, Mrs. Pitt, fit-il, menaçant. Donnez-le-moi !

— Il ne vous appartient pas non plus, Mr. March, répondit-elle d'une voix qu'elle tenta d'affermir. C'est à la police que je le remettrai.

Bien campé sur ses jambes, Eustace faisait barrage entre elle et la porte. Il était fort, et large d'épaules.

— Il n'en est pas question.

Il tendit la main. Ses doigts se refermèrent sur son bras.

Charlotte étouffa un cri.

— Avez-vous l'intention de déchirer ma robe pour le récupérer, Mr. March?

Elle tenta de donner à sa voix une intonation légère et moqueuse, mais n'y parvint pas.

— Comment vous y prendrez-vous pour expliquer votre geste? Je vous préviens, je vais hurler, et cette fois, vous ne pourrez pas dire qu'il s'agissait d'un vilain cauchemar...

— Et comment expliquerez-vous votre présence dans la chambre de Sybilla?

Il avait peur; elle le sentait à la pression douloureuse de ses doigts sur sa chair.

— Et vous?

Un rictus sardonique se dessina sur ses lèvres.

— Je dirai que j'ai entendu du bruit dans la chambre et que je vous ai trouvée en train de fouiller dans le coffret à bijoux de Sybilla — l'explication sera évidente.

— Eh bien, moi, je dirai que je vous ai surpris sous son lit en train de fouiller dans sa mallette. Et j'ajouterai que vous avez trouvé son journal; ainsi, tout le monde pourra le lire!

La pression de la main sur son bras se fit plus légère. Elle vit la peur passer sur son visage, la transpiration perler au-dessus de ses lèvres et sur son front.

— Laissez-moi passer, Mr. March, ou bien je crie.

Il doit y avoir des domestiques à l'étage. Tante Vespasia est dans sa chambre, de l'autre côté du palier.

Très lentement, il desserra son étreinte. Elle attendit qu'il l'ait relâchée, au cas où il changerait d'avis, avant de tourner les talons et de franchir la porte, en vacillant. Elle se sentit à la fois étourdie et presque malade de soulagement. Elle devait trouver Thomas. Sur-le-champ.

10

Charlotte ouvrit brusquement la porte de l'office, interrompant l'agent Stripe au beau milieu d'une phrase.

— Thomas ! J'ai trouvé l'explication — oh, pardon, Mr. Stripe — enfin, l'une des explications, dans le journal de Sybilla. Je n'y aurais jamais pensé !

Devant les deux hommes qui la dévisageaient avec étonnement, elle s'interrompit, gênée de détenir un tel secret, non pas tant pour Eustace, qu'elle aurait vu humilier avec grand plaisir, que par égard pour Sybilla.

— Qu'avez-vous découvert ? demanda Pitt, soudain attentif et anxieux.

Plus que les mots eux-mêmes, la peur qu'il lisait dans les yeux de Charlotte et la vive coloration de ses joues l'inquiétaient. Il ne décelait aucun triomphe dans sa voix.

Elle jeta un bref coup d'œil à Stripe, mais il s'en aperçut et elle fut désolée. Très vite, elle lui tourna le dos, défit les premiers boutons de son corsage, sortit le carnet et le tendit à Pitt.

— Regardez ce qu'elle a écrit la veille de Noël, dit-elle à mi-voix, et ensuite lisez la dernière page.

Il ouvrit le carnet, le feuilleta rapidement jusqu'au mois de décembre, puis tourna les pages une par une, jusqu'à la date du 24 décembre. Elle observa son visage pendant qu'il lisait ; elle y vit un mélange de colère et de dégoût qui se mua peu à peu en pitié, lorsqu'il arriva à la dernière ligne du journal.

— Il a tué George à cause d'elle...

Pitt leva les yeux vers Charlotte et, sans un mot, passa le carnet à Stripe.

— Cette pauvre Sybilla le savait ou l'avait deviné.

— Je me demande pourquoi il n'a pas tout de suite cherché le journal après l'avoir tuée, remarqua-t-elle, songeuse.

— Il a pu entendre du bruit à l'étage, quelqu'un qui se serait réveillé. Emily, pourquoi pas ? Et il n'a pas osé s'attarder dans la chambre.

Charlotte frissonna.

— Allez-vous l'arrêter ?

Pitt hésita, pesant le pour et le contre. Il regarda Stripe, tout rouge et malheureux.

— Pas pour l'instant. Il n'y a pas de preuve. March peut nier en bloc, prétendre que sa belle-fille a tout inventé. Sans preuve tangible, nous n'avons que le journal de Sybilla contre sa parole. Révéler l'existence du carnet ferait souffrir William et déclencherait peut-être un nouveau drame.

Il esquissa un très léger sourire.

— Laissons Eustace se faire du mauvais sang. Nous verrons bien comment il réagira. Vous disiez qu'il y avait aussi un carnet d'adresses ?

— Oui.

— Alors il faut aller le chercher. Nous vérifierons toutes les adresses. On ne sait jamais.

Charlotte, obéissante, se dirigea vers la porte. Pitt regarda Stripe avec un sourire en coin.

— Désolé, mon vieux, mais je vais avoir besoin de vous pour ce travail. Il pourrait vous prendre un certain temps...

Tout d'abord, Stripe ne comprit pas où son supérieur voulait en venir. Puis sa mine s'allongea et il rougit jusqu'aux oreilles.

— Bien, monsieur. Aurais-je un peu de temps pour...

— Naturellement. Mais pas trop de bavardages, hein ? Soyez de retour dans un quart d'heure.

— Bien, monsieur ! A vos ordres !

Dès que Pitt et Charlotte eurent quitté l'office, Stripe fila comme l'éclair, arrêta une soubrette qui passait par là et lui demanda où se trouvait Miss Taylor. Il paraissait si pressé et si imposant dans son uniforme, que la jeune fille répondit aussitôt, sans tergiverser comme elle avait l'habitude de le faire avec les étrangers, surtout de condition inférieure, qu'ils soient policiers ou ramoneurs.

— Miss Taylor ? Elle est dans la réserve, monsieur.
— Merci !

Stripe tourna les talons, passa devant de nombreuses pièces où chacun s'activait à ses occupations et entra dans la réserve, autrefois consacrée à la fabrication des liqueurs et des parfums, mais dans laquelle on entreposait aujourd'hui thé, café et confiseries.

Lettie, occupée à placer un cake aux fruits confits dans une boîte en fer, se retourna en entendant le bruit lourd de ses pas. Elle était encore plus mignonne que d'habitude, avec sa coiffure qui lui dégageait le front. Il remarqua qu'elle avait de fort jolies oreilles.

— Bonjour, Mr. Stripe, dit-elle avec un petit reniflement. Si vous êtes venu examiner le stock de café, vous êtes le bienvenu, mais c'est tout à fait inutile. Il vient juste d'être livré et...

Stripe se ressaisit.

— Euh... non, pas du tout, dit-il d'un ton plus ferme qu'il ne l'aurait cru. Nous avons du nouveau.

La curiosité de Lettie fut éveillée, mais en même temps, elle avait peur. Elle aimait se dire indépendante, mais, au fond, elle était très fidèle à ses maîtres, en particulier à Tassie, et n'aurait reculé devant rien pour les défendre, surtout face à des étrangers. Elle dévisagea Stripe, immobile, se demandant bien ce qu'il allait lui dire et comment elle lui répondrait.

— Ah bon ? fit-elle, la gorge serrée.

Il aurait voulu la réconforter, la rassurer, mais il n'osait pas. Il était trop tôt.

— Je dois aller m'en occuper.

— Oh...

Elle parut étonnée, puis déçue. Mais en voyant le regard du jeune homme s'éclairer, elle comprit qu'elle s'était trahie et se redressa de toute sa hauteur, menton fièrement relevé.

— Bien. Je suppose que vous ne faites que votre devoir, Mr. Stripe.

Elle n'osa pas en dire plus. Quelle idée de se mettre dans un état pareil, surtout pour un policier !

— L'enquête prendra peut-être du temps, poursuivit Stripe. Il se pourrait que l'on découvre l'assassin, et dans ce cas, je ne reviendrai pas.

— J'espère que vous le trouverez. Nous ne voudrions pas que de tels crimes restent impunis.

Lettie se retourna vers son gâteau et ses rangées de boîtes à thé, puis changea d'avis, troublée. Elle n'était pas sûre d'être en colère contre lui.

L'avertissement de son supérieur résonnait encore aux oreilles de Stripe. Le temps passait très vite. C'était maintenant ou jamais ! Il prit son courage à deux mains et se jeta à l'eau.

— J'étais venu vous dire, bredouilla-t-il, le regard fixé sur le grand bocal en porcelaine chinoise qui se trouvait derrière la jeune fille, que j'aimerais beaucoup revenir vous voir. A titre personnel, bien sûr...

Il l'entendit retenir sa respiration, mais comme il n'osait pas la regarder, il ne put en définir la raison.

— ... pour vous demander si vous accepteriez de venir vous promener et écouter de la musique à Hyde Park. Ce serait...

Il hésita, puis se décida à la regarder.

— Ce serait agréable, non ? conclut-il, les joues en feu.

— Je vous remercie, Mr. Stripe, dit-elle, très vite.

Quelle folie, songeait-elle, se promener avec un policier ! Qu'est-ce qu'en aurait dit son père ? Mais par ailleurs, elle était ravie — depuis trois jours elle ne rêvait que de s'entendre dire cela.

Elle avala sa salive.

— Ce serait très agréable, en effet.

Stripe rayonnait, soulagé ; puis, se souvenant de sa mission, il redevint sérieux et se redressa avec dignité.

— Merci, Miss Taylor. Si mon devoir me retient loin d'ici, je vous écrirai et... je viendrai vous chercher à trois heures samedi après-midi ! ajouta-t-il avec un geste de triomphe.

Sur ces paroles, il quitta la réserve avant que Lettie ait eu le temps d'émettre une objection.

Elle attendit que le bruit de ses pas se fût éloigné, puis tassa les feuilles de thé qu'elle était en train de trier dans un bocal et courut à l'étage pour tout raconter à Tassie, avec laquelle elle partageait bon nombre de secrets.

Charlotte, assise au bord de son lit, luttait contre une envie grandissante de ne pas assister au dîner. Pitt avait emporté le carnet d'adresses de Sybilla pour l'examiner de plus près. En son absence, elle avait peur. L'idée d'affronter Eustace à table la terrifiait. Il devait bien se douter qu'elle avait montré le journal à son mari et que celui-ci se demandait s'il devait le rendre public.

Comment réagirait William s'il apprenait que son propre père était l'amant de sa femme, à qui il avait écrit de si belles lettres d'amour ? Sa souffrance serait intolérable. Cette pensée la conforta dans sa décision de n'en rien dire à Emily. Inutile que tout le monde soit au courant. Il n'était pas absolument certain qu'Eustace ait assassiné George dans une crise de jalousie ; après tout, il n'avait aucun droit sur sa belle-fille. Si la jalousie l'avait poussé au meurtre, c'est parce que Sybilla s'était refusée à lui, préférant offrir ses faveurs à George.

Un froid soudain l'envahit. Évidemment ! Sybilla n'avait pas osé demander protection auprès de William parce qu'elle ne voulait pas qu'il apprenne sa liaison avec son père — sa « folie », avait-elle écrit — et aussi parce qu'elle avait peur pour lui, si les deux hommes venaient à se quereller. Par méchanceté, Eustace était bien capable d'aller chanter sur les toits qu'il avait cocufié son propre fils. Charlotte imaginait la tête de Mrs. March en apprenant la nouvelle, ou encore la réaction de Tassie, qui vouait à son frère une véritable adoration.

Sybilla avait eu l'intelligence et la sagesse de chercher la protection de George ; celui-ci pouvait se montrer parfois étonnamment prévenant, lorsqu'il devinait des sentiments blessés. C'était un homme loyal, qui ne portait aucun jugement préconçu. Cela lui ressemblait tout à fait d'avoir aidé Sybilla dans le plus grand secret. Hélas, il n'était pas prévu qu'il succomberait à son charme ! A partir de ce moment-là, le plan avait échoué. Et Jack était entré en scène. Jack qui, comprenant la situation, avait offert son aide à Sybilla. Mais qu'avait-il compris exactement ?

Non, elle ne dirait rien à Emily. Pas pour le moment.

L'idée de jouer la comédie pendant tout le repas était insupportable. Quelle excuse inventer? Pour la famille, le prétexte serait facile : elle avait mal à la tête et ne se sentait pas bien. Inutile de chercher d'autre explication; les femmes ont toujours des migraines, c'est bien connu. Et il fallait avouer qu'elle avait de bonnes raisons pour cela!

Tante Vespasia s'inquiéterait et lui enverrait Digby avec potions et recommandations. Mais à table, elle manquerait beaucoup à Emily, que l'excuse de la migraine ne satisferait pas. Sans parler de Thomas, qui attendait d'elle qu'elle soit présente à chaque repas. « Moi, je peux ouvrir grand mes yeux et mes oreilles » : c'était l'argument que Charlotte avait mis en avant pour le convaincre qu'elle devait rester à Cardington Crescent. Une dame de la haute société, entourée de domestiques, pouvait se permettre de s'aliter en prétextant des vapeurs; mais une femme au foyer était censée continuer à vaquer à ses occupations, même avec une fièvre de cheval ou une pneumonie. Pitt verrait dans son absence une soudaine lâcheté, et il aurait raison! Finalement, affronter Eustace était peut-être un moindre mal.

Ce fut ce qu'elle se dit jusqu'au moment de passer à table. Elle était bien décidée à ne pas le regarder, mais elle avait si intensément conscience de sa présence qu'elle finit par lever les yeux vers lui à l'instant précis où il en faisait autant. Elle détourna le regard, très vite, mais il était trop tard. Le morceau de poulet qu'elle avait dans la bouche perdit soudain son goût; elle sentit ses paumes devenir moites et faillit lâcher sa fourchette. Mon Dieu, tous les regards devaient être rivés sur elle! Ils se demandaient certainement ce qui lui arrivait; c'était seulement par politesse qu'ils n'osaient lui poser la question. Elle eut beau fixer la blancheur de la nappe, en évitant les facettes éblouissantes des lustres et du verre taillé des flacons, elle ne voyait que le visage d'Eustace.

— Je crois que le temps va changer, fit Mrs. March, d'un ton lugubre. Je déteste les étés humides ; l'hiver, au moins, on peut rester près du feu sans se sentir ridicule.

— De toute façon, chez vous, la cheminée est allumée toute l'année, remarqua Vespasia. Même un chat étoufferait dans votre boudoir.

— Je n'ai pas de chats ! rétorqua Mrs. March. Je ne les aime pas. Des créatures insolentes et égoïstes. Il y a déjà assez d'égoïsme dans le monde sans avoir besoin de s'encombrer d'un chat. J'avais un chien, ajouta-t-elle en lançant un regard haineux vers Emily, mais quelqu'un l'a tué.

— S'il n'avait pas préféré George, il ne lui serait rien arrivé, répondit Vespasia en repoussant son assiette d'un air dégoûté. Pauvre petite bête.

— Et si George n'avait pas préféré Sybilla à Emily, il ne serait pas mort non plus, répliqua Mrs. March, bien décidée à avoir le dernier mot à sa propre table, devant des étrangers qu'elle méprisait, et face à Vespasia qu'elle détestait.

Charlotte haussa les sourcils.

— Tiens, je croyais que c'était parce que Emily préférait Jack Radley. Quelque chose vous aurait-il fait changer d'avis ?

— Moins vous en dites, mieux cela vaut, jeune dame ! s'exclama Mrs. March avec un regard dédaigneux, tout en continuant à manger.

— Je pensais que vous aviez appris quelque chose de nouveau, murmura Charlotte.

Poussée par un besoin inexplicable, elle jeta un coup

d'œil de côté en direction d'Eustace. L'expression qu'elle surprit sur son visage la stupéfia : ce n'était pas exactement de la peur, non, plutôt une extraordinaire curiosité. Cet homme était hypocrite, suffisant, insensible, obsédé par l'idée de perpétuer sa dynastie quitte à piétiner allégrement tout sentiment personnel chez autrui. Mais elle se surprit à constater, non sans malaise, qu'il ne manquait pas de courage. Il ne la considérait plus avec la condescendance indifférente dont il avait fait preuve auparavant. Elle lut dans ce bref coup d'œil qu'elle était devenue pour lui non seulement une adversaire, mais une femme. Un passage du journal de Sybilla lui revint brusquement en mémoire, avec autant de netteté que s'il avait été posé devant elle sur la nappe : « *Il est si viril.* » Elle sentit ses joues s'empourprer. L'idée était tellement répugnante que ses mains se mirent à trembler et que sa fourchette heurta bruyamment son assiette. Dans son journal, Sybilla avait-elle fait d'autres allusions à ses prouesses amoureuses, indirectement, ou avec force détails ? Ses joues lui cuisaient ; elle avait l'impression d'être nue devant tous les convives, et en particulier devant Eustace. Il savait sans doute ce qu'elle avait lu dans le journal, et peut-être plus. Se répétait-il les phrases de Sybilla en les partageant mentalement avec elle, et en imaginant ses réponses ? Elle frissonna violemment. Puis, parce que la courtoisie l'exigeait, elle leva les yeux et vit Jack Radley, assis à côté d'Emily, qui la dévisageait d'un air soucieux.

— Et vous, Mrs. Pitt, avez-vous découvert quelque chose ? demanda soudain Tassie, avec une perspicacité inquiétante.

— Non ! nia Charlotte, un peu trop vite. Je ne sais rien. Rien du tout !

— Alors vous êtes une idiote, lança Mrs. March, méchamment. Ou une menteuse. Ou les deux.

— Dans ce cas, nous sommes tous des imbéciles ou des menteurs, intervint William.

Il posa sa serviette à côté de son assiette, à laquelle il n'avait pas touché. Contrairement aux autres convives, il n'avait même pas avalé une bouchée ou deux, ni repoussé le contenu de son assiette vers les bords.

— Nous ne sommes pas tous idiots, dit Eustace, sans regarder Charlotte — mais elle aurait juré qu'il s'adressait à elle. L'un d'entre nous connaît le nom de l'assassin, et pour cause, mais les autres ont la sagesse de ne pas claironner tout ce qui leur passe par la tête. Pourquoi faire souffrir inutilement ? N'oublions pas la charité chrétienne ! Elle est aussi importante que notre juste indignation.

— De quoi diable parlez-vous ? s'exclama Vespasia avec une véhémence qui surprit tout le monde. Charité chrétienne envers qui ? Et pour quelle raison ? Vous n'avez jamais eu une once de compassion pour autrui durant toute votre existence. Pourquoi cette brusque volte-face ? Avez-vous changé de camp, pour une fois ?

Eustace se pétrifia sur sa chaise. Il chercha désespérément une repartie, mais ne trouva rien qui puisse contrecarrer la brillante attaque de sa belle-mère.

Charlotte dit à haute voix la première chose qui lui vint à l'esprit, non pour faire plaisir à Eustace, mais pour protéger William d'une humiliation publique, surtout venant de son père.

— Nous avons tous quelque chose à cacher. Notre stupidité, à défaut de notre culpabilité. Je m'en suis rendu compte, à l'occasion de différentes enquêtes criminelles. Mr. March commence peut-être à entrevoir la réalité. Je suis certaine qu'il souhaite protéger sa famille, que le sort des autres lui importe ou non. Il s'imagine peut-être qu'Emily n'osera pas se défendre, quoi que l'on dise sur elle à cette table, mais il sait qu'avec moi il trouvera à qui parler.

Vespasia demeura silencieuse, préférant sans doute garder ses réflexions pour elle. William lui adressa un très léger sourire, si forcé qu'il faisait pitié. Jack Radley posa une main protectrice sur le bras d'Emily.

— Ah? fit Mrs. March avec un rictus méprisant. Je me demande bien ce que vous pourriez dire qui soit susceptible de gêner mon fils!

Charlotte s'obligea à sourire.

— Vous m'invitez précisément à faire ce que nous sommes convenus de ne pas faire : causer une détresse inutile en nous livrant à de hasardeuses spéculations. N'est-ce pas, Mr. March? conclut-elle en levant les yeux vers Eustace.

Il fut pris au dépourvu. Charlotte lut clairement sur son visage les émotions successives qui le traversaient : inquiétude, sécurité temporaire, puis un soupçon d'ironie qu'elle ne lui connaissait pas, et enfin, bien à contrecœur, de l'admiration à son égard.

Elle eut le sentiment affreux qu'à ce moment précis, si elle l'avait voulu, elle aurait pu prendre la place récemment laissée par Sybilla. Cette fois, elle osa affronter son regard et ce fut lui qui baissa les yeux le premier.

Charlotte dormit très mal. Elle regrettait de n'avoir offert à Vespasia aucune explication à l'extraordinaire confrontation qui l'avait opposée à Eustace au cours du dîner. Emily, trop absorbée par son propre chagrin et par la peur qui la hantait, n'avait rien remarqué.

Ce fut bien après minuit qu'elle entendit, par deux fois, un léger bruit à l'extérieur de la maison. Un bruit très léger, comme la chute d'un petit caillou. Non, elle ne rêvait pas. Elle sortit de son lit, se dirigea vers la fenêtre et jeta un coup d'œil au-dehors, en prenant soin d'à peine écarter le rideau. Elle ne vit que le jardin, baigné par la lumière voilée d'une demi-lune.

Puis le bruit recommença, sec et minuscule. Un caillou tomba de l'étage supérieur, ricocha sur l'appui de sa fenêtre et rebondit dans le vide. Elle ne l'entendit pas atterrir. Elle ne voyait personne. Quelqu'un devait se tapir dans l'ombre propice des arbustes.

Une soubrette attendant un galant ? Certainement pas ! Surprise en flagrant délit, elle perdrait non seulement son emploi et son domicile, mais aussi sa réputation, ce qui l'empêcherait de retrouver une place. Elle n'aurait d'autre choix que de travailler dans un atelier de confection ou de s'adonner au vol et à la prostitution. Même une grande passion ne résistait pas à ce genre de perspective. Les amoureux devaient trouver de meilleures solutions.

Quelle chambre était située au-dessus de la sienne ? Tout le monde dormait au premier étage, excepté... Tassie ! La jeune fille avait repris son ancienne chambre, pour laisser de la place aux invités.

Charlotte n'hésita pas une seconde ; si elle s'accordait le moindre temps de réflexion, le courage lui manquerait. Sans se soucier de passer ses sous-vêtements, elle saisit sa robe la plus chaude et la plus ordinaire, l'enfila, mit ses bottines et les boutonna à tâtons dans le noir, car elle n'osait pas allumer la lampe. Le guetteur pouvait la voir bouger, même derrière les rideaux fermés. Elle se contenta de nouer sommairement ses cheveux sur sa nuque, puis, après avoir trouvé son manteau, attendit derrière la porte, l'oreille tendue : un bruit de pas très léger se fit entendre sur le palier.

Elle patienta encore un moment, puis ouvrit sa porte et la referma silencieusement. Arrivée en haut de l'escalier, elle eut juste le temps de distinguer une ombre qui se glissait non en direction de la porte principale, mais vers la porte matelassée qui menait à l'office. Évidemment. La grande porte, verrouillée de l'intérieur, ne pouvait être ouverte de l'extérieur, alors que l'on pouvait toujours reprocher à une fille de cuisine d'avoir mal fermé la porte de l'office.

Charlotte souleva ses jupes et descendit l'escalier aussi vite qu'elle le put, en prenant garde à ne pas faire de bruit et à ne pas trop se rapprocher de Tassie, au cas où celle-ci jetterait un coup d'œil par-dessus son épaule.

La jeune fille était-elle somnambule ou en proie à une crise de folie passagère ? Ou bien en possession de tous ses esprits, partie vers on ne sait quelle hideuse besogne d'où elle reviendrait couverte de sang ?

Charlotte hésita. C'était se leurrer de croire qu'il ne s'agissait pas de quelque macabre occupation. Tant de crimes affreux étaient perpétrés chaque jour ; elle était bien placée pour le savoir. Avant le décès de George, Pitt avait été appelé à s'occuper d'une affaire épouvantable. Il était rentré un soir, livide, le cœur au bord des lèvres, après avoir découvert le cadavre d'une jeune femme découpé en morceaux, retrouvés dans des paquets éparpillés entre les quartiers de Bloomsbury et de St. Giles.

Tendue, elle s'arrêta dans le vestibule. Devant elle, la grande porte matelassée battait encore doucement. Tassie devait déjà se trouver dans l'arrière-cuisine. Il n'y avait pas une seconde à perdre : soit elle la suivait et apprenait enfin la vérité, soit elle retournait se coucher.

Si elle ne se dépêchait pas, elle perdrait Tassie de vue. Sans prendre le temps de réfléchir plus longtemps, elle franchit les derniers mètres qui la séparaient de la porte matelassée qui avait cessé de bouger, la poussa et entra dans l'aile réservée aux domestiques. Des cuisines tièdes et désertes montaient des odeurs de parquets frottés, de farine et de charbon froid. La lumière du réverbère de la rue faisait briller les seaux à charbon. Dans l'arrière-cuisine étaient rangés des piles de légumes, des baquets et des lavettes. Sa jupe se prit dans l'anse d'un seau ; elle s'arrêta juste avant qu'il ne se renverse bruyamment sur le sol dallé.

La porte de service était fermée. Tassie était déjà sortie. Charlotte actionna la poignée qui céda facilement sous sa main.

Dehors, il faisait juste un peu plus frais que dans la maison. Il n'y avait pas un souffle de vent dans la cour ceinte de hauts murs. Le ciel était parsemé de nuages effilochés ; dans la clarté laiteuse de la lune, elle voyait les fenêtres de l'arrière de la maison, la glissière métallique qui s'enfonçait dans la cave à charbon, la rangée de poubelles, et à l'opposé, le portail qui donnait sur la courette en contrebas. Le globe jaune du lampadaire, au-dessus du mur, éclairait la route qu'avait empruntée Tassie.

Charlotte souleva le loquet à deux mains, le retint avec soin, entrouvrit le portail et jeta un coup d'œil alentour : à gauche, elle ne vit que le trottoir désert, à droite, elle distingua la silhouette de la jeune fille qui s'éloignait rapidement de Cardington Crescent.

Elle referma le portail et la suivit en toute hâte. Au bout d'une dizaine de mètres, elle la vit tourner au coin de la rue et disparaître dans l'avenue principale. A présent, elle pouvait courir sans craindre d'attirer l'attention. Il n'y avait personne en vue. Si elle ne se dépêchait pas, Tassie aurait disparu avant qu'elle n'atteigne elle-même la grande avenue et Charlotte ne saurait jamais quelle violente pulsion pouvait pousser une héritière de dix-neuf ans à sortir de chez elle au beau milieu de la nuit et à revenir au petit matin la robe imprégnée de sang.

Arrivée à l'angle de l'avenue, elle interrompit sa course, craignant que le bruit de ses talons sur le pavé n'alerte Tassie. Ne voyant personne dans la large courbe de la grande artère bordée d'arbres, Charlotte s'immobilisa, furieuse et frustrée. Soudain, elle vit la silhouette de la jeune fille émerger de l'ombre d'un sycomore, environ cinquante mètres plus loin.

Elle n'avait pas marché assez vite. Tassie était donc si pressée ? Pour ne pas la perdre de vue, il lui fallait courir en faisant le moins de bruit possible et en se cachant dans l'ombre des arbres. Si Tassie s'apercevait qu'elle était suivie, Charlotte raterait l'occasion de découvrir son secret, ou — mieux valait ne pas y penser — serait obligée de se battre, au beau milieu de la rue, en pleine nuit, avec une malade mentale ! Car ce sang, à n'en pas douter, était bien du sang humain.

S'il venait à l'apprendre, Pitt ne lui pardonnerait peut-être jamais cette expédition nocturne. Imaginer la violence de sa réaction lui donnait envie de rentrer sous terre ! Mais ce n'était pas la sœur de Thomas qui risquait le tribunal et la potence, si l'enquête échouait ! Même un jury raisonnable et équitable conviendrait qu'Emily, en tant qu'épouse, avait un bon mobile pour empoisonner son mari.

Tassie marchait toujours d'un pas vif le long de l'avenue. Charlotte la suivait à une dizaine de mètres. Mais la jeune fille la surprit en tournant brusquement dans une rue adjacente, plus étroite et plus pauvre. Charlotte, perdue dans ses pensées, réalisa qu'elle avait failli la perdre et continuer à marcher toute seule jusqu'au diable vauvert.

Cette rue était aussi un quartier d'habitation, mais

les maisons étaient plus petites et serrées les unes contre les autres. Ici, le luxe cédait le pas à la gêne. Tassie marchait toujours très vite, comme si elle savait exactement où elle allait. Au bout de la rue, elle emprunta une venelle étroite et crasseuse, bordée de bâtisses délabrées, appuyées les unes contre les autres, dont les cours, pleines de recoins menaçants, faisaient penser à des flaques d'eau noire et stagnante. Il n'y avait âme qui vive, à l'exception d'un garnement efflanqué coiffé d'une grande casquette, qui marchait quelques mètres devant Tassie, dans la même direction.

Charlotte frissonna, bien que sa marche précipitée lui eût donné chaud et que la nuit fût tiède. Elle n'osait même pas se dire qu'elle avait peur, de crainte de perdre courage et de s'enfuir à toutes jambes sans demander son reste, vers la grande avenue propre et familière.

Tassie, quant à elle, nullement impressionnée, marchait tête haute, d'un pas léger et rapide, apparemment pressée d'arriver à destination. En apparence, le garçonnet et les deux jeunes femmes étaient seuls dans la rue, mais Dieu seul savait qui était tapi dans l'embrasure des portes. Où diable allait Tassie dans ce labyrinthe de masures et de boutiques à deux sous ? Elle ne pouvait y connaître personne.

Charlotte sentit le cœur lui manquer ; un frisson glacé la parcourut. George avait-il été réveillé, lui aussi, par le bruit d'un caillou sur une fenêtre ? En revenant de la chambre de Sybilla, avait-il aperçu Tassie et décidé de la suivre ? Charlotte reproduisait-elle en ce moment chacun de ses gestes ? Avait-il payé de sa vie la découverte de quelque abominable secret ?

Pourtant, elle poursuivit sa route ; quelque chose en elle, indépendant de sa volonté, semblait guider ses

281

pas ; elle marchait comme un automate, accélérant même l'allure dans cette rue aux murs suintants d'humidité. Elle devinait des silhouettes affalées dans l'ombre des portes, des mouvements dans les allées sombres, parmi les tas d'ordures. Des rats, ou des gens ? Les deux, sans doute. C'était en pareils lieux que les hommes de Pitt avaient découvert les restes sanglants d'une jeune femme, moins d'un mois plus tôt.

Charlotte était malade de peur, mais l'image de Tassie montant l'escalier sur la pointe des pieds, le visage serein, la robe tachée de sang, la hantait.

A quelle distance se trouvaient-elles de Cardington Crescent ? Combien de fois avaient-elles changé de direction ? Tassie marchait toujours à une dizaine de mètres devant elle ; Charlotte craignait sans cesse de voir disparaître sa silhouette menue, presque aussi frêle que celle du gamin qui la précédait et que les ombres en guenilles qui se profilaient dans son champ de vision.

Il était trop tard pour revenir sur ses pas. Où qu'aille Tassie, Charlotte devrait l'attendre ; seule, elle ne saurait jamais ressortir de ce dédale.

Soudain, la haute silhouette d'un homme à la forte carrure se détacha des murs de brique ventrus et irréguliers. Loin d'être effrayée, Tassie s'avança vers lui, mains tendues, avec un petit murmure de bonheur. Il la prit dans ses bras et elle se serra contre lui, acceptant avec naturel cette étreinte comme si elle lui était familière. Ils échangèrent un rapide baiser, comme des gens qui s'aiment d'un amour confiant et partagé, puis Tassie disparut dans l'embrasure d'une porte, l'homme sur ses talons, laissant Charlotte seule dans la nuit, sur le trottoir inégal et glissant. Le gamin lui aussi semblait s'être évanoui dans la nature.

Charlotte était terrorisée. Les ténèbres se refermaient sur elle ; des silhouettes se mouvaient péniblement, en traînant les pieds, des ondulations parcouraient les ruelles ; des poutres grinçaient, de l'eau s'égouttait de canalisations invisibles. Si elle se faisait agresser et tuer ici, même Pitt ne la retrouverait pas.

Où était-elle ? Devant une maison pauvre et ordinaire. Qu'est-ce qui pouvait bien amener Tassie March seule ici à minuit ? Elle devrait attendre dehors jusqu'à ce qu'elle ressorte, puis la suivre à nouveau...

Tout à coup, une main se posa sur son épaule. Son cœur fit un bond si violent dans sa poitrine que le cri de terreur qui monta de sa gorge s'éteignit avant d'avoir été poussé.

— Qu'est-ce qu'on fait là, mam'zelle ? grommela une voix à ses oreilles.

Quelle horreur ! Ce souffle chaud, cette haleine fétide ! Charlotte essaya de parler, mais ne put articuler un son tant sa gorge était serrée. Une grosse main malodorante se posa sur sa bouche.

— Alors, Mam'zelle-la-fouine ?

Le souffle de l'homme était si près de son oreille qu'il faisait voleter ses cheveux.

— Qu'est-ce qu'elle veut, hein ? Elle est venue espionner ? Pour courir ensuite tout raconter à son papa ? Eh bien, moi, je vais lui dire quelque chose qui va l'intéresser !

Il la tira violemment en arrière, lui faisant perdre l'équilibre. Charlotte tremblait de tous ses membres, mais la colère qui montait en elle eut raison de sa frayeur. Elle lança un violent coup de coude dans l'estomac de son agresseur et en même temps, de tout son poids, enfonça le talon de sa bottine sur son pied. L'homme poussa un cri de douleur.

L'affaire menaçait de mal tourner, quand une voix de femme monta dans la nuit, coléreuse.

— Arrêtez, Mr. Hodgekiss, laissez-la tranquille !

Une lanterne s'éleva, haute et brillante. Charlotte cligna des yeux. L'homme cracha par terre et la relâcha en bougonnant.

— Mrs. Pitt !

C'était la voix de Tassie, rendue aiguë par l'étonnement.

— Mais que faites-vous là ? Tout va bien ? Êtes-vous blessée ? Vous êtes si pâle !

Quelle autre explication fournir que la simple vérité ? Le visage de Tassie, lorsqu'elle baissa la lanterne, reflétait la plus parfaite innocence. L'inquiétude assombrissait ses grands yeux.

— Je... je vous ai suivie, bredouilla Charlotte, qui se rendait compte de sa stupidité et du danger qu'elle encourait.

Mais il n'y avait aucune colère sur le visage de Tassie.

— Dans ce cas, vous feriez mieux d'entrer.

Sans attendre de réponse, elle s'engouffra dans la maison, en laissant la porte ouverte. Charlotte resta sur le trottoir, indécise ; elle pouvait encore fuir à toutes jambes, loin de ces ruelles étroites et malodorantes, de la porte grande ouverte de cette maison qui recelait... quoi, au juste ? La folie et la mort ? Mais d'un autre côté, ignorant où elle se trouvait, elle risquait de s'enfoncer davantage dans ce dédale de taudis.

Elle prit sa décision, plus par peur de se perdre que par envie d'entrer, et suivit Tassie dans un couloir si étroit que l'on pouvait toucher chaque mur avec les coudes ; elle gravit un escalier très raide dont les marches grinçaient sous son poids. Le chemin était éclairé non par des lampes à gaz, mais par la lueur tremblotante d'une bougie tenue devant elle. Elle n'osait même pas imaginer où elle allait.

La chambre dans laquelle elle entra était désespérément ordinaire ; minces rideaux aux fenêtres, grosse toile de sac en guise de tapis, table de bois nue sur laquelle étaient posés un bol et un pichet ; un grand lit aux draps propres avait été préparé pour l'événement. Une gamine d'une quinzaine d'années y était allongée, très pâle, les traits tendus par la peur ; ses cheveux, repoussés en arrière, retombaient en boucles emmêlées sur ses épaules. Visiblement, le travail avait déjà commencé et elle souffrait beaucoup.

A l'autre bout du lit se tenait une jeune fille un peu plus âgée qui, étant donné leur ressemblance, devait être sa sœur. A ses côtés, manches relevées, prêt à intervenir au moment voulu, Charlotte reconnut le jeune vicaire, Mungo Hare, qui tenait la main de la parturiente.

Tout s'expliquait ! Tassie venait aider les femmes en couches et s'occuper des nouveau-nés. C'était sans doute Mungo Hare qui lui avait fait découvrir l'univers des bas quartiers de la capitale. On imaginait mal le pasteur Beamish, pieux et rougeaud, organisant le secours aux indigents.

Et ce baiser rapide et tendre s'expliquait lui aussi, ainsi que l'obéissance docile de Tassie quand sa grand-mère lui ordonnait de s'occuper de bonnes œuvres. Charlotte faillit éclater de rire tant elle était heureuse et soulagée.

Mais Tassie n'eut pas le temps de s'expliquer : la future mère, prise de contractions, se tordait de douleur, affolée. Tassie donna des ordres à un garçonnet très pâle qui portait une casquette, probablement celui-là même qui était venu lancer des cailloux contre sa fenêtre ; elle l'envoya chercher de l'eau et du linge propre, peut-être aussi pour l'obliger à sortir. Si la jeune fille n'avait pas été aussi terrifiée et s'il n'y avait pas eu risque de décès, Mungo Hare aurait également été banni de la pièce. L'accouchement était l'affaire des femmes.

Charlotte se souvenait de ses deux grossesses, en particulier de la première. Au début du travail, l'angoisse et la fierté d'être enceinte avaient cédé la place à une peur primitive qui lui avait desséché la bouche, quand avait commencé ce cycle infernal qui ne se terminait qu'avec la naissance, ou la mort. Et pourtant, elle était une femme adulte qui aimait son mari et désirait son bébé ; sa mère et sa sœur étaient présentes pour l'assister, après le départ du médecin. Tandis que cette jeune fille était presque une enfant ; à son âge, Charlotte étudiait encore. Il n'y avait personne pour l'aider, en dehors de Tassie et d'un jeune vicaire venu des Highlands.

Elle s'avança vers le lit, s'y assit et prit l'autre main de la jeune fille.

— Agrippez-vous à moi, dit-elle en souriant. Si vous cherchez à lutter contre la douleur, elle empirera. Surtout, criez si vous en avez envie — vous en avez parfaitement le droit — personne ne vous en voudra. Cela en vaut la peine, je vous le promets.

Paroles irréfléchies, qu'elle regretta tout de suite. Tant d'enfants naissaient mort-nés ! Et même s'il était bien vivant, comment cette gamine allait-elle subvenir à ses besoins ?

— Vous êtes très gentille, miss, fit la jeune fille entre deux halètements. Je sais pas pourquoi vous prenez la peine de vous occuper de moi.

— Tout simplement parce que j'ai eu deux enfants, répondit Charlotte en serrant un peu plus fort sa petite main, qui se referma sur la sienne au moment d'une contraction plus violente. Je sais ce que vous ressentez. Mais attendez un peu de tenir votre bébé dans vos bras, vous verrez, vous oublierez tout.

A nouveau, elle se maudit d'avoir parlé trop vite. Et si la petite ne pouvait garder le bébé ? Si elle était obligée de l'abandonner pour l'adoption ou l'orphelinat, aux frais de la paroisse, qui l'enverrait ensuite dans un asile de travail où il mourrait de faim et de solitude ?

La jeune fille répondit à sa question informulée.

— Ma sœur Annie et moi allons l'élever. Mr. Hare lui a procuré un bon travail. Elle fait des ménages.

Ce faisant, elle jeta au vicaire un regard intense, plein d'une confiance absolue.

Une série de contractions régulièrement espacées vint interrompre la conversation. Tassie commença alors à lui prodiguer des encouragements et lui ordonna de pousser. Des serviettes propres, de l'eau chaude circulèrent. Spontanément, Charlotte lui prêta main-forte et, à trois heures et demie du matin, dans cette pièce minuscule et misérable, l'éternel miracle se produisit. Un petit garçon était né, en parfaite santé. La jeune mère, vêtue d'une chemise de nuit propre, épuisée, les cheveux trempés de sueur, mais rayonnante de joie, le tint dans ses bras et demanda timidement à Charlotte si cela ne la dérangeait pas qu'on le prénommât Charlie, en souvenir d'elle. Elle répondit, sincère, que ce serait un grand honneur pour elle.

A quatre heures moins le quart, alors que l'aube d'été éclairait un ciel gris perle au-dessus de l'enchevêtrement des toits pentus, noircis par la crasse et la suie, Charlotte et Tassie quittèrent la maison, précédées par le gamin qui les reconduisit en dansant vers la grande avenue ; de là elles pourraient facilement retrouver leur chemin jusqu'à Cardington Crescent. Mungo Hare ne les accompagna pas. Il avait dit au revoir à Tassie au coin de la ruelle. Il avait d'autres tâches à remplir avant d'aller se présenter à Mr. Beamish pour la liturgie de l'office du matin.

Charlotte mourait d'envie de danser, elle aussi, mais ses jambes ne lui obéissaient plus, après tous les efforts qu'elle leur avait demandé de fournir au cours de la nuit! Toutefois, elle se surprit à fredonner un air joyeux de cabaret et, au bout d'un moment, Tassie se joignit à elle. Côte à côte, elles marchèrent le long de l'avenue baignée d'une aube claire, les cheveux ébouriffés, les vêtements tachés de sang. Au-dessus d'elles, les oiseaux, dans les sycomores, entonnaient leurs vocalises pour saluer le jour naissant.

A Cardington Crescent, la porte de l'arrière-cuisine n'était heureusement pas verrouillée. Elles s'y faufilèrent, longeant les piles de légumes, les rangées de casseroles accrochées au mur, et montèrent l'escalier de pierre qui menait à la cuisine. D'ici une demi-heure, les servantes seraient là, prêtes à nettoyer et à noircir les fourneaux, à allumer les feux et à préparer les fours, afin que tout fût prêt quand la cuisinière apparaîtrait. Dans peu de temps, les femmes de chambre se lèveraient pour mettre le couvert du petit déjeuner et commencer leur journée de travail.

— N'avez-vous jamais rencontré personne, au retour de vos expéditions nocturnes? chuchota Charlotte.

— Non. Une fois ou deux, j'ai dû me cacher dans la réserve. Charlotte, vous ne direz rien à personne, n'est-ce pas, à propos de Mungo? ajouta Tassie, inquiète. Je vous en prie...

— Bien sûr que non! Pour qui me prenez-vous? s'exclama Charlotte, horrifiée à l'idée que Tassie la crût capable d'une telle trahison. A propos, allez-vous l'épouser?

Tassie releva fièrement le menton.

— Oui! Papa sera furieux, évidemment, mais s'il le faut, je me passerai de sa permission. J'aime Mungo plus que tout au monde — excepté Grand-Maman Vespasia et William. Mais eux, c'est différent.

— Bien ! fit Charlotte, en lui serrant le bras dans un petit geste complice. Si je peux vous aider, je le ferai.

— Merci, fit Tassie, profondément reconnaissante.

Elles ne pouvaient se permettre de bavarder plus longtemps ; il était tard. Sur la pointe des pieds, Charlotte suivit Tassie le long du couloir, passa devant les appartements de la gouvernante et du majordome et franchit la porte matelassée qui donnait sur le vestibule.

Elles arrivaient au pied du grand escalier quand elles entendirent le déclic de la poignée de la porte du petit salon. La voix d'Eustace s'éleva derrière elles.

— Mrs. Pitt, votre conduite est inqualifiable. Veuillez faire vos valises et quitter ma maison dès ce matin.

Charlotte et Tassie se figèrent, parcourues par un frisson d'effroi. Lentement, elles se retournèrent pour lui faire face. A environ trois mètres d'elles, juste devant la porte du salon, vêtu d'une robe de chambre et coiffé d'un bonnet de nuit, Eustace tenait une chandelle allumée dont la cire coulait sur le bougeoir. Les lourdes tentures de velours du vestibule masquaient la lumière du soleil levant. Il leva la bougie et vit leurs visages et les taches sombres qui maculaient leurs robes. En dépit de la gravité de la situation, Charlotte ne pouvait dissimuler la joie qui l'habitait, son exultation d'avoir participé à un événement aussi important que celui de donner la vie.

A la lueur jaune de la bougie, elles virent Eustace blêmir et écarquiller les yeux.

— Oh, mon Dieu ! haleta-t-il, affolé. Qu'avez-vous fait ?

— Nous avons mis un bébé au monde, répondit Tassie avec le sourire extasié que Charlotte lui avait vu la première nuit dans l'escalier.

— Co... comment ? balbutia Eustace, atterré.

— Nous avons mis un bébé au monde, répéta Tassie.

— Ne sois pas ridicule ! Quel bébé ? As-tu perdu l'esprit, ma fille ? Le bébé de qui ?

— Son nom est sans importance, Papa.

— Au contraire !

La voix Eustace monta d'un cran.

— Cette femme n'avait pas à t'appeler au beau milieu de la nuit ! En fait, elle n'avait pas à t'appeler du tout ! A-t-elle oublié les convenances ? Une jeune fille n'a pas à être au courant de ces choses-là ! C'est indécent ! Comment pourrais-je te marier, désormais ? Qui est cette femme, Anastasia ? J'exige de savoir son nom ! Je lui ferai part de mon sentiment et j'irai dire deux mots à son mari. C'est une attitude complètcment irresponsable...

Il s'interrompit au beau milieu de sa phrase.

— Mais, j'y pense... Je n'ai pas entendu de voiture arriver.

— Nous sommes parties à pied, répondit Tassie. Et si vous voulez tout savoir, elle n'est pas mariée. Elle s'appelle Poppy Brown.

— Jamais entendu ce nom-là. Comment cela, vous êtes parties à pied ? Il n'y a pas de Brown à Cardington Crescent !

— Ah bon ? releva Tassie, indifférente.

Au point où elle en était, le tact ne servait plus à rien. A quoi bon tergiverser ? Elle était bien trop euphorique, trop épuisée et surtout trop lasse de s'entendre sans cesse rabrouer, pour plaider sa cause.

— Non, il n'y a pas de famille Brown, répéta Eustace, dont la colère montait. Je connais tout le monde ici, du moins de réputation. Cela va de soi. Comment s'appelle cette femme, Anastasia ? Tu as intérêt à me dire la vérité, sinon tu verras de quel bois je me chauffe.

— A ma connaissance, elle s'appelle Poppy Brown, réitéra Tassie. Je n'ai jamais dit qu'elle habitait dans le quartier. Elle vit à quelques kilomètres d'ici, dans un taudis. Son petit frère est venu me chercher. Sans lui, je n'aurais pas pu trouver mon chemin.

La stupéfaction réduisit Eustace au silence. Ils demeurèrent tous trois, dans la lueur vacillante de la bougie, au pied de l'escalier, tels des personnages de pantomime. Quelque part, à l'étage, une servante laissa une porte claquer sans la retenir. L'écho se répercuta dans la vaste maison.

— Plus tôt tu épouseras Jack Radley, mieux cela vaudra, dit enfin Eustace. S'il veut bien de toi... Mais puisqu'il a besoin d'argent, il t'épousera. A son tour de prendre soin de toi. Au moins, tu auras de quoi t'occuper avec tes propres enfants!

Le visage de Tassie se durcit. Sa main agrippa la rampe de l'escalier.

— Impossible, Papa. Souvenez-vous qu'il a peut-être tué George. Vous ne voudriez pas d'un assassin dans la famille? Pensez au scandale!

Eustace devint cramoisi. Le bougeoir vacilla dans sa main.

— Sornettes! dit-il, un peu trop vite. La meurtrière, c'est Emily. Le premier imbécile venu peut voir qu'ils sont fous dans cette famille.

Il jeta un regard méprisant en direction de Charlotte, puis se tourna à nouveau vers sa fille.

— Tu épouseras Jack Radley dès que possible. A présent, monte dans ta chambre!

— Si vous faites cela, Père, on dira que j'ai dû l'épouser parce que j'étais enceinte. Il est indécent de se marier dans la hâte, surtout avec un homme à la réputation douteuse...

— C'est toi qui mérites de perdre ta réputation ! Et tu perdrais beaucoup plus si les gens savaient où tu es allée cette nuit.

Mais Tassie était bien décidée à ne pas se laisser faire.

— N'oubliez pas que je suis votre fille. Ma mauvaise réputation déteindrait sur vous... De toute façon, si Emily a tué George, Jack y est pour quelque chose — du moins, c'est ce que diront les gens.

— Quels gens ?

Il savait qu'il marquait un point.

— Personne n'est au courant de leur relation, excepté la famille, qui se taira, naturellement. A présent, fais ce que je te dis et monte dans ta chambre.

Tassie ne bougea pas d'un pouce. Sa main agrippa un peu plus fort la rambarde de l'escalier.

— Il se peut que Jack n'ait pas envie de m'épouser. Emily est très fortunée, désormais. Je n'hériterai qu'à la mort de mes grand-mères.

— Je veillerai à te donner une dot substantielle et ton mari aura également tout ce dont il a besoin. Emily ne compte pas. Nous la ferons discrètement interner, dans un endroit où elle ne pourra plus tuer personne.

Tassie releva le menton et affronta son père. Son petit visage était tendu et effrayé.

— Je n'épouserai pas Jack Radley. J'épouserai Mungo Hare, et ce, quoi que vous disiez.

Eustace demeura un instant sans voix. Puis la stupeur céda la place à un torrent de récriminations.

— Ceci est hors de question, ma fille ! Tu épouseras l'homme que je t'ai choisi ! Et j'ai choisi Jack Radley. S'il est prouvé qu'il ne te convient pas, ou qu'il ne souhaite pas cette union, nous trouverons un autre parti. Mais il n'est pas question que tu épouses un jeune homme impécunieux et sans famille. A quoi penses-tu ? Une de mes filles, épouser un vicaire ! Un archidiacre, peut-être, mais un vicaire, voyons un peu ! Ce garçon n'a aucune perspective d'avenir. Je t'interdis de le revoir ou même de lui adresser la parole ! Je parlerai à Beamish et lui demanderai qu'à l'avenir Hare ne revienne plus dans cette maison et qu'on t'empêche de lui parler à l'église. Et si tu ne m'obéis pas, je dirai à Beamish que son vicaire t'a fait des avances. Il sera défroqué. M'as-tu bien compris, Anastasia ?

Suffoquée, Tassie vacilla.

— Maintenant, va dans ta chambre et restes-y jusqu'à ce que je te donne l'autorisation d'en sortir !

Eustace pivota sur lui-même et ajouta à l'adresse de Charlotte :

— Quant à vous, Mrs. Pitt, faites vos bagages et quittez ma maison sur-le-champ !

Charlotte avait encore un atout à jouer. Elle n'hésita pas un instant.

— J'aimerais tout d'abord vous dire deux mots, Mr. March, dit-elle en soutenant son regard. Nous devons parler de certaines choses...

Il hésita, sur le point de la défier, joues empourprées, lèvres pincées, mais le courage lui manqua.

— Monte dans ta chambre, Anastasia, aboya-t-il.

Charlotte se tourna vers Tassie et lui dit en souriant :

— Je viendrai vous voir dans quelques minutes. Ne vous inquiétez pas.

Tassie attendit, les yeux agrandis par l'effroi, puis voyant passer un éclair de complicité dans les yeux de Charlotte, elle lâcha la rampe, se détourna lentement, monta l'escalier et disparut sur le palier.

— Eh bien ? demanda Eustace, d'un air agressif que contredisait le tremblement de sa voix.

Charlotte se demanda si elle devait essayer d'être

subtile ou au contraire se montrer directe, afin qu'il ne puisse la berner. Connaissant ses propres limites, elle opta pour la deuxième solution.

— Je crois que vous devriez laisser Tassie continuer d'aider les indigents, dit-elle, aussi calmement qu'elle le put, et l'autoriser à épouser Mr. Hare, sans trop de précipitation toutefois, afin de ne pas provoquer de réflexions désobligeantes.

Eustace secoua la tête.

— Hors de question. Il n'a pas d'argent, pas de famille, pas d'avenir.

Elle jugea inutile de mettre en avant les vertus de Mungo Hare; aux yeux d'Eustace, elles ne pesaient pas lourd. Aussi préféra-t-elle toucher son point faible.

— Si vous refusez, articula-t-elle avec lenteur, en soutenant son regard, je veillerai à ce que tout le monde apprenne votre liaison avec votre belle-fille. Jusqu'à présent, seule la police est au courant; aux yeux de la loi, ce n'est pas un crime, bien que cela soit dégoûtant. Votre position serait intenable, si la bonne société en était informée. Elle ferme les yeux sur une aventure discrète, mais séduire sa belle-fille dans sa propre maison, le soir de Noël, et la poursuivre ensuite de ses assiduités...

— Taisez-vous! hurla-t-il, malgré lui. Taisez-vous!

— La Reine n'approuverait pas, je crois, poursuivit-elle, impitoyable. C'est une vieille dame très prude, obsédée par la vertu, la fidélité conjugale et la préservation de la famille. Si elle venait à apprendre vos frasques, adieu pairie... Vous seriez rayé des listes d'invitation du Tout-Londres.

— Très bien, très bien! fit-il d'une voix étranglée, l'œil suppliant. Elle peut épouser son maudit vicaire. Mais pour l'amour du ciel, ne dites rien à propos de Sybilla! Je ne l'ai pas tuée! Et je n'ai pas tué George non plus! Je le jure!

— C'est possible, répondit-elle, prudente. La police détient le carnet de Sybilla ; du moment que vous n'êtes coupable d'aucun crime au regard de la loi, ce journal n'a pas à être rendu public. Je demanderai à mon mari de le détruire, une fois l'enquête terminée. Mais je le ferai pour votre fils, non pour vous.

Eustace déglutit et articula péniblement :

— Me donnez-vous votre parole ?

— Je viens de le faire. A présent, vous voudrez bien m'excuser. Je vais me coucher. Nous avons eu une nuit difficile. Et j'aimerais auparavant annoncer la bonne nouvelle à Tassie. Elle sera très heureuse. Je crois qu'elle aime beaucoup Mr. Hare. Elle a fait là un excellent choix. Ah ! Je ne descendrai pas pour le petit déjeuner ; je ferai monter un plateau dans ma chambre, si vous avez l'obligeance de prévenir les femmes de chambre. Je vous verrai au déjeuner et au dîner.

Il émit un bruit étouffé qu'elle prit pour un assentiment.

— Eh bien, bonne nuit, Mr. March.

Il répondit par un grommellement inaudible.

11

Tandis que Charlotte prenait son petit déjeuner au lit en narrant à Emily les événements de la nuit, Pitt, aidé de Stripe, examinait le carnet d'adresses trouvé dans la mallette de Sybilla. A la fin de la matinée, les deux hommes avaient vérifié toutes les adresses, à l'exception d'une seule. Il y avait là les noms qu'une femme de la bonne société est censée noter dans son carnet : parents souvent âgés, nombreuses cousines, amies dont la plupart, mariées, quittaient la capitale pendant l'hiver, quand la Saison prenait fin ; relations mondaines avec lesquelles il pouvait être utile de garder contact ; enfin, différents commerçants et artisans : un herboriste, un parfumeur, deux couturières, une modiste et une corsetière.

La seule personne qui leur posait problème était une certaine Clarabelle Mapes, domiciliée 3, Tortoise Lane. A la connaissance de Pitt, Tortoise Lane était une misérable ruelle de St. Giles, quartier que Sybilla March n'avait guère eu l'occasion de fréquenter. Peut-être s'y trouvait-il une institution charitable, un orphelinat ou un asile de travail auquel Sybilla apportait un soutien financier.

Un peu par excès de zèle — son supérieur lui fit d'ailleurs remarquer, non sans mépris, qu'il perdait son temps — Pitt décida de s'y rendre. Mrs. Clarabelle Mapes pourrait éclairer d'un jour nouveau l'image familière mais encore floue qu'il se faisait des March.

La plupart des rues de St. Giles étaient si étroites qu'aucune voiture à cheval ne pouvait y progresser ; aussi descendit-il de son cab à environ cinq cents mètres de Tortoise Lane. Il poursuivit son chemin à pied entre des bâtisses grises à encorbellement. L'air chaud était imprégné de relents d'égout. Des employés de bureau malingres, portant tuyau de poêle et pantalon lustré, se hâtaient, un journal sous le bras. Un faussaire, le nez chaussé de lunettes cerclées de métal, s'écarta en traînant les pieds pour laisser passer Pitt. Le soleil tapait fort et aucun souffle de vent ne venait chasser les épaisses fumées.

Un unijambiste appuyé sur une béquille écoulait des allumettes à la criée ; un garçonnet offrait aux chalands des lacets disposés sur un plateau accroché à son cou par une ficelle ; une fillette vendait de minuscules vêtements d'enfant. Pitt lui acheta une babiole, trop petite pour ses propres enfants, mais il ne pouvait passer son chemin sans un pincement au cœur, sachant que des dizaines d'autres passants, aujourd'hui ou demain, l'ignoreraient ; personne ne pouvait rien y changer.

Au milieu de la chaussée, un marchand des quatre-saisons poussait sa charrette, dont les roues rebondissaient en grinçant sur les pavés inégaux. La petite fille se précipita vers lui et utilisa les piécettes que Pitt lui avait données pour acheter des légumes qu'elle fourra prestement dans son tablier avant de disparaître.

Tout en marchant, Pitt réfléchissait. Eustace March avait-il tué George afin que sa liaison avec sa belle-fille restât secrète ? S'était-il débarrassé d'elle ensuite quand elle s'était rendu compte qu'il était un assassin ? Il aurait aimé croire à cette hypothèse. Tout, ou presque, chez Eustace, lui déplaisait : sa suffisance, son ignorance délibérée des désirs et des peines d'autrui, ses manières à la fois autoritaires et onctueuses, sa virilité affichée, son orgueil de chef de clan. Mais peut-être était-il en fin de compte représentatif du patriarche vigoureux et fortuné, doté d'une ambition démesurée. Égocentrique, indifférent plutôt que foncièrement méchant, et convaincu, la plupart du temps, d'avoir raison sur tout ce qui était important et sur presque tout ce qui l'était moins. Pitt n'avait pas remarqué chez lui une attitude de violence ou de peur qui l'aurait poussé à commettre un double crime, et ce, dans sa propre maison.

Il y avait ensuite cette histoire rocambolesque rapportée par Charlotte à propos de Tassie montant les escaliers, les vêtements tachés de sang. En dépit de ses protestations véhémentes, il était possible qu'elle ait fait un cauchemar. Cette vision était tellement abracadabrante ! A la lueur de la lampe à gaz, une tache d'eau ou de vin rouge n'aurait-elle pas pu tromper son imagination terrifiée ? Par ailleurs, à sa connaissance, aucune personne n'avait été poignardée, ces derniers temps, excepté cette pauvre fille horriblement assassinée à Bloomsbury. Or, il n'y avait pas lieu d'établir un quelconque rapport entre ce meurtre et les habitants de Cardington Crescent.

Une autre hypothèse lui vint à l'esprit, tandis qu'il marchait le long des misérables ruelles en direction de Tortoise Lane : si cette Clarabelle Mapes était une faiseuse d'anges, Sybilla avait peut-être fourni son adresse à Tassie ; ce qui expliquerait le retour de la jeune fille, en pleine nuit, après un avortement précipité et mal conduit. Ce que Charlotte avait pris pour une expression de joie pouvait être une grimace de douleur, mêlée au soulagement d'être enfin chez elle, débarrassée d'un insupportable déshonneur.

L'idée était tellement déplaisante qu'il se prit à souhaiter de tout son cœur que l'hypothèse soit fausse. Hélas, il connaissait trop bien les faiblesses humaines pour savoir que rien n'était impossible.

L'autre explication plausible avait pour origine la liaison entre George et Sybilla — William jouant le rôle du mari blessé — en dépit des déclarations d'Eustace prétendant que son fils souhaitait divorcer, avant d'apprendre que sa femme attendait un héritier. Mais Pitt ne croyait pas William capable de tuer un enfant dans le ventre de sa mère, quelle que soit sa fureur à l'encontre de l'épouse infidèle. D'ailleurs, personne ne savait jusqu'où était allée cette liaison entre George et Sybilla. Peut-être n'était-ce qu'un désir un peu stupide de se prouver qu'ils avaient l'un et l'autre gardé leur pouvoir de séduction.

Et si l'enfant avait été d'Eustace ? Non. Si tel était le cas et que William fût au courant, il aurait tué son père plutôt que George, en se jugeant parfaitement dans son droit. Il se serait trouvé des gens pour approuver secrètement son geste, même s'ils l'avaient dénoncé publiquement.

La grossesse ayant précédé l'arrivée de George à Cardington Crescent, celui-ci ne pouvait en être tenu pour responsable.

Restaient Emily et Jack Radley, complices ou non, poussés par le désir, la cupidité, ou les deux à la fois. Pitt se refusait à penser que l'assassin fût Emily avant d'avoir éliminé de façon certaine toutes les autres hypothèses. Si cela s'avérait exact, plût à Dieu que Charlotte le découvrît toute seule, sans que la charge de lui apprendre l'horrible vérité lui incombât.

Il atteignit enfin l'angle de Tortoise Lane, une ruelle misérable et sordide, impossible à distinguer des autres, sauf pour qui connaissait comme sa poche ce dédale malodorant et pouvait reconnaître sa maison dans ces rangées de taudis aux avancées protubérantes et aux toits pointus.

Devant l'entrée du numéro trois, deux gamins crasseux, âgés de quatre ou cinq ans, jouaient à la marelle avec des cailloux. Pitt s'arrêta un instant pour les observer. Ils avaient tracé des cases sur le trottoir, sur environ dix pavés de longueur, et faisaient glisser un palet dans la case choisie puis se livraient à une danse compliquée à cloche-pied à l'intérieur et à l'extérieur des cases en se penchant avec maladresse sur une jambe pour ramasser le palet lorsqu'ils avaient terminé.

— Connaissez-vous la dame qui habite là? demanda Pitt en désignant la porte.

Ils l'observèrent d'un air perplexe.

— Quelle dame? demanda le plus âgé.

— Il y a donc beaucoup de dames?

— Oh oui!

— Connaissez-vous Mrs. Mapes?

— Mrs. Mapes? Évidemment qu'on la connaît.

— Vous habitez là tous les deux? s'étonna Pitt qui, pensant tomber chez une faiseuse d'anges, ne s'attendait pas à y trouver des enfants.

— Ben... oui, répondit encore l'aîné.

Le plus petit le tira par la manche, inquiet. Pitt ne voulait pas leur attirer d'ennuis, sans commune mesure avec les miettes d'information qu'ils pouvaient lui fournir.

— Merci.

Il sourit, caressa les cheveux emmêlés du gamin et se dirigea vers la porte. Il frappa doucement, se disant que, s'il tambourinait de façon autoritaire, on ne lui répondrait sans doute pas ou, du moins, on se tiendrait sur ses gardes.

Quelques instants plus tard, la porte s'ouvrit sur une jeune fille chétive, qui pouvait tout aussi bien avoir douze ans que vingt. Elle portait une robe de laine brune largement retaillée et un tablier trop grand. Sa coiffe ne retenait qu'une partie de ses cheveux. Elle avait les mains mouillées et tenait un couteau de cuisine. Visiblement, Pitt l'avait dérangée dans ses tâches ménagères.

— Oui? fit-elle avec un haussement de sourcils surpris.

Elle avait les yeux d'un bleu de porcelaine, un peu délavé, et un regard déjà las.

— Mrs. Mapes est-elle chez elle?

— Ben... oui.

Elle rangea son couteau dans sa poche et s'essuya les mains sur son tablier.

— Entrez...

Elle le précéda dans un corridor sombre au sol recouvert d'un tapis de paille, passa devant les marches d'un escalier étroit sur lequel était assise une fillette d'environ sept ans, qui, d'un bras, berçait un bébé et, de l'autre, tenait un bambin à peine en âge de marcher. Les familles nombreuses étaient chose courante dans les quartiers pauvres; ce qui l'était moins, c'est que tant d'enfants d'âge si rapproché aient survécu alors que le taux de mortalité infantile était énorme.

La jeune fille frappa à la dernière porte au bout du couloir, qui tournait ensuite à angle droit et débouchait sur une immense cuisine que Pitt pouvait apercevoir, à une dizaine de mètres de là.

— Entrez! fit une voix de rogomme.

Pitt remercia la jeune fille et lui fit signe de s'éloigner, avant d'abaisser la poignée de la porte qui céda facilement et s'ouvrit sur un salon qui était presque la réplique du boudoir de Mrs. March. Le contraste était doublement surprenant, à cause de cette curieuse impression de déjà-vu, de la pauvreté qui régnait au-dehors et du dénuement des pièces qu'il avait eu le temps d'apercevoir.

Les fenêtres du salon donnaient non sur l'élégant jardin des March, mais sur un mur aveugle ; en revanche, la pièce était décorée exactement dans les mêmes tons rose bonbon, décolorés par le temps, malgré la lumière chiche qui filtrait à travers les vitres poussiéreuses. Les rideaux n'avaient pas dû être changés depuis des années. Le manteau de la cheminée était tendu de draperies ; Mrs. Mapes ignorait sans doute que, dans les maisons chic, la nouvelle mode consistait à laisser à nu le bois et la pierre, les libérant d'ornements aussi inutiles que puritains. Le piano était également drapé d'étoffes et, sur chaque guéridon, trônaient des dizaines de photographies. Les abat-jour à franges et à galons tressés étaient couverts d'inscriptions brodées au point noué : « *Rien ne vaut la douceur d'un foyer* », « *Dieu voit tout* », « *Mère, je vous aime* ».

Assise dans un grand fauteuil rose, trônait une matrone aux hanches opulentes, corsetée de près, engoncée dans une robe étroite qui eût parfaitement convenu à une femme beaucoup plus mince. En voyant Pitt, elle porta à son visage ses grosses mains aux doigts boudinés, dans un geste de surprise. Elle avait d'épais cheveux noirs et bouclés, de grands yeux sombres étincelants, un nez d'oiseau de proie et une bouche vorace.

— Mrs. Mapes ? s'enquit Pitt poliment.

Elle lui fit signe de s'asseoir en face d'elle, sur un canapé rose aux coussins élimés à l'endroit où tant de postérieurs s'étaient posés avant le sien.

— Elle-même, acquiesça-t-elle. Et vous, qui êtes-vous, monsieur ?

— Thomas Pitt, madame.

Il n'avait pas l'intention de lui révéler tout de suite sa profession. Les policiers n'étaient guère les bienvenus dans des quartiers comme St. Giles; si cette femme exerçait quelque commerce illégal, elle ferait tout pour le lui cacher, probablement avec succès. Il se trouvait en terrain ennemi, et il le savait.

Elle le jaugea du regard, en femme d'expérience, et arriva très vite à la conclusion qu'il était désargenté : sa chemise ordinaire était loin d'être neuve et ses bottes, ressemelées. Mais sa veste, bien qu'usée aux coudes et aux poignets, avait été à l'origine coupée dans un tissu d'excellente qualité; d'autre part, il usait d'un langage châtié. Pitt, élevé avec le fils d'un hobereau chez lequel son père était garde-chasse, avait conservé une voix bien placée et une diction irréprochable. Clarabelle Mapes conclut donc qu'elle avait affaire à un gentleman en proie à des soucis financiers, mais toutefois bien plus riche qu'elle-même. Peut-être un parti intéressant...

— Eh bien, Mr. Pitt, qu'est-ce que je peux faire pour vous? Je vois que vous êtes pas du quartier. Qu'est-ce qui vous amène ici?

— Une certaine Mrs. Sybilla March m'a donné votre adresse.

Ses yeux noirs se rétrécirent.

— Tiens donc? Vous savez, Mr. Pitt, mon travail est, disons... confidentiel. Je suis sûre que vous me comprenez.

— Cela va de soi, Mrs. Mapes, répondit-il aimablement.

Il espérait, avec un peu de patience, pouvoir apprendre de sa bouche un détail, même infime, susceptible de l'aider à poursuivre son enquête.

Un indice sur la confidentialité du métier de

Mrs. Mapes pourrait lui apporter quelques renseignements sur Sybilla March, jusque-là ignorés de lui. Il avait toutefois marqué un point : elle n'avait pas nié connaître Sybilla.

— Évidemment ! Sinon, vous seriez pas là, hein ?

Elle partit d'un rire de gorge et lui fit un clin d'œil coquin.

Très choqué par cette attitude, Pitt lui rendit un pâle sourire.

— Une tasse de thé, avec une petite goutte de quelque chose ? lui proposa-t-elle en tirant sur un cordon de sonnette élimé. Allez... Moi, je dirais pas non, juste pour vous accompagner.

Pitt n'eut pas le temps d'ouvrir la bouche pour décliner son offre. Une jeune fille d'une quinzaine d'années, au visage mangé par de grands yeux, apparut sur le seuil.

— Vous m'avez appelée, madame ?

— Oui, Dora. Apporte-moi une tasse de thé. Et assure-toi que Florrie est en train d'éplucher les pommes de terre.

— Bien, madame.

— Et te trompe pas de théière ! cria Mrs. Mapes avant de se tourner vers son hôte. Alors, quel bon vent vous amène, Mr. Pitt ? Vous pouvez me faire confiance. Je suis la discrétion même.

Elle leva un index sentencieux à hauteur de son nez et ajouta :

— Clarabelle Mapes entend tout et dit rien.

Pitt savait que toute tentative de duperie ou d'intimidation de sa part était vouée à l'échec. Cette femme faisait partie de la race des survivants ; une battante, pas une victime. Sous cette masse de chairs débordantes, sous les bouclettes et les sourires se cachait un être avaricieux, aussi prudent qu'un chien s'aventurant en territoire étranger. Il décida de faire appel à sa cupidité, tout en observant la réaction que la surprise provoquerait. De la culpabilité, certainement pas, mais la peur, passé un certain stade, pouvait l'emporter sur la prudence.

— Je crains que Mrs. March ne soit décédée, dit-il en la dévisageant avec attention.

Il ne vit pas l'ombre d'un changement, pas le moindre tressaillement sur son visage.

— Quelle pitié, dit-elle, impassible, en affrontant son regard sans ciller. J'espère qu'elle a pas souffert, la pauvre?

Il éluda la question.

— Ah... ce fut une bien triste mort.

— C'est le sort qui nous est réservé, commenta-t-elle, imperturbable.

Elle secoua la tête, faisant tressauter ses bouclettes.

— C'est très aimable à vous de me prévenir, Mr. Pitt.

— Il y aura une autopsie, ajouta-t-il.

— Ah? En quoi ça consiste?

— Après examen du corps, les médecins décideront de la cause du décès. Il faudra peut-être l'ouvrir, si cela s'avère nécessaire.

Il ne la quittait pas des yeux, essayant de deviner ce qu'elle ressentait, derrière ce masque d'indifférence, mais il échoua. Elle se contenta de froncer son nez crochu, d'un air vaguement dégoûté; de toute évidence, elle en avait vu d'autres, comme tous les habitants de St. Giles.

— Tout de même, les docteurs ont mieux à faire qu'à découper les gens en morceaux, une fois qu'ils sont morts, vous croyez pas? On peut plus rien pour elle, la pauvre âme. Mieux vaut s'occuper des vivants, encore que ça serve pas à grand-chose, la plupart du temps.

Pitt sentait qu'il perdait pied.

— Ils sont tenus de l'autopsier, reprit-il. Un certain mystère entoure sa mort.

Elle hocha la tête.

— C'est souvent le cas.

A ce moment, on entendit gratter à la porte; cette fois, une petite fille d'une dizaine d'années entra, portant le thé sur un plateau laqué, écaillé par endroits. Fort de son expérience en matière d'objets volés, Pitt remarqua aussitôt la grosse théière en argent, du plus pur style georgien. La fillette vacillait sous le poids du plateau que ses bras, minces comme des allumettes, avaient peine à soutenir. En quittant la pièce, elle jeta un regard d'envie en direction des cakes aux raisins servis sur une assiette de porcelaine.

— Une petite goutte de quelque chose pour vous remonter? offrit Mrs. Mapes, dès que la porte fut refermée.

Tout en parlant, elle tourna son énorme masse, faisant craquer les ressorts de son fauteuil, ouvrit un placard qui se trouvait à sa portée, et en sortit un flacon vert, sans étiquette, qu'elle déboucha. Une puissante odeur de gin en sortit.

— Non, non, merci, se hâta de refuser Pitt. Il est trop tôt. Le thé suffira.

— Ah, la mort est souvent un mystère, soupira Clarabelle Mapes. A votre santé, Mr. Pitt.

Elle versa une large rasade de gin dans sa tasse, avant d'ajouter le thé, le lait et le sucre. Puis elle tendit à Pitt une tasse de porcelaine de bonne qualité et l'invita à se servir.

— Mais y a que les riches pour se faire désosser par les docteurs quand ils ont passé l'arme à gauche! Moi, je trouve ça stupide! Comme si découper un cadavre en rondelles pouvait aider à comprendre les secrets de la vie et de la mort!

Pitt décida de renoncer à parler de l'autopsie. De toute évidence, l'idée ne lui faisait pas peur ; il commençait à se dire qu'elle n'était en rien mêlée à une quelconque histoire d'avortement qui aurait pu le faire remonter jusqu'à la famille March. Pourtant, Sybilla avait gardé son adresse ; mais il était impensable que Clarabelle Mapes fît partie de ses relations. Quel métier exerçait donc cette redoutable matrone ?

Il jeta un regard circulaire autour de lui. Suivant les critères de St. Giles, le salon était confortable, voire luxueux, et Mrs. Mapes, visiblement, mangeait plus qu'à sa faim. Mais les enfants, eux, étaient sous-alimentés et habillés de vêtements de seconde main, mal coupés et encore plus mal entretenus.

— Votre table est accueillante, remarqua-t-il, prudent. Mr. Mapes a bien de la chance.

— Y a plus de Mr. Mapes depuis dix ans, dit-elle, les yeux brillants.

Puis, apercevant une pièce soigneusement cousue sur la manche de la veste de Pitt, elle prit une inspiration, narines pincées, voyant bien que c'était là un raccommodage fait par une épouse.

— Emporté par une fluxion de poitrine, le pauvre. Mais c'était un bon mari...

— Désolé, fit Pitt. Je pensais qu'avec tous ces enfants...

Le regard de Mrs. Mapes se durcit ; sa main se crispa légèrement sur son giron grassouillet.

— Je suis une femme au grand cœur, Mr. Pitt, dit-elle avec un sourire prudent. Je les recueille quand ils n'ont plus personne. Et puis je m'occupe des enfants des voisins, de mes cousins, vous voyez... faut toujours que je m'occupe de quelqu'un. Tous les habitants de Tortoise Lane vous le diront, s'ils sont assez honnêtes.

— Louable occupation, fit Pitt, incapable de maîtriser le sarcasme dans sa voix.

Il était loin d'en avoir fini avec elle. Une idée fort laide prenait forme dans son esprit.

— Feu Mr. Mapes a dû vous laisser une belle fortune pour que vous ayez le temps et les moyens d'être si charitable.

Elle releva le menton; son sourire s'élargit, montrant une solide dentition jaunâtre.

— En effet, Mr. Pitt. Mr. Mapes m'adorait.

Pitt posa sa tasse et demeura quelques instants silencieux, incapable de trouver un autre angle d'attaque. Cette femme n'avait plus peur de lui, il le devinait à la façon dont elle se tenait affalée dans son fauteuil; il le sentait à l'atmosphère de la pièce.

— C'est gentil d'avoir fait tout ce chemin pour m'annoncer la mort de Mrs. March, Mr. Pitt...

Elle se préparait à le congédier. Le temps était compté; il n'avait aucune raison de fouiller les lieux; quand bien même il reviendrait avec des hommes et un mandat de perquisition, que lui faudrait-il chercher?

Il imagina un stratagème susceptible de marcher. Il devait abandonner l'idée de l'impressionner, et chercher à atteindre son point faible : la cupidité.

— Je n'ai fait que mon travail, Mrs. Mapes, répliqua-t-il, presque sans hésiter, priant intérieurement pour que la police métropolitaine honore la dette qu'il s'apprêtait à contracter. Voilà : Mrs. Sybilla March vous a couchée sur son testament, pour... services rendus. Car vous êtes bien la Clarabelle Mapes qui lui a rendu quelque service, je présume?

Voir sur ce visage la méfiance rivaliser avec l'avarice avait quelque chose de grotesque et de comique; il attendit qu'elle trouvât un compromis. Finalement, la matrone poussa un soupir, le regard brillant de convoitise.

— C'est très gentil à elle.

— Vous êtes donc la personne que je cherche ? Lui avez-vous rendu service, dernièrement ?

Elle n'était pas femme à se laisser manœuvrer aussi facilement — elle avait vu venir le piège.

— Ça vous regarde pas, dit-elle en le dévisageant hardiment. Une affaire de femmes, si vous voyez ce que je veux dire. Il serait indécent de votre part de chercher plus loin.

Il laissa flotter l'ombre d'un doute sur son visage.

— J'ai une responsabilité...

— Vous avez eu mon adresse, sinon vous seriez pas ici, lui fit-elle remarquer. Il n'y a qu'une seule Clarabelle Mapes dans le quartier et c'est moi. Je dois bien être la bonne, hein ? Et je peux vous le prouver. Ce que j'ai fait pour elle, c'est pas vos oignons. Un mot gentil quand elle en avait besoin, c'est tout.

— A Tortoise Lane ? Permettez-moi d'en douter, ironisa Pitt.

— J'ai pas toujours habité ici.

Aussitôt elle comprit son erreur et regretta ses paroles. Ses traits s'affaissèrent brusquement et elle se tortilla dans son fauteuil, mal à l'aise.

— Il m'arrive de sortir, vous savez, ajouta-t-elle pour faire bonne figure.

— Pas à Cardington Crescent, tout de même.

Pitt reprenait confiance en lui, bien qu'il ne sût toujours pas où cette discussion allait le mener.

— Vous vivez à Tortoise Lane depuis un certain temps, dit-il en jetant un regard circulaire autour de lui. En tout cas, Mrs. March vous a écrit ici. Comme vous me l'avez fait remarquer, elle avait votre adresse dans son carnet.

Cette fois, elle pâlit ; le sang reflua de son visage d'oiseau de proie, faisant apparaître les traces de fard sur ses pommettes, le rouge sur la joue gauche plus haut que celui de la droite. Mais elle ne dit rien.

Pitt se leva.

— Bien. Je vais faire le tour du propriétaire, annonça-t-il en se dirigeant vers la porte.

Avant qu'elle ait eu le temps de réagir, il l'ouvrit, sortit dans le corridor qui tournait à angle droit et partit d'un pas décidé vers les cuisines, dans la direction opposée à la porte principale. L'une des fillettes qu'il avait vues auparavant frottait le sol, à quatre pattes, avec une brosse qu'elle trempait dans un seau d'eau. Elle s'écarta pour le laisser passer.

Pour une maison de cette taille, la cuisine était immense ; on avait abattu un mur de séparation entre deux pièces pour n'en former qu'une seule, soit volontairement, soit parce que le mur s'écroulait. Le plancher avait tant été frotté qu'il était inégal, avec de petites bosses à l'emplacement des clous ; la poussière restait incrustée dans les fentes. Des chaudrons de toutes tailles étaient posés sur les deux grands fourneaux ; une bouilloire sifflait sur le feu, crachant de la vapeur d'eau, sans doute pour le cas où Mrs. Mapes réclamerait encore du thé. A côté des fourneaux, il y avait des seaux de poussier et de résidu de coke, à portée de main des gamines aux bras décharnés qui avaient la charge de les alimenter. Sur le mur du fond s'appuyaient des sacs de blé, de pommes de terre et un gros tas de choux terreux. En face se dressait un énorme vaisselier surchargé de plats, de casseroles, de tasses ; des tiroirs mal joints dépassaient toutes sortes de papiers. Une pelote de ficelle traînait par terre. Sur la table était posée une paire de ciseaux, à côté d'un petit colis à moitié ficelé. En levant la tête, Pitt aperçut un séchoir accroché au plafond, sur lequel étaient suspendus du linge et de vieux habits, imprégnés des odeurs de cuisine.

Trois autres fillettes vaquaient à différentes occupations ; l'une pelait des pommes de terre dans l'évier, la deuxième, debout devant les fourneaux, tournait un chaudron de gruau, la troisième, à genoux, s'affairait avec une pelle à poussière. Aucune d'entre elles n'avait plus de quatorze ans — la plus jeune ne dépassait pas dix ou onze ans. Manifestement, la maison entretenait un grand nombre de personnes.

— Combien êtes-vous à vivre sous ce toit? demanda Pitt avant que Mrs. Mapes n'arrive.

Déjà, il l'entendait se hâter après lui dans un grand froissement de robes et un cliquetis de colliers.

— Je sais pas, répondit une fillette au visage blafard. Avec tous les petits qui vont et qui viennent, je sais pas.

— Tais-toi, chuchota la plus âgée, les yeux assombris par la frayeur.

Pitt s'efforça de garder une physionomie impassible. Il venait de comprendre ce qu'était cet endroit, et il ne pouvait rien y changer. Montrer sa fureur et son dégoût n'arrangerait rien, au contraire. La nature se chargeait, hélas, d'alimenter un tel commerce ; il fallait bien apporter une réponse à la pauvreté.

— Que cherchez-vous au juste, Mr. Pitt? fit la voix aiguë de Clarabelle Mapes, derrière lui. Y a rien qui vous intéresse, par ici.

— Non, en effet, répondit-il, mécontent.

Mais il ne bougea pas d'un pouce. Il ne savait par quel bout commencer, et encore moins comment venir en aide à ces enfants. S'il essayait, il ne ferait qu'aggraver leur situation. Et pourtant, il répugnait à s'en aller.

— Combien? demanda-t-elle.

— Pardon? fit-il, interloqué.

Il parcourut lentement la pièce du regard et s'arrêta sur les fourneaux ; ces gamines ne mangeaient que de la bouillie de gruau et des pommes de terre. Une nourriture chiche et bon marché. Pas de viande.

— Combien Mrs. March a dit qu'elle me laisserait? s'impatienta la matrone. Vous venez de dire qu'elle m'avait pas oubliée!

Pitt regarda le plancher et la table de bois, étonnamment propres : un point pour elle, il fallait le reconnaître.

— Je l'ignore. La somme vous sera envoyée par la poste.

En fait, tout dépendrait du montant que voudraient bien lui allouer ses supérieurs! Mieux valait ne pas se faire trop d'illusions.

— Vous l'avez pas sur vous?

Pitt ne répondit pas. Dans le cas contraire, il n'aurait plus d'excuse pour s'attarder; or son intuition lui disait de rester; il y avait, dans cette pièce, une piste, à condition, bien sûr, de la découvrir.

Pourquoi Sybilla March avait-elle eu recours à cette femme? Pour venir en aide à une servante engrossée? Il ne voyait que cette solution. Cela valait-il la peine d'aller enquêter au domicile de Sybilla, pour voir si l'une de ses domestiques s'était absentée sans explication, en fait pour accoucher? Cela avait-il de l'importance? Ce genre de tragédie domestique était tellement courant. Une jeune bonne ne pouvait assumer la charge financière d'un enfant naturel. Les domestiques se mariaient rarement, et pour cause : ils vivaient chez leurs employeurs et n'avaient pas la place d'élever une famille.

La voix de Mrs. Mapes résonna désagréablement à ses oreilles.

— Si vous avez rien à me donner, vous feriez mieux de retourner à vos affaires et me laisser m'occuper des miennes!

Pitt se retourna lentement et jeta un dernier regard autour de lui. Soudain, il réalisa ce qui avait inconsciemment retenu son attention : le paquet à moitié enveloppé sur la table, et la paire de ciseaux ! Il avait déjà vu ce papier marron, cette curieuse ficelle jaune, entourant deux fois le colis dans la longueur et la largeur, nouée à chaque entrecroisement, terminée par une boucle aux deux extrémités libres. Il eut brusquement la chair de poule, comme si une odeur de charnier remontait à ses narines. Il se souvint du sang, des mouches, de la grosse Mrs. Peabody avec son corset trop serré et son pékinois aux yeux globuleux.

Certes, le papier était banal ; mais cette ficelle de chanvre, ces nœuds bizarres, si caractéristiques... On se trouvait ici à moins de deux kilomètres de Bloomsbury. Que dire du petit colis enveloppé dans des restes de papier ? Où se trouvait le premier, le plus grand ? Il ne le voyait nulle part.

— Je m'en vais, déclara-t-il, surpris par le son de sa propre voix. Oui, Mrs. Mapes, je vous apporterai l'argent en personne, maintenant que je sais que vous êtes la bonne personne.

— Quand ?

Elle lui sourit, indifférente au paquet posé sur la table.

— Je veux être sûre d'être là quand vous reviendrez, vous comprenez... expliqua-t-elle, espérant sans doute masquer sa cupidité.

— Demain, répondit-il. Ou même plus tôt, si j'arrive à mon bureau avant la fermeture.

Il devait absolument prendre une de ces fillettes à part et la questionner au sujet des colis : où les envoyait-on ? Avec quelle fréquence ? Et qui les transportait ? Mais il devait l'entraîner loin de cette horrible mégère, sinon la vie de l'enfant serait en danger.

— Y a-t-il ici une personne de confiance qui pourrait se charger d'un message pour moi ? demanda-t-il.

Mrs. Mapes pesa longuement le pour et le contre, puis se décida.

— Y a bien Nellie qui ferait ça pour vous, dit-elle en bougonnant. De quoi il s'agit ?

— Confidentiel, répondit-il. Je le lui dirai dehors. Et je reviendrai aussi vite que possible. Croyez-moi, Mrs. Mapes.

— Nellie ! s'époumona-t-elle.

Sa voix de stentor fit vibrer les assiettes de porcelaine sur le vaisselier.

Il y eut un silence, puis on entendit le vagissement d'un bébé qui se réveillait à l'étage, et des pas précipités ; Nellie apparut sur le seuil de la porte, les cheveux en désordre, le tablier de travers, l'air affolé.

— Oui, madame ?

— Suis ce monsieur. Il a une course à te faire faire, ordonna cette dernière. Et reviens vite reprendre ton travail. Y a pas à manger, ici-bas, pour ceux qui travaillent pas.

— Bien, madame.

Nellie fit une petite révérence et se tourna vers Pitt. Il lui donna environ quinze ans, mais elle était si chétive qu'il était difficile de lui attribuer un âge exact.

— Merci, Mrs. Mapes, dit Pitt.

Il haïssait cette créature comme il avait rarement haï quelqu'un. Mais il était conscient que c'était une façon de canaliser sa rage contre la misère du monde. Devait-il lui en vouloir de chercher à survivre ? Ceux qui mouraient n'avaient pas sa force. Néanmoins, il la détestait.

Il passa devant elle, longea le corridor humide au maigre tapis de paille, passa devant les enfants toujours assis sur les marches et sortit par la porte qui donnait sur Tortoise Lane, Nellie sur les talons. Il marcha en silence jusqu'au coin de la rue. Dès qu'ils furent hors de vue du numéro trois, il s'arrêta.

— Qu'est-ce que je dois faire, m'sieur? demanda Nellie.

— Fais-tu souvent des livraisons pour Mrs. Màpes?

— Oui, m'sieur. Vous pouvez me faire confiance. Je connais le quartier comme ma poche.

— Bien. Livres-tu souvent des paquets?

— Oui. Et j'en ai jamais perdu un seul, croyez-moi.

— Je te crois, Nellie, dit-il avec douceur, priant le ciel de pouvoir lui venir en aide, mais sachant qu'il était impuissant.

Nellie interpréterait mal son geste, qui l'effraierait sans doute et la plongerait dans la confusion.

— Est-ce toi qui as livré le grand paquet qui était sur la table?

Elle écarquilla les yeux.

— C'est Mrs. Mapes qui me l'a demandé, m'sieur, j'vous l'jure!

— Je le sais, Nellie. As-tu porté de nombreux paquets pour elle, il y a trois semaines?

— J'ai rien fait de mal, m'sieur. Je les ai juste apportés là où elle l'a demandé!

Elle commençait à prendre peur. Les questions de Pitt n'avaient aucun sens à ses yeux.

— Je le sais, Nellie, répéta-t-il doucement. Où les as-tu livrés? Dans le quartier ou à Bloomsbury?

Les yeux de la jeune fille s'agrandirent un peu plus.

— Non, m'sieur. Chez Mr. Wigge, comme d'habitude.

Pitt expira lentement.

— Alors, emmène-moi tout de suite chez Mr. Wigge, Nellie.

12

Nellie guida Pitt à travers un dédale de passages étroits et d'escaliers exigus. Ils débouchèrent dans une cour sordide encombrée de meubles moisis, rongés par les vers, de vieille vaisselle et de vêtements en loques dont aucun chiffonnier n'aurait voulu. Au fond, derrière les piles instables d'ustensiles et d'habits, une porte ouvrait sur une grande cave.

— C'est là que j'ai apporté les paquets, dit Nellie en levant vers Pitt un regard inquiet. J'vous l'jure, m'sieur.

— A qui les as-tu donnés? demanda-t-il en regardant autour de lui.

Il n'y avait personne en vue.

— A Mr. Wigge.

Elle désigna les marches qui descendaient vers l'ouverture béante et sombre.

— Montre-moi le chemin, dit Pitt.

De mauvaise grâce, la jeune fille se fraya un passage à travers les tas d'immondices et descendit prudemment l'escalier. Arrivée en bas, elle frappa avec discrétion sur le battant d'une porte ouverte, aux gonds rouillés.

— Mr. Wigge? Vous êtes là?

Un vieillard décharné, aux cheveux longs et clairsemés, apparut presque aussitôt, vêtu d'une veste sale aux poches déchirées par le poids des objets hétéroclites qu'il avait dû y accumuler depuis des années. Il portait un pantalon couvert d'éclaboussures et, en dépit de la chaleur, des mitaines et un tuyau de poêle flambant neuf qui paraissait sortir de chez le chapelier.

Sa figure émaciée s'éclaira par avance d'un sourire concupiscent tandis qu'il lorgnait du côté de Pitt.

— Mr. Wigge? s'enquit celui-ci.

Le bonhomme esquissa une brève courbette, singeant les manières d'un gentleman.

— Septimus Wigge, pour vous servir, monsieur. Puis-je vous aider? Voyez ce superbe châlit en cuivre... Regardez cette danseuse en vraie porcelaine.

— Je vais jeter un coup d'œil, fit Pitt, craignant fort d'être déçu.

En effet, si Clarabelle Mapes se contentait de se débarrasser de vieux meubles, les siens ou ceux des autres, pour gagner un peu d'argent, il était inutile de poursuivre l'enquête de ce côté-là. Pourtant... Les nœuds si particuliers de la ficelle entourant le colis étaient absolument identiques à ceux des horribles paquets retrouvés à Bloomsbury et à St. Giles.

Que faire de Nellie, à présent? La renvoyer à Tortoise Lane? La pauvre petite avouerait sans doute à sa patronne ce que Pitt lui avait demandé et où elle l'avait emmené. Si Clarabelle Mapes nourrissait des soupçons, il y avait peu d'espoir que Nellie puisse résister à ses questions inquisitrices, elle qui vivait en permanence dans la peur et ne mangeait jamais à sa faim.

La garder auprès de lui? Oui, mais qu'en faire? Tortoise Lane était son foyer. Elle n'en avait probablement jamais connu d'autre. Pitt l'avait déjà compromise. Elle était au courant de l'existence des colis; en supposant que Clarabelle Mapes ait elle-même noué ces paquets ensanglantés, la vie de Nellie serait en danger si elle lui avouait avoir conduit Pitt chez Septimus Wigge.

Il devait la garder auprès de lui.

— Nellie, viens avec moi. Tu m'aideras à choisir.

Elle secoua la tête.

— J'ose pas, m'sieur. J'ai du travail. Si je rentre pas à l'heure, je vais avoir des problèmes. Mrs. Mapes sera fâchée contre moi.

— Pas si tu lui ramènes l'argent que lui a laissé Mrs. March. Elle est pressée de l'avoir.

Nellie parut en douter. Elle craignait plus le moment immédiat qu'un avenir dont elle ignorait tout ; son imagination n'allait pas au-delà de l'instant présent.

Pitt n'avait pas le temps de discuter. La sachant habituée à obéir, il lui commanda d'un ton sans réplique :

— C'est un ordre, Nellie. Tu restes avec moi. Mrs. Mapes sera furieuse, si tu ne lui rapportes pas l'argent.

Il se tourna vers le bonhomme, qui attendait.

— Eh bien, Mr. Wigge, allons jeter un coup d'œil à ces montants de lit en cuivre.

— Bonne idée, monsieur, fit ce dernier en le précédant à l'intérieur de la cave.

Celle-ci, très haute de plafond, était plus vaste que Pitt ne l'aurait imaginé ; elle s'étendait sur toute la profondeur du bâtiment. Contre un mur se dressait une énorme chaudière dont la porte métallique, ouverte, envoyait des vagues de chaleur qui, la lumière du soleil ne pénétrant jamais dans ce sous-sol, était la bienvenue.

Le vieil homme lui montra plusieurs châlits de cuivre fin, vanta la qualité de quelques belles pièces de porcelaine et d'autres antiquailles auxquelles Pitt fit mine de s'intéresser. Il avait beau fouiller discrètement la pièce du regard, il ne voyait rien d'autre que la marchandise exposée, volée ou non. Mais tout en discutant le prix d'un petit vase en pâte de verre céladon qu'il finit par acheter pour Charlotte, il se livra à une inspection détaillée de son interlocuteur, si bien qu'au moment de partir, il était capable de le décrire avec une précision telle qu'un peintre aurait pu faire son portrait, de la semelle de ses vieilles bottes jusqu'au sommet de son tuyau de poêle flambant neuf, en passant par chacun des traits de son visage grimaçant.

Il s'en alla, le vase à la main, Nellie sur les talons. Il n'avait pas le choix.

Il ne comprenait toujours pas le lien qui unissait Sybilla March et Clarabelle Mapes; il devait finalement s'agir d'une coïncidence, sans rapport aucun avec l'assassinat de Sybilla. A présent qu'il savait qui chercher, il retournerait au cimetière de Bloomsbury interroger les habitants et les habitués du quartier pour savoir s'ils avaient vu passer Septimus Wigge, trois semaines plus tôt. La tâche risquait d'être longue.

Mais d'abord, il lui fallait trouver un endroit sûr pour Nellie, une cachette où Mrs. Mapes ne risquerait pas de la dénicher. Il était plus de deux heures de l'après-midi et ils n'avaient pas encore mangé.

— As-tu faim, Nellie? demanda-t-il, par politesse, sachant fort bien, à voir ses yeux creux, sa peau flasque et son teint cireux, qu'elle était affamée.

Elle ne parut pas surprise par la question; venant de ce personnage excentrique, rien ne l'étonnait.

— Oui, monsieur.
— Moi aussi. Allons déjeuner.
— Mais... je n'ai pas d'argent, dit-elle en levant vers lui un regard anxieux.
— Ton aide m'a été précieuse, Nellie. Tu mérites bien un bon déjeuner.

A quinze ans, elle était assez âgée pour sentir que l'on s'adressait à elle avec condescendance; elle ne méritait pas ça. C'est pourquoi Pitt était bien décidé à ne pas lui retirer le peu de dignité qui lui restait. Il ne lui poserait pas de questions indiscrètes sur sa vie à Tortoise Lane; ayant compris de quoi il retournait, il ne l'obligerait pas à trahir sa patronne.

— Je connais une gargote où l'on sert du pain frais, de la viande froide, des pickles et du pudding.

— Merci, monsieur, dit-elle, visiblement incrédule.

La gargote en question était située à quelques centaines de mètres de là. Ils s'y rendirent dans un silence qui n'avait rien de pesant, du moins pour Pitt.

Le patron le reconnut aussitôt. C'était un citoyen assez peu respectueux des lois; mais le policier fermait les yeux sur ses activités. Il achetait du gibier braconné, du tabac de contrebande, des marchandises détaxées, et feignait de ne pas remarquer les commerces illicites qui se pratiquaient dans son établissement. Pitt, uniquement concerné par les affaires criminelles, ne se mêlait pas de ce genre de trafics.

— Bonjour, Mr. Tibbs, dit-il joyeusement.

Le tenancier se hâta vers lui en s'essuyant les mains sur son pantalon, fort désireux de rester dans les petits papiers du policier.

— Bonjour, Mr. Pitt. Vous voulez déjeuner? J'ai un fameux morceau de mouton, du bon fromage de Cheshire, ou du Gloucester. Ah! Je vous recommande les pickles, confectionnés l'été dernier par Mrs. Tibbs. Ils sont délicieux. Alors, qu'est-ce que vous prenez?

— Du mouton, Mr. Tibbs. Pour moi et la demoiselle. Et une chopine de bière blonde chacun. Et puis du pudding. Ah, Tibbs, il se peut que des messieurs très déplaisants recherchent cette petite. J'aimerais que vous la gardiez quelque temps chez vous. Correctement nourrie, elle travaillera bien. Trouvez-lui une place en cuisine. Elle peut dormir près des fourneaux. Elle ne restera pas longtemps, sauf si vous décidez de la garder. Elle gagnera sa pitance.

Tibbs détailla le corps maigrichon et le visage souffreteux de Nellie avec une moue dubitative.

— Qu'est-ce qu'elle a fait ? demanda-t-il, soupçonneux.

— Elle a vu quelque chose qu'elle n'aurait pas dû voir, répliqua Pitt du tac au tac.

— Bon, d'accord, bougonna Tibbs. Mais vous paierez tout ce qu'elle m'aura volé, Mr. Pitt.

— Nourrissez-la correctement et ne la battez pas, répondit Pitt. Je réponds de son honnêteté. Attention, si je ne la retrouve pas le jour où je viendrai la chercher, ce n'est pas de l'argent que vous me devrez... Compris ?

— C'est un service que je vous rends, Mr. Pitt, reprit Tibbs, tenant à s'assurer qu'il obtiendrait une compensation.

— C'est vrai, concéda Pitt. Soyez sûr que je n'oublie rien, Mr. Tibbs. Les bonnes actions comme les mauvaises...

— Je vais chercher votre mouton, fit Tibbs, satisfait, avant de disparaître vers sa cuisine.

Pitt et Nellie allèrent s'asseoir à une petite table, lui avec soulagement, elle maladroite et confuse.

— Pourquoi vous parliez de moi ? demanda-t-elle, le front plissé, le dévisageant avec inquiétude.

— Parce que tu vas rester travailler ici, en cuisine, expliqua-t-il. Tu ne seras pas en sécurité à Tortoise Lane, tant que je n'aurai pas appris tout ce que je dois savoir.

— Mais Mrs. Mapes va me jeter dehors ! s'exclama-t-elle, affolée. Je saurai pas où aller.

— Tu peux rester ici.

Pitt se pencha en avant.

— Nellie, tu as vu des choses que tu n'aurais pas dû voir. Je suis policier, tu comprends ? Un argousin. Tu sais ce qui arrive aux gens qui savent des choses qu'ils ne devraient pas savoir ?

Elle hocha la tête en silence. Elle savait. Ils disparaissaient. Vivant depuis quinze ans à St. Giles, Nellie n'ignorait pas la loi de la survie.

— Vrai, vous êtes de la police ? Pourquoi vous avez pas un casque, une pèlerine et une petite lanterne, comme les autres ?

— J'en ai eu, dans le temps. Maintenant, je m'occupe d'affaires importantes et j'ai des hommes avec des casques et des pèlerines sous mes ordres.

Tibbs leur apporta du pain frais et croustillant, des tranches épaisses de selle de mouton, une grande jatte de pickles, deux chopes de bière et un pudding aux raisins encore fumant. Nellie resta sans voix quand il plaça tout cela devant elle. Pourvu qu'elle ne se rende pas malade en mangeant trop vite ! Il aurait dû réfléchir et lui conseiller de n'en prendre qu'un petit peu, mais le temps pressait, et il était affamé.

— Mange ce que tu veux, lui dit-il. Mais ne te crois pas obligée de tout finir. Tu auras encore de quoi te restaurer ce soir, et demain aussi.

Nellie le dévisagea avec de grands yeux.

Pitt se rendit ensuite au poste de police le plus proche et enrôla un homme pour l'aider ; ensemble, ils passèrent le quartier au peigne fin, dans un rayon de cinq cents mètres autour de chaque endroit où avaient été découverts les paquets ensanglantés. Tout d'abord aux alentours du cimetière de Bloomsbury, puis en lisière de St. Giles. Il avait donné à l'agent une description précise de Septimus Wigge et de la façon dont il était habillé.

A six heures du soir, ils se retrouvèrent devant le portail du cimetière.

— Eh bien ? demanda Pitt.

Au fond, la réponse de l'agent lui importait peu. En effet, il avait obtenu de son côté les renseignements qu'il désirait. L'impatience, la colère l'avaient empêché de faire preuve de finesse dans ses interrogatoires ; mais en dépit de cette maladresse inhabituelle, il avait trouvé un valet, qui, revenant au petit matin d'un rendez-vous galant, avait aperçu à une centaine de mètres de l'église un homme au cou de poulet, aux joues creuses, coiffé d'un haut-de-forme, poussant une brouette chargée d'un paquet assez volumineux. A l'époque de la découverte du cadavre démembré, il n'avait pas osé avouer être sorti la nuit, de crainte d'être renvoyé. Sur le moment, il avait pensé que, pour être dehors à pareille heure, le vieillard était un colporteur transportant quelque marchandise volée. L'heure était trop matinale, même pour les marchands ambulants, qu'ils viennent des faubourgs vendre leurs légumes ou qu'ils montent des docks de la Tamise chargés d'anguilles, de bigorneaux et autres fruits de mer.

Pitt, à force d'intimidation et de menaces, était parvenu à le convaincre que la rétention d'information le rendrait complice du meurtre et que c'était là infiniment plus grave que de perdre sa place à cause d'un rendez-vous nocturne avec une soubrette.

Il avait également questionné de nombreuses prostituées de St. Giles, vers l'endroit où l'on avait retrouvé une jambe de la victime. Connaissant Septimus Wigge, il savait quelles questions poser et finit par trouver une fille qui l'avait vu passer, poussant sa brouette. Elle se souvenait très bien de lui, tournant le coin de la rue, à cause de son beau tuyau de poêle luisant au clair de lune, et avait vu les trois paquets enveloppés de papier et entouré de ficelle qu'il transportait, mais sans y prêter attention.

Pitt avait retrouvé d'autres témoins, des hommes qu'il n'aurait jamais osé faire monter à la barre d'un tribunal, mais qui l'avaient néanmoins conforté dans sa certitude ; un petit receleur bigleux, à l'affût de fournisseurs, un proxénète pris dans une bagarre au couteau à propos de l'une de ses filles, et un monte-en-l'air occupé à découper une fenêtre par laquelle il avait l'intention de s'introduire pour cambrioler une maison.

— J'en ai trouvé deux, annonça l'agent.

Cette jeune recrue, un bon élément, avait entendu parler de l'horrible meurtre, mais il ne possédait pas la rage de Pitt : il s'était montré moins menaçant dans ses questions. Il paraissait un peu amer, avec le sentiment de ne pas avoir été à la hauteur de la tâche assignée par son supérieur.

— Deux qui ne nous seront pas d'une grande utilité, à mon avis : un escroc à la face de rat qui rentrait chez lui après avoir triché aux cartes toute la nuit, et un petit voleur d'une douzaine d'années, maigre comme un fil de fer, qui s'apprêtait à passer par une fenêtre à l'arrière d'une maison, pour permettre à son maître d'entrer. Je sais où les retrouver tous les deux.

— Qu'ont-ils vu ? demanda Pitt, nullement troublé.

Il savait fort bien qu'aucun honnête citoyen ne courait les rues de St. Giles à pareille heure, sauf peut-être un prêtre ou une sage-femme, et encore : la présence du premier n'était guère désirée ; quant à la seconde, on pouvait rarement se permettre de faire appel à ses services. Dieu sait pourtant que la saleté et l'ignorance en matière d'hygiène faisaient mourir les mères et leur bébé, à la naissance.

— Ils ont vu un vieil homme aux jambes grêles, aux cheveux sales et mal peignés, coiffé d'un haut-de-forme rutilant, qui poussait une brouette et paraissait pressé, répondit l'agent. Le gamin est sûr de l'avoir vu sortir de la ruelle où l'on a trouvé la tête.

— Eh bien, nous irons arrêter Septimus Wigge, décida Pitt.

— Mais, monsieur, nous ne pouvons pas citer ces gens-là comme témoins devant la justice ! protesta l'agent, qui dut accélérer l'allure pour se maintenir à la hauteur de Pitt. Aucun juge n'acceptera de leur faire prêter serment.

— Tant pis. Nous nous passerons de leur témoignage. Je pense que Wigge n'a pas tué cette femme ; il s'est seulement occupé d'éparpiller les morceaux. Si nous l'arrêtons et lui flanquons une peur bleue, il nous donnera le nom de l'assassin. Bien que je sois déjà à peu près certain de le connaître. Mais je veux l'entendre en faire serment.

L'agent ne comprit pas grand-chose aux propos de Pitt, mais puisque son supérieur était satisfait, il l'était aussi. Ils s'éloignèrent rapidement des venelles encombrées d'ordures, passèrent devant des ateliers de confection, des taudis, des masures à moitié effondrées. Des mendiants traînaient sur le pas des portes, debout ou assis ; des gamins s'activaient sans relâche à des besognes sordides : ramasser de vieux tissus, porter des paquets, voler dans les poches des passants ou dans les brouettes des colporteurs ; quant aux femmes, elles travaillaient dur, ou bien demandaient l'aumône et buvaient.

Pitt ne se trompa qu'une seule fois de chemin pour retrouver la cave de Septimus Wigge, son bric-à-brac et sa grande chaudière. Il ordonna à l'agent d'attendre dehors, bien caché, pendant qu'il s'assurait que le propriétaire des lieux était là et qu'il ne pouvait s'échapper vers Dieu sait où, par quelque porte dérobée.

Il traversa la cour d'un pas leste, descendit l'escalier sans faire de bruit et trouva le vieil homme occupé à examiner des petites cuillères dans un écrin. Il paraissait très absorbé, la tête penchée, le sourire aux lèvres. Pitt s'approcha tout près de lui.

— Content de vous trouver, Mr. Wigge, chuchota-t-il.

Ébahi, Wigge sursauta, puis, s'apercevant qu'il avait affaire à un client, son inquiétude s'effaça. Il sourit de tous ses chicots, ou de ce qu'il en restait.

— Eh bien, monsieur, qu'est-ce qui vous tenterait, cette fois ? Regardez mes jolies cuillères en argent.

— Merci, je n'en ai pas besoin pour l'instant, dit Pitt en allant se poster entre Wigge et le fond de la boutique.

L'agent devait à présent se trouver en haut des marches de l'escalier, prévenant toute tentative de fuite par la cour.

— Qu'est-ce que vous voulez, alors ? J'ai tout ce qu'il vous faut.

— Auriez-vous des paquets enveloppés de papier marron contenant des morceaux de corps de femme ?

Les traits de Wigge s'affaissèrent ; il devint si pâle que des traînées de crasse ressortirent sur sa figure. Il ouvrit la bouche, mais aucun son n'en sortit. Sa gorge se contracta, sa pomme d'Adam se mit à monter et à descendre. Il avala sa salive, s'étrangla, déglutit. Pitt sentit l'odeur de sa sueur dans l'atmosphère surchauffée de la cave.

— C'est... c'est pas... pas drôle, bégaya Wigge d'une voix rauque, tentant désespérément de contrôler la panique qui l'envahissait. C'est pas drôle du tout !

— J'en sais quelque chose, acquiesça Pitt. J'ai trouvé un des morceaux, la poitrine, pour être précis. Il y avait du sang partout. Avez-vous eu une mère, Mr. Wigge ?

Ce dernier aurait voulu s'offusquer, mais il n'en eut pas la force.

— Évidemment ! bredouilla-t-il, lamentable. C'est pas bien de...

Il renonça à parler, fixant Pitt d'un air horrifié.

Celui-ci le saisit par l'épaule.

— La femme que vous avez découpée en morceaux avant de les éparpiller avait un enfant...

— C'est pas moi !

Wigge se tortilla pour se libérer de l'étreinte de Pitt. Sa voix suraiguë lui vrilla les tympans.

— Dieu m'en soit témoin ! C'est pas moi ! Il faut me croire ! Je l'ai pas tuée !

— Je ne vous crois pas, mentit Pitt. Vous l'avez tuée, démembrée et vous avez dispersé ses restes dans la moitié de la capitale.

— C'est pas vrai ! Elle était déjà morte, j'le jure.

Wigge était si terrifié que Pitt craignit de le voir succomber à une crise cardiaque. Il changea donc de tactique.

— Allons, mon vieux, dit-il d'un air soudain intéressé, si elle était morte et si vous ne l'avez pas tuée, pourquoi l'avoir découpée et empaquetée ? Pourquoi avoir dispersé ses restes en pleine nuit ? N'essayez pas de nier ! Sept personnes au moins vous ont vu et sont prêtes à le jurer devant un tribunal. Nous avons mis du temps à les retrouver, mais nous y sommes arrivés. Je peux vous arrêter sur-le-champ et vous faire incarcérer à Newgate ou à Coldbath Fields.

Le petit homme eut un haut-le-corps et poussa un cri perçant. Il jeta à Pitt un regard à la fois furieux et impuissant.

— Non ! Je suis vieux ! J'attraperai une mauvaise fièvre et j'y mourrai ! La nourriture est immangeable !

— Peut-être, fit Pitt, impavide. Mais à mon avis, ils vous auront pendu avant. On n'attrape pas tout de suite la fièvre des prisons ; en revanche, on y est rapidement pendu.

— Dieu miséricordieux ! Je l'ai pas tuée !

— Alors pourquoi avoir découpé le corps et vous en être débarrassé ?

— Mais c'est pas moi qui ai fait ça, gémit Wigge. Elle est arrivée comme ça, juré !

— Alors expliquez-moi pourquoi vous avez dispersé les morceaux dans les environs de Bloomsbury et de St. Giles, dit Pitt, dont le regard s'arrêta soudain sur la chaudière. Tiens, vous auriez pu la brûler, par exemple. Vous deviez bien vous douter que nous allions la retrouver. Dans un cimetière ! Franchement, Wigge, ce n'est pas très malin.

— Bien sûr que je le savais !

Une ombre de mépris passa sur la figure du bonhomme, vite effacée par la terreur qui le gagnait.

— Les os des adultes ne brûlent pas — même pas dans une maison en feu. Alors dans ma chaudière, pensez donc.

Pitt sentit la nausée l'envahir.

— Mais les os des bébés brûlent, eux, évidemment, dit-il à voix basse.

Il agrippa Wigge par l'épaule et la serra à la broyer. Il sentit sa chair flasque s'écraser et ses os craquer sous ses doigts. Mais l'homme était trop terrifié pour crier.

— J'ai jamais touché à un cheveu d'un gosse vivant, j'vous le jure ! Je les fais disparaître quand ils sont plus de ce monde, les pauvres petits.

— Morts étouffés. Ou morts de faim.

Pitt le regarda comme s'il avait observé le bacille de la peste.

— Je sais pas. J'ai fait ça pour arranger quelqu'un. Je suis innocent !

— Dans votre bouche, le mot sonne comme un blasphème.

Pitt le prit par le revers de sa veste, le souleva du sol et le secoua jusqu'à ce que ses bottes dansent la gigue.

— Vous saviez que ce cadavre n'était pas celui d'un enfant. Avez-vous ouvert les paquets pour vous en assurer ?

— Arrêtez, vous me faites mal ! Vous me brisez les os. Quand j'ai voulu mettre les paquets dans la chaudière, je me suis aperçu qu'il y en avait deux pleins de sang. J'ai bien failli tourner de l'œil. J'ai cru mourir ! Mon pauvre cœur... J'ai compris qu'il fallait que je m'en débarrasse. J'peux pas supporter la vue du sang, et pis je voulais rien avoir à faire avec ça. Les roussins auraient fini par retrouver les morceaux dans ma chaudière, s'ils avaient décidé de perquisitionner chez moi pour me faire tomber pour recel. J'ai de jolies pièces, ici, faut pas croire ! De l'argent, et même de l'or, quelquefois !

Le moment était mal choisi pour vanter la qualité de sa marchandise.

— Donc, vous ne vouliez pas garder les os dans votre chaudière, reprit Pitt, méchamment. Vous aviez raison. Nous autres roussins adorons ce genre d'histoire. Compliqué à expliquer, hein ? Aussi compliqué que le fait d'aller enterrer des morceaux de cadavre dans Bloomsbury.

Il l'agrippait si fort que Wigge finit par décoller tout seul du sol à force de se contorsionner pour se libérer de son étreinte, sans vraiment lutter.

— D'où venaient ces paquets ?

— Euh, je...

— Quelqu'un sera pendu, de toute façon, grinça Pitt entre ses dents. Si ce n'est pas celui qui vous a envoyé ces paquets, vous ferez très bien l'affaire.

— Je l'ai pas tuée ! C'est Clarabelle Mapes ! J'vous l'jure ! Numéro 3, Tortoise Lane. Une éleveuse d'enfants. Elle fait de la publicité pour élever des enfants, des bâtards, quoi... Elle promet de s'en occuper comme si c'étaient les siens, si on lui paye la garde. Mais des fois, ils meurent. Les bébés, c'est fragile. Moi, je fais disparaître les corps. Elle peut pas se permettre de payer les frais d'enterrement. On est pas riche, à St. Giles, vous devez le savoir.

— Répéterez-vous, sous serment, devant un juge que Clarabelle Mapes vous a envoyé ces colis ?

— Oui, oui ! J'le dirai au juge, puisque c'est la vérité, Dieu m'en soit témoin !

— Bon, je vous crois. Cependant, comme je ne tiens pas à ce que vous me filiez entre les doigts quand j'aurai besoin de vous et puisque, au regard de la loi, c'est un crime de se débarrasser d'un cadavre, je vous coffre. Constable !

Le jeune agent dégringola l'escalier et apparut, tout pâle, essuyant ses mains moites sur son pantalon.

— Oui, monsieur ?

— Emmenez Mr. Septimus Wigge au poste et inculpez-le pour avoir fait disparaître un cadavre. Et tenez-le à l'œil, hein ! Il sera témoin à charge au procès d'une criminelle qui a certainement assassiné beaucoup d'enfants. Hélas, nous aurons toutes les peines du monde à le prouver. Attention qu'il ne vous échappe pas. C'est une véritable anguille. Vous feriez mieux de le menotter.

— Bien, monsieur.

L'agent sortit une paire de menottes de sa redingote et les passa autour des poignets osseux de Wigge.

— Suivez-moi gentiment, sinon je serai obligé d'être méchant. Vous y tenez pas, hein, Mr. Wigge ?

Celui-ci poussa un cri d'effraie ; le policier le hissa sans ménagement dans l'escalier, laissant Pitt seul dans la cave. L'atmosphère lui parut soudain très lourde, remplie de l'odeur âcre de dizaines de petits cadavres incinérés dans l'énorme chaudière. Une effroyable nausée le submergea.

Il retourna au commissariat chercher deux hommes en renfort, pour le cas où Mrs. Mapes ne serait pas seule et déciderait de lui créer des ennuis. C'était une femme robuste, qui, d'après Pitt, ne craindrait pas de se battre. Il serait stupide d'aller perquisitionner seul la grande maison de Tortoise Lane, où pouvaient se trouver des hommes, employés ou pensionnaires, en plus de la demi-douzaine de fillettes qu'il avait déjà vues, sans compter un nombre inconnu d'enfants en bas âge.

Il était plus de sept heures du soir lorsqu'il se présenta devant la lourde porte. Un des deux agents se dissimula dans un passage, à une dizaine de mètres de là. L'autre se posta dans une rue parallèle, à peu près à l'endroit où, selon Pitt, devait se situer la porte de service du 3, Tortoise Lane.

Il frappa une fois, puis une autre, et dut attendre plusieurs minutes avant que la porte s'entrebâillât légèrement sur un visage enfantin. Reconnaissant le monsieur qui était déjà venu le matin, la fillette l'ouvrit en grand. C'était la gamine qu'il avait vue assise sur les marches de l'escalier avec les deux bambins.

Pitt fit un pas en avant puis s'arrêta, se souvenant que le moindre signe d'impatience de sa part pouvait le trahir et lui faire perdre sa proie.

— Puis-je voir Mrs. Mapes, s'il te plaît ?

— Oui, monsieur. On vous attendait. Suivez-moi.

Elle partit dans le couloir. Ses petits pieds nus étaient tout sales. Elle ne se retourna pas et ne remarqua donc pas que l'autre agent avait suivi Pitt et refermé la porte derrière eux. Ils arrivèrent au bout du couloir devant le salon où Pitt avait été reçu le matin même. La fillette frappa timidement.

— Entrez ! fit la voix forte de Clarabelle Mapes. Qu'est-ce que c'est ?

— Madame, c'est le monsieur qui a l'argent qui voudrait vous voir.

— Ah! Fais-le entrer, ma fille!

La voix s'était considérablement radoucie.

Pitt remercia la gamine, entra et referma vivement la porte de façon que la matrone ne s'aperçoive pas de la présence du policier qui se dirigeait vers la cuisine, afin d'introduire son collègue par la porte de service. Ils avaient l'ordre de fouiller la maison.

Mrs. Mapes était vêtue de taffetas fuchsia, tendu sur sa poitrine pigeonnante; ses jupes volumineuses emplissaient tout son fauteuil et crissaient à chacune de ses inspirations. Le fait qu'elle corsetait ses chairs pour leur faire à tout prix prendre des formes féminines était signe d'une incroyable vanité et aussi de sa capacité à endurer un inconfort aigu et permanent. Des bagues brillaient à ses doigts boudinés, et sous ses bouclettes noires dansaient à ses oreilles des pendants en or.

A la vue de Pitt, son visage s'illumina. A côté d'elle, sur une desserte, étaient posés un flacon de vin vieux, du madère à en juger par sa robe carmin profond, et deux verres en cristal dont le prix aurait suffi à nourrir toute la maison pendant quinze jours, et pas avec du gruau.

— Eh bien, Mr. Pitt, vous avez été vite en besogne. Vous êtes un homme de parole, déclara-t-elle avec un large sourire. On dirait que vous aviez envie de revenir, hein? Vous avez mon argent, évidemment?

Elle avait l'air si normale, si franchement cupide! Il dut se forcer à se la représenter en train d'empaqueter les petits cadavres qu'elle envoyait régulièrement à Septimus Wigge afin qu'il les incinère dans sa chaudière. Combien d'entre eux étaient morts de mort naturelle? Combien avaient succombé à la malnutrition ou aux maladies causées par sa négligence? Combien avaient été supprimés de sang-froid par cette abominable créature? Il ne le saurait jamais et ne pourrait jamais le prouver.

— Je viens de rendre visite à l'un de vos amis, répondit-il, éludant la question. Ou plutôt, un associé.

— J'ai pas d'associé, fit-elle, prudente.

L'étincelle de cupidité s'était éteinte dans ses yeux.

— Mais certains aimeraient bien le devenir...

— Celui-ci vous rend service de temps en temps — sans aucun doute, vous savez le remercier.

— Je me débrouille toute seule, répondit-elle, méfiante. Je supporte pas ceux qui comptent sur les autres... La vie est pas comme ça.

— Un certain Septimus Wigge.

Un instant, elle demeura pétrifiée. Puis elle reprit sa respiration et continua comme si de rien n'était :

— Si je lui ai acheté un objet volé, c'était en toute bonne foi. J'ignorais que cette vieille fouine était malhonnête.

— Je ne parle pas de meubles, Mrs. Mapes, mais de services rendus.

— Wigge ? Il rend jamais service à personne !

Sa bouche s'incurva dans une moue dégoûtée.

— Il vous rend des services considérables, corrigea Pitt, toujours debout entre elle et la porte. Il ne vous a fait faux bond qu'une seule fois.

Les mains grasses de Clarabelle Mapes se crispèrent sur son large giron, mais son regard restait provocant ; elle leva la tête, agressive.

— Wigge n'a pas brûlé le cadavre de femme que vous lui avez envoyé dans vos paquets. Persuadé qu'il s'agissait, comme d'habitude, de bébés morts chez vous, il s'apprêtait à les jeter dans sa chaudière, mais au dernier moment, il s'est aperçu qu'il y avait du sang ; il les a défaits et a réalisé de quoi il retournait... Les os d'un adulte ne brûlent pas aussi facilement que ceux d'un enfant, Mrs. Mapes. Il faut une grande température pour réduire en cendre un fémur ou un crâne.

Wigge le savait; n'ayant pas envie que l'on retrouve des ossements dans sa chaudière, il a décidé de se débarrasser de ces encombrants paquets, en les emportant aussi loin que possible de chez lui, en une seule nuit. Il pensait ainsi être à l'abri de tout soupçon; et il a bien failli l'être.

Clarabelle pâlit sous son fard; mais elle n'avait pas encore bien réalisé tout ce qu'il savait. Son corps était tendu sous le taffetas de sa robe, ses mains tremblaient imperceptiblement...

— S'il a tué quelqu'un, j'ai rien à voir avec ça, et s'il prétend le contraire, c'est que c'est un fieffé menteur. Vous avez qu'à l'arrêter, au lieu de venir me harceler. Vous avez rien d'un foutu roussin. D'habitude, je les sens venir de loin. Y a pas eu de meurtre par ici, alors allez faire votre boulot ailleurs et laissez-moi tranquille. Et mon argent, hein? Où il est?

— Il n'y a pas d'argent.

— Sale menteur!

Sa voix se fit suraiguë. Elle bondit de son fauteuil et lui fit face, les yeux étincelants.

— Sale menteur! Sale flicard!

Elle leva les poings comme si elle s'apprêtait à le frapper, mais se reprit. C'était une femme corpulente, mais de petite taille; Pitt était beaucoup plus grand qu'elle, et plus fort; mieux valait ne pas s'y frotter.

— Vous m'avez menti... répéta-t-elle, incrédule.

— En effet. Au départ, je voulais simplement vérifier ce que vous saviez sur Mrs. March. Puis j'ai vu ce paquet sur la table de votre cuisine; j'ai reconnu le papier et la ficelle, les mêmes qui avaient servi à envelopper les morceaux du cadavre. C'est vous qui avez fait ces paquets. Pas Septimus. Il nous a dit que vous les lui aviez envoyés, et nous le croyons. Clarabelle Mapes, je vous arrête pour le meurtre de la femme retrouvée dans le cimetière St. Mary de Bloomsbury. Ne cherchez pas à vous débattre ; il y a deux autres policiers dans la maison.

Elle le dévisagea ; sur sa figure passa une succession d'émotions : peur, horreur, incrédulité. Puis son expression se durcit. Pitt comprit qu'elle ne se laisserait pas faire.

— D'accord, concéda-t-elle à contrecœur, elle est morte ici. Mais c'était pas un meurtre prémédité. C'était de la légitime défense. Vous pouvez pas m'accuser. Une femme a le droit de se défendre.

Elle reprenait confiance en elle.

— Vos accusations contre mon travail ne tiennent pas. J'élève des tout-petits que leurs mères peuvent pas garder, soit parce qu'elles sont pas mariées, soit parce qu'elles en ont déjà trop. Vos calomnies sont injustes ! Vous oubliez tout ce que je fais pour eux.

Voyant l'expression de dégoût sur le visage de Pitt, elle se hâta d'ajouter :

— J'avais pas le choix ! Si je m'étais pas défendue, je me retrouvais raide morte par terre ! Elle s'est jetée sur moi comme une folle !

Elle observa Pitt à travers ses cils, puis avec plus de hardiesse. Ce dernier attendit.

— Elle voulait un bébé. Certaines femmes sont comme ça. Elle avait perdu le sien et elle en voulait un autre, comme si elle venait s'acheter une nouvelle robe ! Je lui ai pas donné, évidemment.

— Pourquoi ? demanda Pitt d'un ton glacial. Je pensais que vous n'auriez été que trop contente de placer un orphelin. Cela vous aurait évité de vous tuer au travail et de vous priver pour vous occuper de lui...

Mrs. Mapes ignora le sarcasme ; elle ne pouvait se permettre de riposter ; mais une haine brûlante se lisait dans ses yeux.

— Ces enfants sont sous ma protection, Mr. Pitt. Et elle voulait pas n'importe lequel, non... Elle en voulait un en particulier, une petite fille dont la mère pouvait pas s'occuper temporairement parce qu'elle avait pas d'argent, et qui m'en avait confié la garde jusqu'à ce qu'elle trouve une meilleure place. Cette femme a perdu la tête : elle voulait ce bébé et pas un autre et j'ai dû refuser. Alors elle s'est jetée sur moi ! Je me suis défendue, sinon elle m'aurait tranché la gorge.

— Ah bon ? Avec quoi ?

— Avec un couteau, pardi ! On était dans la cuisine. Elle a attrapé un grand couteau sur la table et elle s'est précipitée sur moi. Il fallait bien que je sauve ma peau ! C'était un accident ! N'importe qui aurait fait la même chose à ma place !

— Et puis vous l'avez découpée en morceaux, que vous avez enveloppés dans du papier et que vous avez fait porter chez Septimus Wigge, afin qu'il les incinère, conclut Pitt, caustique. Pourquoi tant de complications ?

— Vous êtes méchant, Mr. Pitt.

Elle reprenait de plus en plus confiance en elle.

— Et vous avez l'esprit tordu. Je pouvais pas prendre ce risque ; vos collègues m'auraient pas crue. La preuve, vous me croyez pas. Ça prouve que j'ai eu raison de le faire, non ?

— Absolument, Mrs. Mapes. Je ne crois pas un mot de tout ce que vous m'avez dit, sauf que vous l'avez poignardée avec votre couteau de cuisine et que vous l'avez coupée en morceaux, peut-être avec un fendoir à viande.

— Que vous me croyiez ou non, dit-elle, les poings sur les hanches, c'est du pareil au même, vous pourrez rien prouver. C'est ma parole contre la vôtre et y a pas un tribunal dans tout Londres qui fera pendre une femme juste sur la parole d'un roussin de votre espèce, ça c'est sûr.

Elle avait raison; pour Pitt, la pilule était amère.

— Je vous inculperai pour vous être débarrassée du cadavre, dit-il sèchement. Et là, vous êtes bonne pour un bon bout de temps à l'ombre.

Elle laissa échapper un grossier juron de dénégation.

— Vous vous imaginez que les gens vous racontent tout ce qui se passe dans le quartier? Des morts, il y en a tous les jours, à St. Giles.

— Alors pourquoi ne pas l'avoir enterrée, simplement, comme tous ceux dont vous parlez?

— Parce qu'elle avait été surinée, tiens! Aucun prêtre aurait accepté de l'enterrer! D'abord, elle était pas de St. Giles. Une étrangère, les gens se seraient posé des questions. Mais la loi est la même pour tout le monde. Si vous m'accusez, il faudra accuser les autres. Je raconterai au juge comment elle s'est jetée sur moi et comment, dans la bagarre, elle s'est empalée sur le couteau. Je lui dirai que j'étais désolée. Il m'écoutera, lui. Il comprendra que je me suis affolée et que je me suis défendue.

— Nous découvrirons la vérité, Mrs. Mapes, je vous le promets, dit-il avec amertume. Parce que vous allez avoir l'occasion de vous expliquer devant un juge. Constable!

Aussitôt, la porte s'ouvrit et le plus charpenté des deux policiers entra.

— Monsieur?

— Restez avec Mrs. Mapes et veillez à ce qu'elle ne quitte la pièce sous aucun prétexte. Attention, elle est redoutable au maniement du couteau. Avec elle, un accident est vite arrivé : si vous la menacez, vous risquez de finir découpé en rondelles, empaqueté, et ficelé! On retrouvera vos restes dans toute la capitale. Alors, prenez garde à vous!

— Bien, monsieur.

Le visage de l'homme se durcit. Il connaissait St. Giles. Rien de ce qui se passait ici ne l'étonnait.

— Je la tiendrai à l'œil jusqu'à votre retour, monsieur. Soyez sans crainte.

— Bien.

Pitt sortit dans le couloir qu'il suivit jusqu'à la cuisine. Là, cinq jeunes filles étaient assises en rond, autour de l'autre policier. En voyant entrer son supérieur, il se leva ; les fillettes l'imitèrent, non par habitude ou par respect face à un adulte, mais par peur.

Pitt entra et s'assit avec nonchalance sur le coin de la grande table. Une par une, les fillettes reprirent leur place, en se serrant les unes contre les autres.

— Mrs. Mapes m'a dit qu'il y a environ trois semaines, une jeune femme est venue ici chercher une petite fille et qu'elle s'est mise en colère lorsque votre patronne a refusé de la lui donner. L'une d'entre vous se souvient-elle de cet épisode ?

Elles demeurèrent impassibles, l'œil éteint.

— Elle était fort jolie, poursuivit-il, essayant d'étouffer la colère et le désespoir qui le submergeaient.

Jamais il n'avait autant tenu à faire inculper un meurtrier. S'il n'arrivait pas à prouver son crime, Clarabelle Mapes échapperait à la justice. Cette histoire de légitime défense était sans doute pure invention de sa part, mais elle n'était pas complètement impossible. Un jury pouvait y croire. Ses supérieurs le sauraient, tout autant que Clarabelle Mapes. Elle ne serait peut-être même pas mise en accusation ! L'idée était intolérable. Dans son travail, Pitt avait rarement cédé à la haine personnelle, mais cette fois, il ne pouvait la contenir. Pour être honnête, il n'essayait même plus.

— Réfléchissez, les pressa-t-il. Une femme jeune, assez grande, avec de longs cheveux blonds et un joli teint. Elle n'était pas du quartier.

L'une des fillettes poussa sa voisine du coude, sans oser regarder Pitt.

— Fanny! Vas-y, dis-le... murmura-t-elle timidement.

Fanny regarda ses pieds. Pitt savait ce qui la troublait. Si, comme elle, il avait vécu sous la coupe de cette harpie, il n'aurait pas osé affronter sa colère.

— Mrs. Mapes m'a dit qu'elle était venue ici, reprit-il avec douceur. Je la crois. Mais cela m'aiderait si l'une de vous pouvait s'en souvenir.

Il attendit.

Fanny croisa nerveusement ses doigts et prit une profonde inspiration. Dans la pièce, quelqu'un toussa.

— Je me souviens d'elle, m'sieur, dit-elle enfin. Elle a frappé à la porte et je l'ai fait entrer.

Elle secoua la tête.

— Elle était pas d'ici. Elle était très propre et très jolie. Mais elle s'est mise dans tous ses états quand Mrs. Mapes lui a dit qu'elle pouvait pas prendre la petite fille. Elle disait que c'était la sienne, mais Mrs. Mapes lui a dit qu'elle était folle, la pauvre.

— De quelle enfant s'agissait-il? Vous vous en souvenez?

— Oui, m'sieur. Je m'en souviens parce qu'elle était très jolie, toute blonde, avec un beau sourire. Elle s'appelait Faith.

Pitt retint son souffle.

— Qu'est-elle devenue? demanda-t-il d'une voix si basse qu'il dut répéter sa question pour qu'elle l'entende.

— Elle a été adoptée, monsieur. Une dame qui avait pas d'enfant est venue la chercher.

— Je vois... La jeune femme qui voulait Faith est-elle partie très en colère?

— Je sais pas, m'sieur. Personne l'a vue partir.

Pitt essaya de conserver un ton égal et doux, de façon à ne pas l'apeurer, mais il savait qu'il ne pouvait dissimuler complètement son énervement.

— T'a-t-elle dit son nom, Fanny ?

La fillette, l'œil vague, gardait une expression lointaine. Pitt, les poings serrés dans les poches, regarda par terre, priant pour qu'elle se souvienne du nom.

— Prudence, dit Fanny d'une voix claire. Elle a dit qu'elle s'appelait Prudence Wilson. Je l'ai fait entrer et je suis allée prévenir Mrs. Mapes, qui m'a dit de retourner lui demander ce qu'elle voulait.

— Eh bien ?

Pitt, soudain plein d'espoir, se raccrochait à cette bouée. Pourtant, donner un nom à ce corps mutilé, apprendre quelque chose de son existence, de ses amours, de ses espoirs, rendaient sa mort encore plus terrible.

Mais Fanny secoua la tête.

— Je sais pas, m'sieur. Elle voulait rien dire, sauf à Mrs. Mapes.

— Et celle-ci ne t'a rien dit par la suite ?

— Non.

Pitt se leva.

— Très bien. Merci, Fanny. Reste ici, pour veiller sur les petits. L'agent va rester aussi.

— Qui êtes-vous, m'sieur ? Qu'est-ce qui se passe ? demanda la plus âgée des fillettes en plissant le front.

Elles étaient terrorisées par l'idée d'un changement dans leur existence ; il signifierait la perte d'un toit et le début d'un nouveau combat pour la survie.

Pitt aurait aimé penser que cette fois ce serait différent, mais il ne pouvait se mentir à lui-même. Ces enfants étaient trop jeunes pour gagner leur pain quotidien de façon légale ; il y avait peu de travail pour les femmes, en dehors des tâches domestiques pour lesquelles elles n'avaient aucune référence ; dans un atelier de confection, elles auraient à peine de quoi survivre. Ici au moins, Clarabelle Mapes leur assurait un minimum de subsistance en mentant à des mères au désespoir, en prétendant s'occuper d'enfants qu'elles ne pouvaient garder. Sans elle, les gamins de Tortoise Lane ne survivraient pas. La plupart finiraient dans un asile de travail.

Pitt hésitait : devait-il leur mentir, les préserver un peu plus longtemps de cette angoisse ? Une attitude trop protectrice ne leur volerait-elle pas ce qui leur restait de dignité ? Au bout du compte, la lâcheté l'emporta ; il était trop épuisé pour avoir le courage de lutter.

— Je suis officier de police. Je ne saurai exactement ce qui se passe ici que lorsque j'aurai vu deux ou trois autres personnes. Il faut que j'en sache plus sur Prudence Wilson. Fanny, t'a-t-elle dit d'où elle venait ?

La fillette secoua la tête.

— Non.

— Ça ne fait rien, je trouverai.

Il gagna la porte en ordonnant au policier de demeurer là jusqu'à son retour ou jusqu'à ce qu'un autre homme vienne prendre sa relève.

Une fois sorti de Tortoise Lane, il se dirigea d'un pas vif vers Bloomsbury, qui lui semblait l'endroit le plus logique pour commencer son enquête. Il paraissait raisonnable de supposer que Prudence Wilson s'était rendue dans l'établissement de Mrs. Mapes parce qu'il était proche de chez elle. Elle devait travailler comme femme de chambre ou soubrette chez un employeur qui la logeait, comme l'avait suggéré le médecin légiste.

Pitt se rendit donc au commissariat de Bloomsbury. A huit heures dix, il se présenta à un brigadier de fort mauvaise humeur, dont les traits accusaient la fatigue. De service depuis l'aube, il avait mal aux pieds et le gosier sec, et ne rêvait que d'une bonne pinte de bière.

— Monsieur ? dit-il sans lever les yeux de l'énorme cahier sur lequel il rédigeait d'une écriture ronde et soignée les détails d'une plainte à l'encontre d'un jeune garçon accusé de vandalisme sur une palissade.

— Inspecteur Pitt, police métropolitaine, s'annonça Pitt, succinctement, pour lui laisser le temps de se reprendre et d'adopter une attitude appropriée.

— Il travaille pas ici, monsieur. J'ai entendu parler de lui, il s'occupe d'affaires criminelles. Essayez le commissariat de Bow Street. S'il n'y est pas, il y aura peut-être quelqu'un qui saura vous dire où le trouver.

Pitt eut un sourire las. Il émanait de ce simple policier quelque chose de sain et de rassurant.

— Vous m'avez mal compris, brigadier. Je suis l'inspecteur Pitt. Je viens pour une enquête criminelle. Je vous serais obligé de bien vouloir me prêter attention, s'il vous plaît.

L'homme rougit jusqu'aux oreilles et se leva d'un bond. Il ne grimaça même pas lorsqu'il cogna la pointe de sa botte contre le pied de sa chaise, accentuant la douleur causée par ses cors. Il écarquilla les yeux, ne sachant comment s'excuser.

— Je cherche la trace d'une certaine Miss Prudence Wilson, probablement domestique dans ce quartier. J'espère que quelqu'un a signalé sa disparition, il y a trois ou quatre semaines de cela. Le nom vous dit-il quelque chose ?

Le brigadier secoua la tête.

— Non. En général, les gens ne viennent pas nous signaler la disparition de leurs domestiques, monsieur. Ils sont très méfiants et ils ont souvent raison. Ils pensent qu'elles se sont enfuies avec un homme, et la plupart du temps, c'est vrai...

Il ne termina pas sa phrase ; il eût été indiscret d'exprimer un sentiment personnel. En son for intérieur, il souhaitait à ces femmes tout le bonheur possible. C'était un homme marié et heureux en ménage; il lui était pénible de voir une femme tenue de passer toute sa vie au service d'une famille, plutôt que de fonder son propre foyer.

— Enfin, on ne sait jamais...

Il montra sa bonne volonté en allant chercher le grand registre sur lequel étaient notés les noms des personnes disparues, et le sortit de son étagère. Docilement, il tourna les pages jusqu'au mois précédent et les parcourut avec soin. Au bout de six pages, il s'interrompit, le doigt sur un nom. Il leva vers Pitt un regard à la fois surpris et attristé.

— Oui, monsieur, elle y est. Un jeune homme du nom de Harry Croft est venu nous prévenir que sa fiancée, partie chercher sa petite fille confiée à la garde de quelqu'un, n'était jamais revenue. Il paraissait bouleversé, comme s'il était sûr que quelque chose de grave lui était arrivé; ils allaient se marier et elle était très heureuse. Mais bien sûr, on n'a rien pu faire pour lui. Une femme ne peut être recherchée à la demande d'un homme qui n'est ni son mari, ni son père, ni son employeur. Pour nous, elle était peut-être simplement partie avec sa petite fille.

— Je comprends.

L'homme avait raison; même s'ils avaient pu deviner ce qui s'était passé, il aurait été trop tard.

— Est-elle morte, monsieur?

— Oui.

Le brigadier déglutit. Il ne quittait pas Pitt des yeux.

— Est-ce... la femme dont nous avons retrouvé le corps... dans des paquets?

— Oui, brigadier.

— Avez-vous arrêté celui qui a fait ça?

— Celle qui a fait ça, corrigea Pitt. Oui, nous

l'avons pincée. Je retourne de ce pas l'arrêter et je la ramène ici.

— J'ai fini bientôt mon service, monsieur. Je... j'aimerais beaucoup vous accompagner, si vous voulez bien.

— Volontiers. Il se peut que j'aie besoin de renfort. Elle est costaud. Et puis, il y a des tas d'enfants dans cette maison ; il faudra les amener quelque part. A l'asile de travail, je suppose.

— Bien, monsieur.

Ils arrivèrent à Tortoise Lane à huit heures quarante-cinq. Le ciel était clair. En été, à cette heure-là, il faisait encore jour. Ensuite suivait un long crépuscule d'une vingtaine de minutes, puis les lueurs du soleil couchant s'estompaient, laissant place à des ombres qui s'épaississaient jusqu'à l'obscurité complète, trouée par les becs de gaz des rues principales et les petites lanternes de St. Giles.

Ils s'arrêtèrent devant le numéro trois. Cette fois, Pitt entra sans frapper. Il ne se sentait nullement triomphant mais éprouvait une agressivité inhabituelle. Il partit à grandes enjambées dans le couloir et entra dans le boudoir de Clarabelle Mapes. Le policier était là, debout, toujours aussi mal à l'aise ; la matrone, assise dans son fauteuil, sa robe de taffetas étalée autour d'elle, affichait un sourire satisfait. Ses bouclettes noires luisaient.

— Eh bien, Mr. Pitt ? lança-t-elle hardiment. Du nouveau ? Vous comptez pas rester ici toute la nuit ?

— Non, personne ne va rester ici toute la nuit. D'ailleurs, je doute qu'aucun d'entre nous y revienne jamais. Clarabelle Mapes, au nom de la loi, je vous arrête pour le meurtre de Prudence Wilson, venue chercher sa petite fille, que vous aviez déjà vendue à une autre femme.

— Pourquoi ? le brava-t-elle crânement. Pourquoi j'aurais voulu la tuer ? Ça tient pas debout !

— Parce qu'elle menaçait de rendre public votre immonde commerce. Vous préfériez tuer les enfants placés sous votre garde plutôt que de les nourrir. Si cela s'était su, vous perdiez votre source de revenus.

Cette fois, sa confiance parut ébranlée ; la sueur perla à ses lèvres et à son front. Elle pâlit et sa peau prit un teint terreux.

— Constable ! Emmenez-la !

Pitt quitta la pièce et s'enfonça dans le couloir qui menait aux cuisines.

— Agent Wyman ! Je vais vous envoyer une relève. Veillez à ce que l'on s'occupe de ces enfants pour la nuit. Demain, nous informerons la paroisse.

— Vous l'avez arrêtée, monsieur ?

— Oui, pour homicide. Elle ne reviendra pas avant...

Soudain on entendit, venant de l'entrée principale, le bruit sourd d'une chute, suivi de cris de rage. Pitt pivota sur lui-même et fonça vers la sortie. Il trouva l'agent qui se remettait péniblement sur ses pieds, tout poussiéreux et couvert de brins de paille du tapis, le casque à la main. Par la porte entrouverte, Pitt vit disparaître les basques de la redingote du brigadier.

— Elle s'est enfuie ! hurla l'agent, furieux. Elle m'a frappé !

Il se mit à courir, Pitt sur les talons, mais ce dernier ne tarda pas à le dépasser. Clarabelle Mapes avait une vingtaine de mètres d'avance sur eux ; elle courait avec une légèreté et une rapidité surprenantes pour une femme de son embonpoint. Sans s'occuper du brigadier, Pitt se lança à sa poursuite ; au passage, il faillit renverser dans le caniveau une vieille femme portant un baluchon et un colporteur qui rentrait chez lui. S'il la perdait de vue, il ne la retrouverait peut-être jamais ; les taudis de la capitale étaient de vraies taupinières où un fugitif suffisamment astucieux pouvait trouver refuge pendant des années, surtout s'il avait vraiment tout à perdre en étant arrêté.

Crier ne servirait qu'à lui faire perdre son souffle. Aucun habitant de St. Giles n'arrêterait un fuyard. Clarabelle Mapes courait très vite ; la peur lui donnait des ailes. Pitt avait beau ne pas la quitter des yeux, elle disparut brusquement par une porte ouverte. Se serait-il trouvé dix mètres plus loin, il n'aurait pas vu par quelle porte elle était passée. Il se précipita à sa suite, heurtant au passage un vieil homme qui s'écroula en vomissant des injures, mais rien ne comptait pour Pitt que la lourde silhouette de Clarabelle, bouclettes au vent, jupes gonflées comme des voiles brillantes. Il traversa une pièce où il entrevit des gens penchés au-dessus d'une table, courut le long d'un sombre corridor dans lequel se répercutait le bruit de ses pas et ressortit dans un estaminet au sol couvert de sciure, qui empestait la bière aigre.

Elle se retourna pour lui lancer un regard venimeux, poussa violemment une serveuse qui s'affala par terre, renversant sur elle toutes les chopes de bière qu'elle portait. Pitt dut ralentir sa course pour l'éviter, mais il se prit les pieds dans ses jupons, buta dans un tabouret, faillit s'étaler de tout son long et se rattrapa in extremis au chambranle de la porte. Derrière lui retentit un éclat de rire général, suivi d'un fracas de pas : le brigadier apparut, redingote ouverte, casque de travers.

Une fois dehors, Pitt vit Clarabelle passer à côté d'un groupe de traînards avant de courir légèrement vers un étroit passage situé de l'autre côté de la ruelle, guère plus grand qu'une fissure entre deux murs gris. Elle s'enfonçait dans le labyrinthe d'ateliers, de bars clandestins, de taudis ; s'il ne la rattrapait pas très vite, elle trouverait des alliés par dizaines : il aurait de la chance de s'en sortir vivant, à défaut de la capturer.

Au bout du passage, une volée de marches descendait dans un atelier mal éclairé où des femmes cousaient à la lueur de lampes à huile. Clarabelle passa au milieu d'elles comme une tornade, les bousculant au passage, déchirant des chemises ou les envoyant voler dans la poussière ; Pitt fut obligé d'en faire autant. Des cris offusqués montèrent à ses oreilles.

Arrivé au fond de la pièce, il reçut le battant de la porte en pleine poitrine ; il eut le souffle coupé, mais la douleur ne l'arrêta pas, obnubilé qu'il était par l'idée de la capturer, de la sentir physiquement sous son contrôle et de l'obliger à marcher devant lui, mains dans le dos, menottée, sachant qu'elle se dirigeait inexorablement sur la route qui la menait à la potence.

Assises sur le pas de la porte, trois vieilles partageaient une bouteille de gin ; un enfant jouait avec des cailloux.

— Au secours ! hurla Clarabelle d'une voix perçante. Arrêtez-le ! Il me poursuit !

Mais les trois femmes, les jambes flageolantes et l'œil vague, ne réagirent pas assez vite. Pitt sauta au-dessus d'elles sans se voir opposer de résistance. Il gagnait du terrain ; encore quelques mètres et il la rattraperait. Il avait de longues jambes et aucun jupon ne venait entraver sa course.

Mais Clarabelle se trouvait dans son élément et elle connaissait St. Giles comme sa poche. La porte suivante lui fut claquée à la figure et refusa de s'ouvrir quand il la poussa. Il pesa dessus de toutes ses forces, à s'endolorir l'épaule, en vain. Heureusement, le brigadier arriva à la rescousse et, à deux, ils parvinrent à la forcer.

La pièce obscure dans laquelle ils atterrirent était un dortoir ; des grappes d'hommes, de femmes et d'enfants de tous âges y dormaient, baignant dans des relents de sueur, de nourriture moisie et de crasse animale qui prirent les deux policiers à la gorge. Ils traversèrent la salle en courant, enjambant, cognant des corps affalés, et se retrouvèrent dehors, dans une ruelle si étroite que les avancées en surplomb se touchaient presque. La canalisation ouverte qui courait au milieu de la chaussée était pleine de résidus d'égout séchés. Clarabelle Mapes avait pu s'engouffrer dans n'importe laquelle de ces innombrables embrasures de portes fermées contre lesquelles s'adossaient des hommes à moitié endormis ou abrutis par l'alcool; aucun ne leur prêta attention, sauf un vieillard qui, voyant la scène, se mit à encourager Pitt de la voix, le prenant pour le fuyard; il jeta sur le brigadier une bouteille vide qui manqua sa cible et explosa sur le mur d'en face, envoyant des éclats de verre dans un rayon de dix mètres.

— Où est-elle passée ? hurla Pitt, furieux. Une pièce de six pence pour qui m'aidera à la retrouver !

Deux ou trois ombres bougèrent, mais personne ne parla. Sa frustration était telle qu'il se serait volontiers jeté sur eux, s'il avait été certain d'obtenir un résultat.

Soudain, il eut une idée : il ne se trouvait qu'à deux ou trois mètres de Clarabelle lorsqu'elle était entrée dans le dortoir. Même en comptant les quelques secondes qu'il lui avait fallu pour enfoncer la porte, il aurait vu la porte du fond se refermer et aperçu sa robe fuchsia se détacher dans l'obscurité de la rue.

Il fit volte-face, se rua dans le dortoir, empoigna le premier homme qui lui tombait sous la main, le souleva par le revers de sa chemise et le foudroya du regard.

— Où est-elle passée ? grinça-t-il entre ses dents. Si elle est encore là, je vous fais tous coffrer pour complicité d'homicide, vous m'entendez ?

— Elle est pas là ! glapit l'homme. Lâchez-moi, sale roussin ! Elle est partie ! Que Dieu soit avec elle ! Elle vous a bien eu !

Pitt le lâcha et retourna en trébuchant jusqu'à la porte enfoncée, le brigadier toujours sur les talons. Dehors, dans la ruelle, aucun signe de Clarabelle; il se mit à transpirer de fureur à l'idée qu'elle ait pu lui échapper. Il comprenait les enfants, qui pleuraient pour exprimer leur impuissance.

Il devait prendre le temps de réfléchir; la colère ne résoudrait rien. Mrs. Mapes possédait un commerce florissant et de nombreuses propriétés dans Tortoise Lane. A sa place, que ferait-il? Attaquer! Se débarrasser de la seule personne qui soit au courant de son crime. Pensait-elle à cela, ou seulement à sa fuite? La panique était-elle plus forte chez elle que la ruse?

Il se souvint de ses yeux noirs et brillants... Non, Clarabelle choisirait de se battre. S'il s'offrait à elle, comme une proie vulnérable, son instinct de tueuse lui commanderait de venir l'achever.

— Attendez! cria-t-il au brigadier.

— Mais elle n'est plus ici! Elle ne peut pas être bien loin. Cette diablesse ne doit pas nous échapper!

— Je suis bien d'accord avec vous, brigadier.

Pitt leva la tête et observa attentivement les vitres sales qui se découpaient dans les murs gris. Il faisait de plus en plus sombre; le crépuscule était tombé. D'ici peu, ce serait la nuit noire. Soudain, il vit, le temps d'un éclair, le contour d'un visage se dessiner derrière une fenêtre pour disparaître aussitôt.

— Restez là, ordonna-t-il au brigadier. Au cas où je me sois trompé.

Il fonça sur la porte la plus proche, et, sans s'occuper des occupants du taudis, gravit un escalier branlant; arrivé en haut, il s'enfonça dans un couloir mal éclairé. Tout au bout, il entendit bouger et distingua un froissement de taffetas : le bruit que fait un gros corps qui cherche à passer dans un goulet trop étroit. Il savait que c'était elle, comme s'il la sentait, à quelques mètres devant lui. Elle attendait. Comment attaquerait-elle ? Elle avait tué Prudence Wilson à coups de couteau, puis découpé son corps comme une vulgaire viande de boucherie.

Pitt se déplaçait furtivement, mais les planches disjointes le trahissaient. Il entendit encore bouger. Était-ce bien elle, accroupie derrière une porte entrebâillée, attendant, prête à enfoncer le couteau dans sa chair, jusqu'au cœur ?

Sans s'en rendre compte, il s'était immobilisé. Des picotements le parcouraient, il avait la gorge serrée, la bouche sèche. Il ne pouvait pas rester ici. Quelqu'un marchait devant lui, plus loin, plus haut.

Le cœur battant à tout rompre, il avança à tâtons, une main tendue pour suivre la surface du mur. En arrivant devant un escalier encore plus étroit que les précédents, presque une échelle, il sentit un fourmillement désagréable sur sa peau ; elle était tout près, au-dessus de lui. Il avait même l'impression d'entendre sa respiration oppressée, quelque part dans les ténèbres.

Soudain il y eut un bruit mat, un cri de colère, des bruits de pas en haut de l'échelle. Il commença à grimper et vit sa masse se découper dans le carré de lumière jaune de la trappe qui ouvrait sur le grenier. Elle était à moitié dissimulée dans la pénombre mais il voyait ses yeux brillants, ses bouclettes noires qui tressautaient comme des ressorts, sa peau luisante de transpiration. Il la tenait presque... Il s'attendait à une attaque à l'arme blanche. Elle recula, comme surprise et affolée de le voir si près.

Il pouvait facilement franchir les quatre marches qui les séparaient et se trouver à côté d'elle avant qu'elle n'ait le temps de le frapper. S'il se jetait sur le côté dès qu'il entrait dans ce carré de lumière...

C'est alors que, paralysé d'horreur, il se souvint du secret de ces vieilles taupinières; il eut juste le temps de lâcher la main courante et de se laisser choir sur le sol où il se reçut lourdement. Déjà la trappe se refermait avec violence; des lames pointues, enchâssées dans le bois, fendirent l'air à l'endroit précis où il se trouvait une seconde plus tôt. Aussitôt, il entendit le rire triomphant de Clarabelle.

Il se releva péniblement, meurtri, contusionné, mais pris d'une telle fureur que, oubliant la douleur, il grimpa les échelons à toute vitesse, lança son poing fermé entre les piques acérées pour ouvrir la trappe. Il tomba en avant sur le plancher du grenier à environ un mètre de l'endroit où la fugitive était tapie. Avant qu'elle ait eu le temps de réaliser ce qui lui arrivait, il lui envoya un solide uppercut au menton avec toute la rage qu'il avait accumulée en pensant à ses victimes. Elle roula sur le côté et resta allongée, inconsciente.

Il se moquait de la difficulté qu'il éprouverait pour la descendre en bas de l'échelle; il ne se souciait pas davantage du blâme que lui infligeraient probablement ses supérieurs parce qu'il lui avait brisé la mâchoire. Il avait eu Clarabelle Mapes et il était satisfait.

13

Le lendemain en fin de matinée, Pitt retourna à Cardington Crescent. Le sentiment d'euphorie que lui avait procuré la capture de Clarabelle Mapes s'était évanoui. Il se souvint, en marchant dans la lumière grise et tiède, qu'il s'était rendu à Tortoise Lane afin de découvrir ce que Sybilla March y avait cherché. A ce sujet, il ne savait toujours rien. Continuer à interroger Clarabelle Mapes ne le mènerait nulle part; de plus, aucune des fillettes n'avait vu une dame ressemblant à Sybilla se présenter à la porte.

Dès que le majordome vint lui ouvrir, Pitt demanda à voir Charlotte. On le fit patienter dans le petit salon, où, selon la coutume, les tableaux étaient drapés de noir et les rideaux à demi tirés. Des voiles de crêpe flottaient un peu partout, dans les endroits les plus surprenants, telles les toiles d'araignée noires de suie que l'on trouve dans les cheminées.

Charlotte entra, vêtue d'une adorable robe couleur lavande. Pitt se dit qu'il devait s'agir d'une robe appartenant à Vespasia, reprise à la poitrine pour paraître plus seyante. Lady Cumming-Gould ne portait jamais de noir, même en signe de deuil.

Charlotte était pâle et avait les yeux cernés, mais son visage s'éclaira à la vue de Pitt, ce qui lui fit chaud au cœur. « Partout où sera cette femme, songea-t-il, là sera mon foyer. » Au fond, peu importait l'endroit.

— Thomas ! Je suis si contente que vous soyez venu ! Ici, tout va de mal en pis. Chacun observe l'autre avec méfiance et se tait, n'osant pas formuler le fond de sa pensée.

Elle ferma la porte, s'appuya contre le battant et le dévisagea en se mordillant la lèvre, les mains crispées.

— Tassie est innocente. J'ai découvert où elle va la nuit et pourquoi elle revient couverte de sang.

Une terrible colère s'empara de Pitt, fulgurante comme un coup de poignard, parce qu'il avait peur, non seulement pour elle mais aussi pour lui, peur de perdre ce qu'il possédait de plus précieux, ce chaud et profond sentiment de sécurité qui était le fondement de son courage et de ses rêves.

— Qu'avez-vous fait ? s'écria-t-il.

Elle ferma les yeux, les traits tendus.

— Ne criez pas, Thomas.

Il avança d'un pas, lui saisit le bras et l'entraîna vers le milieu de la pièce. Il savait qu'il lui faisait mal.

— Qu'avez-vous fait ? répéta-t-il, furibond.

Qu'elle soit restée près de la porte au lieu de venir l'embrasser et qu'elle n'ait pas répliqué avec une de ces vertueuses colères dont elle avait le secret signifiait qu'elle avait conscience d'avoir mal agi.

— Vous l'avez suivie ! l'accusa-t-il.

— Il fallait que je sache où elle allait. Je vous assure qu'elle ne fait rien de mal, au contraire : elle aide à l'accouchement de pauvresses qui ne peuvent s'offrir les services d'une sage-femme, des femmes non mariées, des toutes jeunes filles. Tant de mères meurent en couches ! Tassie accomplit un travail merveilleux, Thomas. Ces gens-là l'adorent.

Penser au risque stupide qu'elle avait couru le rendait tellement furieux qu'il ne fut même pas soulagé d'apprendre l'innocente conduite de Tassie, alors qu'il avait redouté le pire. Sans s'en rendre compte, il secouait Charlotte comme un prunier.

— Vous l'avez suivie, seule, en pleine nuit? hurla-t-il. Mais vous êtes folle! Stupide! Idiote! Elle aurait pu vous attirer dans un coupe-gorge! Et si c'était elle, la meurtrière de Bloomsbury? Vous auriez pu être sa prochaine victime!

Il était tellement hors de lui qu'il faillit la gifler, comme l'on frappe un enfant qui a évité de justesse de passer sous les roues d'une voiture; on est tellement soulagé que l'on se représente tous les dangers auxquels il a échappé. L'image de l'horrible labyrinthe dans lequel Clarabelle Mapes l'avait entraîné quelques heures plus tôt l'emportait dans son esprit sur la réalité de cette confortable demeure des beaux quartiers.

— Femme stupide et irresponsable! Dois-je vous enfermer à clé avant de partir pour être sûr que vous allez vous comporter en adulte?

A ces mots, la culpabilité que ressentait Charlotte fut soudain remplacée par un fort sentiment d'injustice à son égard. Elle se jugea parfaitement dans son droit de se mettre à son tour en colère.

— Vous me faites mal, Thomas, dit-elle froidement.

— Vous mériteriez d'être fouettée! riposta-t-il sans relâcher son étreinte.

En guise de réponse, elle lui lança un méchant coup de pied dans le tibia, de la pointe de sa bottine. Sidéré, il la relâcha, le souffle coupé, et elle en profita pour s'écarter prestement.

— Thomas Pitt, je vous défends de me traiter comme une gamine! s'exclama-t-elle, furieuse. Je ne suis pas une de ces précieuses oisives que vous pouvez renvoyer dans leur chambre lorsque leurs propos vous déplaisent ! Emily est ma sœur, et elle ne sera pas pendue pour le meurtre de son mari, si je peux faire quelque chose pour l'aider. Ah, savez-vous que Tassie March est amoureuse de Mungo Hare, le vicaire du pasteur Beamish ? Il la seconde pendant les accouchements. Elle va l'épouser.

Pitt se raccrocha au seul exemple de domination masculine qui lui vint à l'esprit.

— Son père s'y opposera.

— Oh, que non ! rétorqua-t-elle. En échange de son accord, j'ai promis à Eustace que vous ne parleriez à personne de sa liaison avec Sybilla ; en revanche, s'il refuse, je veillerai à ce que la bonne société soit mise au courant, jusque dans les moindres détails. Je vous assure qu'il donnera sa bénédiction à sa fille.

Pitt sortit de ses gonds.

— Ah, vous croyez ? Vous prenez un peu trop de libertés, ma chère ! Et si je décidais de ne pas honorer la promesse que vous avez faite à Eustace March en vous permettant de parler en mon nom ?

Charlotte hésita ; elle avala sa salive et affronta son regard.

— Alors Tassie ne pourra pas épouser l'homme qu'elle aime, tout simplement parce qu'il n'est pas « comme il faut » et qu'il n'a pas d'argent. Elle restera célibataire et vivra sous la coupe de son horrible grand-mère, obligée de lui tenir compagnie jusqu'à sa mort ; ensuite, elle s'occupera de son père, de la même façon. Ou bien on la mariera avec un homme qu'elle n'aime pas.

Elle n'eut pas besoin d'ajouter que c'était exactement ce qui lui serait arrivé, si son propre père n'avait pas été dans de meilleures dispositions qu'Eustace March et si sa mère n'avait pas plaidé sa cause avec force. Pitt en avait parfaitement conscience. Au fond,

Charlotte avait agi exactement comme il aurait voulu le faire; c'était l'idée qu'elle avait agi avant lui qui l'enrageait, non l'acte en lui-même. Mais l'avouer serait se ridiculiser; toute récrimination de sa part était absurde.

Il préféra changer de sujet et jouer son meilleur atout.

— L'énigme du cadavre du cimetière est résolue. J'ai arrêté la meurtrière, après une poursuite effrénée. J'ai assez de preuves pour la faire pendre.

Charlotte fut impressionnée et, malgré elle, laissa son étonnement et son admiration se lire sur son visage.

Pitt s'assit sur le bras d'un fauteuil de cuir. Il était encore tout raide et endolori après sa chute de la veille.

— Cette femme était une éleveuse d'enfants, comme on dit.

— Pardon?

Il exécrait d'avoir à lui parler d'une telle horreur, mais c'est ce qu'elle voulait.

— Une « éleveuse » est une femme qui fait une discrète publicité, affirmant qu'elle aime les enfants et serait heureuse de s'en occuper dans le cas où la mère, pour cause de maladie ou tout autre empêchement, ne peut plus les prendre en charge. Souvent, elle ajoute que les enfants de santé délicate sont les bienvenus et qu'ils seront particulièrement dorlotés. Elle demande une participation financière, naturellement.

— Beaucoup de mères doivent être contentes de se voir offrir pareil service, remarqua Charlotte, perplexe. C'est une entreprise plutôt charitable, non? Pourquoi en parlez-vous avec tant de dégoût? Nombre de femmes sont obligées de travailler et ne peuvent s'occuper de leur progéniture, surtout les domestiques, qui ont souvent des enfants hors mariage...

Elle s'interrompit.

— Pourquoi cette réticence, Thomas?

— Parce que la plupart de ces « éleveuses », comme Clarabelle Mapes, prennent l'argent des mères, puis laissent les enfants malades mourir de faim, quand elles ne les tuent pas, tout simplement, plutôt que de dépenser cette somme pour les soigner. Les plus beaux et les plus résistants sont vendus. Désolé, Charlotte, ajouta-t-il devant son expression horrifiée. Vous avez voulu savoir.

— Et le crime de Bloomsbury ? demanda-t-elle après un long silence. La jeune femme assassinée avait-elle découvert que son enfant confié à la garde de Clarabelle Mapes était mort ?

— Non. La petite avait été vendue.

Charlotte s'assit et demeura longtemps immobile. Pitt n'osa pas la toucher. Enfin, il tendit la main vers elle.

— Pour quelle raison êtes-vous allé là-bas ? s'enquit-elle.

— L'adresse se trouvait dans le carnet de Sybilla.

Elle sursauta.

— Impossible ! Pourquoi ?

— Je l'ignore encore. Sybilla avait dû noter l'adresse pour aider l'une de ses domestiques ou celle d'une amie. Je ne vois pas d'autre explication. Les gens de son milieu n'ont pas besoin des services d'une éleveuse d'enfants. S'ils ont un enfant naturel, ils trouvent d'autres solutions : on envoie le bébé chez une parente à la campagne ou chez un ancien domestique à la retraite ayant une fille susceptible de s'en occuper.

— Oui, vous avez sans doute raison. Ou bien alors, cette pauvre Sybilla avait connu cette femme en une autre occasion.

— Cela ne me dit pas qui l'a tuée et pourquoi...

— Vous avez interrogé cette femme, je suppose ?

Pitt partit d'une rire sec et guttural.

— On voit que vous ne connaissez pas Clarabelle Mapes, sinon vous ne poseriez pas la question!

— Thomas, vous ne savez vraiment pas qui a empoisonné George? Pas la moindre petite idée?

Elle lui faisait face, les yeux assombris par l'impatience et la peur. Il se rendit compte de son épuisement, de son trouble et caressa tendrement sa joue.

— Non, Charlotte. Restent William, Eustace, Jack Radley et Emily; à moins qu'il ne s'agisse de la vieille Mrs. March, ce qui m'arrangerait beaucoup, mais je ne trouve pas un seul motif qui me permette d'envisager sa culpabilité; or, croyez-moi, j'ai cherché!

— Vous comptez Emily parmi les suspects! s'insurgea-t-elle.

Il ferma les yeux puis les rouvrit lentement.

— Je le dois, hélas.

Inutile de discuter, elle le savait. Par chance, un discret grattement à la porte lui permit de ne pas répondre.

— Entrez, fit Pitt, agacé.

C'était Stripe, porteur d'un message.

— Navré de vous déranger, Mr. Pitt. Une lettre du médecin légiste. J'avoue ne pas comprendre...

— Donnez-moi ça.

Pitt lui prit le feuillet des mains, l'ouvrit et le parcourut rapidement.

— Que dit-il? demanda Charlotte.

— Sybilla a bien été étranglée, répondit-il à voix basse. Avec ses cheveux. Une mort rapide.

Il vit Charlotte frissonner et, du coin de l'œil, aperçut Stripe qui se mordillait la lèvre.

— Mais elle n'attendait pas d'enfant, conclut-il.

— En êtes-vous sûr? fit Charlotte, stupéfaite.

— Bien entendu! Cette lettre est signée du médecin légiste qui a pratiqué l'autopsie. Il ne peut pas se tromper.

Charlotte eut une grimace douloureuse, comme si elle avait été blessée physiquement, et cacha son visage entre ses mains.

— Pauvre Sybilla... Elle a dû perdre son bébé et n'a osé le dire à personne. Comme elle a dû détester Eustace, lui qui ne cessait de clamer sa joie à l'idée qu'elle donne un héritier à William, après toutes ces années. Je comprends pourquoi elle le regardait avec tant de haine. Et cette horrible Mrs. March et ses sermons sur la famille! Mon Dieu, quelle douleur les gens sont capables d'infliger à leurs semblables!

Stripe était visiblement embarrassé d'entendre évoquer un sujet aussi intime; il éprouvait une violente compassion, sans toutefois comprendre tous les tenants et les aboutissants de cette triste affaire.

Pitt hocha la tête.

— Merci, Stripe. Malheureusement, nous ne sommes guère avancés. A mon avis, nous ne devons pas divulguer ces détails. Ils causeraient un chagrin bien inutile à la famille. Que Sybilla emporte donc son secret dans la tombe.

— Bien, monsieur, fit Stripe, soulagé, avant de se retirer.

Charlotte leva les yeux vers Pitt et sourit. Elle n'avait pas besoin de le remercier; ils se comprenaient à demi-mot.

Le repas de midi fut aussi sinistre que le petit déjeuner. Emily avait pris place à table, par bravade; elle ne se faisait aucune illusion: déjeuner avec la famille March serait aussi insupportable que de manger seule dans sa chambre. Une autre bonne raison de le faire était sa conviction grandissante que le cercle se resserrait autour d'elle; si elle ne démasquait pas elle-même l'assassin, elle serait inculpée du meurtre de son mari.

Elle savait que Charlotte avait suivi Tassie et découvert le secret de ses expéditions nocturnes; elle tenait donc l'explication des taches de sang sur sa robe. A la lueur des lampes à gaz, un accouchement, au moment délicat de l'expulsion du placenta, pouvait donner l'impression d'une véritable boucherie. Cependant, il n'était pas étonnant que la jeune fille arborât une telle expression d'extase sereine puisqu'elle avait été témoin de la venue au monde d'une nouvelle vie, du dernier acte de la création d'un être humain; n'était-ce pas là l'expérience la plus éloignée de la folie dont on l'avait suspectée?

Charlotte lui avait aussi appris que Thomas était venu la voir, lui avait parlé et était reparti; il n'avait aucun élément nouveau et n'avait pas cherché à interroger les occupants de la maison. Quelles questions supplémentaires aurait-il bien pu leur poser?

Tout en repoussant un morceau de poulet bouilli vers le bord de son assiette, Emily observait les convives par-dessous ses longs cils : Tassie était grave mais elle rayonnait d'un bonheur que même sa conscience du malheur des autres ne pouvait éteindre. Emily, en toute honnêteté, était heureuse pour elle; seule une minuscule pointe d'envie, qu'elle aurait bien voulu étouffer, la titillait. Mais elle ressentait un profond soulagement à l'idée de n'avoir aucune raison de suspecter Tassie d'une quelconque responsabilité dans la mort de George ou de Sybilla. Elle n'y avait jamais vraiment cru, mais l'invraisemblable récit de Charlotte au sujet de cette robe tachée de sang l'avait obligée à ne pas écarter cette possibilité. A présent, l'explication allait au-delà de ses espérances.

A l'autre bout de la table d'une blancheur immaculée, dressée d'argenterie georgienne, mais dénuée de fleurs en dépit de l'exubérante floraison du jardin, trônaît Mrs. March, tout en noir, l'air buté, regardant droit devant elle de ses yeux bleu délavé. Elle n'était probablement pas au courant de l'intention de Tassie d'épouser le vicaire, ni de la capitulation d'Eustace, et encore moins du motif de cette capitulation. Elle ignorait certainement tout des expéditions nocturnes de sa petite-fille. Sinon, son attitude aurait révélé beaucoup plus qu'un froid dédain; derrière son expression glaciale et ses explosions de mauvaise humeur, on aurait deviné sa peur. Un occupant de sa maison n'avait-il pas commis un double meurtre? Même Lavinia March ne pouvait soutenir que ces crimes avaient été perpétrés par un étranger; il s'agissait d'une affaire propre à la famille.

Mais elle paraissait désirer s'isoler dans son deuil; la mort de deux proches n'avait pas adouci son cœur de pierre, ne lui avait pas fait comprendre les angoisses d'autrui. Emily se dit que peut-être il était bien plus tragique de ne pouvoir éprouver de la pitié que de ne pas en recevoir. Pourtant, elle ne pouvait ressentir de compassion pour ceux qui n'en offraient pas aux autres.

Elle aurait vraiment aimé la croire coupable, mais ne trouvait aucun mobile ni aucune preuve le laissant supposer. Mrs. March était bien la seule personne dans cette maison dont l'inculpation ne lui aurait causé aucune tristesse particulière. Elle avait beau se creuser la tête, rien ne venait étayer la thèse de la culpabilité de la vieille dame.

Comme si elle avait lu dans ses pensées, celle-ci leva les yeux de son assiette et la dévisagea avec froideur.

— J'imagine que demain, après l'enterrement, vous regagnerez votre domicile, Emily, dit-elle en haussant les sourcils. La police pourra tout aussi bien vous trouver là-bas, encore que... trouver quoi que ce soit paraisse au-dessus de ses capacités!

— Certainement, répondit Emily d'un ton cassant. Si je suis restée ici, c'était pour faciliter la tâche de ces messieurs de la police, et aussi pour témoigner d'une certaine solidarité familiale. Le reste de la société n'a pas besoin de connaître nos dissensions, ni de savoir que nous sommes incapables de nous apporter mutuellement le moindre réconfort.

Elle s'interrompit pour boire une gorgée de vin.

— Je ne comprends pas pourquoi vous pensez que les policiers sont impuissants face à ces crimes.

Elle avait utilisé le mot « crime » à dessein, et fut ravie de voir la vieille dame grimacer de dégoût.

— Ils détiennent sans aucun doute un grand nombre d'éléments dont ils ont volontairement omis de vous parler. Ils ne vont pas nous faire de confidences. Après tout, c'est l'un d'entre nous qu'ils vont arrêter.

— Vraiment, Emily, reprenez-vous ! intervint Eustace, coléreux. Ce genre de remarque est tout à fait déplacé.

— Il est évident que l'assassin est l'un d'entre nous, bougre d'imbécile ! lâcha la vieille dame dont la main tremblait tellement qu'une partie du contenu de son verre de vin se répandit sur la nappe. C'est elle, c'est Emily, et si tu ne le sais pas encore, tu es bien le seul !

— Ne dites pas de bêtises, Grand-Maman.

William ouvrait la bouche pour la première fois depuis son arrivée dans la salle à manger. En fait, autant qu'Emily et Charlotte s'en souvinssent, il n'avait pas dit un mot non plus pendant le petit déjeuner. Il n'était plus que l'ombre de lui-même, comme si la mort de Sybilla lui avait retiré toute sa substance. Charlotte avait même confié à sa sœur qu'elle craignait qu'il ne s'évanouisse pendant les obsèques tant il paraissait affaibli.

Sa grand-mère se tourna vers lui, faillit dire quelque

chose, puis, devant l'expression de son visage, se ravisa.

— Rien ne prouve qu'il s'agisse d'Emily, que je sache, poursuivit-il. La jalousie que vous lui attribuez pourrait aussi constituer un mobile en ce qui me concerne, bien que ce ne soit pas le cas. L'affaire était vraiment sans importance, et avait pris fin avant la mort de George. Emily et moi le savions. Vous, peut-être pas, mais cela ne vous regardait pas.

Il s'arrêta pour boire de l'eau; sa voix était rauque, comme s'il avait mal à la gorge.

— Quant à l'autre motif que vous attribuez à Emily, ce prétendu engouement pour Jack, bien que tout à fait plausible — elle n'aurait pas été sa première conquête...

— William! tonna Eustace en frappant bruyamment la table du plat de la main, ce qui fit s'entrechoquer la vaisselle et l'argenterie. Cette conversation est de très mauvais goût! Nous sommes tous prêts à nous montrer tolérants envers toi du fait de ton deuil, mais là, tu dépasses les bornes.

Son fils lui rendit un regard étincelant de mépris, la bouche tordue par un rictus révélant une émotion violente, trop longtemps contenue.

— Le goût est une affaire personnelle, Père. Je trouve nombre de vos conversations aussi « dégoûtantes », sinon plus, que tout ce que j'ai pu dire dans mon existence. Votre hypocrisie, par exemple, est pour moi aussi obscène que peuvent l'être des cartes postales représentant des femmes nues qui, elles, ont au moins le mérite de montrer ce qu'elles sont.

Eustace, suffoqué, n'eut pas le loisir d'endiguer ce flot de colère, d'autant plus que Charlotte, assise à ses côtés, lui avait discrètement décoché un coup de pied dans la cheville. La scène ridicule qui s'était passée sous le lit de Sybilla n'était pas près de disparaître de sa mémoire. Il serra les dents et demeura silencieux.

— L'engouement d'Emily pour Jack ne valait pas la peine de commettre un meurtre, reprit William. Elle aurait très bien pu devenir sa maîtresse si elle l'avait désiré, mais rien ne prouve qu'il en ait été ainsi. Tandis qu'au contraire, s'il avait voulu devenir son amant, ou, plus exactement, s'il avait voulu l'argent dont elle va hériter, Jack aurait eu une excellente raison de tuer George.

Emily, assise très droite à côté de Jack Radley, sentit celui-ci se raidir sur sa chaise. Se sentait-il coupable, gêné ou inquiet? On pendait parfois des innocents. Si elle avait peur, pourquoi n'aurait-il pas eu peur, lui aussi?

Mais la tirade de William n'était pas terminée.

— Personnellement, je pencherais pour la culpabilité de Père. Il avait d'excellentes raisons de commettre ces crimes, que je n'exposerai pas ici, au cas où il serait innocent.

Un silence total s'installa à table. Vespasia posa ses couverts, s'essuya délicatement les lèvres avec sa serviette qu'elle laissa à côté de son assiette. Elle regarda William, puis la nappe, mais ne dit rien.

Eustace était pâle. Charlotte s'aperçut qu'il gardait les poings serrés sur ses genoux. Les veines de son cou saillaient à tel point qu'elle crut que le col de sa chemise allait l'étrangler; mais lui non plus ne dit rien. Tassie se cacha la figure. Mrs. March était cramoisie mais, pour une raison connue d'elle seule, ne chercha pas à briser le silence. Peut-être que rien de ce qu'elle oserait dire n'était à la hauteur de l'outrage dont elle se sentait victime.

Jack Radley paraissait fort malheureux et très gêné; c'était la première fois que Charlotte le voyait aussi bouleversé. Bien qu'elle fût consciente qu'il était peut-être coupable, non seulement d'un double assassinat, mais de l'abus de confiance le plus cynique qui soit — il avait profité des sentiments d'une femme et il avait l'intention de continuer —, elle ne l'en apprécia que plus de le voir plongé dans un tel embarras. Cela lui conférait une réelle personnalité, derrière son sourire charmant et ses beaux yeux.

Emily regardait droit devant elle.

Finalement, ce fut le valet qui brisa le silence en apportant le plat suivant, une selle de mouton à laquelle personne ne goûta; le repas se déroula au milieu de propos banals que chacun oubliait, sitôt prononcés.

Après le dessert, Emily s'excusa et se retira dans le jardin, sur un banc, non parce qu'il faisait beau — le ciel était chargé de nuages — mais parce que, là, elle avait davantage de chances de pouvoir s'isoler; elle ne désirait aucune compagnie.

Elle restait à Cardington Crescent car elle souhaitait assister aux obsèques de Sybilla, le lendemain. Depuis le décès de la jeune femme, la haine qu'elle éprouvait pour elle s'était évanouie et, avec le recul, cette ridicule liaison avec George revêtait désormais peu d'importance. George lui-même l'avait regrettée. Il n'avait pas eu le temps, hélas, de s'en excuser directement; aussi l'effacerait-elle de sa mémoire, pour ne garder que les meilleurs souvenirs du passé. Ils avaient partagé maints moments merveilleux; si elle permettait à Sybilla, même morte, de les lui voler, c'est qu'elle était stupide et qu'elle méritait de les perdre.

Elle n'avait pas vu Charlotte en tête à tête depuis que Pitt était venu la voir, sauf un bref instant, dans le hall, avant d'entrer dans la salle à manger. Mais elle avait eu le temps d'apprendre qu'il ignorait toujours le nom et le mobile de l'assassin de George, qui était certainement aussi le meurtrier de Sybilla. Celle-ci devait savoir quelque chose que le criminel tenait absolument à garder secret.

Personne n'était exclu de la liste des suspects. Sybilla, en femme intelligente et observatrice, avait pu comprendre certaines phrases ou certains gestes dont le sens avait échappé à tous les autres. George lui avait-il fait des confidences? Mais de quel secret pouvait-il être le dépositaire?

Un vent humide se levait. Emily se tassa sur son siège et s'enveloppa dans son châle, passant en revue toutes sortes d'hypothèses, de la plus absurde à la plus horrible. Au bout du compte, elle revenait toujours à la culpabilité de Jack Radley, avec sa complicité involontaire, ou à la tentative rageuse de William d'accuser son père. Mais elle devait reconnaître que ces accusations étaient davantage engendrées par la haine que par la réflexion.

Elle n'entendit pas Jack Radley s'approcher; ce ne fut que lorsqu'il se pencha au-dessus d'elle qu'elle le vit. C'était bien la dernière personne avec laquelle elle avait envie de parler, surtout en tête à tête. Toute frissonnante, elle s'enveloppa un peu plus dans son châle.

— J'allais rentrer, s'empressa-t-elle d'annoncer. Il ne fait pas beau. Je ne serais pas étonnée qu'il pleuve.

— Il ne pleuvra pas tout de suite, dit-il en s'asseyant auprès d'elle, refusant de se laisser éconduire. Mais il fait froid.

Il ôta sa veste et la posa doucement sur ses épaules; elle était encore chaude. Elle eut l'impression que sa main s'attardait sur elle un peu plus longtemps que nécessaire.

Elle ouvrit la bouche pour protester, puis se ravisa, craignant de paraître ridicule: ils étaient en vue de la maison et elle n'avait aucune raison de souhaiter rentrer. Le repas avait été épouvantable; personne ne croirait qu'elle tenait à participer à la conversation. Et, en lui offrant sa veste, il l'empêchait de prétexter qu'elle avait froid.

La voix de Jack interrompit le fil de ses pensées.

— Emily, la police a-t-elle une idée du nom de l'assassin de George ? Ou vous contentiez-vous de défier Mrs. March, tout à l'heure ?

Pourquoi posait-il cette question ? Elle avait simplement envie de goûter sa présence, qui était comme un rayon de soleil filtrant sous une porte au bout d'un long couloir sombre. Pourtant elle craignait que cette lumière ne soit illusoire.

— Je ne sais pas, répondit-elle honnêtement. Je n'ai pas vu Thomas ce matin et j'ai à peine eu le temps de parler à Charlotte, avant le déjeuner. Je n'en ai pas la moindre idée.

Elle s'obligea à lui faire face ; c'était toujours mieux que d'imaginer ce qu'elle pourrait lire dans ses yeux. Il paraissait soucieux. S'inquiétait-il pour elle ou seulement pour lui ?

— Qu'a voulu dire William ? la pressa-t-il. Emily, pour l'amour du ciel, réfléchissez ! Je ne suis pas un criminel et je refuse de croire que vous ayez tué votre mari. Donc, l'assassin est parmi eux. Laissez-moi vous aider, s'il vous plaît ! Expliquez-moi ce que William sous-entendait.

Elle demeura paralysée. Il paraissait sérieux ; mais il exerçait son charme auprès des femmes depuis tant d'années. C'était un acteur hors pair, lorsqu'il s'agissait de son propre intérêt. Il pouvait agir par instinct de survie, car s'il avait tué George, il serait pendu. Le fait qu'elle l'aimait bien n'obscurcissait pas son bon sens : des parangons de vertu peuvent être mortellement ennuyeux et, tout en les appréciant, on fuit leur compagnie. A l'inverse, les créatures les plus cruelles se montrent parfois très attachantes — aussi longtemps que leur laideur ne transparaît pas au grand jour.

Jack parlait toujours, sans la quitter des yeux. Pouvait-elle à la fois le regarder et conserver son esprit critique ? Elle avait toujours été sensée, plus que Charlotte. Et elle était meilleure actrice, bien plus douée que sa sœur pour dissimuler ses sentiments.

Elle osa donc affronter son regard.

— Je l'ignore. Je pense qu'il hait son père. Il ne lui déplairait pas que ce soit lui l'assassin.

— Si ce n'est pas Eustace, il ne reste que Mrs. March, remarqua-t-il paisiblement. A moins que vous ne croyiez à la culpabilité de Tassie ou de Lady Cumming-Gould ? Mais je suppose que vous n'y croyez pas.

Elle savait à quoi il pensait ; de là à sauter à la conclusion que le meurtrier était l'un d'eux, il n'y avait qu'un pas, très facile à franchir. Se sachant innocente, elle éprouvait la crainte grandissante que ce fût lui. Pis encore, elle redoutait qu'il ait toujours l'intention de lui faire la cour.

Il lui prit les mains, gentiment mais fermement ; de toute évidence, il n'avait pas l'intention d'abandonner la partie.

— Emily, pour l'amour du ciel, réfléchissez ! répéta-t-il. Il y a un mystère dans cette famille que nous ignorons, quelque chose de suffisamment dangereux ou honteux pour provoquer un meurtre, et si nous ne trouvons pas de quoi il s'agit, vous ou moi pouvons très bien être pendus à la place de l'assassin !

Elle aurait aimé lui crier qu'il n'y avait pas lieu de s'inquiéter, mais elle savait qu'il avait raison. Céder à la panique serait stupide et destructeur, peut-être même fatal. Charlotte n'avait guère avancé dans son enquête, bien qu'elle ait découvert le secret de Tassie, qui s'était révélé sans rapport avec le meurtre. Emily devait donc se sauver elle-même. Si Jack était innocent, ensemble ils pourraient peut-être découvrir quelque chose. S'il était coupable, elle pourrait toujours essayer de jouer la comédie pour l'amener, par la ruse, à se trahir, à lui révéler un détail, aussi infime soit-il.

— Vous avez raison, dit-elle avec gravité. Nous devons réfléchir. Je vous dirai tout ce que je sais, et vous ferez de même. A nous deux, nous parviendrons peut-être à découvrir la vérité, par déduction.

Il sourit vaguement, incrédule.

Emily s'efforça de juguler sa peur, cette grande peur qui éclipsait tout, celle d'être arrêtée et définitivement jugée par la bonne société, mais aussi cette crainte de la solitude intérieure et de la chaleur trompeuse, si facile à accepter, que lui offrait cet homme. Si seulement elle parvenait à éliminer l'horrible soupçon qui lui empoisonnait l'esprit. Elle ne devait jamais perdre de vue qu'il y avait de grandes chances qu'il soit l'assassin. L'idée la faisait plus souffrir qu'elle ne l'aurait cru.

— Tassie sort seule la nuit pour aller aider à des accouchements dans les bas quartiers, dit-elle brusquement.

Si elle avait espéré le surprendre, elle y réussit magnifiquement. Jack la dévisagea et une succession d'émotions passa sur son visage, incrédulité, peur, admiration et, enfin, pur ravissement.

— C'est formidable ! Comment diable le savez-vous ?

— Charlotte l'a suivie.

Il eut un mouvement de recul, émit un léger sifflement et ferma les yeux.

— Je sais, murmura Emily. Elle est folle. J'imagine la fureur de Thomas...

— Fureur ? dit-il en haussant le ton. Quel euphémisme !

— Si ma sœur n'avait pas suivi Tassie, répondit-elle, aussitôt sur la défensive, nous continuerions à penser que c'est elle l'assassin ! Car elle l'avait vue monter l'escalier, en pleine nuit, les mains et la robe couvertes de sang ! Que pouvait-elle faire d'autre ? Laisser le mystère s'épaissir ? Elle sait très bien que je n'ai tué personne et...

— Emily !

Il lui prit les mains.

— Et si nous ne découvrons pas le meurtrier, je pourrais être arrêtée, emprisonnée...

— Emily ! Arrêtez !

— ... jugée et pendue ! finit-elle d'une voix rauque.

Elle tremblait, en dépit de sa présence si proche et de la force des mains qui emprisonnaient les siennes.

— Il arrive que des innocents soient pendus, reprit-elle, se souvenant de cas d'erreurs judiciaires. Charlotte le sait, et moi aussi !

Quel soulagement de formuler enfin son angoisse à voix haute, d'extirper sa terreur hors des ténèbres de son esprit et de partager son angoisse avec quelqu'un !

— Je sais, dit-il doucement. Mais cela ne vous arrivera pas. Charlotte ne le laissera pas faire, et moi non plus. Il s'agit d'un occupant de cette maison. Certes, Lady Cumming-Gould aurait le courage de tuer, si elle jugeait le geste indispensable. Cela dit, elle n'aurait jamais empoisonné son neveu. Et elle n'a pas la force physique d'étrangler une femme jeune et en bonne santé...

Il hésita au souvenir de Sybilla.

— Je sais, dit-elle, sans chercher à retirer sa main. Tante Vespasia n'est plus très jeune et ses forces déclinent...

Il eut un sourire triste.

— J'aimerais trouver une raison pour laquelle

Mrs. March aurait pu tuer George et Sybilla, dit-il avec conviction. Elle est deux fois plus lourde que Vespasia. Elle aurait eu la vigueur nécessaire.

Emily regarda leurs deux mains nouées.

— Mais pourquoi aurait-elle fait une chose pareille ? s'exclama-t-elle, soudain envahie d'une rage impuissante. Il devrait y avoir une raison !

— Je l'ignore, admit-il. George savait-il quelque chose à son sujet ?

— Quoi, par exemple ?

Il secoua la tête.

— Un secret de famille ? La famille, la famille, elle n'a que ce mot à la bouche. Que je sois damné si je peux savoir pourquoi. Les March sont riches. Ils ont acquis leur fortune par le négoce, mais ils n'ont aucun savoir-vivre.

Il eut un petit rire d'autodérision.

— Oh, j'avoue que je ne cracherais pas sur leur argent ! Ma mère était une De Bohun ; on a retrouvé trace de notre lignée jusqu'à l'époque de Guillaume le Conquérant. Mais un nom ne suffit pas pour s'offrir un bon repas, et encore moins pour entretenir une maison.

Des pensées affolées se bousculaient dans l'esprit d'Emily : Jack s'était-il débarrassé de George dans l'espoir de l'épouser, pour hériter de l'argent des Ashworth ? Mais alors, et Tassie ? N'importe quel homme doté d'un peu de bon sens aurait choisi ce mariage, infiniment moins risqué. Et il n'avait qu'à demander. Il avait dû y penser. Était-il au courant de la liaison de Tassie avec Mungo Hare ? Elle fut prise d'un doute : avait-il réellement été étonné d'apprendre les expéditions nocturnes de Tassie ou avait-il feint la surprise ? Si Charlotte l'avait suivie, il pouvait avoir fait de même. S'il avait aperçu la jeune fille en compagnie du vicaire, il aurait pu se rendre compte qu'elle n'épouserait jamais un autre homme. D'ailleurs, Tassie pouvait fort bien s'être confiée à lui. Elle était assez honnête pour lui avoir dit la vérité et ne pas le laisser se bercer d'illusions, qu'il s'agisse d'amour ou d'argent.

Emily frissonna. Elle voulait le regarder; il devait bien lui rester quelque capacité de jugement. Cependant, elle redoutait ce qu'elle lirait dans ses yeux et ce qu'elle lui révélerait d'elle-même. Mais tant qu'elle n'y serait pas parvenue, aucune autre pensée ne pourrait occuper son esprit. Elle avait l'impression de souffrir de vertige, comme quelqu'un debout sur le bord d'un balcon, très haut, se sent attiré par le vide et pris du désir irrépressible de regarder vers le bas.

Elle leva les yeux et croisa son regard inquiet et sérieux; elle n'y lut aucune tromperie. Hélas, cela ne résolvait rien. Y découvrir de la laideur aurait pu la libérer, elle aurait pu penser du mal de lui et tuer l'espoir de... de quoi, au juste? Elle refusa de formuler cette espérance. Il était trop tôt. Mais l'idée persistait dans un petit coin de son cerveau, une sorte de but à atteindre, comme une pièce chaude l'attendant à la fin d'un long voyage en hiver.

— Emily?

Elle revint à la réalité. Voyons, ils parlaient de Mrs. March.

— Elle a peut-être commis un acte scandaleux dans sa jeunesse, hasarda-t-elle. Ou son mari. Nous pourrions essayer d'en savoir davantage sur la façon dont les March se sont enrichis; si nous découvrions quelque chose de suspect, Eustace pourrait dire adieu à sa pairie. George était peut-être au courant. Après tout, c'est...

Elle s'interrompit, hésitant à poursuivre.

— ... c'est sa digitaline qui a été utilisée comme poison.

Le souvenir de la mort de George lui revint, glacial et douloureux. Des larmes lui picotèrent les yeux. Elle agrippait la main de Jack à lui faire mal, mais il ne la retira pas. Au contraire, il passa son bras autour de ses épaules et effleura ses cheveux de ses lèvres, murmurant des mots sans suite, dont la douceur soulageait ses pleurs douloureux et dénouait peu à peu son angoisse.

Elle réalisa qu'elle souhaitait voir aboutir cette enquête autant pour lui que pour elle. Elle désirait intensément savoir qu'il était innocent.

Charlotte aussi était heureuse d'être seule dans le dressing qui lui servait de chambre ; elle se répétait mentalement tout ce qu'elle avait appris depuis l'annonce de la mort de George jusqu'au départ de Pitt, ce matin.

Il était trois heures et demie lorsqu'elle descendit au salon. Elle venait d'avoir une idée, une petite idée, bien triste et bien laide, qui pourtant pouvait expliquer toutes les contradictions de l'affaire.

Elle se trouvait près des tentures qui habillaient en partie les portes-fenêtres ouvrant sur le jardin d'hiver, quand elle surprit une conversation.

— Comment oses-tu dire des choses pareilles devant tout le monde ?

C'était la voix d'Eustace, forte et coléreuse. Il tournait le dos aux portes. Derrière lui, Charlotte voyait le soleil illuminer les cheveux roux flamboyant de William.

— Je peux te pardonner beaucoup, dans cette période de deuil, mais tes insinuations étaient effarantes. Tu as pratiquement dit devant nos invités que j'étais coupable !

— Vous étiez trop content d'entendre accuser Emily ou Jack de meurtre ! rétorqua William.

— Eux, c'est différent. Ils ne font pas partie de la famille.

— Pour l'amour du ciel, quel est le rapport? s'exclama William, furieux.

— Justement! Parlons-en!

La colère d'Eustace grandissait. Sa voix avait une intonation fort désagréable, comme si la grossièreté de ses pensées affleurait le vernis fragile de bonnes manières qui les recouvrait.

— Tu as trahi la famille devant des étrangers en suggérant qu'il existait un secret honteux dont toi seul connaissais l'existence! Avec cette fouineuse de Charlotte Pitt qui tourne autour de nous comme une mouche! Cette petite peste à l'esprit mal tourné n'aura de cesse de découvrir ou d'inventer quelque chose qui colle à tes élucubrations. Dieu sait quel scandale elle va déclencher!

William recula d'un pas, le visage déformé par un rictus douloureux et méprisant.

— Il faudrait vraiment qu'elle ait l'esprit très, très mal tourné pour atteindre la profondeur de votre âme, si tant est que le mot « âme » soit le bon. Je devrais peut-être dire « estomac ».

— Il n'y a pas de honte à avoir un estomac, répliqua Eustace avec mépris. Je pense parfois que si tu avais un peu plus d'estomac et un peu moins d'idées farfelues, tu ressemblerais davantage à un homme! Toi, tu minaudes en barbotant dans la peinture et en rêvant de couchers de soleil comme une gamine en mal d'amour. Où est ton courage? Ta force? Ta virilité?

William ne répondit pas. Il se tenait face à Charlotte, alors qu'Eustace lui tournait le dos; elle voyait la pâleur mortelle de son visage, l'expression haineuse de son regard; elle sentait la douleur dans l'air, aussi palpable que la chaude condensation sur les feuilles des plantes tropicales.

— Grands dieux ! reprit Eustace avec dégoût. Je comprends pourquoi Sybilla s'était entichée de George Ashworth. Lui au moins avait quelque chose dans son pantalon !

Charlotte, poings serrés, paumes moites, vit William vaciller comme s'il avait été giflé. Elle en était malade pour lui. Elle resta clouée sur place, l'oreille tendue, pleine d'une horrible prémonition.

La réponse de William arriva enfin, chargée d'une ironie implacable.

— Et après cela, vous attendez que je me montre discret devant Mrs. Pitt ? Père, vous n'avez aucun sens du ridicule, ou plutôt du grotesque.

— Est-il grotesque d'attendre un peu de sens des responsabilités de ta part ? hurla Eustace. Un peu de loyauté envers la famille ? Tu nous dois ça, William.

— Moi ? Je ne vous dois que ma naissance, grinça ce dernier entre ses dents. Et encore, parce que vous vouliez un fils, par vanité. Cela n'avait rien à voir avec moi. Vous vouliez une lignée de petits Eustace March jusqu'à la fin des temps. Voilà votre conception de l'immortalité ! Avec vous, seule la chair compte. Jamais une pensée, une création, seulement une éternelle reproduction des corps !

— Ha !

Eustace éclata d'un rire sauvage.

— Eh bien, disons que j'ai manqué de chance avec toi ! Il t'aura fallu douze ans de mariage pour arriver à concevoir un enfant et maintenant il est trop tard ! Si tu t'étais un peu plus amusé dans ta chambre au lieu de faire joujou avec tes pinceaux, tu aurais été plus viril, et ce maudit drame ne se serait pas produit. George et Sybilla seraient vivants et nous n'aurions pas la police dans la maison !

Dans le jardin d'hiver, tout était immobile ; on n'entendait même plus le bruit de l'eau.

Charlotte comprit enfin la tragique vérité. L'explication était claire, comme la lumière dure et blanche du petit matin qui souligne impitoyablement toutes les imperfections, tous les défauts. Sans prendre le temps de réfléchir ou de peser les conséquences de son geste, elle s'empara d'un vase posé sur un guéridon et le jeta au sol ; les éclats de porcelaine s'éparpillèrent bruyamment sur le parquet. Puis elle partit en courant, traversa le grand salon et la salle à manger et se précipita dans le vestibule où était installé le téléphone.

Elle décrocha le combiné et actionna le levier avec frénésie. Peu habituée à ce genre d'instrument, elle n'était pas trop sûre de savoir comment il fonctionnait. Ce faisant, elle tendait l'oreille, redoutant d'entendre les pas d'Eustace se rapprocher.

La voix de l'opératrice lui parvint à travers l'écouteur.

— S'il vous plaît, dit-elle très vite, je voudrais le commissariat. J'aimerais parler à l'inspecteur Pitt !

— Voulez-vous que je vous passe le poste de police du quartier, madame ? fit l'opératrice, calmement.

— Oui ! Oui, s'il vous plaît !

— Ne quittez pas...

Pendant ce court moment qui lui parut un siècle, elle entendit des cliquetis et des bourdonnements dans l'appareil, tout en tendant l'oreille vers la porte de la salle à manger, attentive à chaque craquement, à chaque bruissement, qui pouvaient être un grincement de porte ou un bruit de pas.

Enfin, elle distingua une voix masculine à l'autre bout de la ligne.

— Désolé, miss, l'inspecteur Pitt n'est pas là. Je peux lui laisser un message qu'il trouvera à son retour. On peut vous aider ?

Il ne lui était pas venu à l'esprit que Thomas ne soit

pas à son bureau. Elle se sentit complètement désemparée.

— Vous êtes toujours là, miss ?

— Où est l'inspecteur Pitt ? demanda Charlotte, sentant la panique la gagner.

Réaction stupide, mais, seule, elle ne savait plus que faire.

— Ah, j'ai pas le droit de vous le dire. Il est parti il y a environ dix minutes, en cab. Je peux vous aider ?

Charlotte avait été tellement sûre de trouver Pitt que, pour une fois, l'idée d'avoir à se débrouiller seule l'affolait.

— Non, non merci.

Et, les doigts raidis, elle replaça en frissonnant le combiné sur son support.

Elle ne possédait aucune preuve, seulement une intime conviction. Mais maintenant qu'elle savait la vérité, il serait possible d'agir. Le médecin légiste... Elle savait désormais pourquoi Sybilla avait contacté Clarabelle Mapes : non pour se débarrasser d'un bébé, mais pour acheter celui que William ne pourrait jamais lui donner, pour faire taire les langues cruelles qui la harcelaient, pour ne plus avoir à supporter leur condescendance, ni entendre leurs exigences de voir satisfaire ce besoin insatiable et vaniteux de perpétuation de leur nom.

Charlotte la plaignait de tout son cœur, en pensant à sa solitude, ses désirs inavoués, son sentiment de rejet. Pas étonnant qu'elle ait eu des liaisons, qu'elle se soit tournée vers George. Était-ce pour cela qu'il était mort ? Non parce qu'ils avaient été amants, ou qu'il avait volé la tendresse qu'elle éprouvait pour son mari, mais parce que dans un moment d'oubli, par besoin de se justifier, elle s'était ouverte à cet homme généreux et indiscret ; elle lui avait avoué un secret si terrible qu'on ne pouvait même pas l'évoquer en pensée, et encore moins le révéler aux autres, lesquels compatiraient ou bien se moqueraient en faisant des plaisanteries obscènes et humiliantes. Il y aurait toujours des coups de coude discrets, des quolibets, cette virilité impudente exhibée avec un ricanement moqueur. Pour un homme tel qu'Eustace, la virilité signifiait plus que l'accomplissement de l'acte physique, c'était la preuve même de sa propre existence, du pouvoir et de la valeur de la vie.

William avait aimé Sybilla. Charlotte l'avait compris bien avant de lire ses lettres. Il l'avait aimée d'un amour très pur, qu'Eustace, avec son étroitesse d'esprit et son obsession du sexe, ne pouvait comprendre. Mais dans ce fatal instant de faiblesse, Sybilla avait porté atteinte à sa confiance en lui-même, au respect de soi que tout homme doit conserver pour survivre, non pas intérieurement, puisqu'il avait appris à vivre avec son infirmité, mais en société et, surtout, en famille. Eustace, père cruel et vaniteux, avait touché de près la vérité, violant l'intimité spirituelle de son fils. Comment réagirait-il s'il savait tout ? Il se mêlerait sans cesse de sa vie privée, par ses constantes réflexions, ses regards ironiques et libidineux, ses airs supérieurs, jusqu'à ce qu'il ne reste plus aucune dignité à son fils.

Ainsi donc Sybilla elle aussi avait trouvé la mort, étranglée par ses beaux cheveux, avant de pouvoir le trahir à nouveau, peut-être en avouant son secret à Jack.

William aurait pu comprendre et accepter le choix de l'achat d'un enfant, peut-être plus facilement que s'il avait été conçu avec un autre homme. Mais il n'aurait jamais supporté la honte que cela se sache.

Charlotte était toujours au beau milieu du vestibule, se demandant que faire. Eustace et William avaient dû la voir ; elle avait brisé le vase afin qu'ils s'aperçoivent de sa présence, et pour faire cesser cette terrible discussion. Savaient-ils ce qu'elle avait entendu ? Ou étaient-ils si occupés à se déchirer mutuellement qu'ils avaient oublié son interruption momentanée, accessoire à leurs yeux, sitôt qu'elle avait quitté le salon ?

Sans savoir exactement ce qu'elle avait l'intention de faire, sauf peut-être réduire Eustace au silence, elle repartit vers la salle à manger, passa devant la table éclairée par le soleil, poussa la porte à double battant ouvrant sur le grand salon dont les douces nuances de satin vert pâle reflétaient la lumière, et se dirigea vers le jardin d'hiver. Il était silencieux. Il n'y avait plus trace d'Eustace ni de William. Les portes-fenêtres étaient ouvertes ; une odeur de terre humide envahissait le salon.

Sur la pointe des pieds, elle entra dans la serre et prit la petite allée qui cheminait entre les plantes tropicales. Sa présence à cet endroit ne se justifiait pas. Elle n'avait rien d'autre à faire que d'attendre l'arrivée de Pitt et lui expliquer ce qu'elle avait entendu. Si elle n'avait pas craint qu'Emily soit pendue, elle aurait été tentée de ne rien dire à personne. Elle n'éprouvait pas le besoin de se poser en justicière. Tenir la clé du mystère ne lui procurait aucune satisfaction. Sa colère n'était pas retombée.

Le buisson de camélias était couvert de fleurs aux rosaces parfaites ; Charlotte n'aimait pas les camélias ; elle leur préférait les cannas aux lignes irrégulières et asymétriques. La condensation s'écoulait en lourdes gouttelettes dans le petit bassin. Quelqu'un aurait dû ouvrir les fenêtres, bien que le temps fût maussade.

Arrivée au fond de la serre, dans l'atelier de William, elle s'arrêta brusquement. Elle aurait voulu pleurer, mais elle se sentait trop lasse et elle avait froid.

Deux chevalets étaient installés. Sur le premier, on

voyait le tableau, apparemment terminé, représentant le jardin au printemps, plein de couleurs subtiles, un rêve soudain déchiré par la cruauté. L'autre toile représentait Sybilla; un portrait réaliste, dénué de flatterie et cependant peint avec une tendresse qui révélait toute sa beauté intérieure, que peu de gens avaient perçue de son vivant.

Devant les deux tableaux, William gisait sur le sol dallé, bizarrement recroquevillé; un couteau à peinture à la lame écarlate avait glissé de sa main, à quelques centimètres de la plaie ouverte à sa gorge. Avec la précision du peintre qui connaît l'anatomie d'un corps, il s'était sectionné la veine jugulaire. Il avait parfaitement compris le geste de Charlotte, lorsqu'elle avait brisé le vase, et avait voulu lui épargner un dernier et terrible face-à-face.

Elle demeura immobile à le regarder. Elle aurait voulu se pencher pour tenter de le redresser un peu — comme si cela pouvait avoir de l'importance — mais elle savait qu'elle ne devait toucher à rien. Elle resta là, silencieuse, à écouter le chuintement de l'eau sur les feuilles et le bruit léger de la chute des pétales d'une fleur fanée.

Enfin elle se détourna et partit en sens inverse au milieu des plantes, passa les portes-fenêtres. Soudain elle vit Eustace qui sortait de la salle à manger. Avec une acuité dont la violence la surprit, elle revit clairement en pensée le long chemin qui avait conduit à cette tragédie, les années d'exigences et d'attentes paternelles, les cruautés subtiles. Elle laissa exploser sa colère.

— William est mort. J'en suis navrée. Je l'aimais beaucoup. Certainement plus que vous.

Choqué, Eustace ouvrit la bouche, pâlit; peu à peu son expression se transforma. Charlotte l'observa sans la moindre aménité.

— Il a mis fin à ses jours, poursuivit-elle. Il n'avait pas d'autre choix. Il aurait été arrêté et pendu.

Sa voix tremblait; néanmoins, elle était parvenue à lui imprimer la haine brûlante qu'elle ressentait pour Eustace.

— Je... je ne comprends pas ce que vous voulez dire! bredouilla-t-il. Mort? Pourquoi? Qu'est-il arrivé?

Il s'avança vers elle d'une démarche hésitante.

— Ne restez pas là, bon sang! Faites quelque chose! Aidez-le! Il n'est peut-être pas mort!

Charlotte lui barra le passage.

— Il est mort, répéta-t-elle. Ne comprendrez-vous donc jamais, espèce d'imbécile aveugle?

Elle sentait une boule lui nouer la gorge. Elle voulait qu'il sache l'atrocité qu'il avait commise, qu'il la comprenne et qu'il ne fasse plus qu'un avec la douleur.

Il la fixa comme si elle l'avait giflé.

— Mon fils... a mis fin à ses jours? répéta-t-il stupidement. Vous êtes folle! C'est impossible!

— Savez-vous pourquoi, au moins?

Elle frissonnait.

— Moi? Comment le saurais-je?

Son visage avait pris un teint cendré; la douleur commençait à poindre dans son regard.

— Parce que c'est vous qui l'y avez poussé.

Elle parlait à voix basse, comme on s'adresse à un enfant têtu.

— Vous avez toujours essayé d'en faire ce qu'il n'était pas, ignorant ce qu'il était. Vous et votre obsession de la famille, votre fierté, votre vulgarité, votre...

Elle s'interrompit, ne souhaitant pas exposer William au mépris de son père, même maintenant.

— Je ne comprends pas, suffoqua-t-il.

Charlotte ferma les yeux, pour masquer son impuissance.

— Non, évidemment, vous ne pouvez pas comprendre. Un jour, peut-être...

Sans la quitter des yeux, il se laissa tomber sur la chaise la plus proche, comme si ses jambes ne le portaient plus.

— Vous voulez dire que William... a tué George ? Et Sybilla ? Il a tué Sybilla ? Mais pourquoi ?

Charlotte sentit les larmes lui monter aux yeux. Elle vit Vespasia se détacher dans l'embrasure de la porte, blanche comme une morte ; derrière elle apparut une haute silhouette familière. Pitt, enfin.

Elle prit sa décision.

— Il pensait qu'ils avaient une liaison, dit-elle lentement, à la cantonade.

Les mots sortaient de sa bouche avec difficulté. Elle n'aurait jamais cru qu'il soit aussi difficile de mentir.

— Il avait tort, mais c'était trop tard.

Eustace les observa tous, tour à tour. Il commençait à comprendre les paroles de Charlotte et même à en deviner la raison. Il entrait dans un monde dont il n'avait jamais soupçonné l'existence et il était effaré par sa propre médiocrité.

Sur le seuil de la porte, Pitt passa un bras autour de la taille de Vespasia pour la soutenir, mais, par-dessus l'épaule de la vieille dame, il regardait Charlotte, avec un sourire plein de compassion.

— Tout est fini, murmura-t-il. Nous n'avons plus rien à faire ici.

— Merci, murmura Charlotte. Merci, Thomas.

Imprimé en France sur Presse Offset par

BRODARD & TAUPIN

GROUPE CPI

La Flèche (Sarthe), 11871
N° d'édition : 3142
Dépôt légal : mai 2000
Nouvelle édition : avril 2002